TRABAJA CONMIGO

UN ROMANCE DE OFICINA DE ENEMIGOS A AMANTES

SYNERGY

LIBRO 1

MICHELLE MCCRAW

lazy dog
books

1

ALICIA

EL CIELO ERA del color de la sopa de chícharos. Sopa de chícharos furiosa.

Habiendo vivido en Texas toda mi vida, sabía que el cielo se ponía de ese color y las nubes hervían solo cuando tramaban algo especialmente violento.

Calculé la distancia desde el voladizo del estacionamiento hasta la entrada del edificio, al otro lado del pavimento agrietado de la calle de cuatro carriles. Sería imposible correr con mis tacones de diez centímetros.

—Esforzándome demasiado —mascullé—. Unas balerinas hubieran estado bien. O incluso unas botas. —Pero quería causar una buena impresión en mi primer trabajo para mi flamante empresa. Seria. Capaz. Impecable. Lista para usar mis zapatos de punta para patear traseros y hacerme de un nombre dándole la vuelta a este proyecto en problemas.

Este era mi momento de restregárselos en la cara. A mi antiguo jefe, Lowell, que había dicho que yo era demasiado «sensible» para ser material de gerencia. Al Dr. Fletcher, que le había dicho a nuestra clase entera —mientras yo, la única mujer en la sala, me quedaba sentada, demasiado anonadada para objetar— que las mujeres no tenían el impulso para triunfar en la tecnología. A cada compañero de trabajo que alguna vez me había interrumpido, se había atribuido el mérito de mi trabajo o había intentado *mansplainearme* la programación. Iba a entrar en Synergy Analytics, una empresa de la lista Fortune 1000 fundada por dos graduados de Stanford y que ahora valía más de seis *mil millones* de dólares, para usar mi inteligencia y ayudarlos a tener éxito.

Nada mal para una chica de aquí que fue a una universidad estatal. Me sacudí un polvo invisible del hombro.

Mi teléfono sonó. Treinta minutos para la reunión. Tiempo de sobra para pasar por seguridad, dar algunos apretones de manos y tomar mi asiento en la cabecera de la mesa. Me erguí. Por primera vez en mi vida, era mi propia jefa. Estaba más que calificada para hacer este trabajo, y también podía ganarle a la lluvia.

Justo cuando mi zapato tocó la acera, oí el primer golpecito. *¡Ja! ¡No me dio!* Menos mal, porque llevaba una blusa blanca, con el saco de mi traje doblado sobre mi bolso de mensajero para mantenerme fresca en el calor de principios de septiembre de Austin. Una blusa transparente en mi primera reunión no se veía nada bien. Otro paso rápido y miré a la calle en busca de autos. Despejada, si iba rápido.

Bajé de la acera y una gota de lluvia rebotó frente a mí. *¿Rebotó?* Otra a mi derecha. Un borrón blanco pasó zumbando frente a mi nariz. Eso no era lluvia; era granizo. Del tamaño de un chícharo. No hay problema. El granizo ni siquiera me mojaría la blusa.

Al cruzar el segundo carril, pateé una piedra de granizo. Esa era más grande, del tamaño de una canica. Una anomalía. *Aun así, mejor tener cuidado.* Si pisaba una de ese tamaño, probablemente terminaría en el suelo en medio de la Calle Sexta. Y entonces me atropellaría un auto. No podía permitir que Noah perdiera a otro de sus padres. Además, todavía no había comprado un seguro de vida para reemplazar la póliza que me proporcionaba mi antiguo empleador. —Si entro sana y salva a este edificio —murmuré—, prometo que llamaré a la compañía de seguros en cuanto llegue a casa.

Apretando los dientes contra las piedras que me golpeaban, di dos grandes pasos para cruzar el último carril antes de subir a la acera sobre la pila de granizo blanco que se había acumulado contra ella. Dos pasos más me llevaron bajo el alero protector del edificio. Miré hacia las nubes verdes. —Gracias…

Un destello blanco, y un dolor me quemó la frente, justo en la línea del cabello. —¡Ay! —Protegiéndome la cara con las manos, me escabullí más bajo el toldo. Eso me enseñaría a practicar la gratitud.

—¿Estás bien? —Una figura alta apareció en mi visión periférica.

—Bien, estoy bien. —Pero cuando aparté la mano, mis dedos estaban manchados de sangre. Busqué un pañuelo en mi bolso.

—Las heridas en el cuero cabelludo sangran mucho. Y duelen como la mierda, también. Espera, tengo algo. —El hombre dejó su bolso de lona en el suelo y rebuscó dentro. Su camiseta negra descolorida con el logo distintivo de AC/DC se le subió por la espalda, revelando una V de músculos magros que desaparecía en sus jeans. Entre un trabajo de oficina y pasar el rato en los campos de fútbol, no había visto muchos físicos como ese. No desde Rick. Sacudí el recuerdo. No podía dejar que Rick arruinara mi actitud de que podía comerme el mundo.

El hombre se giró, con una camiseta gris jaspeado en la mano. —Está limpia, lo prometo. ¿Te importa si…?

Sin saber si había perdido la capacidad de hablar por su cuerpo de dios griego o por la pérdida de sangre, negué con la cabeza. Con delicadeza, apartó mi mano que sostenía el pañuelo empapado de sangre y presionó la camiseta contra mi cara. La camiseta olía a jabón fresco y a algo más. Cuero. Como una tienda de botas. O el interior de un auto de lujo. Inhalé, deseando poder envolverme en ese aroma.

Cuando se acercó, pateó un granizo. —¿Qué es esto? No es nieve.

—Es granizo. —La camiseta me cubría un ojo, pero lo examiné con el otro. Era alto, unos buenos ocho o diez centímetros más que yo, incluso con mis tacones. Ah. No era solo su detergente. Llevaba unas botas vaqueras elegantes; de ahí el aroma a cuero. De avestruz. Caras. Unos jeans gastados y desteñidos que mostraban unas caderas estrechas, y la camiseta que ya había notado que se ceñía en todos los lugares correctos. Cabello oscuro, entre castaño y negro. Ojos oscuros también. Agudos. Evaluadores. Pero también amables. Mis mejillas se encendieron bajo esa mirada.

—¿Infierno? ¿Quieres decir, que se congeló? —Hablaba con claridad, como la gente de la tele, no como nadie que hubiera conocido en la vida real.

—No. Granizo. G-R-A-N-I-Z-O. No eres de por aquí, ¿verdad?

Sonrió, el lado derecho más alto que el izquierdo. —No. Todavía intento acostumbrarme a algunos de estos acentos de Texas.

—¿Estás de visita o vives aquí ahora?

Esa boca exuberante se tensó un poco. —Un poco de ambos. Llevo tres meses en Austin, pero espero poder volver a casa pronto.

—¿Eso esperas? —Le dediqué una sonrisa fácil—. Claramente, no has tenido la experiencia completa de Austin. La mayoría de la gente nunca quiere irse. —Excepto yo. Después de vivir toda mi vida aquí, mi ciudad natal había empezado a sentirse un poco como una camisa favorita que ya no me quedaba. Suave y acogedora, pero un poco demasiado apretada.

La tensión desapareció y su mejilla derecha se levantó de nuevo. Esa sonrisa debería ser ilegal. —Quizás no he tenido a la guía turística adecuada. —Su mirada comenzó a descender, y sus ojos se abrieron de par en par cuando llegaron a mi pecho. Volvió a subir la mirada a mi rostro—. Eh, tienes algo de sangre en la blusa.

—Oh, mierda. —Puse mi mano sobre la suya en la camiseta. Su mano era cálida y seca. Piel suave, como si también trabajara en una oficina. La deslizó por debajo de la mía para que pudiera evaluar el daño. Maldita sea, dos gotas rojas justo sobre mi teta izquierda. Sosteniendo una mano sobre el corte, intenté desdoblar mi saco con la otra.

—¿Te ayudo?

Asentí, y él sacudió mi saco. Mientras lo sostenía detrás de mí, deslicé un brazo, cambié de mano sobre mi corte y luego me metí en la otra manga. Cuando juntó los lados, quedamos muy cerca, como si estuviéramos bailando. Su aroma celestial me envolvió, y el granizo, mi reunión, todo se desvaneció a mi alrededor.

Me resultaba familiar. Había visto esos labios carnosos antes, curvados hacia un lado. La barba corta y oscura, espesa en su barbilla y un poco desaliñada en sus mejillas. La sonrisa genuina parecía diferente, pero había visto esos ojos con arrugas en las comisuras. ¿De qué lo conocía?

—¿Nos hemos…?

Habló al mismo tiempo. —¿Trabajas por aquí? No creo haberte visto antes.

—Es mi primer día. Tengo una reunión importante esta mañana. —Claramente, no era tan memorable si él no creía haberme visto antes. ¿Dónde lo había conocido?

—¿Ahí dentro? —Inclinó la barbilla hacia el edificio de Synergy detrás de mí.

—Sí, soy consultora. Tengo mi propio negocio. —Incluso sangrando allí en la acera, sentí que mi pecho se henchía.

—Consultora. —Dio un paso atrás, llevándose el glorioso aroma con él. Las piedras de granizo repiqueteaban fuera del toldo—. Déjame traerte un curita. Tengo uno en mi bolso.

—No. Gracias, de todas formas. —No podía entrar a una reunión con Cooper Fallon con un curita en la cara.

—¿Prefieres tener sangre goteando por tu frente durante tu gran reunión? Ese trozo de hielo sí que te dio fuerte. —Rebuscó en su bolso y sacó un pequeño botiquín de plástico.

—¿Eres un *Boy Scout*? —Yo llevaba un botiquín en mi auto para Noah, pero no conocía a muchos hombres que lo hicieran.

Él se rio entre dientes. —Me echaron cuando tenía nueve años. Marlee. Mi asistente. Ella me cuida.

¿Una asistente? Mi rescatista en jeans y camiseta no parecía alguien con ese tipo de poder. Pero ahora que lo pensaba, su voz tenía un ligero tono imperioso, como si estuviera acostumbrado a dar órdenes. Y a que las siguieran.

Abrió el botiquín y sacó un curita. Cuando separó el envoltorio, vi un destello de rojo.

—¿Qué es eso?

—Oh. El Rayo McQueen. Ya sabes, de *Cars*. Ella tiene un sentido del humor retorcido.

Por supuesto que conocía *Cars*. Había sido la película favorita de Noah desde que tenía tres años. —No me vas a poner al Rayo McQueen en la cara.

—Muéstrame esa sonrisa. La que me diste cuando hablaste de tu negocio. La que les mostrarás en esa reunión.

No pude evitarlo. Sonreí, grande y amplia, cada vez que pensaba en Weber Technology Consulting.

—Eso es. Nadie se fijará en el viejo Rayo McQueen cuando muestres esa sonrisa preciosa. —Apartó la camiseta de mi cara, rozando mis dedos. No fue la pérdida de sangre lo que los hizo hormiguear.

—Gracias… —Alcé las cejas.

—Mis amigos me dicen Jay.

—Soy Alicia.

—Alicia. —Saboreó mi nombre en su boca. Luego, con una ligera presión de sus cálidos dedos, adhirió el curita a mi cabeza —. Ahora hacemos juego, ¿ves? —Levantó su brazo y, en efecto, en su codo había un curita del Rayo McQueen.

—¿El granizo no te dio a ti también? —Había estado demasiado concentrada en mi propia herida, en mis propios problemas, y no había prestado atención. El brazo de Jay estaba lleno de músculo magro, y una vena le recorría el antebrazo. Eso también lo había visto solo en la tele.

—No. —Se lo frotó—. Me acerqué demasiado a un árbol mientras corría. —Se acercó de nuevo—. ¿Me permites?

Asentí, con la garganta demasiado seca para hablar. Tiró de mi saco para que los lados se encontraran al frente. Luego deslizó un dedo en mi cabello cerca del corte y lo alisó. Me escaneó de la cabeza a los pies, y cada punto donde su mirada se posaba hormigueaba.

—Como nueva. —Dio un paso atrás—. ¿Te sientes bien? ¿No muy mareada?

¿Mareada? Sí. Pestañeé. ¿Lo había dicho en voz alta? —Estoy bien.

—Bien. —Abrió la boca y luego la volvió a cerrar. ¿Estaba a punto de invitarme a salir? Tenía que estar sintiendo lo mismo que yo. Eso que había dicho sobre mi sonrisa fue definitivamente coqueto. Una atadura invisible impedía que cualquiera de los dos se moviera hacia la puerta o hacia la acera.

Las palabras de mi hermana resonaron en mi mente desde hacía años. *La vida es corta. No esperes a tener lo que quieres. Pídelo, y luego tómalo.* Ella no había vivido lo suficiente para seguir su propio consejo. Pero yo me había tomado sus palabras a pecho, y sabía lo que quería: más tiempo con los dedos suaves y los ojos sin fondo de este hombre. —Oye, Jay, tengo esa reunión ahora, pero ¿quizás te gustaría tomar un café alguna vez?

Él volvió a mirar la puerta detrás de mí. —Lo siento, yo... no puedo.

Mi estómago se contrajo y se sintió pesado, y mis mejillas se encendieron. —Oh, está bien. —¿Tenía novia? ¿Marlee era más que su asistente? O tal vez estaba en shock y había alucinado las señales de su atracción. Me lo merecía por arriesgarme. Por seguir el consejo de Melissa.

Necesitaba salir de allí. Reagruparme y concentrarme en mi reunión. Me subí el bolso más arriba en el hombro. —Tengo que irme. Gracias por tu ayuda.

Cuando le tendí la camiseta, la tela gris estaba manchada de sangre. Qué asco. La retiré antes de que pudiera tocarla. —La lavaré esta noche y la traeré mañana. ¿La dejo aquí en la recepción por la mañana?

—Claro. —Se agachó de nuevo, mostrando esa tentadora porción de su espalda, y recogió un granizo del tamaño de una pelota de golf. Sacó un calcetín de su bolso de lona y envolvió el trozo de hielo antes de volver a meterlo en su bolso. Tuve que sonreír a pesar de mi vergüenza. Si se parecía en algo a Noah, Jay lo guardaría en el congelador más cercano y lo sacaría para examinarlo más tarde. La curiosidad científica siempre derretía mi corazón de nerd.

Aunque el corazón de este científico-rescatista no sentía lo mismo por mí. Mis mejillas volvieron a arder.

Abrió la puerta y la sostuvo para mí.

Pasé, con cuidado de no rozarlo. El calor se había extendido por mi cuello hasta mi pecho. Vi una señal de los baños a la derecha y me dirigí hacia allí sin mirarlo. —Gracias de nuevo.

—Cuando quieras, Alicia.

Unos minutos más tarde, me prendí una insignia de visitante en la solapa, poniéndome mentalmente mi armadura de nuevo. *De vuelta al ruedo. A patear traseros. No más distracciones, no importa cuán sexis sean.*

Otro hombre alto pasó por los sensores de seguridad, extendiéndome la mano. —Usted debe ser la Sra. Weber. Soy Cooper Fallon.

Contuve el aliento. Mandíbula cincelada, cabello rubio arenoso, ojos del color de los altramuces. Había visto fotos suyas —el director ejecutivo de Synergy Analytics había estado en la portada de *Forbes* al menos dos veces, y además, por supuesto, lo había buscado en Google— pero las fotos no me habían preparado para un metro ochenta y tantos de piel bronceada y físico esbelto acentuado por una camisa azul impecable, pantalones de vestir a medida y un saco sin una sola arruga. Pasé la mano por mi falda negra y entallada, arrugada por el viaje en auto.

Sacudiéndome mentalmente, le estreché la mano. —Un placer conocerlo, Sr. Fallon.

No me pidió que le llamara Cooper.

—¿No le importa subir por las escaleras? —preguntó—. Nos reunimos en el segundo piso.

—Claro. —Un poco de cardio podría calmar mis nervios. Respirando hondo, lo seguí a través de los sensores de seguridad hasta una escalera ancha y abierta. Mientras subía, miré a mi alrededor. Suelos de tablones de madera anchos, conductos expuestos en el techo, rojos, naranjas y azules brillantes en salpicaduras coloridas en las paredes que me recordaban a la región de Hill Country en primavera. —¿Cuánto tiempo hace que son dueños del edificio?

—No mucho. Se lo compramos a una compañía que decidió pasar a una fuerza laboral remota. Vamos a usar el espacio por un tiempo antes de decidir si hacemos algún cambio.

—¿Pero Synergy no se volvió remoto? —Casi me doy una palmada en la frente. *Obviamente, Alicia. Están aquí.*

Me esperó en lo alto de las escaleras. —No, adoptamos un enfoque colaborativo para el desarrollo de software. ¿Jamila dice que eso es lo que usted prefiere también?

Sonreí al oír la mención de mi mentora. Casi podía sentirla a mi lado, diciendo: *Tú puedes con esto.* —Absolutamente —dije—. Los equipos pueden lograr mucho más cuando están ubicados juntos, cuando no tienen que depender del correo electrónico o incluso de la mensajería instantánea para comunicarse.

—Me alegra que piense así. Estoy seguro de que encajará perfectamente en el equipo.

Abrió una puerta de cristal esmerilado que conducía a una sala de conferencias. Dentro, la mayoría de las sillas estaban ocupadas. Una rápida mirada me dijo que todos los asistentes a la reunión eran hombres; ninguna sorpresa. Y en la cabecera de la mesa...

—¿Jay? —Me llevé una mano a la frente. ¿Era uno de los desarrolladores con los que trabajaría?

—¡Alicia! —Jay se puso de pie, su sonrisa se convirtió rápidamente en un ceño fruncido mientras me miraba a mí y luego a Cooper—. ¿Qué está pasando, Coop?

Quizás esa piedra de granizo había hecho más daño de lo que pensaba. O quizás me había dejado llevar demasiado por un par de ojos oscuros y agudos. Pero al ver a los dos hombres juntos, las piezas del rompecabezas encajaron. Cooper Fallon y mis-amigos-me-dicen-Jay *Jackson* Jones, cofundadores de Synergy Analytics. El cerebro de los negocios y el músculo de la programación que habían empezado la compañía en su dormitorio de Stanford y la habían convertido en una empresa de la lista Fortune 1000 en menos de una docena de años.

¿Por qué demonios Jackson Jones me necesitaba *a mí* en un proyecto de programación?

A mi lado, Fallon se enderezó. —La Sra. Weber está aquí para ayudar a establecer la dirección y hacer avanzar el proyecto.

Por teléfono, me había dicho que estaba allí para rescatar un proyecto en dificultades. Vaya.

La mirada de Jackson se volvió dura como el acero. —Como líder del proyecto, mi función es establecer la dirección.

Al lado de Jackson, un joven programador se hundió en su asiento como si intentara derretirse en la malla de poliéster. Yo quería hacer lo mismo. Se suponía que estos dos eran mejores amigos, y ahora estaban discutiendo. Por mi culpa. En realidad, porque Cooper Fallon no le había dicho a su socio que iba a contratar a una consultora. A mí. ¿Y quién demonios estaba a cargo aquí? Miré el asiento en la cabecera de la mesa, el que había planeado ocupar. El que ahora presidía Jackson Jones.

Algo que no era mi culpa se había convertido de repente en mi problema. No quedaba más que armarse de valor y resolverlo. Enderecé la espalda. *Es la hora de la verdad.*

—Sr. Fallon, ¿le gustaría informar al Sr. Jones mientras yo conozco al equipo? —dije, con lo que esperaba fuera la sonrisa que Jay —Jackson— había admirado y no un gruñido enseñando los dientes.

—Gran idea, Sra. Weber. —Fallon inclinó la cabeza hacia el

pasillo. Jackson rodeó la mesa y siguió a su cofundador fuera de la puerta.

Un segundo antes de que la puerta se cerrara, el tono bajo de Jackson llegó flotando. —Esto es una mamada, Coop…

Hablé lo suficientemente alto como para ahogar su voz. —Mientras el Sr. Jones y el Sr. Fallon hablan de estrategia, nos conoceremos. Soy Alicia Weber de Weber Technology Consulting, y estoy aquí para ayudar a que este proyecto de desarrollo vuelva a encarrilarse para que podamos cumplir con el cronograma. Estoy deseando conocerlos a todos.

—¿Le gustaría empezar con las presentaciones? —Haciendo un gesto al joven que había estado sentado junto a Jackson, rodeé la mesa hasta la cabecera. Aparté una taza de café de Synergy del camino y me senté en el asiento de poder, bajándolo subrepticiamente para que mis pies tocaran el suelo.

Mientras los chicos se turnaban para presentarse, la discusión al otro lado de la puerta finalmente se calmó, y antes de que hubiéramos terminado, Jackson y Fallon se deslizaron de nuevo al interior. Fallon tomó la silla vacía al otro lado de la mesa, con una expresión serena mientras escuchaba al equipo dar actualizaciones sobre sus tareas. Jackson se apoyó contra la pared, con los brazos cruzados, el color todavía vivo en sus pómulos altos. No dijo ni una palabra más, pero el calor parecía irradiar de él, y los programadores más cercanos se retorcían en sus asientos. Pero para mí, al menos, no había forma de confundir el dolor en sus ojos. ¿Qué demonios pasaba entre esos dos? Necesitaban un terapeuta de parejas más que una consultora.

—Ahora que todos se han conocido —dijo Cooper mientras se ponía de pie—, me gustaría revisar las restricciones del proyecto. Con la incorporación de Alicia al equipo, confío en que podrán completar el desarrollo para el 15 de noviembre como se planeó originalmente.

Dos meses. Tenía dos meses para darle la vuelta al proyecto y entregar un código listo para su lanzamiento. Podía hacerlo. Sabía que podía. A menos que…

—¿Alicia? —preguntó Cooper.

¿Qué me había preguntado? Algo sobre la fecha, pensé. —Absolutamente, Sr. Fallon. Lo haremos.

Jackson resopló.

Entrecerré los ojos hacia él. No me sabotearía, ¿o sí? No sería la primera vez que alguien lo intentara. Ya lo había visto todo antes: ralentizaciones deliberadas, errores introducidos «accidentalmente», incluso ausentarse por enfermedad en un momento crítico de un proyecto. Todo porque una mujer amenazaba sus frágiles egos. Habían cerrado filas y se habían despatarrado alrededor de la mesa hasta que no hubo sitio para mí.

No podía dejar que eso pasara aquí. Si triunfábamos, la recomendación de Cooper Fallon me abriría puertas en Austin, en Silicon Valley, donde quisiera trabajar. Yo pondría mis propias condiciones. Si fracasaba, sin embargo, ese sería el fin de Weber Technology Consulting. Volvería al cubículo de otra persona a producir código, algo de lo que había estado tratando de escapar durante los últimos cinco años.

Así que cuando Cooper Fallon me estrechó la mano y dijo: «¿Nos vemos mañana a las ocho?», dije: «Absolutamente. Estoy ansiosa por empezar».

Siempre es bueno empezar un nuevo trabajo mintiendo descaradamente, ¿verdad?

Como si pudiera ver el pensamiento culpable cruzar mi frente como un letrero luminoso, Cooper entrecerró los ojos. —Hasta mañana, entonces. —Se giró para hablar con Jackson, quien me miraba con una expresión indescifrable. Atrás había quedado la ternura que había mostrado cuando había presionado ese ridículo curita en mi frente.

Le devolví la mirada. No importaba lo amable que hubiera sido. O lo famoso que fuera como programador. De ninguna manera iba a dejar que Jackson Jones arruinara esta oportunidad decisiva para mí.

2

ALICIA

EN CUANTO LLEGUÉ al campo de fútbol sub-11, supe que algo andaba mal.

No fue un cosquilleo de instinto maternal como el que tenía mi mejor amiga, Tiannah. Supuse que era algo que se te metía en la sangre en la sala de partos, como la oxitocina. Yo era la prueba de que no se podía conseguir simplemente por sostener la mano de tu hermana mientras daba a luz.

No, me di cuenta porque los niños no estaban corriendo por ahí. Estaban sentados en el césped mientras Tiannah acunaba a Noah en su regazo, secándole las lágrimas y besándole la frente. Detrás de ella, su marido, el entrenador, caminaba de un lado a otro, con el teléfono pegado a la oreja. Ignoré el zumbido de mi teléfono para saltar del auto y tambalearme sobre mis tacones por el estacionamiento de grava. Juré que los quemaría. Ya me habían retrasado dos veces hoy.

—¡Noah! —Me arrodillé junto a él en el césped—. ¿Qué pasó?

Tiannah se estiró y tomó mi mano, y su tranquilidad maternal fluyó hacia mí. —Se tropezó. Cayó con todo. Dice que le duele el brazo.

La piel del antebrazo ya se le había enrojecido. Puede que yo no tuviera instinto maternal, pero Noah se había roto suficientes huesos como para que yo supiera qué hacer a continuación.

—Oye, campeón —le dije en voz baja—. ¿Crees que puedas ponerte de pie?

Se limpió la cara con la manga. —Sí.

—Iremos a ver a la Dra. Ruiz. Ella te dejará como nuevo. —Lo sostuve por debajo del brazo sano y Tiannah lo agarró por detrás mientras se levantaba sobre sus piernas temblorosas.

Mientras los otros niños aplaudían, Tamika se acercó corriendo, con sus trenzas ondeando. —¿Noah, estás bien?

—Sí.

Lo abrazó, ignorando el brazo que le colgaba torpemente a un lado. —Que te mejores, ¿sí? Te veré mañana en la escuela.

Él asintió y se deshizo de su abrazo. Pobre chico, debía de dolerle de verdad. Normalmente, habría hablado con su mejor amiga hasta que los hubiéramos separado a la fuerza.

—¡Alicia! —La voz familiar me revolvió el estómago. Unos pies que corrían se acercaron y Rick apareció, apenas respirando con dificultad después de su trote a través de dos campos de fútbol—. ¿Qué pasó?

Levanté la vista hacia su rostro rudo. Antes pensaba que era guapo; ahora los ángulos agudos de sus pómulos se veían duros. Nada que ver con las suaves arruguitas alrededor de los ojos color chocolate de Jackson Jones. Parpadeé para alejar el recuerdo. —Noah se cayó y lo voy a llevar al doctor.

Con cuidado, levantó el brazo que Noah acunaba y lo examinó. —¿Duele mucho, eh?

—Sí, entrenador… quise decir, Rick. —Noah apretó la boca.

Rick le alborotó el pelo. —Puede que no sea tu entrenador esta temporada, pero todavía puedes llamarme así.

Hice una mueca. Había movido mis influencias para asegurarme de que Noah no estuviera en el equipo de Rick esta temporada. Había esperado no volver a verlo después de que rompimos a principios del verano, pero debería haberlo sabido, considerando el tiempo que todos pasábamos en el complejo de fútbol.

—Parece que podría estar roto. Lo llevaría al doctor.

Parpadeé con fuerza para no poner los ojos en blanco. ¿No acababa de decirle que para allá íbamos?

—Puedo ir contigo. Hablar con el doctor. Palmer se queda con su madre esta noche.

—No. —Lo había dicho más fuerte de lo que pretendía—. Es decir, estamos bien. Yo me encargo. —Como Rick no soltaba el brazo de Noah, dije—: Me gustaría llevarlo antes de que cierren.

—Claro. —Le alborotó el pelo a Noah otra vez—. Buena suerte, Noah. Espero verte pronto de vuelta en el campo.

—Gracias, entrenador. —Los ojos de Noah estaban entrecerrados por el dolor, pero aun así brillaban al mirar a Rick. Mierda. Sabía que había sido una mala idea salir con un hombre que era tanto su entrenador como el padre de uno de sus amigos. Noah probablemente esperaba que volviéramos. Pero yo no iba a hacer eso. Ni siquiera por él.

—¿Segura que no me necesitas? —La voz de Rick era baja, solo para mí. Sus ojos verdes brillaron.

—Gracias, Rick. Estamos bien.

—Pero…

La voz de Tiannah lo interrumpió. —Dijo que está bien. Además, voy a ir con ella.

Parpadeé, mirándola. —¿Pero qué hay de…?

—Orlando se encarga de los niños. —En voz más baja, dijo—: Te vendría bien un poco de ayuda. Pero no de él. —Se echó el bolso al hombro.

La boca de Rick se tensó, pero después de un momento, asintió y se alejó. Ni siquiera lo miré. Bueno, está bien, puede que haya dejado que mis ojos se desviaran brevemente hacia su trasero. Esos shorts de fútbol me hicieron recordar por qué había cedido cuando me invitó a salir. Si tan solo hubiera sido capaz de cumplir lo que esos musculosos glúteos prometían.

Tiannah murmuró lo que yo estaba pensando. —Qué desperdicio de trasero.

Me mordí la lengua para no responder, consciente de los muchos oíditos que nos rodeaban.

—Vamos, Noah. —Le abrí la puerta del auto y él se deslizó con cuidado en el asiento trasero.

Tiannah puso su mano en la puerta del copiloto de mi auto.

La culpa me invadió. —De verdad, Tee, yo me encargo. No es nuestro primer viaje a emergencias. Ya tienes suficiente con bañar, alimentar y acostar a un niño pequeño, uno de kínder y uno de quinto grado.

Abrió la puerta. —Pero no tienes que hacerlo sola. Además, quiero que me cuentes todo sobre tu primer día como consultora.

Sonreí a pesar del nudo que tenía en el estómago. Habíamos trabajado juntas hasta que ella renunció hace dos años para ser mamá a tiempo completo. Yo ya lo estaba planeando en ese entonces, y ella estaba casi tan involucrada emocionalmente en Weber Technology Consulting como yo. —Está bien, entonces. Súbete.

Noah todavía estaba batallando con el cinturón de seguridad, así que se lo abroché. Me dedicó una sonrisa temblorosa y cerré la puerta. Me subí al asiento del conductor de mi Honda, le hice un gesto de despedida al entrenador y salí lentamente del lugar de estacionamiento, pendiente de los balones de fútbol y los padres distraídos.

Encontré la mirada de Noah en el espejo retrovisor. —Cuéntame qué pasó, campeón.

Pateaba el asiento con los tacos. —La práctica había terminado y el entrenador nos hizo correr una vuelta. Yo iba ganando y, cuando levanté la vista, me tropecé. Caí sobre mi brazo y dolió mucho. Señora Tiannah, ¿cree que igual gané, aunque me cayera?

—Claro que sí. Todos vieron que habrías llegado primero.

En el espejo, lo vi reclinarse y sonreír. El espíritu competitivo era algo de familia en los Weber.

La clínica de urgencias no estaba lejos y la ruta era familiar.

Pero esta vez, con la tranquilizadora presencia de Tiannah en el auto, no estaba en pánico por la lesión de Noah ni me estaba culpando por mis fracasos como madre que pudieran haberla causado. Así que entré al vestíbulo con una sonrisa, sosteniendo la mano sana de Noah. Me quedé helada al ver la cara desconocida detrás del mostrador.

—¿Dónde está Ruby? —Me acerqué al mostrador.

—No está aquí esta noche. ¿Cuál es el motivo de su visita? —Miraba fijamente su pantalla, con los dedos sobre el teclado.

—Mi sobrino… —mierda, iba a tener que pasar por todo eso con ella— se lastimó el brazo jugando al fútbol. Tiene diez años. ¿Está la Dra. Ruiz esta noche?

—Sí. —Tecleó la entrada y luego me dio una tabla con papeles —. Necesito que llene eso y necesitamos una carta de consentimiento de sus padres.

—Soy su tutora. Sus padres están… —eché un vistazo a Noah, en la silla de plástico junto a Tiannah— ya no están con nosotros. Estoy segura de que estamos en su sistema con la documentación adecuada.

Su sonrisa fue empalagosamente dulce. —Llene el papeleo. No olvide la información del seguro.

El corazón se me fue a los pies. *Seguro.* ¿Cuánto iba a costar esta visita? Al menos no habíamos ido a la sala de emergencias del hospital. Todavía.

Le quité la tabla y arrastré los pies hasta donde estaban sentados Tiannah y Noah. Me dejé caer en la silla junto a Noah y llené el formulario, sacando mi nueva tarjeta del seguro y transcribiendo cuidadosamente los números.

Tiannah me dio un codazo. —¿Qué pasa?

—Nada, solo que… ahora mismo, extraño mi antiguo seguro. Sabes lo bueno que era. Elegí el plan más barato mientras pongo en marcha mi empresa. Debería haber sabido que no era buena idea empezar mi empresa durante la temporada de fútbol. Este copago va a doler.

—Tener tu propio negocio vale la pena. Saldrás de esta.

Después de la reunión con Cooper y Jackson, no estaba tan segura.

Tuve que discutir con la nueva recepcionista sobre la nota de los padres hasta que encontró nuestro papeleo en el sistema. Victoriosas al fin, nos hicieron pasar para ver a la Dra. Ruiz, quien palpó el brazo de Noah y nos dijo que necesitaba llevárselo para hacerle una radiografía.

Cuando la puerta se cerró tras ellos, Tiannah me abrazó. —Todo va a estar bien, cariño.

—Lo sé. —Le devolví el abrazo—. Es un chico fuerte.

Se apoyó en la pared de la sala de examen. —Tú también eres fuerte, ¿sabes? ¿Cómo te fue en tu primer día?

Resoplé. —Terrible. —Me levanté el pelo para enseñarle la curita de Rayo McQueen y le conté brevemente sobre los fundadores disfuncionales de Synergy Analytics y la difícil tarea que me habían encomendado.

Sacudió la cabeza. —¿Qué dijo Jamila?

—¿Cuándo? ¿Te refieres a hace dos semanas, cuando me contó de este trabajo?

—¿No la llamaste después?

—¿Hoy? No. Hoy me puse mis pantalones de niña grande. Puedo con esto.

Tiannah puso los ojos en blanco. —Siempre pensando que tienes que hacerlo todo sola. Jamila conoce a estos tipos. Todos fueron juntos a la universidad. Te puede dar algunos consejos. Pistas. Influencia. Apuesto a que tiene algún chisme fuerte de ese Jackson Jones. Algo que puedas usar para sacarle ventaja.

Pensar en Jackson Jones y en piernas —la forma en que esos jeans desgastados se estiraban sobre sus muslos— me sonrojó las mejillas. Como de costumbre, a Tiannah no se le escapó nada.

—¿Son tan guapos como en las fotos?

—Lesión en la cabeza. —Señalé mi corte—. No se puede confiar en mi juicio para esas cosas.

Frunciendo los labios, levantó las cejas.

—Está bien, sí, son guapísimos. Los dos. Pero Cooper es un glaciar. —Me estremecí, recordando la frialdad de sus ojos. Jackson era lo contrario: la calidez en esos ojos marrones mientras me limpiaba la sangre de la cara se había sentido como una hoguera crepitante en un día fresco de otoño, pero se habían convertido en un incendio forestal cuando supo que estaba allí para hacerme cargo de su proyecto. Peligroso. La llama se había apagado después de que habló con Cooper en el pasillo. Todavía no podía descifrar su dinámica.

—Ah, y se me olvidó mencionar que intenté invitar a salir a Jackson Jones, antes de saber quién era, así que está eso. —Hice una mueca.

—Amiga. —Chasqueó la lengua—. No hace falta que te diga que te mantengas alejada de todo eso.

—No. Esa situación no tiene más que desventajas para mí. Menos mal que me rechazó. —Mi estómago se retorció de vergüenza—. Y ahora que me he unido a su proyecto, Jackson es tan amigable como un manojo de espinas. De todos modos, es totalmente irrelevante. Estoy allí para hacer un trabajo. Entrar y salir.

—¿Pero?

—Supongo que pensé que sería diferente como consultora. Me contratan para ser inteligente. Llego, salvo el proyecto, y me voy. Sin egos masculinos frágiles. Sin picnics de la empresa. Sin *happy hours*. Sin evaluaciones de desempeño. Fácil. Transaccional.

—Cariño. —Me apretó la mano—. Nada es fácil para las mujeres en un mundo de hombres. Estarás luchando la buena batalla contra el patriarcado todos los malditos días. Sé que darás lo mejor de ti. Y harás que Jamila se sienta orgullosa.

También escuché lo que no dijo. Que si metía la pata en Synergy, quedaría mal Jamila. Respiré hondo. —Hacer el trabajo, salir. No agitar las aguas. Te escucho. —He andado de puntillas por el campo minado de los egos masculinos toda mi carrera. Y esta vez, me estaban pagando el doble de lo que ganaba como empleada regular.

Luchando contra Jackson Jones, me ganaría cada centavo. Y cuando la Dra. Ruiz entró y me dijo que Noah se había fracturado el cúbito, y su asistente nos dijo cuánto costaría su tratamiento con mi seguro de pacotilla, supe que también lo necesitaría.

3

JACKSON

—NO VAS A ENCONTRAR COMIDA como esta en San Francisco —. Me eché hacia atrás para evaluar la expresión de Cooper.

Su labio se curvó tan ligeramente que alguien que no lo conociera desde hacía una docena de años podría no haberlo notado. Su mirada vagó desde la camiseta con la leyenda «Keep Austin Weird» de la persona frente a nosotros hasta la chica que tomaba los pedidos, sudorosa y con salsa en el delantal, y luego a la cocina abarrotada, donde un hombre aún más sudoroso volteaba un costillar. —No, no creo.

Desde que Alicia había irrumpido en la reunión esa mañana —la reunión que yo había pensado que era *mía*, la prueba de que Cooper por fin confiaba en mí de nuevo—, llena de confianza y gracia a pesar del ridículo vendaje que le había presionado en la frente, me sentía como si estuviera cubierto de hormigas. Hormigas de fuego, que había descubierto que existían —unas dolorosas y muerdeculos— cuando intenté descansar en el césped del parque después de una de mis corridas. Y eso me puso, como decían aquí en Texas, de malas.

Así que había traído a Cooper al ahumadero, con su servicio

hosco, mesas pegajosas y condimentos de autoservicio, que sabía que odiaría. Pero no era tonto. La comida, lo mejor que había comido en los tres meses que llevaba en Austin, valía la pena.

Mi teléfono vibró en mi bolsillo y lo saqué. Un recordatorio para llamar a Sam. Marlee era una santa por programar los recordatorios semanales. Ignoraba los que había puesto para llamar a mi madre y a mis otros hermanos, pero nunca me saltaba el de Sam.

—Lo siento, tengo que encargarme de algo. ¿Me pides las costillas, ensalada de papa y okra? —me reí entre dientes ante la expresión de horror de Cooper y me escabullí afuera. Encontré algo de sombra bajo un árbol, me puse los audífonos y le hice una videollamada a Sam.

Contestó después de unos cuantos timbrazos. Las paredes grises institucionales que la rodeaban hacían que su piel pálida se viera verdosa.

—¿Por qué no puedes mandar mensajes como una persona normal?

—Los hermanos mayores favoritos no tienen que escribir primero. Además, me gusta tomar a la gente por sorpresa. Por cierto, ¿dónde estás?

—En las escaleras de la escuela. Estaba *trabajando* cuando llamaste.

—¿En la tarea? ¿Necesitas ayuda?

—No, Jackson —ella puso los ojos en blanco—. Estoy trabajando en mi proyecto de investigación.

—Eso es programación, ¿verdad? Puedo ayudar. Como solía hacer cuando vivía en casa.

—Cuando yo vivía en casa, no hacía optimización convexa. Y tú tampoco.

—¿Optimización qué?

Ella sonrió con suficiencia. —Sí, no enseñaban eso *hace diez años* a los estudiantes de licenciatura, ni siquiera en *Stanford*. Admítelo, ahora que estoy en el posgrado, yo soy la gurú de la programación.

—Por supuesto. Siempre has tenido un don. ¿Pero estás segura de que estás bien? —no tenía esas ojeras la última vez que hablamos.

—Estoy bien. Aunque mi proyecto de tesis no va tan bien como esperaba. Es muy difícil, ¿sabes?

—Apenas terminé mi licenciatura. Lo que estás haciendo es difícil, pero puedes hacerlo. Eres la más inteligente de todos nosotros.

Ella resopló, pero pude notar que escondía una sonrisa. —Dile eso a mamá.

—Lo haré, la próxima vez que hable con ella —lo cual no sería hasta Acción de Gracias si podía evitarlo.

Su media sonrisa se desvaneció. —Ojalá pudiera ir a Texas.

Me levanté de un salto y caminé alrededor del árbol. —¿Por qué? ¿Qué pasa? Ese imbécil de Stephen no te está molestando de nuevo, ¿o sí? Porque voy para allá y…

—No, no. Solo digo que mamá puede ser abrumadora. Me vendría bien un poco de distancia. Algún día…

Mi hermana pequeña se parecía mucho a mí, pero no había desarrollado mi actitud de «a la mierda» hacia nuestra madre. —No dejes que te mangonee. Y quizá un poco de distancia es todo lo que necesitas de tu proyecto. Ya sabes que nuestros cerebros no funcionan igual que los de los demás. Sal a manejar. O a correr. Pasa algo de tiempo al aire libre.

Una comisura de su boca se elevó. —Siempre se te ha dado de maravilla escapar de situaciones difíciles.

—Oye, no digo que sea la estrategia más sana para sobrellevar las cosas, pero tal vez necesites un descanso. Demonios, te pago el vuelo hasta aquí, Samwise. Podemos ir a un bar honky-tonk. Beber tequila hasta vomitar —. Tener una cara amiga en Austin sería un alivio después de meses de que la gente anduviera con pinzas alrededor del fundador de la empresa. Al menos en la sede central me consideraban un metepatas, nada que temer. Weston —e incluso Cooper— se habían asegurado de ello.

—Gracias por la oferta, pero paso. Demasiado que hacer aquí. Aunque quizá saque a Bilbo Bolsón a dar un largo paseo.

—De acuerdo —no dejé que mi decepción se reflejara en mi rostro—. Pero si necesitas algo, me llamas.

—Entendido. ¿Cuándo vienes a casa?

—Quizás en Acción de Gracias. En Navidad seguro —. Cooper dijo que teníamos que terminar el desarrollo para mediados de noviembre. Esperaba que eso pusiera fin a mi exilio. Así podría ver a mi hermana en persona.

—Bien. Te extraño. Te quiero, Jackson.

—Yo también te quiero, Samwise.

Exhalé un profundo suspiro. La llamaría para ver cómo estaba la próxima semana. Asegurarme de que estuviera durmiendo. Ojalá pudiera ayudarla con su programación. Solíamos programar juegos tontos juntos, llenos de magia y peleas de espadas. Me la había pasado bomba enseñándole a mi hermana pequeña a programar. Pero tenía razón; me había superado en conocimientos. La programación era una de las cosas en las que era mejor, pero ahora hasta Cooper había perdido la fe en mi habilidad.

Caminé con paso cansado hasta la mesa de pícnic de madera donde Cooper se había instalado. La mayor parte del calor del día se había ido con el sol, pero todavía era sofocante para un par de tipos que se habían criado en los veranos frescos del norte de California. Mi camiseta de AC/DC se me pegaba a la espalda. Cooper se había arremangado.

—Llevo queriendo preguntarte todo el día —Cooper me miró los pies—. ¿Qué demonios es eso?

—¿Mis botas? —me dejé caer en el banco y apoyé un pie para admirar la pala de avestruz. Así me había dicho la chica linda de la tienda de botas que se llamaba la parte que va desde la punta hasta el tobillo, donde empezaba la caña. Bromeamos mucho sobre la caña. Pero compré mis botas y me fui, declinando tomar su número. Quién sabe, podría aparecer al día siguiente como nuestra nueva recepcionista. Lo que me recordó cómo casi la había cagado con Alicia.

—No quiero hablar de las putas botas. Quiero hablar de cómo contrataste a una consultora sin decírmelo —. Una a la que casi había invitado a salir antes de enterarme de que trabajaba en nuestro edificio. Repasé nuestros primeros minutos juntos. La sedosidad de su liso cabello rubio cuando se lo aparté de la frente. Su piel tersa, estropeada por ese trozo de hielo extrañamente afilado. Su sobrio traje negro, entallado en todos los lugares correctos, combinado con esos tacones de dominatrix altísimos. Una fantasía de maestra de escuela traviesa en apuros que activaba todos mis botones. Pero no iba a repetir el error que cometí con Callie.

—¿Quieres hablar de esto ahora? —sus ojos azules brillaban como esquirlas de hielo—. Bien. La forma en que actuaste esta tarde fue imperdonable. Sí, somos socios. Y amigos. Pero no permitiré que me socaves a mí ni a mis decisiones. Lo que incluye a Alicia.

—Solo un puto imbécil le suelta *eso* a su mejor amigo delante de su equipo —. ¿Seguía siendo mi equipo?

Tuvo la decencia de parecer avergonzado. —Lo siento, Jay, sé que no fue lo ideal. Debería haberlo manejado mejor. No sabía cómo decírtelo sin…

—¿Qué tal con un: «Ahora has logrado cagarla en lo único en lo que antes eras bueno, así que traeremos a una cualquiera de la calle para que lo arregle por ti. Cualquiera podría hacerlo mejor que tú, Jay»?

—No es una cualquiera —gruñó Cooper—. Está totalmente cualificada y certificada, y tiene una recomendación brillante de Jamila. Confías en Mila, ¿no?

No confiaba en ella si iba a recomendar a alguien que era claramente mi kriptonita para trabajar conmigo. ¿Acaso Cooper le había contado a Jamila lo que pasó en mayo y ahora ella intentaba castigarme por ello? ¿Pero por qué haría eso? Éramos amigos. No como ella y Cooper, con su relación intermitente. La semana pasada, había venido a verme aquí, en el exilio. Me había llevado a comer tacos y no había dicho ni una palabra sobre Callie. O sobre Alicia Weber.

¿Era una coincidencia que hubiera recomendado a Alicia, inteligente, competente y quizá también buena programadora, que convertiría el ir a la oficina en una tortura diaria? Alguien —¿el universo, tal vez?— me había tendido una trampa para que fracasara.

No. Lo había hecho yo. Me lo había hecho a mí mismo por cagarla. Si no me hubiera emborrachado esa noche, no estaría en Austin. Nunca habría conocido a Alicia Weber ni habría sido reemplazado por ella.

Nuestro número sonó por el altavoz, interrumpiendo la canción de Randy Travis.

Me puse de pie. —Ahora vuelvo.

Un minuto después, dejé caer una bandeja de aluminio con pechuga de pollo carbonizada, frijoles pintos y berza frente a Cooper. La expresión de su cara no tenía precio, y el horror se intensificó cuando puse mi propia bandeja de costillas bañadas en salsa, okra frita y cremosa ensalada de papa.

Pero no dijo ni una palabra. Tomó un tenedor y un cuchillo de la lata que había sobre la mesa, los limpió unas cien veces con una servilleta de papel del rollo de al lado y luego empezó a cortar el pollo con un delicado movimiento de sierra digno de mi madre en un restaurante con tres estrellas Michelin.

Arranqué una costilla del costillar y mordí la carne tierna. Delicioso. ¿Disfruté de la repulsión de Cooper mientras me lamía la salsa de los labios y las yemas de los dedos? Pues sí.

Comimos durante unos minutos en silencio. Aparte de los cinco minutos en los que no supe que Alicia trabajaba en mi edificio, fueron la mejor parte de mi día.

Hasta que dejó el cuchillo y el tenedor. —Desde que viniste aquí…

—No lo endulces, Coop. Desde que me exiliaste aquí —lancé un hueso pelado al montón en la esquina de mi bandeja.

Me dedicó una mirada de «sabes lo que hiciste». —Pensé que

al alejarte de la… situación, te ayudaría a concentrarte en el trabajo. Y sin embargo no he visto ningún progreso.

El calor se acumuló en mi pecho, y no era por la salsa barbecue picante. —Estoy predicando con el ejemplo. Mantengo un perfil bajo y programo como me dijiste. Los otros chicos también. Estamos progresando.

Levantó un bocado de berza mustia con el tenedor y lo miró con los ojos entrecerrados. Había olvidado señalar que aquí, «verdes» no significaba kale crudo. —No tenía pruebas de eso. Ni confianza en que terminarían a tiempo.

—¿Acaso no confías en mí, Coop? —nuestra amistad de más de una docena de años debería valer algo.

—Yo… —devolvió la berza a su plato y la removió—. Quiero hacerlo. Pero…

No tuvo que terminar. Mi metida de pata más reciente había sido bastante épica.

Dejó el tenedor. —Gurusoft ya anunció su producto. Nuestro cliente más importante me dijo la semana pasada que si no tenemos el nuestro listo para fin de año, se van con ellos. No podemos permitir que eso suceda. No en este clima empresarial.

—¿Cuándo pensabas decírmelo? —agarré una servilleta de papel y me froté los dedos.

—La semana pasada. Ojalá leyeras tus correos electrónicos.

Cooper me mandaba muchos correos. Usualmente, estaban llenos de números y mierdas que no me importaban. —Mierda.

—Este es nuestro problema, aquí mismo, Jackson —su mano se crispó en un puño sobre la madera pegajosa de la mesa—. No te tomas nada en serio. Y nuestro negocio es jodidamente serio.

Puse los ojos en blanco hacia la sombrilla roja y blanca de la mesa. Había usado mi nombre, no *Jay*, como me llamaba desde que nos hicimos mejores amigos en nuestro primer año en Stanford, como si yo fuera un compañero de trabajo cualquiera. Nuestro negocio no siempre había sido serio. Solía ser divertido. Allá cuando solo éramos un par de nerds en nuestro dormitorio, soñando con cambiar el mundo.

—Mira —dijo más suavemente—. Sé que lo que le pasó a tu padre te dio una cierta perspectiva de la vida…

—Un puto infarto a los cuarenta y un años. ¡Eso es solo nueve años más que nosotros!

Cooper miró a la gente de la mesa de al lado que se había girado para observar. Me extendió las palmas en un gesto de «tranquilo». —Nadie dice que necesites ser un adicto al trabajo como él. Necesito más comunicación. Por eso traje a Alicia.

Agité las manos sobre mi cabeza. —¡Te escribo casi todos los días!

—No sobre nuestro negocio —entrecerró los ojos hacia mi codo—. ¿Por qué llevas un vendaje del Rayo McQueen?

Había olvidado que estaba ahí. —Es una historia graciosa. Marlee…

—Alicia también tenía uno —sus ojos eran rendijas—. ¿Acaso ustedes dos…?

—¡No! —¿Acaso pensaba que me acostaba con todas las que veía? ¿Y cuándo habría tenido tiempo?—. Quedó atrapada en la granizada, se cortó la cabeza. Le di uno de estos. Estaba siendo amable. Eso fue antes de saber que ustedes dos me estaban jodiendo. Debería haberla dejado desangrarse. Ella habría sido la juzgada como poco profesional en lugar de mí. Aunque ni siquiera un imbécil como yo podría haberla dejado allí, sangrando. Ni siquiera si hubiera sabido por qué estaba allí.

Con una última mirada glacial, Cooper se echó hacia atrás. —Si oigo el más mínimo rumor…

Resoplé. —No va a pasar. Aprendí mi lección. Te lo prometo. Ahora, ya que me estás reemplazando aquí, ¿puedo volver a casa? —así podría ver a Sam, asegurarme de que no se estuviera matando a trabajar.

—No te estoy reemplazando. Eres el mejor programador que he conocido. Ahora que Alicia está aquí, puedes centrarte en el código y dejar que ella se ocupe de todo lo demás.

—¿Todo lo demás?

Su mirada se desvió hacia un lado. —Gestionar el trabajo pendiente, los informes, ser mentor del equipo, ya sabes, todo eso.

—Pero yo hago eso. Soy el líder del equipo —bueno, está bien, yo era el responsable. Quizá no lo había hecho tan bien como debería. Había estado tan traumatizado por lo de Callie que había tenido miedo de establecer cualquier conexión personal en la oficina de Austin. Me imaginé que si todos hacíamos el trabajo, al final se solucionaría solo.

Se limpió las manos. —Ahora ella es la líder del equipo.

Me desplomé en el banco. Estaba sucediendo otra vez. La había cagado y me estaban quitando otra parte de la empresa. Pero nunca dejaría que Cooper viera cuánto me dolía, y no iba a empezar ahora.

—Toma, prueba esto —le ofrecí un trozo de okra.

—Sabes que no como frituras.

—Es una verdura. Pruébala —le extendí la pieza redonda y crujiente—. Confía en mí —nunca la había comido antes de venir a Texas, y la diferencia de textura entre el exterior crujiente y el interior viscoso me fascinaba.

Me miró con los ojos entrecerrados, pero tomó el trozo de okra de mi mano. Lo miró fijamente por un segundo y luego se lo metió en la boca. Después del primer crujido, su boca se aflojó, pero lo masticó y lo tragó como un campeón. Tomó un trago de agua antes de farfullar: —Eso es repugnante.

Tomé otro trozo y lo mordí. —¿Quizá es un gusto adquirido?

—Concéntrate, Jay. Tenemos que hablar de esto —se limpió la boca con una servilleta de papel limpia—. Confío plenamente en tu capacidad de programación, pero las ventas de este producto serán decisivas para nuestro primer trimestre. Recuerda cuánta gente depende de nosotros. El equipo de ventas. Marketing. Atención al cliente. Si tenemos productos para que vendan, promocionen y den soporte, tienen trabajo. Si no... —extendió las manos, con las palmas hacia arriba.

—No estarás hablando de despidos —mi amigo podía ser un

cabrón frío, pero no creía que se hubiera pasado al lado oscuro. Con el puto Weston, nuestro director ejecutivo.

Cooper apretó la mandíbula. —Quizá no te hayas dado cuenta, pero no has recibido un salario este año. Yo tampoco. La recesión ha sido dura para nuestros clientes. Menos gente comprando autos significa menos dinero para sistemas telemáticos, para software de optimización de manufactura. Menos gente trabajando significa que las empresas no pueden permitirse costosos sistemas de análisis empresarial. Están pasando apuros, y ahora, nosotros también. No quiero despedir gente, but si este producto se retrasa, podríamos necesitar suspender a algunos de ellos hasta que esté listo.

Los rostros de los miembros de mi equipo pasaron por mi mente. El desarrollador sénior, Amit. El chico nuevo, Tyler. Incluso Ivan, el guardia de seguridad. Marlee, mi asistente en San Francisco. En realidad no tenía nada que hacer ahora que yo estaba aquí, pero me había negado a suspenderla. Vive con su padre, que no puede trabajar, y ambos dependen de sus ingresos.

—Nada de suspensiones —relajé mi agarre sobre el cuchillo y el tenedor y los dejé en la bandeja de aluminio. Habían dejado líneas rojas en mis palmas—. Yo me encargo, Coop. No los defraudaré.

—Lo sé, Jay. Pero Alicia está a cargo ahora.

—Coop, dame otra oportunidad. Yo... —no estaba listo para suplicar, pero haría cualquier cosa para que volviera a creer en mí. Para no estar defraudándolo—. Dime qué necesito hacer para demostrarte mi valía.

Me miró fijamente, esos extraños ojos azul hielo perforándome el alma. Siempre me había visto como era, sin importar la cortina de humo tras la que me escondiera. —Está bien. Tres cosas —levantó tres dedos y los fue enumerando—. Producir buen código a tiempo. Ganarte el respeto del equipo. Trabajar juntos para lograr sus objetivos.

Buen código, podía hacerlo. A tiempo no siempre estaba garantizado, pero lo intentaría. ¿El respeto del equipo? Fácil. Mi reputación era legendaria. El chico nuevo, Tyler, prácticamente me veneraba.

¿Pero trabajar juntos? No era mi punto fuerte. Hacía mucho tiempo que había aprendido a no confiar en nadie excepto en Cooper. Era el único que nunca se había burlado de mi falta de concentración, de mi impulsividad, de mi desprecio por la autoridad que me metía en problemas. Mejor mantener un perfil bajo, escribir mi código y confiar en que los otros chicos harían lo mismo. Pero quizá si pasaba un poco más de tiempo interactuando con el equipo, eso sería suficiente para él. Además, sus trabajos —los trabajos de todos— estaban en juego. Eso valía la pena exponerse al ridículo.

—Bien, lo haré. Ya verás. Yo me encargo.

—Confío plenamente en ti y en el equipo. Con la ayuda de Alicia —apartando su bandeja de pollo a medio comer, dijo—: Ahora, ¿vi una máquina de helado suave?

Cooper monitoreaba su consumo de azúcar con la misma intensidad con la que seguía su cartera de inversiones. No tocaría un postre lácteo congelado de autoservicio con sabor artificial a vainilla ni con un palo de tres metros. Así que esa era su señal de que habíamos terminado esta conversación, y que su palabra era la última. Así había sido desde Stanford. Él tomaba las decisiones para que yo no las cagara.

Estiré la mano sobre la mesa y le agarré la muñeca. —Estoy intentando cambiar, Coop. No te defraudaré. No defraudaré a nadie.

Cuando asintió, lo solté. Ambos sabíamos que después de programar, defraudar a la gente era lo que mejor se me daba.

No esta vez. Le demostraría a Cooper que podía hacer esta única cosa sin cagarla.

4

ALICIA

JUSTO ME HABÍA LLEVADO a los labios la taza humeante de té
Earl Grey —después de una noche en vela con los copagos en la
cabeza, necesitaba la dosis de cafeína—, cuando Jackson Jones
entró pavoneándose en la cocina comunitaria, pura pierna larga y
elegancia atlética. Me alegré de no haber bebido aún; todavía no
me acostumbraba al impacto de ver esos labios suaves y rosados
enmarcados en esa barba oscura, y el té habría terminado en mi
blusa.

Sus labios no estaban curvados en una sonrisa, no como
cuando lo conocí ayer, antes de que supiera que yo lo reempla-
zaría como líder de equipo. Formaban una línea recta. Sosteniendo un licuado verde en un vaso de plástico transparente con
el popote aún cubierto por la punta de su envoltorio, se acercó
hasta quedar tan cerca de mí que tuve que estirar el cuello para
mirarlo a los ojos. ¿Lo había hecho para intimidarme? Si era así,
no le funcionaría.

—Buenos días, Jackson. —Dejé mi taza y me crucé de brazos.

—Buenos días —masculló.

Se me hizo un nudo en el estómago. No me había sentido así

desde la secundaria, cuando reuní hasta la última pizca de valor que pude encontrar para invitar a mi amor platónico, Ian Cameron, al baile de Sadie Hawkins, y me rechazó en seco delante de toda la clase de matemáticas, diciendo que no salía con nerds.

Aparentemente, Jackson Jones seguía la misma filosofía.

Asegurándome de que seguíamos solos en la cocina, levanté la barbilla. —No se preocupe. No voy a invitarlo a salir de nuevo. Si hubiera sabido quién era usted cuando nos conocimos, para empezar, no lo habría hecho.

Me quedé allí, de brazos cruzados, esperando que se disculpara por no haberme dicho en ese momento que era el cofundador de Synergy. O que dijera algo.

Señaló con la barbilla la encimera detrás de mí. —¿Me permite…?

Cerré los ojos, deseando poder hacerme invisible. Me aparté de la cafetera. —Adelante.

Mis mejillas ardían. Bien. Me alegraba que me hubiera rechazado. Y me alegraba que ahora se estuviera comportando como un patán. Recordaría este momento en lugar de quedarme mirando esos labios besables. ¡No! No eran besables. Eran solo labios, ligeramente carnosos en las comisuras. Usados para hablar. Y para fruncir el ceño. No me acercaría a ellos para nada.

Alisé las arrugas de mi falda. —Lo veo en el *stand-up*. A las ocho y media en punto.

—Siempre las hacíamos a las nueve. Un poco más humano, ¿no cree?

Le dediqué una sonrisa empalagosa. —Pero mucho menos productivo. —Me giré hacia la puerta.

—Alicia.

Me quedé helada. La gente me llamaba así todo el día. ¿Por qué me derretía solo cuando él lo decía?

—Se le olvidó su… ¿su té? —Me lo tendió, arrugando la nariz.

—Gracias. —Le arrebaté la taza y salí a grandes zancadas.

Todo el piso era de planta abierta, y una hilera de árboles en maceta separaba nuestro espacio de colaboración del resto de la oficina. Amplios ventanales proporcionaban luz natural. Tres escritorios largos para dos personas, equipados con grandes monitores, estaban dispuestos en un cuadrado con un lado abierto.

Cuatro de los asientos estaban ocupados. Me puse a prueba con sus nombres: Amit y Gary, los dos desarrolladores sénior; Kevin, el gracioso; y Tyler, el desarrollador júnior. Miraban hacia el centro del rectángulo abierto, que albergaba un grupo de pufs mullidos y coloridos. Pero no tendríamos tiempo para holgazanear en ellos. Mucho más útil era la pared de pizarra blanca rayada con *swimlanes*. Me picaban los dedos por agarrar un bloc de notas adhesivas.

—Buenos días a todos. —Dejé mis bolsos en la mesa central vacía. Después de poner mi teléfono en vibración, lo arrojé a mi bolso y lo guardé en el cajón. Saqué mi laptop proporcionada por Synergy y la conecté a la base de conexión. Tyler, a mi izquierda, se asomó por el lado de mi gran monitor.

—¿Eso es todo? —dijo—. ¿Sin adornos? ¿Sin fotos? —Señaló su propio espacio de trabajo, donde una colección de figuritas de Star Wars rodeaba la base de su monitor.

—No. —Había aprendido hace mucho a no poner fotos de Noah en mi escritorio. A las mujeres con familia las pasaban por alto. Solo las mujeres que ocultaban su vida fuera del trabajo llegaban a progresar en el mundo de la tecnología.

—¿Así que no tiene hijos? —Tyler bebió de una lata de Mountain Dew.

tain Dew.

Hice una mueca. —Ya hago suficiente de niñera en el trabajo.

Tyler se rio. También Kevin, que estaba sentado a su otro lado.

Jackson, que había aparecido por la esquina, no lo hizo. Se quedó inmóvil, su rostro era una máscara. Luego, caminó a zancadas a nuestro alrededor hasta el asiento a mi otro lado. No se sentó, y sus nudillos se pusieron blancos alrededor de su taza.

Mierda, ¿pensó que me refería a que él necesitaba una niñera? Solo fue una broma, pero ahora deseaba no haberla dicho.

Jackson se aclaró la garganta. —¿No deberíamos empezar el *stand-up*, jefa? Ocho y treinta. En punto.

La nuca me ardía como si estuviera parada sobre asfalto al mediodía. Pero nunca dejaría que viera que me había afectado. —Absolutamente.

Me puse de pie y rodeé los escritorios hasta la pizarra, donde los chicos se me unieron. Bien; me alegraba que esa fuera una práctica que no tenía que introducir.

Cooper salió del hueco de la escalera cercana, agarrando un licuado verde. No se me escapó la forma en que escaneó a nuestro grupo apiñado alrededor de la pizarra. Contenta de que hubiéramos empezado a tiempo, asentí hacia él. Me devolvió el gesto y levantó su licuado hacia Jackson, al otro extremo de la fila. Parecía que habían hecho las paces. Bien por ellos.

Aparté mi atención del tipo que me había contratado para centrarme en mi equipo. —Antes de empezar, quisiera decir un par de palabras. Primero, estoy muy emocionada de trabajar con todos ustedes. Sé que haremos grandes cosas juntos.

Acercándome al tablero de tareas y su colección de notas adhesivas de colores, los guié a través de una revisión del *backlog* de trabajo. Antes de que nos lanzáramos a una discusión sobre quién haría qué, dije: —Entiendo que están familiarizados con la programación en pareja. Me gustaría probar eso, al menos en este primer *sprint*. Sé que no es la forma más eficiente de programar, pero al final nos ahorrará tiempo porque el código será de mayor calidad. ¿De acuerdo? Ahora…

—No.

Todas las miradas se giraron hacia Jackson, quien lo había dicho.

—¿No? —Enarqué las cejas.

—Yo programo mejor solo. No me importa si todos los demás trabajan en pareja —se encogió de hombros, con las manos en los bolsillos—, pero no es para mí.

Respiré hondo por la nariz. ¿Se estaba resistiendo por el comentario de la niñera? —Jackson, me gustaría que todos lo intentaran. Si no funciona, podemos probar otra cosa para el próximo *sprint*. Además, tenemos un número par de personas en el equipo. Funcionará bien.

Dudó, ni siquiera por un segundo completo, pero fue suficiente para que yo retomara las riendas. —Ahora, ¿quién se va a encargar de esta primera tarea?

Al final, los otros programadores se emparejaron obedientemente. Solo Jackson se negó obstinadamente a unirse a nadie más. Las palabras no querían salir, pero las forcé a sonar alegres. —Supongo que eso significa que está conmigo, Jackson. Muy bien, todos, empecemos.

Los otros chicos se reorganizaron en parejas, pero Jackson y yo, que ya estábamos en el mismo escritorio, volvimos a nuestros asientos.

Abrí la cremallera de la funda de mi laptop y saqué su camisa gris doblada.

—Le quité la sangre —murmuré, deslizándosela por la mesa.

—Gracias. —Sus dedos rozaron los míos por menos de un segundo, pero aun así se me puso la piel de gallina en el brazo. Me froté para quitármelos. *Nada de eso.*

—Oye, ¿Alicia? —El rostro de Tyler se asomó por encima de nuestras pantallas.

¿Me había visto entregarle a Jackson su camisa? Intenté sonreírle, pero las comisuras de mis labios no se levantaban. —¿Qué pasa?

Jackson se giró hacia su monitor y aporreó el teclado. El tecleo resonaba como un trueno crepitante.

Tyler hizo una pregunta sobre una de sus tareas. Le respondí, escudriñando sus ojos de color marrón verdoso en busca de cualquier indicio de sospecha. Su mirada se desvió hacia Jackson. ¿Era adulación de fan, o pensaba que algo inapropiado estaba pasando entre nosotros? Como mujer en un equipo de hombres, ya me habían acusado antes de tener relaciones secretas, de favoritismo. Lo despaché con un tono más agrio de lo que la pregunta merecía.

Después de que volvió a su escritorio, inicié sesión en la red de

Synergy. A mi lado, Jackson tecleaba sin parar, pero su postura rígida irradiaba tensión. Deseé no haberle dicho nunca lo que le dije a Tyler. Teníamos que trabajar juntos, maldita sea. Y necesitaba actuar como una líder, no como una más del equipo.

En voz baja, dije: —Lo siento. Por el comentario que hice. Fue un intento de broma.

—Una broma. —La frialdad en la voz de Jackson me hizo estremecer—. Tal vez sea mejor que me las deje a mí. Siempre fui el payaso de la clase.

Su tono era ligero, pero el dolor en esos ojos sin fondo me revolvió el estómago. —Me refería a mí y a mi trabajo, no a usted.

El silencio se extendió entre nosotros. Por fin, dijo: —Intentemos centrarnos en el trabajo. —Se giró hacia su teclado.

Trabajo. Tenía razón. Estábamos aquí para trabajar. No para hacer amigos. Me había disculpado, y eso era todo lo que podía hacer.

—¿Quiere manejar usted o manejo yo?

—¿Mmm? —El golpeteo de su teclado era tan fuerte que quizás no me había oído. Escuchar eso todo el día haría que quisiera sacarme un ojo con una de las figuras de acción de Tyler.

—Somos una pareja. ¿Qué tal si yo me encargo de introducir el código —o sea, manejar— y usted navega, que significa observar y comentar?

Sus dedos se detuvieron y clavó en mí esos ojos castaños oscuros. No eran suaves como el chocolate derretido como lo habían sido ayer, sino duros como la caoba pulida. En voz baja, dijo: —Sé lo que es la programación en pareja. Pero yo trabajo mejor solo. No soy muy de equipo, así que creo que iremos más rápido si usted hace su trabajo y yo el mío.

Se me hizo un nudo en la garganta. —Todo el mundo puede beneficiarse de trabajar en pareja. Podemos aprender el uno del otro. Ayudarnos mutuamente.

Me dedicó una sonrisa tensa que solo hizo que sus ojos parecieran más duros. —Dudo que usted necesite ayuda de alguien como yo.

Alentador. —Supongo que eso significa que manejaré yo. —Inicié sesión en la interfaz de codificación y empecé a teclear. Después de un minuto, rodó su silla un par de centímetros más cerca, asomándose en mi visión periférica. Los vellos de mis brazos se erizaron de nuevo. Olía. A. Gloria.

Cuero caro. Algo amaderado, como pino. Rick olía al mostrador de fragancias de una farmacia. Pero esto no olía a que viniera de una botella. Olía como si pudiera haber montado a caballo por un bosque esa misma mañana. No lo habría hecho, ¿o sí? Eché un vistazo furtivo a sus manos. Pálidas por el dorso excepto por un semicírculo justo debajo de la muñeca, y dedos bronceados. Totalmente incorrecto para guantes de montar, y sin callos, así que probablemente no.

Sacudí la cabeza. No importaba lo bien que oliera. Éramos colegas. Y ni siquiera amistosos. Ni siquiera después de mi disculpa.

Unos minutos después, me interrumpió. —Creo que tenemos algo de código para ese método. Debería llamarlo.

—Oh. —Busqué en el repositorio de utilidades y lo encontré—. Gracias.

—Y tal vez si usted…

—¿Si yo…?

Sugirió una forma diferente de organizar el código. Poco ortodoxa, pero eficiente. A regañadientes, la tecleé.

—Compilará muchísimo más rápido de esa manera.

Me encogí de hombros. —Quizá tenga razón. —Definitivamente tenía razón. Maldito fuera él y su inteligencia para programar. ¿Alcanzaría yo alguna vez su nivel?

Se cruzó de brazos. Llevaba una camiseta de Black Sabbath que dejaba ver sus bíceps y antebrazos definidos y me hizo olvidar por completo su cerebro. ¿Qué se sentiría si deslizara un dedo por su piel? ¿Hacia abajo, sobre esas muñecas fuertes y… —tragué saliva— dedos poderosos? Apreté las manos en puños. No lo iba a averiguar.

A programar. Estaba aquí para programar. Giré la cara hacia la pantalla y empecé a teclear.

Durante la mayor parte de la mañana, trabajamos en silencio, roto solo por sus sugerencias de mejora. Y aunque había dicho que trabajaba mejor solo, actuaba más como un entrenador que como un crítico, haciendo sugerencias brillantes sobre cómo hacer el código más eficiente, más elegante. Me sentía como una novata despistada a su lado, y me pregunté de nuevo por qué estaba allí. Jackson podría haber programado el módulo en el que estábamos trabajando con una mano atada a la espalda mientras dormía.

Almorzar sola en una charcutería cercana fue un bienvenido respiro de la energía física y el olor embriagador de Jackson. Esperaba unos minutos más de paz al volver, pero no tuve esa suerte. Él ya estaba allí, sus dedos tecleando en el teclado. *Mi* teclado. ¿Programación en pareja? La peor idea de la historia.

Pero fui yo quien se había comprometido a ello durante al menos las próximas dos semanas, así que guardé mi bolso en el cajón del escritorio y rodé mi silla lo suficientemente lejos de él como para poder sentarme.

—Creo que podemos terminar este módulo hoy —dijo—. No le importa trabajar después de las cinco, ¿verdad?

—De hecho, tengo que irme a las cuatro. Todos los martes y jueves.

Sus dedos se detuvieron y me miró por primera vez desde el *stand-up* de esta mañana. —¿Tiene otro trabajo? ¿No le pagamos lo suficiente?

Me estaban pagando de sobra, más del doble de mi tarifa por hora en mi trabajo anterior, y apenas me contuve de resoplar. —Este es mi único trabajo. Renuncié a mi anterior empleo el mes pasado, cuando había ahorrado lo suficiente, cuando había planificado lo suficiente para trabajar por mi cuenta.

—¿Así que este es su primer trabajo en solitario?

Mierda. Reprimí una mueca de dolor. Había revelado una debilidad. —Lo es. Pero he estado planeando este cambio durante tres años. Siempre ha sido mi sueño ser mi propia jefa. Usted debe saber cómo se siente.

Un destello de algo —¿dolor?— entrecerró sus ojos. —Supongo que la recomendación de Synergy significará mucho para su negocio.

¿Era sabotaje lo que se escondía detrás de esos ojos duros como el pedernal? En cualquier caso, no podía mentir. Ni siquiera a alguien que me despreciaba tanto como Jackson Jones. —Lo hará.

—Y aun así, ¿se va del trabajo temprano dos días a la semana?

—Cuándo y por qué me voy del trabajo no es asunto suyo mientras haga el trabajo. Mi trabajo valdrá lo que paga mientras esté aquí.

Gruñó. Al menos no hizo otro comentario despectivo.

—¿Le importa si manejo yo? —Señalé el teclado.

Levantó ambas manos. —Adelante.

Trabajamos durante una media hora más o menos como antes del almuerzo, yo tecleando y él aconsejándome de una manera que me hacía sentir avergonzada de mi propia torpeza. Después de un rato, preguntó: —¿Dónde aprendió a programar, por cierto?

—En la preparatoria, y después de eso, en la UT.

—¿Es originaria de Texas?

—De Austin. Crecí a solo unos kilómetros de aquí. —No iba a compartir que vivía en la misma casa donde había crecido. Con mi madre.

—¿Nunca ha salido del estado?

—No dije eso. —Mis dedos se detuvieron en el teclado—. Pero no.

—¿Ni Disney World? ¿Ni viaje de secundaria a D.C.? ¿Fin de semana de graduación en París?

—No. Éramos más una familia de acampar.

—Acampar está bien. —Se encogió de hombros—. Un verano, Cooper y yo recorrimos Europa en bicicleta.

Europa. Había sido mi sueño durante toda la preparatoria y la universidad. Pero con el dinero escaso, lo pospuse. Y para cuando terminé de pagar mis préstamos universitarios, tenía a Noah y sus ahorros para la universidad que construir. No había Europa para mí. Aunque si Weber Technology Consulting despegaba, tal vez podríamos finalmente hacer ese viaje con el que siempre había soñado.

—¿Y ha estado trabajando en Austin desde que se graduó? —Estiró sus largas piernas bajo el escritorio, y sus botas crujieron.

—Muchas empresas de software tienen su sede aquí. Trabajé para varias antes de irme y empezar mi propio negocio. —Todavía se me ponía la piel de gallina al poder decir eso. *Mi propio negocio.*

—¿Qué tal si manejo yo un rato?

—¿Qué? —¿Toda esa charla trivial era una distracción para adormecerme en una falsa sensación de seguridad?

—Será más rápido si tecleo yo.

—No, yo me encargo de esto. —Si lo dejaba manejar, me dejaría comiendo polvo. Y durante los próximos dos meses, estaría corriendo detrás de él, intentando arrebatarle el control. No iba a dejar que Jackson Jones y sus ruidosos y veloces dedos me arrebataran este proyecto.

5

JACKSON

ME ALEGRÉ de que Alicia Weber se fuera. No solo porque esos tacones rojos destalonados y esa falda de tubo negra le hacían maravillas al trasero. Significaba que podía tener un minuto de paz sin las pulidas puntas rosadas de sus largos dedos volando sobre el teclado, sin los finos mechones de cabello que se le escapaban del moño en la nuca, provocándome, tentándome a tocarlos. Sin el susurro de su blusa de seda rubí que me ponía los nervios de punta.

Sin esa expresión juiciosa en sus labios rosados, que demostraba que me consideraba poca cosa, como todos los demás.

Una niñera.

¿Le había dicho Cooper que necesitaba una? ¿Que tenía que vigilarme para asegurarse de que no jodiera el proyecto? ¿Que, si me dejaban solo, destruiría la empresa que había construido, como un niño de dos años con una torre de bloques?

¿Le había dicho mi mejor amigo que no confiaba en mí?

No necesitaba decírselo. Su presencia en Synergy lo comunicaba alto y claro.

Con las manos suspendidas sobre el teclado, miré el código

que habíamos escrito ese día. Era bastante buena. No tenía tanta práctica como yo, pero ¿quién la tenía? Llevaba programando desde que aprendí a leer. Desde que papá me regaló aquella vieja computadora de escritorio y un libro sobre el lenguaje de programación Linux. Aun así, juntos habíamos producido más código en un día —uno corto— que yo en toda la semana pasada. Había algo en trabajar codo con codo con alguien, esa sutil sensación de competencia, que impedía que mi mente divagara. ¿Por qué no se me había ocurrido antes?

Ah, claro. *No se lleva bien con los demás.* Llevaba recibiendo ese mensaje desde antes de saber leer.

—Ah, ¿Jackson? —era el chico nuevo, de pie junto a mi escritorio. El de las gafas. Tyler. Todavía tenía que desaprender algunas de las porquerías que le habían enseñado en la universidad, pero tenía potencial. Parte de su código no me había desagradado.

—¿Sí?

—¿Sigue aquí Alicia? Tenía una pregunta.

—No, se fue. Tiene que irse temprano los martes y jueves. —¿Y eso a qué venía? Como consultora, podía fijar su propio horario, pero estaba seguro de que Cooper le había dado el mismo mensaje que a mí —*este proyecto no puede fallar—*, así que ¿por qué no reorganizaba su agenda de manicuras o noches de chicas o trabajo voluntario con cachorros desfavorecidos o reuniones del club de futuros dictadores? ¿A dónde carajos se iba?

—Ah, de acuerdo —dijo Tyler—. ¿Podría usted…?

Me puse de pie. —Regresará mañana. Puede preguntarle entonces. Voy por un café. —Metí mi laptop bajo el brazo y me dirigí a las escaleras. Ya lo averiguaría. Y si no podía, conocía a alguien que podría arrojar algo de luz sobre el enigma de Alicia.

En la pequeña cafetería local a unas cuadras de distancia —no en el Starbucks de enfrente, donde a cualquiera se le ocurriría buscarme—, me instalé en una mesa de esquina pintada con flores llamativas.

Abrí mi laptop y me desplomé en la silla. *Alicia Weber Universidad de Texas Austin,* tecleé en el cuadro de búsqueda.

Encontré su segundo nombre, Diane. La lista de honor de cada semestre que pasó en la universidad. Las becas que había ganado. Los premios de programación. Su página en una red social profesional que enumeraba sus empleadores y proyectos anteriores. No me extrañaba que Cooper pensara que era mejor que yo. Era una estrella brillante.

Agarré mi teléfono.

—¡Jackson! ¿Qué tal todo?

Dios, cómo extrañaba a Marlee. Era la única cara amigable con la que podía contar en el trabajo. La que me aceptaba por quien era, con cagadas y todo. —¿Recuérdame otra vez por qué no estás aquí conmigo?

—Sabes que no puedo dejar a papá.

Lo sabía. Aun así, era un maldito bastardo egoísta. —¿Cómo está?

—Está bien. Dio una charla en el Club de Jóvenes Astrónomos el otro día. Le fue bastante bien.

Incluso por teléfono, capté la ligera vacilación en su voz. —¿Qué pasó?

—Nada. Solo mezcló Betelgeuse con Antares. Y uno de los niños tuvo que corregirlo.

—Oh. Pero es un error fácil, ¿no? ¿No son las dos… rojas?

—Por Galileo. Me has estado escuchando.

—Siempre te escucho, Marlee.

—Esa es una maldita mentira, pero te la paso por hoy, ya que de hecho me llamaste. ¿Por qué *me* llamaste, Jackson?

—¿Solo para oír tu voz?

Hizo un sonido como el de la chicharra en un partido de baloncesto. —Inténtalo de nuevo, jefe.

—Bien. ¿Qué sabes sobre esta nueva consultora que hemos contratado? Alicia Weber.

—¿Te refieres a la que Cooper contrató para salvarte el pellejo?

Hice una mueca. —¿Dijo eso?

—No hizo falta que lo dijera. Cooper se ha estado arrancando los pelos por ese proyecto. Intenté darle actualizaciones del estado, pero si no me llamas en semanas, es un poco difícil.

—Joder, lo siento. Debería haber...

—No pasa nada. Ya está. Alicia está allí ahora. ¿Cómo es?

—Molesta. Mandona. Brillante.

—¿Cuál fue esa última palabra? Murmuraste, pero sonó como si dijeras «brillante».

—Lo dije, ¿de acuerdo? Es inteligente. Me siento un poco... irrelevante.

—No, Jackson. Eres importante. Cooper te necesita ahí. La empresa te necesita. No desaparezcas, ¿de acuerdo?

—¿Desaparecer? Ni soñarlo.

—Sabes a lo que me refiero. No te rindas y te escondas, ¿de acuerdo? No te escapes a Ámsterdam, ni a Mónaco, ni a Río, ni a la maldita Antártida. Eres importante. Eres valioso. La gente cuenta contigo. Dilo.

Lástima que no hubiera tenido una Marlee en la escuela cuando era el niño más lento de la clase, incapaz de concentrarme en lo que decía el profesor o en lo que se suponía que debía leer. Los otros niños me llamaban estúpido. La mejor manera que encontré para sobrellevarlo fue tomármelo a broma. Fingir que no me importaba. Luego huir y esconder mis lágrimas. Una vez que dejé la escuela, el mundo estaba lleno de formas de demostrar que todo me importaba una mierda —alcohol, *raves*, fiestas en yates, salto en *bungee*— para ocultar lo mucho que me importaba.

Murmuré: —Soy importante. Soy valioso. La gente cuenta conmigo.

—Bien hecho. Te echo de menos, ¿sabes? El trabajo no es ni de lejos tan divertido cuando no estás aquí.

—Mi trabajo tampoco es ni de lejos tan divertido sin ti.

—Ay. Pero recuerda lo que te dije: nada de esconderse. Haz amigos. Sal y diviértete. Seguro que en Austin hay una comida increíble.

—Sí, no está mal.

—Te estás acordando de comer, ¿verdad?

Mierda, sonaba como mi madre. No *mi* madre, sino la madre de alguien que se preocupaba por algo más que por la apariencia perfecta de su familia. Sin una madre propia, Marlee había asumido el rol de cuidadora en casa para su padre. Y desde que se unió a Synergy hace unos años, había hecho lo mismo por mí, aunque era más joven que yo.

Debió interpretar mi silencio como una falta de alimento reciente. —Voy a poner un recordatorio en tu calendario para las comidas. ¿Necesitas algo más, jefe?

—Sí. Si tienes un minuto, ¿podrías ver cómo está Sam? No creo que esté durmiendo.

—Cuenta con ello. Pasaré por la universidad mañana.

—Gracias. Te llamaré pronto de nuevo, ¿de acuerdo?

—Sí, claro. Cuídate, Jackson.

—Tú también. Dale mis saludos a tu padre.

Me levanté, me estiré y fui al mostrador, donde pedí un sándwich. Mientras esperaba, hice otra llamada.

—Oye, Jay. —La familiar voz ronca de Jamila llegó a través de mis auriculares inalámbricos.

—¿Por qué coño suenas tan satisfecha?

—Puede que haya hecho una apuesta con cierto amigo nuestro sobre cuánto tardarías en llamarme.

—¿Cooper tenía más fe en mí que tú?

—Mi dinero estaba en nuestra chica Alicia.

—Así que sí la enviaste para que fuera mi kriptonita. —¿A qué juego estaba jugando Jamila? Cooper había dicho que había puestos de trabajo en juego.

—No, cariño. No te alteres. La envié porque creo que ustedes dos trabajarán bien juntos. Es inteligente, ¿verdad? ¿Una programadora estelar?

—No es tan buena como yo. O como tú. Mejor que Cooper, eso sí.

La voz de Jamila se suavizó. —No tiene por qué ser tan buena como tú. Todo lo que tiene que hacer es sacar lo mejor de ti. Y lo mejor del resto del equipo.

Antes de Alicia, ese había sido mi trabajo. Y como había señalado Marlee, y Cooper antes que ella, la había cagado.

—Mira, lo estoy intentando, ¿vale? Solo necesitaba más tiempo. No una programadora perfecta para hacerse cargo de mi equipo y hacerme quedar mal.

—Por lo que entiendo, Jay, se te acabó el tiempo. Alicia está ahí para salvar tu proyecto y hacerte quedar bien. ¿Cuándo te vas a dar cuenta de que tienes mucho más que ofrecer que tus habilidades de programación? ¿Que es hora de que des un paso al frente y lideres?

El calor que había burbujeado dentro de mí desde que Alicia nos obligó a hacer la maldita programación en pareja se desbordó.

—¡Cuando Cooper me dé la puta oportunidad de liderar y deje de ponerme niñeras a cargo!

Mi propia respiración agitada siseaba a través de mis auriculares. Jamila no dijo nada, pero dejó mis palabras airadas —palabras injustas, en realidad, ya que me había dado tres meses para demostrar mi valía y lo había echado a perder— resonando en nuestros oídos.

—Jay —dijo al fin con una voz tan suave que me tapé los auriculares con las manos para bloquear los otros sonidos de la cafetería—. Alicia es una profesional, una muy buena, y su trabajo es hacer que el equipo trabaje en conjunto para producir resultados. Incluido tú. No será tu niñera a menos que te comportes como un niño.

El Jay serio no había funcionado, así que era hora de sacar al Jay ligón. Intenté que mi voz sonara ligera, despreocupada. —¿Yo, comportarme como un niño?

—Voy a decirte esto una sola vez. No se lo jodas. Necesita este trabajo, este testimonio, para construir su negocio. Volveré allí en dos semanas y voy a hablar con Alicia. Si me entero de que la estás saboteando...

—Nadie ha dicho nada de sabotaje.

—Si me entero de que la estás jodiendo, te patearé el trasero. Sabes que lo haré.

—Dios, Jamila. —Realmente no me patearía el trasero. Pero esa lengua suya haría que me sangraran los oídos durante una semana.

Me dio una muestra de su tono pateatraseros. —¿Me he hecho entender?

—Alto y claro.

—De verdad creo que se llevarán muy bien.

Unos cuantos días más productivos como el de hoy, y todos se darían cuenta de que no me necesitaban para nada. Cooper se daría cuenta de que yo era más problemático de lo que valía, y tendríamos una repetición de lo que había sucedido durante la salida a bolsa. Pero esta vez me echarían a la puta calle. Por completo, no solo degradado.

No. Va. A. Pasar.

—¿Sigues ahí, Jay?

—Sí, aquí estoy.

—Nos vemos en un par de semanas.

—Vale. Adiós.

Dejé caer la cabeza sobre las manos para no tener que ver en mi pantalla la foto de Alicia con su toga y birrete, con su medalla y cordón de honor.

Cooper me había dicho que hiciera tres cosas: producir buen código a tiempo, ganarme el respeto del equipo y alguna chorrada sobre trabajar juntos. Ya le enseñaría yo. Lo único que realmente necesitaba era que produjera buen código a tiempo. Lo haría. Y no necesitaba la ayuda de la puta Alicia Diane Weber.

6

ALICIA

ESA MAÑANA, había probado valientemente el Explosión de Arándano y Maracuyá. El paquete de té en la sala de descanso aseguraba que estaba lleno de antioxidantes. Quizá los antioxidantes me ayudarían a sobrevivir un día trabajando lado a lado con Jackson Jones.

Me llevé la taza humeante a los labios mientras el equipo se reunía a mi alrededor para nuestra reunión matutina. —¿Quién quiere empezar?

—Yo lo haré. —Jackson pasó a mi lado para acercarse al tablero, y el aroma a cuero se llevó el olor nauseabundamente frutal de mi té. Pero hoy no llevaba las botas. En su lugar, calzaba un par de Converse muy gastados de color gris carbón, o que quizá alguna vez fueron negros. Movió la nota adhesiva con el nombre del módulo en el que habíamos trabajado ayer de la columna «En proceso» a «Listo para prueba». —Este módulo se completó ayer.

Tragué a duras penas el té hirviendo. —No, no terminamos. Todavía tenemos que…

—Corrección: *yo* lo terminé ayer después de que usted se

fuera. El progreso no debería detenerse cuando usted no está aquí. —Se cruzó de brazos.

No era solo la lengua lo que me ardía. El calor irradiaba desde mi cuero cabelludo hasta mi pecho. Consciente de la atención absorta del resto del equipo, mantuve la voz firme. —Así no es como se supone que funciona la programación en pareja. Pudo haber revisado el código…

—Lo hice.

—… o ayudar a una de las otras parejas. Recuerden… —me dirigí al resto de los chicos—, todos estamos en el mismo equipo.

—Completar el código antes de lo previsto significa que podemos meter trabajo extra en este sprint y terminar más rápido. —Arrancó otra nota adhesiva de la columna «Pendiente» y la movió a «En proceso». Sin consultarme, a mí, su compañera y líder de equipo.

Un nuevo ardor comenzó en mi estómago y subió por mi pecho. La raíz del pelo se me erizó de sudor y mi corte a medio sanar me escoció. Unas palabras furiosas se me atascaron en la garganta, pero me las tragué. *Haz el trabajo y lárgate. No agites las aguas.* Era lo que le había prometido a Tiannah. No podía defraudar a Jamila. Tampoco podía defraudarme a mí misma. Y una pelea a gritos con el cofundador de la empresa frente a nuestro equipo era una situación en la que yo saldría perdiendo.

Dejé mi taza en el escritorio más cercano y me dirigí al tablero, apartando la atención de los chicos del rostro sonriente de Jackson. —Bien, entonces, escuchemos a las otras parejas.

El resto de los chicos informaron sobre su progreso de ayer y su enfoque para hoy. Tyler y su compañero habían encontrado un problema, y después de la reunión, acerqué una silla a su escritorio para ayudarles a resolverlo.

No era un problema difícil; más que nada, necesitaban un par de ojos frescos. Pero después de que les señalé dónde se estaban equivocando y mientras lo arreglaban, mi mente divagó hacia Jackson Jones.

Había terminado el código —*nuestro* código— sin mí. ¿De

verdad había sido un estorbo para él mientras trabajábamos juntos? Cierto, su cerebro iba a una velocidad vertiginosa, y mis dedos apenas podían seguirle el ritmo. Pero yo también había aportado algunas ideas. Y no se había quejado de todas ellas.

Había sido tan diferente bajo el toldo aquel primer día. Cuando guardó a escondidas esa piedra de granizo en su bolso para ponerla a salvo como un niño emocionado. Cuando secó suavemente el corte en mi frente y presionó esa ridícula curita contra mi piel. Cuando me miró a los ojos como si le importara si yo estaba bien o no.

Ya no. Si me hubiera rendido y me hubiera marchado, habría organizado una fiesta para celebrarlo.

—Oye, Alicia, ¿quieres ir a almorzar? —Tyler ya estaba de pie, dándose palmaditas en los bolsillos.

—Ay, no sé. No he visto cómo van los otros equipos. —Lancé una mirada a Jackson, que tenía los auriculares puestos y tecleaba sin parar.

—Nosotros invitamos —dijo Amit—. Es lo menos que podemos hacer ya que nos ayudaste. Vamos por tacos.

—Estamos en el mismo equipo, recuerden. No me deben nada. —Aun así, me levanté. Mi estómago rugió. *Tacos.*

Amit tuvo que pedir sus tacos para llevar para poder volver a la oficina a una reunión de desarrolladores sénior. Tyler y yo nos sentamos en una banca a la sombra para almorzar.

Después de devorar sus tacos, Tyler se limpió la boca e hizo una bola con la servilleta y la envoltura. —Alicia, ¿puedo hacerte una pregunta?

Dejé mi taco. —Claro.

—¿Qué onda con...?, ¿cómo te...? —Compactó aún más la bola de papel—. Solo voy a decirlo, ¿está bien?

Asentí. —Este es un espacio seguro. Puedes confiar en mí.

—Gracias. —Se subió las gafas por la nariz—. Llevo trabajando para Synergy unos seis meses. Me reclutaron de otra empresa. —Infló el pecho—. Estoy trabajando en una empresa fundada por *Jackson Jones.* ¿Qué tan genial es eso?

Menos genial de lo que él pensaba, si su experiencia era algo parecida a la mía.

—Y luego, hace tres meses, *el mismísimo Jackson* viene aquí, y me asignan a trabajar en su proyecto. Casi me cago del susto cuando me enteré.

Probablemente me habría sentido igual cuando era una programadora novata. —¿Pero no ha resultado como esperabas?

Se desinfló. —No. Llegó y parecía muy molesto, nos dijo qué hacer y luego se sentó en su escritorio con los auriculares puestos. Así que todos hicimos lo mismo, pero el código no cuajó. Pero ahora que estás aquí, ya se siente mejor. Tenemos una dirección. Y ayuda cuando la necesitamos.

—Gracias por decírmelo. —Un escalofrío me recorrió la espalda. Estaba marcando la diferencia. Quise ponerme a bailar allí mismo en la banca, pero me contuve. Tyler parecía tener más que decir.

—Realmente me gustaría aprender de Jackson, pero no sé cómo acercarme.

Mi bailecito interno se detuvo en seco. Quería aprender de Jackson, no de mí. Tenía sentido: Jackson era un programador de fama internacional y yo era una desconocida fuera de Austin. Sus palabras hirieron mi orgullo. Pero la última vez que me fijé, todavía llevaba puestas mis bragas de niña grande.

—Sigue intentando hablar con él. Puede que con el tiempo derribes sus barreras. No lo conozco lo suficiente como para entenderlo de verdad, pero trabajaré en ello. Si se me ocurre algo, te lo haré saber.

—Gracias, Alicia.

Terminé mi almuerzo y volvimos tranquilamente a la oficina. Me había quitado la chaqueta con el calor de septiembre y, después de comer tacos de pollo al chipotle, todavía tenía demasiado calor para ponérmela de nuevo, incluso en el edificio con aire acondicionado. La colgué en el respaldo de mi silla y me senté junto a Jackson, quien, fiel a su estilo, tenía los auriculares puestos.

Al menos se dio cuenta cuando me senté, y se quedó mirando mis brazos desnudos por un segundo antes de encontrar mi mirada. Sus ojos marrones eran suaves, desprotegidos por un momento, como lo habían sido antes de que supiera que los gatos que yo había venido a arrear eran los suyos. Como si realmente pudiéramos ser un equipo y no estar constantemente lanzándonos indirectas. El chillido metálico de una guitarra se escapó cuando se quitó los auriculares.

Quería decir algo amable. Algo que mantuviera esa suavidad en sus ojos, que evitara que su mandíbula se tensara. Pero cuando abrí la boca, las palabras que salieron fueron: —¿Listo para empezar con ese nuevo módulo? —. El módulo que había seleccionado sin discutirlo con nadie, incluyéndome a mí, la líder del equipo. La sonrisa cordial que había pretendido se convirtió en una mueca.

—Ya lo empecé. Mientras usted andaba por ahí haciendo lo que fuera. —Sus ojos se volvieron duros como el pedernal, y agitó la mano vagamente hacia Tyler, hacia las escaleras.

—Está bien, entonces —forcé a decir entre dientes—. Podemos continuar donde lo dejó. ¿Quiere que yo maneje de nuevo?

—No, yo me encargo de esto. ¿Qué tal si usted revisa el código de ayer? O hace la limpieza.

¿La limpieza? Bien podría haberme pedido que me sentara en silencio en una reunión y tomara notas mientras los hombres hablaban. Quise quitarme los aretes y pelear con él allí mismo, en el espacio de trabajo abierto. Pero no podía. Mis propias palabras irritantes resonaban en mi cerebro. *No agites las aguas. Mismo equipo.*

—Claro. —Esta vez no me molesté en sonreír. Si así era como Jackson Jones quería jugar a esto, lo haríamos. Mientras produjéramos un buen código a tiempo, no importaba cómo llegáramos a ello.

Aun así, mientras empezaba a revisar el código de ayer, ese ardor permanecía en mi estómago. ¿Acababa de darle a Jackson Jones espacio para pasarme por encima?

7

JACKSON

—EXCELENTE TRABAJO, Tyler. —La amplia y orgullosa sonrisa en el rostro de Alicia era más apropiada para el descubrimiento de la cura contra el cáncer que para mover una nota adhesiva de «En curso» a «Listo para probar» en el penúltimo día del sprint. Sus ojos eran suaves como el cielo azul de Texas de esa mañana, no acerados como cuando yo había tomado otro módulo nuevo del backlog.

¿Estaba pasando algo entre ellos? Me froté la barba. Tyler era joven —veinticuatro años— y Alicia tenía treinta. Aunque a algunas personas no les importaba la diferencia de edad. Dios, me había enrollado con... No, no iba a pensar en eso ahora. Nadie aquí conocía mi vergonzoso secreto, y no quería que el remordimiento se reflejara en mi cara.

—Jackson. —Alicia se puso las manos en las caderas.

Levanté la vista bruscamente hacia su cara. —¿Eh?

—¿Está todo bien? Estaba haciendo una mueca.

—Oh. Solo pensaba en todo el trabajo que tenemos que hacer antes de la revisión del sprint del lunes. —Era mentira, pero no podía decirle que había estado ideando formas de centrar en mí, en lugar de en Tyler, su orgullosa mirada de cielo azul.

Fiel a su estilo, asintió, frunciendo sus cejas rubias. —Hay mucho por hacer. Pero sé que podemos terminarlo. —Pasó rozando a Tyler y se inclinó por la cintura para subir una nota adhesiva desde la parte inferior del backlog. No se me escapó cómo la mirada de Tyler se clavó en cómo se estiraba su falda estrecha sobre la curva de su trasero.

—Tyler —dije, demasiado alto—, ¿qué tal si elige algo del backlog para trabajar hoy y mañana? Apuesto a que si usted y yo nos asociamos, podemos terminarlo para el lunes.

Los ojos de Tyler se agrandaron detrás de sus lentes. —¿De verdad? Digo, sí, por supuesto. —Ocupó el lugar de Alicia frente al tablero, examinando las notas adhesivas de la columna «Sin empezar».

Alicia se paró a mi lado, y su cercanía me provocó un escalofrío en el brazo. En voz baja, dijo: —Es genial que se esté comprometiendo con el trabajo en equipo, ¿pero cree que es una buena idea? No puede terminar para el lunes, ni siquiera si usted lo ayuda.

—Quizás tengo más fe en él que usted. —No importaba si terminaba para el lunes. Avanzaríamos todo lo posible y luego lo retomaríamos en el próximo sprint. Pero Cooper había dicho que necesitaba ganarme el respeto del equipo, y ser el mentor de Tyler era una forma de hacerlo. No, no era porque no me gustara la forma en que él miraba a Alicia, con esa admiración embobada.

La inspiración me llegó como un rayo. Cooper también había dicho unas sandeces sobre el trabajo en equipo. En San Francisco, siempre hablaba de la integración del equipo, y teníamos fiestas trimestrales en el patio exterior del edificio. Podía hacer algo parecido aquí para demostrarle que lo estaba intentando. Le contaría todo sobre cómo había estrechado lazos con el equipo cuando viniera el lunes para la revisión del sprint. Pronto, me estaría suplicando que volviera a San Francisco.

Esperé a que Alicia terminara la reunión. Luego, antes de que todos volvieran a sus escritorios, dije: —Oigan, muchachos. ¿Qué tal si hacemos un pequeño *happy hour* para integrar al equipo después del trabajo esta noche? Invito yo.

—¿De verdad? —El rostro de Tyler se iluminó. O sea, estaba literalmente sonrosado—. Eso sería genial.

—Nadie se va a emborrachar —dijo Alicia, tomando una foto del tablero de tareas con su teléfono—. Mañana es el último día de trabajo del sprint. Necesito el máximo esfuerzo de todos hoy y mañana.

—Haré que todos estén en casa para las diez, lo prometo —dije—. ¿Va a venir con nosotros, Alicia?

En parte esperaba, en parte temía que lo hiciera. ¿Cómo sería Alicia fuera del horario de trabajo? ¿Se soltaría por fin el pelo de ese moño apretado? ¿Podría conseguir que esos ojos azules se suavizaran de nuevo como lo habían hecho antes de que supiéramos que éramos compañeros de trabajo?

—No, es jueves. La próxima vez. —Me dedicó una sonrisa totalmente falsa, de esas que dicen «no saldría con ustedes ni aunque el mundo se estuviera acabando».

Mierda. Me había olvidado de sus jueves. —¿Podríamos hacerlo mañana? ¿Una celebración de fin de sprint?

—No, también tengo planes el viernes por la noche. Que se diviertan. —Se dio la vuelta. Incluso su vida fuera del trabajo era mejor que la mía. No había tenido planes un viernes por la noche con nadie, excepto con mi mano derecha, desde que me fui de San Francisco.

Pero ahora tenía planes un jueves por la noche con mi equipo, e iba a ser increíble. Me aseguraría de ello.

Media hora después de que Alicia se fuera esa tarde, reuní a los muchachos y los llevé a un bar cercano. Lo había encontrado a principios del verano y me había enamorado de su colección de juegos de arcade antiguos. Acaricié uno al pasar. *La próxima vez, Ms. Pac Man.* Esa noche era para estrechar lazos con mi equipo, no para batir mi propio récord.

Nos acomodamos en un reservado al fondo. Después de pedir uno de cada aperitivo, me incliné hacia adelante. —Un balde de fichas para quien cuente la historia más extravagante.

Cuatro pares de ojos muy abiertos me devolvieron la mirada. Mierda. Le acababa de pedir a un grupo de programadores que me contaran una historia divertida. Sería como pedírselo a la Ms. Pac Man de allí. Probablemente ella veía más acción que ellos.

—Bueno, empiezo yo —comencé, y procedí a contarles la vez que desplegué la bandera de Stanford en un costado de la biblioteca de Berkeley.

Noventa minutos después, me recosté contra el respaldo de vinilo del asiento y apoyé mis Converse en el asiento vacío frente a mí. —Esto fue un desastre colosal.

—Para nada. —Tyler intentó tomar su cerveza, falló y volvió a intentarlo—. Estuvo genial.

—Eso es una estupidez. —Aparté mi propia cerveza, casi llena. Alguien tenía que asegurarse de que Tyler llegara a casa sano y salvo. Enumeré mis fracasos con los dedos—. Amit no bebe. ¿Quién lo iba a saber?

—Yo lo sabía. —Tyler levantó la mano como si estuviéramos en clase.

—Y mi idea de darle fichas al tipo con la mejor historia fue un rotundo fracaso. —Kevin, que nos había contado la vez que llevó una cabra de mascota a la fiesta de mahjong de su madre, se había llevado sus fichas a la máquina de Galaga. Le había dado una vía de escape a la persona más interesante de la mesa, dejándonos al resto con nuestra conversación sosa e incómoda. Amit y Gary se habían ido después de una bebida, y ahora teníamos una mesa llena de aperitivos fríos y aguados.

—¿Qué cree que hace Alicia los martes y jueves?

—¿Eh? —Tyler le hizo una seña al mesero para pedir otra cerveza.

—Cuando se va temprano. ¿A dónde va?

—No sé. Le pregunté y me dijo que prefería no hablar de eso. Quizás es una espía.

—¿Cree que trabaja para Gurusoft? —Mierda, eso sería lo peor, que le estuviéramos pagando a una consultora para vender nuestros secretos a la competencia.

—No. O sea, como para el gobierno. Cosas de capa y espada. —Tyler recibió la cerveza de la mesera y le guiñó un ojo.

—¿Alicia? No lo creo.

—Entonces, ¿qué cree que hace? —Le dio un largo trago a su cerveza.

—No lo sé. —Lo había pensado. Mucho. Demasiado—. Quizás está sacando su maestría. O hace trabajo voluntario.

—O es modelo. Dios, es muy linda.

Tomé un triste y blando jalapeño relleno y lo examiné. —¿Quién, Alicia? —Intenté que mi voz sonara ligera y despreocupada, pero salió como un gruñido.

Tyler parpadeó, mirándome. —Claro. Pero me refería a ella. —Señaló hacia la barra a una de las meseras. Su cabello era de un rubio más oscuro que el de Alicia, y sus ojos eran del color de la miel. Se parecía un poco a Marlee, aunque nunca había visto a Marlee en pantalones muy cortos.

—Tiene una amiga. —Señaló con su cerveza a otra mesera que estaba en el puesto de servicio, esta de pelo oscuro y con curvas—. Y lo está mirando a usted.

Verifiqué; era cierto. —Ya no ligo con mujeres en los bares.

—¿Mala experiencia?

—Se podría decir que sí.

—Bueno, yo voy a intentarlo. —Se levantó y se tambaleó por un segundo.

—¿Está seguro de eso? Quizás debería tomar un poco de agua primero.

—No, yo me encargo. —Se dirigió tambaleándose hacia la barra. Después de pedirle la cuenta a nuestra mesera, examiné nuestra colección de frituras solidificadas y vasos vacíos. Qué fracaso tan absoluto. Debería haber sabido que no debía intentar estrechar lazos con el equipo. Siempre había trabajado mejor solo.

—¡Ella es mía, imbécil! —La voz fuerte en la barra captó mi atención.

Levanté la vista justo a tiempo para ver a un tipo con la complexión de un *linebacker* —debía medir uno noventa y ocho— golpear a Tyler en la cara.

8

ALICIA

VIERNES POR LA NOCHE, y yo tenía una cita para la noche de cine.

Atrapé la primera palomita de maíz que salió disparada del vertedor de la máquina de palomitas de aire. Cuando me la metí en la boca, me quemó la lengua; estaba seca y sin sabor. Tenía que encontrar algo para darle un poco de sazón.

—Alicia, ¿qué estás haciendo?

Miré por encima del hombro con cara de culpa, como cuando tenía ocho años y mamá me sorprendió buscando Oreos. Esta vez no estaba parada sobre la encimera, sino apoyada en ella, con las baldosas clavándose en mi estómago mientras buscaba en el estante de las especias.

—¿No tenemos sal de sabores? ¿O algo que tenga sal?

Mamá frunció los labios. —Esmy tenía la presión alta en su último chequeo, así que me deshice de todo eso. La gente consume demasiada sal. De hecho…

La interrumpí antes de que se lanzara a una de sus diatribas nutricionales. —¿Y mantequilla?

—Tenemos aceite de oliva. Es bueno para el corazón.

—¿En las palomitas? Guácala.

—Las palomitas son perfectamente deliciosas al natural.

Arrugué la nariz. No le había importado tanto todo este asunto de la nutrición cuando estaba casada con papá. O quizá nunca amó a papá lo suficiente como para importarle lo que pasaba con sus arterias. Seguro que no lo amó tanto como ama a Esmy.

—¿Noche de cita? —pregunté cuando Esmy entró en la cocina con mucho más rímel de lo habitual, unos Wranglers ceñidos y sus botas de baile.

—Cena y luego al *honky-tonk* —su mirada se detuvo en mamá, cuya camisa de cuadros estaba abierta un broche de perla más abajo de lo usual, revelando el encaje en su escote—. No se queden despiertas.

Desenchufé la máquina y agarré el tazón de palomitas con sabor a cartón. Mañana iría a la tienda a comprar comida chatarra. Lástima que sería demasiado tarde para la noche de cine. —Diviértanse, chicas.

Esmy se inclinó y me lanzó un beso al aire cerca de la oreja. —Cariño, hay un salero en el gabinete, detrás de las charolas para galletas —susurró.

—Gracias —le besé la mejilla suave y dorada.

—¿Cuándo fue la última vez que tuviste una cita, Alicia? —mamá me atravesó con una mirada como si hubiera oído lo del secreto de la sal.

Me metí una palomita seca en la boca. Me recordó a los besos sin pasión de Rick. —El verano pasado, supongo. Después de que terminó la temporada de fútbol.

—Rick es un hombre tan agradable. Y Noah y Palmer se llevan tan bien. Pensé que podría ser el indicado.

—Mamá, no me voy a casar con alguien solo porque nuestros hijos son amigos.

—Hay peores razones para casarse.

Como quedar embarazada. Pero de eso no hablábamos. Antes de que Esmy llegara a la vida de mamá, ella nunca hablaba de sentimientos. Por eso había seguido casada con papá durante tanto tiempo.

Debió de ver el pensamiento cruzar por mi cara. —No empieces.

—¿Quién empezó nada? Solo estoy aquí parada, comiendo unas deliciosas palomitas de maíz hechas con aire —Dios, lo que no daría por una cerveza. Pero me había acabado las que teníamos después del partido de fútbol de anoche, sintiendo lástima de mí misma mientras Jackson y el equipo estrechaban lazos sin mí. Les había declarado la guerra a los incómodos pícnics y *happy hours* de la empresa. No debería haberme importado. Y no me importaba. Mucho—. Ahora váyanse, tortolitas. Diviértanse.

Mamá me entrecerró los ojos. Esmy me lanzó otro beso al aire y la sacó deprisa por la puerta.

Agarré dos aguas de sabor del refrigerador y fui a la sala, donde Noah ya estaba instalado en el viejo y mullido sofá modular. Tigger se acurrucó a su lado, ronroneando mientras Noah le rascaba entre las orejas.

—¿Te acordaste de la sal? —preguntó Noah—. Esmy la esconde detrás de las charolas para galletas.

—Ahora voy por ella. Y por unas servilletas —tenía una mancha del labial rosa de Esmy en la frente—. ¿Pones la película?

—¿Espacio o superhéroes? —repasó las opciones.

—Superhéroes —después de dos semanas trabajando con Jackson Jones, me vendría bien un héroe. Él era más del tipo villano sexi como Loki en *Los Vengadores*, conspirando en secreto contra mí. Como cuando invitó a los chicos a tomar algo anoche, una noche que sabía que no podía ir. Sabía lo que estaba haciendo; ya lo había visto antes. Estaba creando una especie de lealtad entre machos, y la usaría cuando necesitara torpedearme.

Aunque, dijo una voz demasiado racional en mi cerebro, *¿no debería estar creando lealtad con el equipo? Es su equipo, no el tuyo. Tú te irás cuando termine el proyecto.*

Entrar, cobrar un sueldo, salir. No socializar después del

trabajo con el peligrosamente atractivo fundador de la empresa. Debería haber puesto eso en mi plan de negocios.

Cuando regresé con la sal y las servilletas, Noah ya tenía la película lista, pero incluso después de que le eché sal a las palomitas y le limpié el labial de la cara, no la puso. Tenía su cara de «tenemos que hablar».

—¿Qué pasa? —pregunté. *Que no sea sobre chicas. Que no sea sobre chicas.*

—¿Tengo que ir a la escuela?

—¿Mañana? No, es sábado —pero no estaba bromeando. Me lanzó una mirada que me recordó a la de mamá cuando se enojó por lo de la sal.

—Hablo en serio. ¿No puedes educarme en casa o algo así?

—Oh —una docena de escenarios, todos terribles, pasaron por mi mente—. No, cariño. Tengo que trabajar a tiempo completo para mantenernos y para ahorrar dinero para tu universidad. La abuela Diane y la abuela Esmy también trabajan. La escuela es el mejor lugar para ti. ¿Por qué no quieres ir?

Se encogió de hombros. —Los niños no son amables conmigo.

¿No son amables? ¿Qué demonios? —¿Y tus amigos? ¿Tamika y Palmer no son amables contigo?

—Sí, pero los otros niños se burlan de mí.

La ira subió, ardiente y rápida, dentro de mí. —¿Por qué se burlarían de ti?

Se encogió de hombros de nuevo y empezó a desmenuzar un trozo de palomita.

¿A quién iba a tener que darle una paliza? —Voy a programar una reunión con tu director. Haremos que paren.

—¡No! Olvida que dije algo. Yo me encargo.

Por milésima vez, deseé que Melissa estuviera aquí. O que hubiera nombrado a alguien mejor, alguien más sabio, como tutor de Noah. O que alguna vez nos hubiera dicho quién era su padre para poder traerlo aquí y obligarlo a hablar con su hijo. Porque no tenía ni idea de qué decirle a mi sobrino.

Tiannah siempre me decía que lo dejara pelear sus propias

batallas para que aprendiera a protegerse cuando fuera mayor. Quizás ese era el camino correcto aquí. Ciertamente, yo había necesitado esas habilidades.

—Lo revisaremos la próxima semana, a ver cómo van las cosas. Si no mejora, programaré esa reunión. ¿De acuerdo?

Se encogió de hombros de nuevo. El niño iba a provocarse una lesión por esfuerzo repetitivo con tanto encogimiento de hombros.

Quizá una historia ayudaría. Esmy contaba muchas de esas. —¿Sabes que te he contado que no hay muchas mujeres en mi campo?

—Sí —empezó a triturar otra palomita.

—A veces la gente, los hombres, intentan intimidarme porque soy diferente. O excluirme —como había hecho Jackson ayer cuando llevó a los chicos a tomar algo. Y, exactamente como lo había planeado, regresaron esta mañana llenos de bromas internas y camaradería. Jackson tenía el labio partido y Tyler, cuando finalmente se dignó a aparecer a las diez, tenía un ojo morado. Me aseguraron que no se habían peleado entre ellos, pero nadie quiso decirme qué había pasado.

Y ahora Tyler miraba a Jackson como si fuera la octava maravilla del mundo. Debería haber estado orgullosa de Jackson por encontrar una manera de conectar con su equipo. Supongo que lo estaba, por debajo de mi desaprobación de sus métodos. Y mis celos. Jackson estaba haciendo lo que debería haber hecho hace tres meses cuando llegó a Austin. Debería haberlo animado. Pero todo lo que había podido hacer era fulminarlo con la mirada.

—¿Y qué haces? —Noah se metió el confeti de palomitas en la boca y finalmente me miró a los ojos.

—Les demuestro que merezco estar ahí, igual que ellos. Trabajo más duro que ellos. Nunca incumplo un plazo, y mi trabajo es siempre de primera categoría —me enderecé un poco.

Arrugó la nariz. —Eso suena fatal, no poder cometer nunca un error.

Toda la rigidez abandonó mi columna. —Un poco, sí.

—¿Y qué pasa si siguen siendo malos contigo?

—Entonces tienes que decírselo a alguien.

—¿Como a tus amigos? ¿O a tu familia?

Si tan solo fuera así de simple. —En el trabajo, igual que en la escuela, se lo dices a alguien a cargo —no iba a decirle que eso tampoco me había funcionado. En mi primer trabajo después de la graduación, un programador mayor me había acosado casi desde mi primer día. Finalmente se lo conté a Melissa, y ella me insistió hasta que fui a hablar con mi jefe. Detuvo las bromas inapropiadas y los toques que me ponían la piel de gallina, pero no detuvo las miradas sucias que me daban mis compañeros de trabajo, el trabajo pesado que me asignaban sin posibilidad de reconocimiento o ascenso. Lo soporté hasta que Melissa murió y me di cuenta de que la vida era demasiado precaria para quedarme en un trabajo que odiaba. Renuncié, me tomé tres meses para recuperarme y me fui a trabajar a otra empresa.

—¿Como a un maestro?

—O al director. Una semana, y si no mejora, programo una reunión —iba a estar encima de ellos hasta que Noah se sintiera seguro de nuevo. Nadie le iba a hacer a Noah lo que me habían hecho a mí.

—¿Qué hace que ese tipo sea tan genial? —señalé al super-héroe en la pantalla de previsualización.

—Es, como, muy fuerte.

—¿Y qué más?

—Cuando lo derriban, se vuelve a levantar de inmediato.

—Así es. Y eso es lo que hacemos los Weber también.

—Sí —una comisura de su boca se curvó hacia arriba.

—Veamos cómo patea unos cuantos traseros de villanos.

Quizá no orinara de pie, pero seguía siendo una buena progra-madora y una líder aún mejor. En nuestra revisión del lunes, le iba a demostrar exactamente eso a Cooper Fallon. Y hasta que este proyecto terminara, sin importar cuántas veces Jackson Jones y su cultura de machos intentaran derribarme, iba a volver a levantarme.

9

JACKSON

—LO SIENTO. Lo siento. —Tyler hundió la cara entre las manos.

Alicia y yo estábamos sentados uno al lado del otro en nuestro escritorio, buscando frenéticamente el error en el jodido código de Tyler. Tenía los labios apretados y pálidos, y una gota de sudor le resbalaba desde la sien por la piel perfecta de su mejilla. Nunca la había visto tan alterada, ni siquiera cuando le cayó una piedra de granizo minutos antes de su primera reunión con Cooper y conmigo.

Cuando llegamos al final del programa, Alicia ladró:

—Otra vez. Desde el principio.

Me froté los ojos. Me dolían casi tanto como los dedos de los pies en mis botas «jódete, Cooper».

—No.

—¿Qué quieres decir con «no»? Tenemos que encontrar el error y arreglarlo.

—Se nos acabó el tiempo. Cooper me envió un mensaje diciendo que ya sube.

Los ojos de Alicia se abrieron de par en par.

—¿Está aquí? ¿Ya?

—La puntualidad es lo suyo.

—Mierda —murmuró—. Mierda. Mierda. *Mierda.*

Ya no se veía tan perfecta con el sudor corriéndole por el cuello y el labial mordisqueado. Desearía poder hacer algo para ayudar; Cooper iba a hacernos mierda a todos, incluida Alicia, que no tenía la culpa de ese desastre, pero lo único que lo enojaría más que este fiasco con el código era si lo hacíamos esperar.

—Lo siento —dijo Tyler de nuevo—. Intentaba ayudar. Me sentí mal por llegar tarde el viernes y decidí trabajar el fin de semana, agregar una nueva funcionalidad. No pensé que lo arruinaría tanto.

Él ya estaba en la oficina cuando llegué esa mañana. Sus ojos inyectados en sangre, la barba de varios días y la piel grisácea indicaban que había estado allí al menos desde la noche anterior.

—Debiste haber llamado a alguien, hombre. A mí o a Alicia. O a Amit. Habríamos venido a ayudarte.

—Pensé que podía arreglarlo. —Apoyó la cara en el escritorio. Levantó la cabeza y la dejó caer con un golpe seco—. Debería haber podido arreglarlo.

—Somos un equipo, Tyler. —Las palabras de Alicia salieron estranguladas a través de su mandíbula apretada—. Trabajamos juntos, no solos.

Con el pecho oprimido, me puse de pie.

—Vamos adentro.

Lentamente, el equipo recogió sus computadoras portátiles y cuadernos. Tyler tomó su bolso como si esperara que lo despidieran en ese mismo instante y tuviera que irse del edificio.

Cuando entré en la sala de conferencias, Cooper levantó la vista de su celular.

—¡Jay! —Sonrió, con esa sonrisa genuina que reservaba para sus amigos. Luego notó mi expresión y su sonrisa se atenuó. Levantó las cejas y yo negué levemente con la cabeza.

Apretó la mandíbula y se puso de pie, ofreciendo un apretón de manos a todos. Tyler, que fue el último, se limpió la mano en los jeans antes de ofrecérsela a Cooper. Miró a todas partes menos a los ojos de Cooper.

—Bueno. —Cooper tomó asiento en un extremo con vista directa a la pantalla—. Muéstrenme lo que tienen.

Nadie se movió para conectar una computadora portátil al cable del monitor. De hecho, nadie se movió en absoluto. El silencio se apoderó de la sala durante tres… cuatro… cinco segundos.

Me levanté. Más valía que asumiera la culpa. No era culpa de Alicia. Ella había intentado evitar que Tyler tomara esa nota adhesiva de las tareas pendientes. Fui yo quien lo había animado. Además, Tyler solo había seguido el ejemplo que yo había dado cuando intenté apantallar a Alicia terminando nuestro módulo por mi cuenta. En el fondo, era yo quien la había cagado. Como de costumbre.

—Cooper, yo…

—No tenemos nada que mostrarle, señor Fallon. —Todos los ojos se volvieron hacia Alicia, que también se había levantado de su silla—. Todavía estoy tratando de establecer normas con el equipo y hubo una falta de comunicación. *Yo* me comuniqué mal. El código no está listo hoy. Deberíamos tener algo preparado en un par de días, y puedo programar una demostración remota para entonces.

Esa vena palpitó en la sien de Cooper. La que me decía que estaba a punto de perder los estribos.

—Estoy aquí ahora. Hoy. ¿No podía haberme dicho esto el viernes?

Caminé de un lado a otro junto a la pared. *Mierda*. Estaba a punto de estallar.

El labio le tembló.

—Lo siento. Pensamos que estaríamos preparados, pero a último momento, inesperadamente, no… no lo estuvimos.

Extendió las manos sobre la mesa, como hacía para evitar cerrarlas en puños.

—Estoy seguro de que entienden lo decepcionado que estoy. Y

todos ustedes se asegurarán de que nada como esto vuelva a suceder. —Paseó esa mirada azul helada por el equipo que lo rodeaba. Tyler se estremeció—. Pero por hoy, será mejor que usen este tiempo para trabajar en el código. De vuelta al trabajo, todos. Alicia, unas palabras.

Metí las manos en los bolsillos y caminé de regreso hacia la mesa. No debería tener que soportar la ira de Cooper ella sola. Había dado la cara por nosotros aunque no había sido su culpa. Estaba siendo jodidamente *noble*. Yo nunca había hecho nada noble en mi vida.

—Cooper, yo… —empecé de nuevo.

Pero, sin molestarse en mirarme, dijo:

—Jackson, tú también. Hablaremos más tarde.

Miré el rostro pálido de Alicia. ¿Sería capaz de manejarlo? Por supuesto que sí. Podía igualar a Cooper, palabra por palabra fría y calculadora. Aun así, la culpa me carcomía por dentro.

—Alicia…

Levantó una mano.

—Vete, Jackson.

Salí de la habitación cabizbajo, siguiendo al equipo.

Cuando Alicia se reunió con nosotros media hora después, se veía como de costumbre, ni un pelo fuera de lugar. Quizás él había sido blando con ella ya que solo llevaba dos semanas en el trabajo. Dejó su computadora portátil y se unió a nosotros, donde todos nos habíamos apiñado alrededor del puesto de trabajo de Tyler. Inclinándose como para ver mejor la pantalla, me susurró al oído:

—Quiere verte en su oficina.

Mi pavor ante sus palabras luchó contra la emoción de su aliento en mi piel. Se me puso la piel de gallina en la nuca y me recorrió los brazos. Me froté para bajar los vellos erizados. ¿Qué carajos? Mi cuerpo había reaccionado como si me hubiera dicho que quería chuparme la polla, no que me esperaba un tipo de reprimenda muy diferente.

Sin duda, Cooper había visto a través de la confesión de culpabilidad de Alicia y sabía que yo había sido el que había actuado como Batman, una especie de vengador solitario. Me alegré. Alicia no debía cargar con la culpa de lo que era mi responsabilidad.

Asentí a Alicia, sosteniéndole la mirada un segundo más de lo debido, tratando de transmitirle mi gratitud por lo que había hecho. Ella tenía razón y yo estaba equivocado. Era hora de dejar atrás nuestra mezquina rivalidad. Era hora de que *yo* la dejara atrás y la dejara hacer lo que había venido a hacer: liderar. De lo contrario, no íbamos a lograrlo.

Ella se enderezó y yo rodé mi silla unos metros lejos de ella antes de levantarme, ajustarme discretamente los jeans y dirigirme a las oficinas ejecutivas.

Sosteniendo su celular en una mano, Cooper me hizo señas para que entrara con la otra. Levantó un dedo para indicarme que ya casi terminaba. Ladró algunas órdenes más, le dio las gracias a su asistente y colgó.

—Jackson.

Uh-oh. Había usado mi nombre completo dos veces seguidas. No era una buena señal.

—La Sra. Weber parecía tener la impresión de que no tenía nada mejor que hacer que arrastrar mis viejos huesos desde California hasta Texas para escuchar su mea culpa. Esperaba que la sacaras de ese error.

—No estás viejo. —Me crucé de brazos—. Tienes la misma edad que yo. Treinta y dos.

—¿Eso es lo que quieres decir? ¿No, «siento que te hayamos hecho perder el tiempo, Cooper»? ¿No, «la cagamos y me aseguraré personalmente de que le demos la vuelta a este proyecto»?

La ira hirvió dentro de mí, pero por fuera, me encogí de hombros.

—Si me vas a decir qué decir, ¿para qué necesito siquiera ser parte de esta conversación? Podrías haber buscado una foto mía en tu celular, haberle gritado y haberme dejado en paz para arreglar el puto código.

—Pero ese es el problema, ¿no? Sigues actuando como un programador solitario y no te has integrado al equipo.

—¿Eso fue lo que dijo Alicia? —No parecía del tipo de persona que me delataría, especialmente después de que había asumido públicamente la culpa por todos nosotros.

—No, pero te conozco desde hace casi quince años. Puedo adivinar qué pasó.

—Apenas empezamos, joder. No puedes esperar que lo logremos en dos semanas.

—Llevas aquí, trabajando en este código, tres meses. ¿Cuánto tiempo más necesitas para organizar el equipo y averiguar qué *carajo* están haciendo? —Su voz se había elevado a un volumen que debió de oírse fuera de la oficina.

La ola caliente de ira rompió la presa que había construido. Golpeé su escritorio con la mano.

—Más puto tiempo. Nos lanzaste esta bola curva, una nueva líder de proyecto, y nos estamos adaptando. Lo estoy intentando. Todos lo estamos intentando. Me esforzaré más, ¿de acuerdo?

—De acuerdo. —Levantó las manos, con las palmas hacia afuera—. Eso es todo lo que quería oír. Pero la próxima vez, necesito ver resultados. Buenos. No podemos permitirnos seguir perdiendo el tiempo. ¿Me entiendes?

—Sí, lo entiendo. —Mi respiración se calmó y el calor en mi pecho se disipó lentamente.

—¿Tienes planes para almorzar? —Así era Cooper. Su ira pasaba de cero a cien más rápido que mi Lamborghini Aventador, pero se evaporaba con la misma rapidez.

—Sí. Un cabrón me está haciendo trabajar durante el almuerzo para arreglar el maldito código.

—Hoy no. Hoy tu mejor amigo quiere invitarte a salir. Luego puedes arreglar el maldito código.

—Bien. —Por primera vez en el día, sonreí—. Nos vemos en el vestíbulo en diez.

De regreso a nuestra área de trabajo para decirle al equipo que me iba a almorzar, escuché voces familiares provenientes de la sala de conferencias donde nos habían pateado el trasero antes.

—Lo siento. Lo siento tanto, joder. Lo siento, lo *siento muchísimo*. Y ahora a Jay le están pateando el c... le están dando una buena regañada, y es mi culpa. Supongo que también se enojó contigo. —La voz de Tyler se quebró.

—No es tu culpa —dijo Alicia con tanta dulzura que hasta yo me sentí mejor—. Como dije en la reunión, es mía. Dejé que pensaran que podían romper nuestro proceso. Tomé el camino fácil. No lo volveré a hacer. Y tú no volverás a hacerte el Llanero Solitario, ¿verdad?

—No. Lo prometo.

Joder. Esas eran cosas que yo debería haberle dicho a él. Pero ahí estaba Alicia, siendo una líder. No como Cooper con su ira explosiva o como yo con mis bromas, sino con palabras amables que realmente hicieron que Tyler se sintiera mejor. Era una profesional. Me palpé los bolsillos en busca de un cuaderno.

—Eres un buen programador. —Detrás del vidrio esmerilado, la figura de Alicia se acercó a Tyler. ¿Le estaba tocando la espalda? Deseé poder ver lo que estaba haciendo. Para poder tomar notas sobre sus métodos de orientación. No porque deseara que me frotara la espalda y arreglara todo—. Tienes mucho potencial. Solo necesitas trabajar en tu disciplina. Me gustaría que volvieras a asociarte con Amit en el próximo sprint. Es constante y cuidadoso, y puede enseñarte mucho.

A diferencia de mí. Yo era un fracasado que no podía enseñarle nada a nadie. Había intentado darle un giro a todo —al proyecto, a mí mismo— y aun así había fallado. Metiendo las manos en los bolsillos, me arrastré hasta nuestro espacio de trabajo, le dije a Kevin que me iba a almorzar y volví hacia las escaleras, manteniendo la vista en los tablones de madera para evitar mirar la sala de conferencias donde Alicia estaba convirtiendo a Tyler en un mejor programador, sin necesidad de costosas certificaciones o gruesas guías de programación.

—¡Jay! —Antes de que tuviera la oportunidad de levantar la

vista, me vi envuelto en el aroma a jazmín de Jamila y aplastado por su abrazo. Le devolví el abrazo.

—¿Qué estás haciendo aquí? —Di un paso atrás, observando su traje de negocios color ciruela perfectamente planchado y su blusa de seda rojo cereza. Los colores resplandecían contra su piel oscura.

Ella sonrió.

—Te dije que vendría a ver cómo estabas.

—No viniste desde California solo para ver cómo estaba. —Dios, esperaba que no. Si era así, estaba en problemas más graves de lo que había pensado.

—Parece que era necesario. ¿Esas botas? Simplemente no, cariño. —Sacudió la cabeza.

Las miré. Si tan solo pudiera renunciar a ellas. Pero Cooper aún no había captado el mensaje.

—Donde fueres, haz lo que vieres, ¿no?

—La gente de aquí se llama *austinites*, Jay.

—Como sea. ¿Por qué *estás* aquí?

—Mañana doy una charla en la Asociación de Mujeres Ingenieras de Texas. Volé con Cooper un día antes para poder ver a Alicia. Y a ti. ¿La estás tratando bien?

—Eh…

—¡Jamila! —Alicia trotó hacia nosotros, con los brazos abiertos. Para Jamila. ¿Cómo sería que me mirara así, que abriera sus brazos para mí? El paraíso. Fruncí el ceño y metí las manos en los bolsillos.

Las mujeres se abrazaron y luego Jamila dio un paso atrás.

—Este se está portando bien, entonces.

Las cejas de Alicia se dispararon hasta su frente.

—Oh, lo siento. No creo que se conozcan. Este es Jackson Jones.

Jamila soltó una carcajada.

—Te tiene calado, Jay. —Enganchando su codo con el de Alicia, giró sobre sus tacones de suela roja y se dirigió hacia las escaleras—. Ahora, cuéntamelo todo.

Observé las coronillas de sus cabezas, una rubia, una negra, desaparecer por las escaleras. Dos mujeres inteligentes y exitosas. Una me apreciaba —o al menos me consentía con cariño— y la otra me despreciaba. Especialmente después de mi papel en el desastre de hoy. Y después de que Cooper me hubiera dado una buena repasada.

Me rasqué la barba. Alicia me conocía desde hacía solo dos semanas y ya sabía lo fracasado que era. Me había catalogado como un obstáculo con el que había que lidiar y corregir. No como un igual o un compañero. Y tenía razón: ella había dado un paso al frente como la líder hoy, no yo. Podía aprender mucho de ella.

Necesitaba mantener un perfil bajo, hacer lo que me dijeran, hacer el puto trabajo. Actuar como su compañero de equipo, no como un rival. Quizás todavía me odiaría, pero al menos no cagaría nada más.

10

ALICIA

—MÁS VALE que me lo cuentes. Me enteraré por Cooper. O por Jay. —Jamila ensartó con destreza una fina loncha de pollo y un trozo de lechuga doblado, se metió el bocado en la boca y me sostuvo la mirada mientras masticaba.

Jugueteé con el tenedor en mi ensalada y moví un cubo de remolacha encurtida a una esquina. Qué asco. Tenía el estómago hecho un nudo para comer, así que había pedido lo mismo que Jamila.

Tenía razón. No sobre la asquerosa ensalada de remolacha, sino sobre que estaba desperdiciando una oportunidad con mi mentora si no hablaba esto con ella.

—Metimos la pata. *Yo* metí la pata. No teníamos nada que mostrarle a Cooper esta mañana. Uno de los programadores introdujo un error durante el fin de semana que detuvo la compilación. No solo su módulo. Todo el sistema. Y es mi culpa.

—¿Cómo es eso culpa tuya?

Clavé el tenedor en un tomate como si fuera la cara de Jackson Jones. —Intenté crear una cultura de colaboración. Puse a todos a trabajar en parejas. Pero cuando Jackson se me puso en plan de programador solitario y empezó a trabajar por su cuenta, no dije nada. No lo discipliné. Lo ignoré. Intentando llevar la fiesta en paz, ¿sabes? Y entonces Ty, el otro programador, pensó que podía hacer lo mismo. Sorprendernos a todos con nuevas funcionalidades. Impresionar a Jackson y a Cooper.

—Cariño, no puedes echarte la culpa por eso. —Golpeteó con sus dedos de uñas color ciruela el mantel frente a mi plato para atraer mi mirada—. No es tu culpa.

—Mi trabajo es liderar. Establecer normas. Asegurarme de que todos sigan las reglas.

Jamila negó con la cabeza. —Amiga, deberías saberlo mejor. En sus cabezas, los programadores son mitad Bruce Willis en *Duro de matar* y mitad Gandalf. Son artistas que lo saben todo. Intentar que vayan en la misma dirección es como arrear gatos o serpientes de cascabel. O gatos con cabeza de serpiente de cascabel.

—Lo sé. Y, aun así, le dije a Cooper Fallon que podía hacerlo.

—Puedes. Solo tomará tiempo.

Recordar la expresión de su rostro en la fallida demostración de esta mañana me provocó un escalofrío. Y luego sus palabras tensas y furiosas en su oficina me enviaron un segundo estremecimiento de vuelta. —No sé cuánto tiempo más tengo. Cooper estaba muy decepcionado. —Era quedarme corta. Me había cantado las cuarenta, incluso cuestionó mis cualificaciones.

Y la peor parte fue que, por un segundo, consideré dejar que Jackson asumiera la culpa. Mi corazón dio un vuelco cuando se levantó y empezó a hablar. Estaba casi segura de que iba a decirle a Cooper que él había animado a Tyler en su programación de vaquero. Pero aunque lo fuera, no quería que Jackson saliera a mi rescate. No podía querer eso. Solo podía depender de mí misma. Así que hablé por encima de él.

Jamila desestimó mis palabras con un gesto. —Cooper es mucho ruido y pocas nueces.

Alcé las cejas. —¿Estás diciendo que es un blandengue debajo de toda esa frialdad?

Ella resopló. —Yo *no* dije eso. Hará cualquier cosa por sus amigos, pero todos los demás son una herramienta o un obstáculo para él. Sabe que harás tu trabajo y que le darás la vuelta a la situación.

—Me has dicho no menos de una docena de veces que, como mujeres en un campo dominado por hombres, tenemos que trabajar más duro, ser más rápidas, mostrar mejores resultados. Estoy… —no asustada, no admitiría eso— preocupada de que no vaya a tener una segunda oportunidad. No como la que tendrá Jackson.

—Para Cooper, Jay no puede equivocarse. Tienes razón en que él tendrá oportunidades ilimitadas y tú no. Pero tú puedes con esto. Tengo fe en ti. O no te habría recomendado en primer lugar.

Jamila todavía creía en mí. Y eso significaba mucho. Era la persona más inteligente que había conocido. Había pasado de una escuela pública con pocos fondos en el este de Austin a la Universidad de Stanford. No se molestó con ninguna de las ofertas de trabajo que le presentaron meses antes de graduarse; en su lugar, tomó su idea para una aplicación y una pequeña herencia, y construyó su propia empresa. La cara de Jamila había llenado la portada de una de las revistas de negocios en la sala de espera durante la revisión de Noah la semana pasada.

Si ella pensaba que podía hacerlo, valía la pena intentarlo de nuevo.

—Gracias, Jamila. Tanto por la recomendación como por tu apoyo. No te decepcionaré.

—Nunca me decepcionarías, incluso si renunciaras hoy. — Mordió una zanahoria con un crujido—. Y sé que no te decepcionarás a ti misma. Ni a Noah. ¿Cómo está ese pequeñajo adorable?

Noah. Contarle lo de su brazo roto me recordó la factura del médico que había llegado el día anterior. Era exactamente la cantidad que me había dicho la asistente del Dr. Ruiz, pero ver esa coma lo hizo real. Incluso si quisiera acobardarme y abandonar el proyecto, no podía. Tenía facturas que pagar.

Además, ¿qué clase de ejemplo estaría dando si me rindiera a las dos semanas de mi primer trabajo de consultoría? Si me rendía, nunca tendría otra oportunidad como esta. Necesitaba la recomendación de Cooper. Tenía que esforzarme más. Como el superhéroe de la película, tenía que volver a levantarme incluso después de que el día de hoy me hubiera derribado.

Después del almuerzo, cuando acompañé a Jamila a la oficina de Cooper, le dediqué mi sonrisa más radiante. —Organizaré esa demostración remota, señor Fallon. Verá nuestro progreso para el final de la semana.

No me devolvió la sonrisa ni me pidió que lo llamara Cooper. —Cuento con ello —fue todo lo que dijo.

Regresé a rastras a nuestro espacio de trabajo. Encontraríamos ese error, dejaríamos a Cooper Fallon con la boca abierta en nuestra demostración y me ganaría esa maldita recomendación.

Y no importaba que por un segundo pensara que Jackson Jones podría defenderme. O que no pudiera quitarme su aroma de la nariz incluso después de salir de la oficina. Él era una distracción, un desafío extra, nada más. No podía dejar que se interpusiera en mi éxito en este proyecto. Y tenía que triunfar por Noah. Por Jamila. Y por mí misma.

11

JACKSON

ALICIA WEBER NO ERA PERFECTA.

Quiero decir, nadie es perfecto. Incluso Cooper tenía ese problema con su temperamento. Pero Alicia entraba pavoneándose a la oficina todos los días, perfectamente arreglada, sin un pelo fuera de lugar en ese moño infernal, y nunca llegaba tarde. Siempre sabía qué decir, qué hacer para motivar al equipo. Tyler encontraba una razón para pedirle un consejo casi a diario.

Excepto que…

Nos había comprometido a programar en pareja otra vez en el siguiente *sprint* y había dicho un montón de cosas sobre la colaboración, el trabajo en equipo, sobre pedir ayuda y no ir por nuestra cuenta.

Eso había durado un día y medio.

Ella y yo habíamos vuelto a hacer pareja —igual que en la clase de gimnasia, nadie más me había elegido— y ella había soportado mi navegación durante un día completo y hasta el almuerzo del día siguiente. Luego, cuando todos los demás se habían ido al *food truck* que había llegado afuera, me dijo que fuera yo, que ella trabajaría un poco más por su cuenta. Después, cuando regresé, me dijo que por qué no tomaba otra cosa del tablero para trabajar en ella.

Delante del resto del equipo, fingía que trabajábamos juntos. Pero no era así. A menos que consideraras trabajar juntos el estar uno al lado del otro, con los audífonos puestos, en diferentes partes del programa.

No pasaba nada. Si lo que ella quería de mí era que la dejara en paz, yo podía hacerlo.

Excepto que…

Había encontrado un error en su código.

Esa noche, me había quedado trabajando después de que todos los demás se fueran a casa. No podía soportar la idea de volver a ese departamento solitario, lleno de otros inadaptados temporales y divorciados del centro. Me llevaba bien con mis vecinos de arriba, y había conocido a un compañero de gimnasio, Rick, pero no tenía a nadie a quien pudiera llamar amigo.

Peor aún era salir a la cercana Sixth Street. Allí encontraba muchas mujeres. Pero Austin era una ciudad universitaria y, después del susto con la becaria de la primavera pasada, todas me parecían universitarias. Y nunca, jamás, iba a volver a tocar a una de ellas. Ni siquiera las que estaba seguro de que eran mayores, las que tenían una que otra cana o rastros de arrugas de la sonrisa en sus mejillas, lograban encenderme.

Quizá una vez que empezabas, el celibato era adictivo, como fumar. O —admitía en la madrugada, con la mano en mis pantalones cortos—, quizá no podía sacarme a Alicia de la cabeza. Ninguna otra daba la talla. No desde que mi marchito corazón había cobrado vida cuando le puse un dedo sobre su suave piel, cuando le aparté el cabello de esa ridícula curita del Rayo McQueen.

Así que, sin vida social después del trabajo, me había vuelto a quedar hasta tarde. Y después de terminar mi código, había revisado el de Alicia, que ella, por supuesto, había subido al repositorio como buena programadora. Como se suponía que estábamos trabajando juntos, tenía sentido que lo revisara.

Y encontré un error. No era uno que detuviera la compilación como ese espantoso en el código de Tyler el lunes, pero arruinaría las cosas lo suficiente como para que tuviéramos que eliminarlo.

Pero ni siquiera yo era lo suficientemente valiente como para hurgar en el código de Alicia.

Así que le mandé un mensaje.

> Encontré un error en tu código.

ALICIA WEBER

Disculpa, ¿quién eres?

> Soy Jackson Jones.

¿Cómo conseguiste mi número?

> ¿Tu tarjeta de presentación?

De acuerdo. Soy el fundador de la empresa. Tengo acceso nivel Dios a nuestro sistema de RR. HH.

Las burbujas de «escribiendo» aparecieron y desaparecieron hasta que me cansé de esperar.

> Como sea, hay un error en tu código. Pensé que debías saberlo.

¿Me vas a decir cuál es?

> Tal vez. Pero tiene un precio.

¿Un precio?

No había tenido la intención de coquetear con ella. Mi intención había sido hacérselo saber y luego dejarla que se cocinara en su propio jugo hasta que pudiera arreglarlo a la mañana siguiente sin que nadie más que yo lo supiera. Pero algo se apoderó de mis pulgares.

Creo que se impone un intercambio de información. Te diré cuál es el error, y tú me dices a dónde vas los martes y jueves.

No lo creo. Lo encontraré mañana.

¡No, espera! ¿Qué tal si me das tres oportunidades para adivinar?

¿Qué?

Me das tres oportunidades para adivinar, me dices si acierto o no. Luego te digo lo del error.

Dos oportunidades.

¿Frío o caliente?

No.

Bien. Eres una espía internacional, y los martes y jueves vas al Consulado de México para encontrarte con tu amante/objetivo.

Creo que sabes que la respuesta es no.

Valía la pena intentarlo

La verdad es que no.

Eres una monja a tiempo parcial, y los martes y jueves usas tu cofia para volar por la ciudad rescatando gatitos y huérfanos.

¿Cofia?

Es parte del hábito de una monja.

Eso ni siquiera suena como algo real.

Es totalmente real. ¿Qué tal una pista?

No captarías una pista ni aunque viniera de regalo en una caja de Choco Krispis.

¡Auch! Vaya si era de armas tomar. Pero yo también tenía lo mío, así que me aguanté y le conté sobre el error. Tuvo la cortesía de agradecerme —la había acusado de imperfecta, no de maleducada—, me escribió que tenía que irse y no respondió a ninguno de mis mensajes después de eso.

Solo mandé dos. O quizá cinco.

Esperaba que los hubiera borrado.

12

ALICIA

PUSE la llave en el encendido, pero no la giré. En cambio, miré por el espejo retrovisor la cara de tormenta de Noah.

—¿Por qué no me dijiste que estabas reprobando Lengua?

Se encogió de hombros. Su yeso verde neón se balanceó sobre su regazo.

Noah no llegaría a la adolescencia si no dejaba de encogerse de hombros.

—¿Lo sabías y no me lo dijiste, o es que no lo sabías?

—Pensé que quizá no me estaba yendo muy bien.

—¿Y por qué no me lo dijiste?

Se encogió de hombros de nuevo.

—¿Es porque tenías miedo de que me enojara? Porque, después de sentarme frente a un comité de tus maestros como si fuera una especie de inquisición, estoy bastante enojada.

—Lo siento —murmuró.

—«Lo siento» es un buen comienzo. ¿Qué tal un «Alicia, te prometo que nunca más volveré a ocultarte mis calificaciones»?

Se quedó mirando su regazo y murmuró algo.

—¿Qué fue eso? —espeté.

—Lo prometo.

—Está bien. Bien. Y yo te prometo que, si me dices que estás en problemas, no te gritaré. Te conseguiré ayuda. ¿De acuerdo?

No levantó la vista. —Sí.

—Bueno. —Giré la llave en el encendido y dejé que Beyoncé llenara el auto.

Cinco minutos después, cuando entramos en el camino de entrada, volvió a hablar. —¿Les vas a decir a la abuela Diane y a la abuela Esmy?

Apagué el auto y me giré en mi asiento para mirarlo. —Pensaba hacerlo. Creo que esto es una situación de emergencia, en la que se necesita toda la ayuda posible. Creo que nos vendría bien toda la ayuda que podamos conseguir, ¿no crees?

Se encogió de hombros por septuagésima quinta vez. —Supongo.

—No te avergüences por eso. No hay nada de malo en pedir ayuda. ¿Entendido?

Hizo una mueca. Definitivamente era un Weber.

Abrí la puerta y esperé a que saliera del asiento trasero con su mochila que pesaba más que él. Entramos por la puerta de atrás, donde me quité los tacones y puse mi portafolio y mi bolso en el cubículo que yo usaba para mi propia mochila cuando tenía su edad. Mientras Noah se ocupaba de sus zapatos y su bolso, entré en la cocina, donde aspiré profundamente el aroma de la comida de mamá.

—¿Espagueti y albóndigas? —Me incliné sobre la olla de salsa burbujeante.

—Son veganas —susurró—. No digas nada.

Miré un grano de maíz que flotaba en la superficie de la salsa de tomate. —Creo que se darán cuenta. Quizá la próxima vez, prueba con esa cosa de carne falsa.

El espagueti con albóndigas veganas no engañó a nadie, pero con suficiente queso y pan de ajo, fueron un éxito. El chiste favorito de mamá era que su salsa para pasta casera podía salvar cualquier cosa, excepto su matrimonio. Esa noche, pensé que podría tener razón.

Mamá esperó hasta que Noah tomó una segunda rebanada de pan de ajo para preguntar: —¿Y bien, de qué se trataba la reunión?

Asentí hacia Noah, quien tragó saliva y respiró hondo. —Estoyreprobandolengua —dijo de carrerilla.

Como las albóndigas sin carne, el truco no funcionó. —¿Estás reprobando Lengua? —preguntó Esmy, dejando su servilleta a un lado. La aversión de Noah por la lectura ofendía su sensibilidad de bibliotecaria escolar.

Él asintió. Al menos no se encogió de hombros con ella.

—¿Qué pasó? —Esmy me miró.

Ahora me encogí de hombros yo. —Los papeles estaban todos arrugados en el fondo de la mochila. Se suponía que tenía que firmarlos, pero nunca los vi. Su maestra dijo que necesito conseguirle una carpeta especial para los trabajos que necesitan ser revisados y firmados en casa.

—Eso suena como un buen sistema.

—Tenemos carpetas de sobra en el cajón del escritorio. —Mamá señaló hacia la esquina de la cocina donde ella, Esmy y yo nos turnábamos para llevar las finanzas del hogar.

—Creo que debemos considerar... —respiré hondo— reducir las actividades extracurriculares.

—¿Extracurriculares? —dijo Esmy—. Ya las redujiste. Todo lo que hace ahora es... —Sus ojos se abrieron como platos.

—¿Fútbol? —Noah dejó su trozo de pan de ajo sobre la mesa —. No. Me encanta el fútbol.

—Es su única oportunidad de salir, de correr —dijo Esmy—. Los niños de hoy en día casi no tienen tiempo para jugar.

Mamá permaneció en silencio.

—Ni siquiera puedo salir al recreo la mayoría de los días —se quejó Noah—. Mi maestra me hace quedarme adentro para terminar mi trabajo.

—¿Te estás perdiendo el recreo? —Mi voz era demasiado

aguda, demasiado alta. Tomé mi vaso de agua y bebí a grandes tragos.

—Sí.

Negué con la cabeza. —Entonces creo que…

—Yo le daré clases particulares —me interrumpió Esmy—. Después de la escuela, trabajaré con él en su tarea.

—Esmy… —comenzó mamá.

—No, Diane. Quiero hacer esto. Para que pueda seguir jugando fútbol.

Mamá se levantó y recogió el plato de Esmy, luego el suyo.

—Noah —dije—, si la abuela Esmy hace esto por ti, tienes que tomarlo en serio. Le daremos unas semanas, y si no vemos una mejoría, volveremos a hablar sobre el fútbol. ¿Entendido?

—Sí. Gracias, abuela Esmy.

Ella le dio una palmadita en la mano. —Pon tu plato en el lavavajillas y luego podemos empezar.

Saqué un recipiente para las albóndigas vegetarianas que sobraron y empecé a meterlas dentro. Mamá abrió el grifo del fregadero. Hasta el agua corriendo sonaba enojada. —Yo me encargo, mamá. Tú cocinaste, yo limpio.

Ella miró por encima de su hombro hacia la mesa de la cocina, donde Noah había abierto un cuaderno de ejercicios. Dijo en voz baja: —Normalmente no me gusta meterme en tu manera de criarlo. Después de todo, tú eres su tutora.

—Todavía no puedes superarlo. Después de seis años.

—No.

Mamá y Esmy nos ayudaban mucho, incluso nos acogieron a ambos en su casa. Pero Melissa había hecho de Noah mi responsabilidad, no la de mamá. *Gracias, hermanita.* Puse el recipiente en la encimera, con más fuerza de la que pretendía. —¿Pero qué, mamá?

—Estoy de acuerdo con Esmy. Noah necesita correr y jugar. Solo tiene diez años.

—Mamá, yo… —Me detuve. ¿Qué iba a decirle? ¿Que quizá si ella hubiera estado sentada en la silla demasiado pequeña en esa inquisición, también habría amenazado con sacarlo del fútbol? ¿Que estaba de acuerdo en que debería correr y jugar como los otros niños, pero que los otros niños no estaban reprobando Lengua y en peligro de repetir el año? ¿Que lo último que el pobre Noah necesitaba era otra razón para ser objeto de burla en la escuela?

Al final, dije algo que era más honesto de lo que pretendía. —No sé lo que estoy haciendo.

Ella me dedicó una sonrisa triste. —Cariño, no importa lo que digan, ninguna de nosotras sabe lo que está haciendo. Tienes que tomarlo un día a la vez y hacer lo mejor que puedas. Yo no tenía ni idea de lo que hacía, embarazada a los diecisiete y casada con alguien a quien no amaba. Pero Melissa salió bien. Tú también.

Nunca fuimos de las que se abrazan, así que le di una palmadita en el brazo mientras caminaba hacia el refrigerador.

—Alicia, creo que tu teléfono está sonando —dijo Esmy en voz alta.

—¿Sonando o vibrando? —pregunté.

—Definitivamente sonando. Oh. ¿Sabes qué? Suena como esa canción, «You're So Vain». ¿Quién la cantaba, querida?

—Carly Simon —gritó mamá.

—¡Rayos! —fue la exclamación apta para todo público que usé al pasar junto a Noah.

«Mierda», fue lo que murmuré cuando saqué mi teléfono del portafolio y confirmé que era un mensaje de texto de Jackson. ¿Habría encontrado otro error? Sabía que deberíamos haber seguido con la programación en pareja, pero no podía soportar otra de sus correcciones condescendientes. Normalmente era amable al respecto, pero ¿tenía que tener siempre la razón?

Me apoyé en la secadora y leí su mensaje.

JACKSON JONES

Hola

Qué

Estaba demasiado irritada como para molestarme con la puntuación.

> Solo quería saber cómo estabas. No sueles irte temprano los viernes.

Casi se me cae el teléfono. ¿Jackson Jones estaba preocupado por mí?

> O sea, ¿tuviste que salir corriendo a ver a tu contacto en Gurusoft para decirle lo genial que es nuestro código?

> Deja de pescar. No tienes nada a cambio de tus terribles suposiciones.

Al menos, esperaba que no lo tuviera.

> No encontraste otro error, ¿o sí?

Contuve la respiración mientras los puntos aparecían para indicar que estaba escribiendo una respuesta.

> No en el código de hoy. Espero encontrar algo mañana.

> Sádico.

> Solo si eso es lo que te gusta.

Mi respiración se aceleró. ¿Estaba coqueteando conmigo? Había pensado que podría ser así la última vez que nos escribimos, pero cuando se mostró perfectamente profesional en el trabajo, había descartado la sospecha, pensando que había interpretado demasiado sus mensajes. Pero este último mensaje había cruzado la línea por completo.

Y lo peor era que no lo odiaba.

Mi teléfono volvió a sonar.

Lo siento. No sé qué les pasó a mis pulgares.

Parpadeé. *Ah, bueno.*

No te preocupes. Nos vemos mañana.

Como mujer en tecnología —como mujer, y punto— había recibido muchas invitaciones a tomar algo, insinuaciones sexuales y fotos de penes no solicitadas, aunque, afortunadamente, nunca la del pene de un compañero de trabajo. Pero la broma de Jackson no me hizo sentir como si me hubieran embarrado de baba, ni avergonzada como si le hubiera hecho pensar que estaba interesada cuando no lo estaba.

No, se sintió como un par de compañeros de trabajo bromeando, pinchándose un poco. Como mis mensajes con Tiannah.

O… que mi compañero de trabajo se estaba preocupando por mí. Que le importaba.

Y eso era peor.

Porque cuando el proyecto terminara, yo pasaría al siguiente trabajo, y Jackson volvería a San Francisco. No éramos compañeros de trabajo. Él era un cliente y yo una consultora temporal.

Las bromas —la amistad— el cariño— no tenían cabida en nuestra relación.

Entrar. Salir. Volver a centrarme en mis responsabilidades en casa hasta que Noah se enderezara. Pasar al siguiente trabajo.

No era momento de perder la concentración. Borré los mensajes.

LA IMAGEN en la pantalla de video era tan clara que podía ver el rubor subiendo por la garganta de Cooper Fallon y llegando a sus afilados pómulos. Esa mandíbula cincelada se tensó.

La semana pasada, Tiannah me había enviado un enlace a una publicación en un blog para babosear: «Treinta nerds sexis que te provocarán una erección cerebral». Había señalado amablemente que Cooper y Jackson ocupaban los puestos doce y trece de la lista, respectivamente.

Claramente, la bloguera nunca había sido humillada por Cooper Fallon. Dos veces. Porque yo podía decirles por experiencia que no había nada que provocara una erección en ello. Mis ovarios debían haberse encogido al tamaño de chícharos porque me estaba haciendo sentir demasiado estúpida para vivir, y mucho menos para reproducirme. Y la forma en que curvaba el labio decía que yo estaba tan por debajo de él que no era digna de tener una erección femenina en su presencia virtual.

—Esta es la segunda revisión de código. ¿Cómo es que no tienen nada que mostrar? ¿Otra vez? —Cooper apoyó los codos en el escritorio de madera oscura de su oficina en la sede. Detrás de él había estanterías de libros, intercalados con grandes caracolas y algunos premios de cristal. Era mucho más opulento que la oficina en la que me había reprendido la última vez que estuvo aquí. Se frotó las sienes.

Tyler emitió un sonido desesperado, agarró el cesto de basura y salió corriendo, dejándonos a Jackson y a mí solos en la sala de conferencias.

—Desafortunadamente… —empecé.

Jackson me interrumpió. —Fue mi culpa. Estaba tratando de hacer lo que me dijiste…

—¿Y qué fue eso, exactamente? Porque estoy seguro de que no te dije que la volvieras a cagar. Estoy bastante seguro de que lo recordaría.

Hice una mueca de dolor, y Jackson también. Pero dijo: —Me dijiste que me ganara el respeto del equipo. Así que pensé en hacer algo bueno por ellos. Estábamos trabajando hasta tarde y traje la cena.

Dije *ganarte* su respeto, no *comprarlo*. Pero ¿cómo resultó la cena en un fracaso absoluto?

—Pedí sushi. Tenemos un vegetariano en el grupo, pero come pescado.

—¿Sushi? ¿En Austin, Texas? —Las cejas de Cooper se elevaron hacia la línea de su cabello—. Alicia, ¿a cuántas millas del océano está Austin?

—A poco más de doscientas millas del Golfo. Son poco más de tres horas en auto hasta Galveston. —Habíamos llevado a Noah a la playa este verano y habíamos comido camarones hasta reventar —. Normalmente podemos conseguir pescado decente...

—A tres horas de la masa de agua más cercana. ¿Pedir sushi en un lugar así le parece una idea inteligente?

Esa no parecía una forma respetuosa de hablarle a un colega, y mucho menos a su socio y amigo. Miré fijamente a la cámara junto a la pantalla de video. —Solo un...

—Está bien, Alicia. —Jackson puso una mano sobre la mía, donde la había curvado sobre el brazo de la silla. Cálido y firme, su tacto me calmó como una manta con peso. ¿Había estado a punto de levantarme y enfrentarme virtualmente a Cooper? No. Al menos esperaba que no.

—Vamos a bajarle un poco, Coop. —La voz de Jackson adquirió un retumbar grave que calmó mis nervios.

—¿Bajarle? —La voz de Cooper se elevó—. Yo no necesito bajarle. Tú necesitas subirle. Deja de perder el tiempo ahí en Austin y escribe el puto código. ¿Has olvidado la importancia vital de este proyecto, Jackson? Porque yo, desde luego, no lo he hecho.

Me agarré al brazo de la silla. ¿Cómo podía Jackson soportar este tipo de abuso con tanta calma?

Jackson presionó mi mano brevemente y luego la levantó al encogerse de hombros. —Mira, no lo pensé, ¿de acuerdo? Hice lo que habría hecho en casa. No sabía que el sushi iba a enfermar a todos.

Lo había hecho el jueves pasado, después de que yo me fuera. Todos los que comieron el sushi, incluido Jackson, pasaron el viernes y el fin de semana vomitando. Después de leer el patético mensaje de Jackson, terminé nuestro módulo, pero aunque había trabajado horas el sábado y el domingo, no había podido terminar el trabajo de todos. Al menos esta vez le había enviado un correo a Cooper y le había dicho que no viniera a Austin. La mitad del equipo todavía estaba ausente hoy.

—Han pasado cuatro semanas de nuestro cronograma. Solo nos quedan seis semanas. ¿Cómo van a terminar a tiempo si siguen atrasándose?

Jackson y yo hablamos al mismo tiempo. Yo dije: —Echaremos un vistazo a las funcionalidades, veremos qué podemos eliminar, y trabajaremos duro para entregar el producto mínimo viable a tiempo. —Que era la respuesta correcta. La que Cooper quería oír. Jackson, por otro lado, dijo: —El software es un arte. No puedes ponerle un cronograma. Estará listo cuando esté listo.

Nos miramos conmocionados. ¿Cómo demonios íbamos a trabajar juntos cuando teníamos filosofías diametralmente opuestas sobre la gestión de proyectos de software?

Cooper debió de pensar lo mismo. —¿Cómo es que ustedes dos ni siquiera han hablado de esto? ¿Qué demonios han estado haciendo todo este tiempo?

Además de evitar cuidadosamente programar con Jackson, orientar a Tyler y gestionar al resto del equipo. Preocupándome por Noah, revisando obsesivamente su mochila todas las noches y manteniendo una correspondencia diaria con su maestra de Lengua. Pero no iba a decir eso. Cooper quería pensar en mí como un autómata que se apagaba al final de la jornada laboral, lista para volver a encenderse a las ocho de la mañana del día siguiente.

Los ojos de Cooper se encendieron. —Jackson, no lo harías. No después de lo que pasó en mayo.

¿No haría qué? Miré alternativamente el pálido rostro de

Jackson a mi lado y el rostro rojo de Cooper en la pantalla de video.

—Un momento, Cooper.

Finalmente, iba a defenderse.

El color subió por las mejillas de Jackson y sus ojos brillaron. —Te estás pasando de la raya. Lo que pasó en mayo no es relevante para nuestra consultora.

Había hecho que *consultora* sonara como una mala palabra. ¿De dónde demonios venía todo esto? ¿Por qué de repente era yo el blanco del desdén de ambos hombres?

—No puedo creer que sedujeras a nuestra consultora. Mierda, ahora tengo que encontrar otro lugar a donde enviarte. —Se frotó la sien—. Nuestro despacho en Delhi, tal vez.

Dejé de respirar. ¿Cooper Fallon me había acusado de acostarme con mi cliente?

Jackson se puso de pie, con fuego en los ojos. —Un maldito momento. No me estoy acostando con Alicia. Somos compañeros de trabajo. Eso es todo. Sabes que nunca te mentiría, Coop.

Los hombres se miraron fijamente, la ira de Jackson derritiendo lentamente el hielo de Cooper como un soplete. Palabras silenciosas pasaron entre ellos, de la misma manera que Melissa y yo solíamos hablar sin palabras, para saber lo que la otra estaba pensando. Aunque nunca lo habíamos hecho a dos mil millas de distancia a través de un equipo de videoconferencia.

Yo también me puse de pie. —Absolutamente no. Ni siquiera nos caemos bien.

Cuando Jackson me miró, sus ojos habían perdido su brillo.

—Quiero decir, somos estrictamente profesionales. Yo… yo no necesito que me caigas bien. —Cerré los ojos. Mierda, seguía hundiéndome más. Uno de ellos me iba a despedir, seguro, y entonces no podría pagar la prima del seguro de vida que vencía a fin de mes.

Y lo peor es que era mentira. Me caía bien Jackson. O al menos lo respetaba. Aunque me volvía loca programar con él, era brillante. Y divertido. Actuaba como si le importara el equipo.

Había pensado en comprrarles la cena, aunque tuvo mala suerte con un lote de sushi en mal estado. Se había preocupado por mí el día que tuve que salir temprano para la reunión de Noah.

¿Actuaba como una prima donna? Sí. ¿Creía que sabía más de programación que yo? Absolutamente sí, y, por mucho que odiara admitirlo, tenía razón. ¿Me menospreciaba por ser mujer? ¿Actuaba como si yo amenazara su ego porque tenía habilidades de programación y usaba faldas? No, y eso lo distinguía de la mayoría de los hombres con los que había trabajado.

Pero ¿qué demonios había hecho en mayo? Eso debió ser justo antes de que viniera a Austin. Debió de ser algo terrible para que lo exiliaran. Le eché un vistazo, pero él estaba mirando a Cooper en la pantalla, la parte superior de sus pómulos manchada de rojo.

Negué con la cabeza. Independientemente de nuestras opiniones el uno del otro, necesitábamos trabajar juntos para terminar este proyecto.

—Mire, señor Fallon…

—Cooper —gruñeron al mismo tiempo.

—…hemos tenido un par de contratiempos. Pero sé que con el talento del equipo, podemos darle la vuelta y terminar a tiempo. Dennos dos semanas más. Le prometo que no lo decepcionaremos.

La mirada de Cooper se desvió hacia Jackson, quien inclinó la barbilla una fracción de pulgada.

—Bien. Pero quiero un informe de progreso diario, Alicia. No intente ocultar nada.

—Ni se me ocurriría. Y yo… no lo decepcionaremos.

Me clavó una larga mirada, y aunque me ardían los ojos, no parpadeé hasta que él volvió a mirar a Jackson. —Tú quédate —dijo—. Alicia, la veo en dos semanas.

De camino a nuestra área de trabajo, me detuve en el refrigerador y agarré todas las latas de ginger ale que pude cargar. No íbamos a parar por nada hasta que tuviéramos algo genial que mostrarle a Cooper.

Y en cuanto a Jackson Jones, no habría más mensajes después

del trabajo. No iba a permitir que ni siquiera el más mínimo rumor de confraternización se me acercara. Nada impediría que Weber Technology Consulting se ganara el testimonio de Cooper Fallon.

13

JACKSON

HORAS después de la llamada con Cooper, estaba completamente concentrado, con Led Zeppelin a todo volumen en mis audífonos, cuando sentí un golpecito en el hombro.

Me quité los audífonos y me giré para ver a Tyler, con su bolso cruzado sobre el pecho. —¿Ya me voy. A menos que necesites algo?

Éramos los únicos que quedábamos en el área, y las luces del espacio de al lado estaban apagadas. —¿Qué hora es?

—Las ocho y cuarto. ¿Perdiste la noción del tiempo?

—Supongo que sí. —Estaba a punto de terminar el módulo que se suponía que debía haber completado el viernes, antes del Incidente del Sushi en Mal Estado.

—¿Puedo ayudarte con algo? —Tamborileó con los dedos a un lado de sus *jeans*.

—No, estoy bien.

—Ah. —Asintió y se subió las gafas—. Bueno. —Volvió a asentir, pero no se movió—. ¿Estás bien?

—¿Te refieres a lo de...? —Me froté el estómago. Todavía me dolían los abdominales de tanto vomitar durante el fin de semana.

—Bueno, sí, y, eh… todo. Cooper.

Nadie en el equipo podía haber pasado por alto que me quedé en la sala de conferencias como un niño de sexto grado castigado. Probablemente Alicia les había dicho que la reunión no había ido muy bien. Se me revolvió el estómago, y esta vez no era por el sushi. Era por recordar lo que Cooper casi le había dicho a Alicia sobre mí y la becaria. Mierda, ¿qué pensaría de mí si lo supiera?

Ojalá pudiera retractarme de todo. Los tragos extra de tequila que parecieron una buena idea después del regaño de Weston, el director ejecutivo, por mi comportamiento fuera de la oficina. Claro, había faltado un día después del Grand Prix, y puede que hubiera una o dos fotos de tabloides de mí, sin camisa, con una mujer bonita… o cuatro. Me habían mojado con un chorro de champaña. Bueno, era *mi* botella de champaña.

Después de que Weston me regañara de lo lindo, encontré el bar más cercano a la oficina y traté de calmarme con tequila. Lo único que conseguí fue que se me nublara la vista, así que no vi —o no me importó— que la pelirroja que me guiñaba el ojo desde el otro lado del bar fuera diez años menor que yo. Una sensación de imprudencia se apoderó de mí cuando me interceptó frente al baño de hombres, me susurró todas esas cosas halagadoras al oído y me acarició la entrepierna. Supuse que más valía comportarme como el desastre que Weston creía que era. Si iba a pagar la condena, ¿por qué no cometer el crimen? ¿Creía que esas fotos de celebración inocente eran malas? Quizás algún paparazzi me pillaría follando con esta mujer tan dispuesta contra la pared trasera del bar. Intente encubrir eso, Weston.

Si tan solo pudiera pararme junto al Jackson de hace tres meses, quitarle ese último trago de tequila, hacerle beber un vaso de agua en su lugar y decirle que saliera por la puerta y se fuera a casa. Si me hubiera ido a casa, podría haberme reído cuando llegué con resaca a una reunión a la mañana siguiente y la encontré, la pelirroja, tomando notas en una tableta. Podría haberme felicitado por mi escapada mientras bromeábamos sobre la resaca.

Pero para mí no hubo escapatoria. Sentí como si tuviera la piel cubierta de abejas cuando entré corriendo en la oficina de Cooper y le confesé mi encuentro en el callejón con Callie. Aunque nunca la había visto en la oficina antes y no tenía ni idea de que era nuestra becaria, aun así debería haberla evitado. Me merecía el regaño que me dio.

Como siempre, Cooper limpió mi desastre. Me exilió a Austin. Dejó que Callie terminara su pasantía de verano en Synergy y la despidió con una buena bonificación y una carta de recomendación.

Pero no lo volvería a hacer. Su amenaza sobre Delhi estaba vacía. Esta era mi última oportunidad. Yo lo sabía. Cooper lo sabía. Ese imbécil de Weston lo sabía. Si la cagaba aquí, me pedirían que me tomara una licencia. Posiblemente una permanente. Cooper no podría protegerme.

Volví a centrar mi atención en Tyler. —Sí, estaré bien. —Mantendría un perfil bajo y me mataría trabajando. Nada me distraería. Si no era uno de los tres mandamientos de Cooper —producir buen código a tiempo, ganarme el respeto del equipo o trabajar juntos—, no lo haría. No había forma de que me metiera en problemas si seguía el camino que Cooper había trazado.

—¿Y tú y Alicia? ¿También estarán bien?

—¿Alicia y yo? —Quizás ahí era donde entraba la parte de *trabajar juntos*. Nos sentaríamos ahí, en ese escritorio, mirando directamente a nuestras pantallas, con el amargo cítrico de su té haciéndome cosquillas en la nariz. Manteniendo la fachada de la programación en pareja para que tipos como Tyler no se sintieran mal por necesitar ayuda con su código.

Pero de ninguna manera cruzaríamos ninguna línea como Cooper, de alguna forma, pensaba que habíamos hecho. Pondría una tira de cinta adhesiva —o una cuerda de alambre de púas— en medio del escritorio si fuera necesario.

—Alicia y yo estamos bien. Por separado, estamos bien. Como puedes ver, yo estoy bien aquí, y ella está bien… en otro lugar. —¿En su casa? Nunca antes había pensado en la casa de Alicia. Quizás dormía en una cripta como una vampiresa.

—Ah, bueno. —Guiñó un ojo. Todavía no había descifrado el código del guiño texano. Al principio, había pensado que era coqueto, pero luego la mujer de pelo blanco que escaneó mi lata de desodorante en la caja del CVS me guiñó un ojo cuando dijo: «*Y'que tengan un buen día*». Y el tipo calvo y sudoroso que atendía el puesto de tamales siempre guiñaba un ojo y decía: «Buen provecho», cuando me entregaba la bolsa. Así que no dije nada en respuesta al guiño de Tyler. Quizás era como un signo de puntuación.

Se acomodó el bolso. —No te quedes hasta muy tarde. Mañana seguirá aquí.

Le dediqué una sonrisa forzada. —Gracias. Nos vemos.

¿Cuántos mañanas más tendríamos si no terminábamos este proyecto a tiempo? Cooper había dicho que no muchos. Había dicho que Weston estaba otra vez con el cuento de recortar personal innecesario para hacer la empresa más eficiente y ágil. Yo pensaba que ya éramos jodidamente ágiles, pero Cooper y Weston eran los que manejaban los números.

¿Estaría Tyler en esa lista de personal innecesario que iban a recortar? Seguro que él caería de pie. ¿Pero qué hay de Alicia? Sin una buena recomendación de Cooper, ella no conseguiría muchos más trabajos de alto perfil como este. Y no podría soportar ser la razón por la que su negocio fracasara.

Me puse los audífonos de nuevo y me quedé mirando la pantalla. Lo terminaría por ella. Y por Tyler. Y por Cooper. No los decepcionaría.

14

ALICIA

EL RASGUIDO del lápiz de Noah contra el papel hizo que me diera un tic en el ojo.

Jackson tenía el tecleo de su teclado y sus audífonos que dejaban escapar el sonido. Tyler y los otros programadores también programaban con música. Yo, en cambio, necesitaba silencio. Sobre todo cuando estaba depurando.

Pero Noah estaba escribiendo diligentemente un reporte de lectura para la clase de lengua al otro lado de la mesa de la cocina, y no pensaba decirle que cambiara a un lápiz más silencioso. Mamá y Esmy se habían ido a la cama, y nosotros estábamos unidos trabajando hasta tarde.

Cuando intenté compilar y ejecutar mi código, arrojó un error de ejecución. Revisé mi código, pero no encontré nada. Luego, verifiqué los otros módulos uno por uno. ¿Y de quién era el código que estaba arruinando el mío? El de Jackson. Tuve que irme temprano para el partido de fútbol, pero me había prometido encontrar y arreglar el error antes de que volviéramos al trabajo al día siguiente. Si tenía suerte, él nunca se enteraría, y podríamos seguir trabajando en «pareja» con el lujo de no hablarnos. Exactamente como él quería.

La cabeza de Noah cabeceó y parpadeó con fuerza. Su lápiz había trazado un zigzag en la página y borró la marca rebelde con la goma.

—Oye, campeón, creo que es hora de ir a la cama.

—Pero no he terminado.

—Puedes seguir mañana. Te escribiré una nota. Puedes mostrarle a tu maestra que ya lo empezaste.

Hizo una mueca y volvió a bajar la mirada al papel.

—Todo saldrá bien, te lo prometo. Anda a la cama. Te sentirás mejor mañana si duermes.

—Está bien —se levantó y se estiró—. Buenas noches, Alicia.

—Buenas noches, Noah —se fue a la cama arrastrando los pies, con Tigger pisándole los talones.

Enfoqué mis propios ojos somnolientos de vuelta en la pantalla de mi laptop. Había una parte del código que no se veía del todo bien…

Mi teléfono vibró sobre la mesa. Lancé la mano como una serpiente para tomarlo. No era Carly Simon, y Jackson no me había enviado ningún mensaje desde el regaño de Cooper el lunes; aun así, tenía la vaga esperanza de que de alguna manera fuera él. Le contaría sobre el error y podríamos bromear como lo habíamos hecho cuando él encontró aquel error en mi código. Sonreí a medias al recordar sus terribles suposiciones sobre lo que yo hacía los martes y jueves. Una corneta.

TIANNAH

No pudimos hablar en el partido esta noche.
¿Estás bien?

Me había quedado en mi auto, con un ojo en el partido y el otro en la pantalla de mi laptop. No era una manera eficaz de ver fútbol ni de depurar código, pero así era la vida de una madre trabajadora.

Perdón, tuve que trabajar en el auto. Te extraño.

¿Tienes un minuto para hablar?

Ni siquiera había terminado de teclear *Sí* cuando mi teléfono sonó. Deslicé el dedo para contestar. —Hola.

—Hola, tú. ¿Te importa si me desahogo un minuto?

Me recliné en la silla rígida de la cocina y sonreí. —Dispara.

Se lanzó a contar una historia sobre las Malvadas Mamás de la Asociación de Padres y Maestros. Una mujer inferior —yo— habría cedido el campo hace años. Pero Tiannah no las dejaría ganar. Luchaba contra ellas por todo, desde instituir un espacio libre de frutos secos en el comedor hasta diversificar el programa del concierto navideño. Había ganado algunas batallas y perdido otras, pero siempre se quejaba —o se jactaba— conmigo.

Después de que terminó su historia y le dije que tenía razón, por supuesto, hizo una pausa. —¿Estás bien? Diane dijo que estabas teniendo una semana difícil en el trabajo.

Me removí en la silla. —Estoy bien. Es solo que... —no tenía la intención de contárselo, pero las palabras salieron a borbotones. La metida de pata de Tyler de hacía dos semanas. Mi fallida programación en pareja con Jackson. El sushi. El doble regaño de Cooper. Toda la vergüenza, la frustración, el miedo de las últimas cuatro semanas que le había ocultado a todo el mundo, incluida mi mejor amiga, lo vomité como si fuera sushi en mal estado.

—Ese Jackson Jones suena problemático —dijo.

—No es tan malo —me mordí el labio.

Pero Tiannah, mi mejor amiga, escuchó las palabras que no dije. —¿No tan malo?

—Es un gran programador y me ha enseñado mucho. Está tratando de llevarse bien con el equipo. Hacerlo más unido. Supongo que lo juzgué mal al principio. Ya no lo odio —hice una mueca, agradecida de que no pudiera verme.

—Vaya. ¿No lo odias? ¿Quieres decir que te gusta?

—No de esa manera —pero las palabras habían salido demasiado rápido—. Lo respeto.

—Amiga, ten cuidado.

—Lo sé. Pero es que es diferente a los otros tipos con los que he trabajado.

El silencio de Tiannah se alargó, dejándome saber exactamente lo que pensaba.

—Sabes que nunca…

—Lo sé. Pero los sentimientos son difíciles de controlar.

—Solo déjame fantasear unos días más. Luego seguro que hará algo irritante y me recordará por qué lo odiaba en primer lugar.

—Siempre lo hacen, cariño. Pero sé que te mantendrás bajo control. Nunca arriesgarías tu negocio por un hombre.

—No dije nada de ningún hombre. Solo dije que el tipo me caía bien.

—Alicia —su voz contenía una advertencia—. Recuerda lo que es importante.

Noah. Y Weber Technology Consulting. *Concéntrate en eso, no en tu inteligente compañero de trabajo y sus ágiles dedos.*

—Tú puedes con esto. Les demostrarás a todos lo inteligente y capaz que eres, y luego tendrás que empezar a rechazar ofertas.

Rechazar ofertas. Ojalá. Por ahora, tenía que terminar el trabajo que había dicho que podía hacer. Y, como siempre, tenía que producir el doble para obtener el mismo reconocimiento.

—¿Hay algo que pueda hacer para ayudar?

Oh, ya sabes, ayúdame a depurar este código, averigua qué pasa con Noah y la clase de lengua, y hazme entrar en razón para que no salte cada vez que recibo un mensaje de texto. —No, estoy bien. Gracias por preguntar. Te quiero.

—También te quiero. ¿Nos vemos el jueves?

—Sí.

Con un suspiro, volví al código de Jackson que, tristemente, no se había depurado solo.

15

JACKSON

PAUSÉ la música y me quité los audífonos. Llevaba toda la mañana buscando el maldito error en mi código, pero estaba mejor escondido que esa fisura delgada en la culata de mi Lamborghini. Alicia siempre programaba en silencio; quizá, si yo lo intentaba, podría encontrar la maldita cosa. Volví a revisar el programa.

Una gota de sudor me resbaló desde la sien hasta la barba. Hacía un calor infernal en la oficina hoy. ¿Habían apagado el aire acondicionado? Estábamos en pleno octubre, y no debería seguir haciendo más de treinta grados. El cuerpo humano no estaba hecho para sobrevivir seis meses con un calor como este. Mi cuerpo no lo estaba.

Miré a Alicia, que tecleaba recatadamente con su falda negra y entallada y su blusa de seda. Bebió un sorbo de su té. ¿Té caliente con estas temperaturas? El ahora familiar aroma llegó hasta mí. Earl Grey. Había olfateado todas las bolsitas en la cocina una noche para averiguarlo. Olía amargo, como aquella vez que un niño en la escuela me había retado a comerme una naranja como si fuera una manzana, con todo y cáscara. No pude saborear nada más durante días.

Sostuvo la taza bajo su nariz, dejando que el vapor le envolviera el rostro. Le acariciaba las sienes como yo lo había hecho ese primer día. De la forma en que yo había fantaseado con hacerlo de nuevo. Ella y su té caliente me estaban haciendo sudar. Corrí mi silla unos quince centímetros lejos de ella, reacomodé mi teclado y volví a mirar mi pantalla.

Unos minutos después, me rugieron las tripas. Ah. Necesitaba algo de comida en el cuerpo para que mi cerebro funcionara bien. Unos minutos lejos de la pantalla me vendrían bien.

Me levanté, mientras me estiraba, y me guardé el celular en el bolsillo.

Alicia levantó la vista de su código perfecto. —¿Vas a almorzar?

—Sí. —Entonces se me ocurrió una idea brillante. Podría hablar con Alicia sobre mi código. Tal vez sería ese empujoncito que me ayudaría a descubrir qué había hecho mal—. ¿Quieres venir conmigo?

—Eh… —Sus ojos se apartaron de mi cara—. No creo que…

—Vamos. Necesitas un descanso y comer, y yo también. ¿Por qué no ir juntos? Así puedes asegurarte de que regrese a tiempo. —Y no me importaría pasar un rato fuera de la oficina con Alicia. Quizás allí era menos estirada. ¿Me concedería unas cuantas adivinanzas más sobre sus compromisos de los martes y jueves?

Dirigió su mirada a la ventana detrás de mí, como si pudiera usar el clima como excusa. Pero hacía calor y estaba soleado, exactamente como había estado ayer y el día anterior y todo el puto verano.

—Yo invito. Y tú eliges el restaurante —dije.

Suspiró como si que le invitaran a almorzar fuera una enorme imposición. —Está bien. —Tomó su bolso del cajón de su escritorio, revisó rápidamente su celular y luego lo dejó caer dentro—. Vamos.

Cuando salimos a la luz del sol, me puse las gafas de sol. —¿A dónde quieres ir?

Miró hacia la izquierda. —Mi taquería favorita está a unas cuadras en esa dirección. ¿Te apetece caminar?

—Tú eres la que lleva tacones. —Cometí el error de bajar la vista hacia ellos. Hoy eran de color beige con una abertura en la punta por donde se asomaba una uña del pie brillante, pintada de negro. ¿Alicia usaba esmalte de uñas negro? ¿Tenía algún tipo de doble vida gótica? Tal vez sí dormía en una cripta. Tal vez los martes y jueves eran las noches en que iba a…

Casi me doy una palmada en la frente ahí mismo en la acera. ¡Claro! Tenía novio. No me sorprendía que la vida amorosa de Alicia fuera reglamentada. Los martes y jueves —y probablemente los sábados, pero no tenía forma de saberlo— eran noches de cita. ¿Cómo no me había dado cuenta de eso en más de un mes de trabajar con ella? El próximo miércoles o viernes por la mañana, podría confirmarlo buscando en su rostro ese brillo delator.

¿El brillo delator? Apreté los dientes.

—¿Jackson? —Ya estaba a unos pasos por la acera—. ¿Vienes?

—Sí. —Corrí unos pasos para alcanzarla y luego caminé a su lado, mis Converse silenciosos junto al clic-clic-clic de sus tacones. Pasamos junto a grupos de estudiantes de la universidad cercana, un par de chicos con patinetas, otros tipos de la tecnología de las docenas de empresas de *hardware* y *software* que nos rodeaban, incluso algunos políticos trajeados que se habían alejado del complejo del capitolio.

Me froté el centro del pecho, tratando de aliviar el ardor repentino. No tenía ningún derecho a estar celoso. Alicia, nuestra consultora, estaba prohibida. No podíamos salir. Probablemente era bueno que tuviera novio. Había hecho muchas cosas egoístas en mi vida, pero nunca había intentado tentar a una mujer a ser infiel.

Además, le había dicho a Cooper que ni siquiera le gustaba. Y eso me había dolido más de lo que debería. Definitivamente no debería haberme molestado que estuviera saliendo con otra persona. Intenté relajar la mandíbula.

Mierda, ¿por qué estaba siquiera allí, a punto de almorzar con ella, a solas? No debería verla en ningún otro lugar que no fuera la oficina. Dejé de caminar. Fingiría que mi malestar gástrico había vuelto.

Subió ágilmente los escalones de Linda's Taqueria, una casa destartalada de un solo piso con una enorme terraza de madera detrás. Se giró en la puerta, con el rostro sonrojado por nuestra caminata y la piel visible a través del cuello en V de su camisa de botones reluciente. —¿Vienes?

¿A quién quería engañar? Seguiría a Alicia a cualquier parte.

Subimos los escalones y entramos, donde afortunadamente estaba oscuro, fresco y olía a comino y chile. Me rugieron las tripas.

—¿Mesa para dos? —preguntó la anfitriona.

—Sí, y ¿podemos sentarnos en el patio? —preguntó Alicia.

¿El patio? Mi piel húmeda de sudor clamaba por el comedor con aire acondicionado.

—Claro. —Nos condujo afuera a la terraza, que estaba sombreada por una pérgola. Vides en flor se entrelazaban entre los listones de madera abiertos de arriba, haciéndola marginalmente más fresca que el estacionamiento, donde podía ver ondas de calor que emanaban de la grava.

—¿Afuera? —Me dejé caer en la silla de plástico caliente.

Enterró la nariz en el menú laminado. —El día está muy agradable. Y pensé que nos vendría bien el aire fresco.

Aire fresco, mis polainas. La humedad me obstruía los pulmones y dejaba mi camiseta tan lacia como un trapo de cocina.

Alicia pidió un té helado sin azúcar y yo una limonada. Deseé haber podido pedir una margarita, pero no quería soportar la expresión de desaprobación de Alicia ni el dolor de cabeza que seguramente me daría esa tarde.

Después de que ordenamos, Alicia cruzó las manos sobre su

mantel individual de papel y me dedicó una sonrisa tensa. —Y bien, Jackson, ¿estás disfrutando de Austin?

—Hace un poco de calor para mi gusto. —Aparté el cuello de mi camiseta de la piel y lo agité para intentar dirigir una brisa hacia adentro.

—Oh, lo siento, ni siquiera lo pensé… ¿Preferirías comer adentro?

Sí. —No. —La descarté con un gesto—. Aquí está bien. —Si ella estaba feliz, estaría más dispuesta a ayudarme con mi código más tarde.

—Supongo que estoy acostumbrada, sobre todo porque ya ha refrescado. Ni siquiera se supone que hoy lleguemos a los treinta y dos grados. Estará agradable esta noche una vez que el sol baje.

—Esta noche. Jueves por la noche. —Arrastré las palabras lentamente—. No puedo creer que me haya tomado tanto tiempo darme cuenta.

Levantó las cejas. —¿Darte cuenta de qué, exactamente?

—De lo que haces los martes y jueves.

—¿Ah, sí? —Pasó un dedo por la condensación de su vaso de té.

—Tienes una cita.

Parpadeó. —Una cita.

—Ya sabes, salir a cenar y al cine, o quizá quedarse en casa para un poco de Netflix y relajarse.

—¿Netflix y relajarse?

—Sabes a lo que me refiero. Tienes novio. —No un prometido. No llevaba anillo. Como no dijo nada, abrí más los ojos—. O novia.

Se rio, y fue la primera vez que la oía. Mostró los dientes —otra ocurrencia rara en mi experiencia— y el sonido comenzó agudo y terminó como una risa grave. —¿Crees que mi vida es tan ordenada que tengo citas todos los martes y jueves por la tarde?

Yo también sonreí y me encogí de hombros. —Es que eres tan… tan organizada. —La imaginé, como en el montaje de preparación de un atraco, alineando una tira de condones, una botella de lubricante, una vela, quizás, en su mesita de noche, y luego, profesionalmente, comenzando a desabrocharse su blusa de seda… *¡Mierda!* Nada de imaginarla haciendo un *striptease*. Me froté los ojos con una mano para borrar la imagen.

—Vaya. Bueno, claro. Los martes jugamos Bunco en su iglesia, y los jueves vemos el nuevo estreno en el cine.

—¿Ves? —Le señalé su sonrisa apenas contenida—. Lo sabía.

—Lo siento, otra mala suposición. Aunque… —Se mordió el labio.

—¿Qué? —Una pista casi se había escapado de la caja fuerte de Alicia. La vertiginosa anticipación me hizo contener la respiración. Había dicho que su compromiso de dos veces por semana no era una cita. Estaba más aliviado de lo que debería.

—Nada.

—Una pista. Una pequeñita.

Lo consideró por un momento, escudriñando mi cara. —No.

—Oh, vamos. —Me eché hacia atrás en mi silla.

—¿Cómo va tu código?

Odiaba que hubiera cambiado de tema, pero para eso la había invitado a almorzar. —Me he topado con un problema.

—¿Ah, sí? —Exprimió otro limón en su té y usó una cucharita larga para revolverlo, con el tintineo del hielo.

—Sí. —Le describí brevemente el problema, luego todas las cosas que había revisado y todos los métodos que había intentado para solucionarlo—. ¿Alguna idea de lo que podría estar pasando?

Abrió la boca para hablar, pero luego miró por encima de mi hombro y sonrió. Nuestra mesera dejó frente a mí una enorme bandeja de enchiladas, frijoles y arroz, y una canasta forrada de papel con tacos frente a Alicia.

Agarré mi tenedor y corté una esquina de la enchilada de la izquierda. Pollo, espinacas y una cremosa salsa de queso blanco. Delicioso.

Al otro lado de la mesa, Alicia roció salsa picante sobre sus tacos antes de tomar uno y morderlo con sus dientes rectos y blancos. Lo dejó de nuevo en la canasta y masticó lentamente. La observé tragar y secarse los labios con su servilleta. El almuerzo había sido una mala idea. Demasiada atención en la tentadora boca de Alicia. Era ridículo estar celoso de un taco.

—¿Está todo bien con tu comida? —Señaló con la cabeza mi plato del que solo faltaba un bocado.

Negando con la cabeza, corté un bocado de la segunda enchilada, una de queso. —Sí, está buenísima.

—Sabía que te gustaría.

La salsa roja estaba picante. Me bebí la limonada de un trago. —¿Alguna idea sobre mi código?

—Ah. —Se limpió cuidadosamente los dedos con la servilleta —. Puede que haya visto algo a principios de la semana.

—¿Algo?

—Un error. —Me lo explicó —Dios, debí haber revisado ese código erróneo una docena de veces— y luego dijo—: Yo... ah... lo arreglé en el *sandbox* de desarrollo.

Dejé que mi tenedor cayera con estrépito sobre mi plato. —¿Hiciste qué?

—Estaba causando un problema en mi código, así que lo arreglé para que mi módulo pudiera ejecutarse. Yo... iba a decírtelo.

—¿Cuándo? —Podría haberme ahorrado la frustración de toda la mañana.

—Cuando preguntaras, ¿de acuerdo?

Eso no era trabajo en equipo. Era una traición. Nunca le habría hecho eso a Tyler o a Kevin ni a nadie más. —¿Por qué? ¿Por qué carajos esperarías? —Mi voz se había elevado demasiado, y algunas cabezas se giraron hacia mí—. ¿Por qué no me lo dijiste? —pregunté más suavemente, aunque la ira todavía me apretaba la garganta.

—Por esto. Exactamente por esto. —Apartó su canasta de tacos —. Los hombres no quieren oír críticas de sus colegas mujeres. Trabajando con una programadora, podría decirle sobre el problema, y ella me lo agradecería y seguiría adelante. Me respetaría más por ayudarla. Pero los hombres son infalibles, y no hay manera de que yo, con mi débil cerebro femenino, pueda descubrir algo que tú no puedes. Y si lo hago, debe ser porque algún hombre me ayudó. —Su cara estaba roja, y una gota de sudor le goteaba de la barbilla—. Pensé… esperaba… que fueras diferente, pero ahora veo que me equivoqué. Todo se trata de tu ego, igual que con todos los demás hombres con los que he trabajado. —Hizo una bola con su servilleta y la arrojó sobre la mesa antes de arrastrar su silla hacia atrás.

—Espera un momento —dije, extendiéndole una mano—. No quise decir…

—Oh, creo que sí. —De pie, se alzaba sobre mí, los cabellos cortos de su sien se rizaban con la humedad y la hacían parecer un sol en llamas—. Me invitaste a almorzar no como a una igual, sino como a alguien que podría ayudarte. Y luego, cuando te ayudé, me criticaste. Yo… yo… —Sin terminar su frase, se dio la vuelta y atravesó el restaurante, dejándome solo con mi plato gigante de enchiladas.

No la había criticado, carajo. Solo le había preguntado por qué no me lo había dicho. Sí, tal vez había alzado un poco la voz. Eso era lo que la gente hacía cuando…

Secándome el sudor de la nuca con una servilleta de repuesto, me desplomé en la silla. Mierda, había hecho exactamente lo que ella dijo. Al menos desde su perspectiva, había sido un imbécil. Quizás había sido un imbécil desde cualquier perspectiva.

La mesera se acercó y examinó nuestra mesa con la comida sin tocar. —¿Está todo bien?

—Sí, solo… ¿le importaría empacar esto para llevar? ¿Por favor?

—Claro que sí. —Levantó mi plato y los tacos de Alicia—. ¿Algo más?

—Un té helado y una limonada para llevar, por favor.

Cuando regresé a la oficina, dejé el vaso de unicel sudoroso de té a la derecha de Alicia. Inclinándome, dije en voz baja: —Puse el resto de tu almuerzo en el refrigerador. Tiene tu nombre.

Sin apartar la vista de su pantalla, dijo: —Gracias. —Su tono era más gélido que mi vaso de limonada.

Esa noche, después de que Alicia se hubiera ido a su compromiso del jueves por la tarde, cuando fui a buscar mis enchiladas sobrantes, encontré la caja de unicel marcada con *Alicia* en la basura.

16

ALICIA

DURANTE LA CENA del viernes por la noche, sonó el timbre.

Esmy se limpió la boca y apartó la silla de la mesa. —Yo abro.

—A lo mejor es un tipo con un cheque gigante —dijo Noah, con los ojos como platos.

—O uno de esos hombres sin camisa y con falda escocesa de las portadas de las novelas románticas —dijo mamá.

—Qué graciosos. —Esbocé una sonrisa. Todos intentaban animarme después de mi semana de mierda en el trabajo. Lunes: el regaño de Cooper Fallon; martes y miércoles: trabajar hasta tarde para arreglar el código; jueves: reaccionar de forma exagerada y largarme de los mejores tacos del mundo porque Jackson Jones se había caído del pedestal en el que lo había puesto con mi admiración de fan.

Finalmente, el viernes, la cereza del pastel, Jackson me había estado molestando todo el día, intentando hablar de Dios sabe qué, probablemente algún otro problema que tenía con su código y que quería que le arreglara para luego gritarme.

Sabía que debería haberme disculpado por haber explotado con él. O al menos haberlo escuchado. Pero con todo el estrés —no solo el trabajo y Noah, sino también la contabilidad, los impuestos y el seguro de mi nuevo negocio—, temía volver a estallar contra él. Me dio dolor de cabeza y me fui temprano de la oficina, lo que significaba que tenía más trabajo que hacer este fin de semana. Apreté las manos en puños debajo de la mesa.

Esmy volvió a la cocina con una bolsa de papel blanca de la farmacia. —Alicia, si hubiera sabido que necesitabas algo de la farmacia, te lo habría comprado cuando fui hoy después de la escuela.

—Pero yo no pedí nada de la farmacia.

—El chico dijo que era una entrega para ti. Tenía tu nombre y todo.

Qué raro. ¿Habría pedido algo hace tiempo y lo olvidé? Últimamente había estado tan concentrada en el trabajo y en Noah que suponía que podría haber sido. —Lo revisaré después de que lavemos los platos. Yo lavo y, Noah, tú secas.

—Aww —se quejó—. Los fines de semana son el único momento en que puedo jugar en la computadora.

—Puedes jugar después de que guardemos los platos. Ahora, enséñame tu carpeta de tareas.

Esperé hasta que terminamos de lavar los platos, hasta que mamá y Esmy vieron un programa en la tele mientras yo terminaba mi informe diario y se lo enviaba por correo a Cooper, y hasta después de quitarle a Noah el control de la consola y mandarlo a la cama. Solo entonces llevé el paquete a mi habitación.

Era la misma habitación en la que había dormido desde que nos mudamos a la casa cuando yo tenía seis años hasta que me fui a la universidad. Y después de que Melissa murió, dejándome a mí, la ocupante de un apartamento de un dormitorio en un rascacielos del centro, como tutora de Noah, ambos nos volvimos a mudar aquí. Había cambiado la cama individual con dosel por una doble, pero el tocador y la mesita de noche pintados de blanco eran los mismos. Los pósteres de las bandas de chicos ya no estaban, reemplazados por láminas botánicas que había comprado en una galería de arte local. Noah dormía en la habitación de al lado, la antigua de Melissa, ahora decorada con pósteres de películas de superhéroes y un cubrecama de *Star Wars*, con un baño compartido que separaba su espacio del mío.

Me dejé caer en la cama y dejé la bolsa de la farmacia. Quité las grapas para abrirla y miré dentro. La bolsa contenía dos artículos, más un trozo de papel.

Primero saqué el frasco de ibuprofeno. Normalmente compraba la marca de la tienda, y esta era una marca conocida. No parecía algo que la Alicia-del-pasado compraría. El segundo artículo era una caja de cartón de crema para las hemorroides. *Eso* sí que no parecía propio de mí. El pedido de otra persona se había mezclado con lo que fuera que yo hubiera pedido. Alguien con el trasero en llamas y dolor de cabeza probablemente se estaría preguntando qué podría hacer con una caja de tampones y un tubo de rímel Great Lash.

Quizá el recibo tenía la información de contacto del verdadero destinatario, y podría hacerle llegar los artículos a su sufriente dueño. Saqué la hoja de papel de la bolsa. No era un recibo, sino una nota.

Siento haber sido semejante dolor de culo. Eres una programadora genial.
- Jackson

¿Qué? Dejé que la nota cayera sobre mi edredón azul pálido. Bueno, era un poco tierno que me hubiera enviado un medicamento para mi dolor de cabeza, pero ¿por qué demonios pensaba que tenía hemorroides? Tenía que haber cruzado alguna especie de línea de la ley HIPAA. Apretando los dientes, agarré mi celular y tecleé un mensaje.

¿Qué demonios, Jackson?

Unos segundos más tarde, sonó mi celular. Nunca me había llamado, así que era el tono de llamada normal, pero su nombre apareció en la pantalla.

Dudé un segundo. Escribir mensajes era seguro, casi anónimo. Una llamada telefónica cruzaba una línea. Escuchar su voz, imaginarlo en su espacio, y él imaginándome en el mío, parecía íntimo. Especialmente un viernes por la noche. ¿Estaba lista para eso? No.

Pero él sabía que yo estaba ahí. Ignorar la llamada me convertiría en una cobarde. Toqué el botón de responder. —¿Hola?

—¿No recibiste mi nota de disculpa?

Vaya, iba directo al grano. —Recibí una nota con dos referencias a culos dignas de un niño de primaria. Y los, ehm, artículos. No los necesito. *Crema para hemorroides. Imbécil que se pasa de la raya.*

El tirante del sostén se me había estado clavando en el hombro durante horas, y la cinturilla de mi falda me quedaba apretada después de haberme atiborrado de las pupusas de Esmy en la cena. Me quité la blusa por la cabeza y la lancé hacia el cesto de la ropa sucia, pero era demasiado ligera y no llegó.

La voz de Jackson era suave, tranquilizadora. —Era una broma. Sobre que soy un dolor de culo. También consideré crema para la dermatitis del pañal y lubricante, pero pensé que podrían dar una idea equivocada. Por diferentes razones. —Hizo una pausa cuando no dije nada—. ¿Me equivoqué de elección?

No pude evitar sonreír un poco. Tenía un aprecio especial por el humor escatológico de primaria. Solté la apretada banda de mi sostén, lo hice una bola y lo arrojé al cesto, agradecida de que no estuviéramos en una videollamada.

—Como siempre, te equivocaste por completo. Una tarjeta de felicitación habría sido mucho más seguro. —Abrí de un tirón el cajón de mi tocador, encontré una suave camiseta gris de la UT y me la puse, sintiéndome un veinte por ciento mejor.

—No me va mucho lo seguro. —Jackson sonaba un poco sin aliento—. Excepto con el sexo. Soy muy cuidadoso con eso. —Hizo una pausa—. Aunque no demasiado cuidadoso.

Mi piel hormigueó como si me hubiera rozado con los dedos. Me estremecí.

Jackson se aclaró la garganta. —Probablemente no debería estar hablando contigo sobre sexo.

Me había desabrochado la falda, pero ahora me sentía rara quitándomela. No, él *no debería* estar hablando conmigo sobre sexo. Trabajábamos juntos. Apenas nos conocíamos, hablábamos lo menos posible en la oficina. Excepto por sus preguntas sobre mis compromisos de martes a jueves y sus torpes intentos de sonsacarme sobre mi vida amorosa ayer en el almuerzo, nunca me había preguntado sobre mi vida personal. Era exactamente lo que había querido cuando empecé mi negocio de consultoría. Centrarme en el trabajo. Sin necesidad de conocernos. Sin hablar de familias. Los hombres con los que trabajaba me verían como alguien exactamente como ellos: sin distracciones ni responsabilidades que afectaran mi trabajo. Y, sin embargo, su voz profunda estaba despertando terminaciones nerviosas dentro de mí que casi había olvidado.

Dijo: —¿Necesito disculparme de nuevo?

Me reí entre dientes. —Estaba esperando a ver qué tan profundo cavabas ese hoyo.

—Creo que ya toqué fondo.

—Bien. Ya puedes parar. Aprecio la disculpa.

Teníamos que estar casi al final de la llamada, pero no podía esperar ni un segundo más. Me bajé el cierre de la falda, la dejé caer al suelo y salí de ella. Me froté las marcas rojas donde las costuras se habían clavado en mi piel.

Pero él no había terminado. —De verdad lo siento por lo del almuerzo de ayer. Admito que te llevé a almorzar para saber tu opinión sobre mi código. Porque te respeto. Porque tienes talento. Pero debería haberlo dejado claro cuando te invité a ir conmigo.

Un cálido resplandor comenzó en mi vientre, y sonreí, aunque él no podía verme. Me puse un par de shorts de pijama. —Gracias. Y yo también lo siento. Por explotar contigo. Es solo que… tocaste una fibra sensible. Yo… —respiré hondo—, he recibido comentarios bastante despectivos. En el trabajo. Porque soy mujer. —Contuve la respiración.

—Sabes que yo nunca…

—Lo sé. Creo que lo sé.

—Tengo una hermana. También es programadora. Me ha contado algunas cosas. Siento haber desencadenado eso en ti.

La tensión que había estado conteniendo en mis hombros se relajó. —No más disculpas, ¿de acuerdo? Ambos hicimos nuestra penitencia cuando nos perdimos los tacos de Linda.

Él se rio, una risa grave y sexi. *¡No es sexi!* —La próxima vez, prometo que el almuerzo será puramente social.

Recogí mi falda y mi blusa y las arrojé al cesto de la ropa. Los almuerzos sociales —especialmente con un hombre tan atractivo y brillante como Jackson Jones— complicarían mi vida ordenada. De hecho, eran exactamente lo contrario de mi objetivo: mantener mi vida laboral y personal separadas. Ni picnics de empresa. Ni *happy hours*. Solo trabajo y un sueldo. —No creo que sea una buena idea. —Antes de que pudiera insistir, pregunté—: ¿Encontraste tu *bug*?

—Sí. Gracias. —La irritación raspó su voz. Bien.

—Genial. Nos vemos el lunes.

—¡Espera!

—¿Qué? —¿De qué más podría tener que hablar? Todavía sosteniendo mi celular, aparté las sábanas y me metí en la cama.

—Un «nos vemos el lunes» suena duro después de que te envié un regalo. —Su voz sonaba ahogada.

Resoplé. —Me enviaste ibuprofeno caro y crema para las hemorroides.

—Lo que cuenta es la intención detrás del regalo.

—¿La intención de que me diste un dolor de cabeza y me enviaste algo que no voy a usar?

Su voz se volvió juguetona. —Mierda, debería haber enviado el lubricante después de todo.

No se me ocurrió ninguna respuesta apropiada para eso.

—Podrías pensar en mí mientras lo usabas —continuó—. Espera, no quise decir eso de la forma en que sonó.

Solté un bufido. —*Mayday, mayday*, remonta el vuelo.

—Más bien, retírate. ¡Mierda! Me refería a sacar la pata de la boca. No…

Pasaron unos segundos de silencio.

—Supongo que volveré a meterme en mi hoyo —dijo. Luego gimió.

Si lo dejaba seguir mucho más, podría decir algo que realmente me ofendiera. —Deberías crearte una aplicación que censure tus llamadas telefónicas a compañeras de trabajo.

—Me pondré a ello de inmediato.

Me reí por lo bajo. —Lo volviste a hacer.

—Ups.

—No lo sientes en absoluto.

—Tienes razón. No lo siento. Pero sí lo de la comida. Gracias por salvarme el culo.

Mi pecho se expandió. —Para eso estoy aquí. Para salvar tu código, no tu culo. —Hice una mueca—. No respondas a eso.

Él guardó silencio por unos segundos. —Me alegro de que hayas aceptado este trabajo, Alicia Weber.

¿Estaba contenta? Jackson Jones había sido un soberano dolor de culo. Ambos lo sabíamos. Él lo había admitido y había enviado la crema para las hemorroides para demostrarlo.

Menos mal, o habría sido demasiado fácil enamorarme de mi inteligente compañero de trabajo que, además, estaba más bueno que el asfalto de Texas en julio. Pero esos dos puntos en su contra —ser un dolor de culo y un compañero de trabajo— significaban que no necesitaba un tercero.

—Yo también me alegro —dije—. Ahora, de verdad, nos vemos el lunes. —Toqué el botón de finalizar y abrí mi libro sobre contabilidad fiscal para pequeñas empresas.

17

ALICIA

TIRÉ mi bolso de vuelta en el cajón y oí mi celular caer al fondo de metal. Al diablo. Ya lo pondría donde correspondía la próxima vez que tuviera que salir corriendo al baño a cambiarme el tampón. Rasgué el envoltorio de papel de los analgésicos que había encontrado en el botiquín de primeros auxilios de la cocina. Puede que esta oficina llena de hombres no tuviera productos de higiene femenina en el baño de mujeres, pero al menos tenían medicamentos que aliviarían mis cólicos. Me los tragué con mi té tibio.

—¿Todo bien? —preguntó Jackson, en voz baja.

—Por supuesto. ¿Por qué no lo estaría? —cerré el cajón de un portazo. Él se estremeció.

—Por ninguna razón —dijo, con la mirada fija en el cajón.

Al diablo con él y sus suposiciones. Quería gruñirle a él y a todos en mi equipo. Y no solo porque todos fueran hombres. Teníamos una semana para terminar el código para la próxima revisión de Cooper, en la que teníamos que impresionarlo. O si no... —¿No deberías estar programando?

—De hecho...

Genial, ahí vamos de nuevo. Se le ocurrió alguna idea nueva y brillante que va a desbaratar todo el proyecto.

—Estaba pensando que tal vez podríamos intentar trabajar en pareja otra vez. —Señaló con la cabeza a los otros programadores que trabajaban codo a codo en sus escritorios—. Parece que al resto del equipo le está funcionando bien. ¿Quizás seríamos más eficientes trabajando juntos? —Su voz se elevó al final en una pregunta, de forma poco característica en él.

Exacto. Quería cambiar el proceso a mitad de camino. Aunque era lo que yo había querido hacer desde el principio, ya era demasiado tarde. —No lo creo, Jackson. Nuestro proceso parece estar funcionando. Revisaré tu código cuando termines. —Quizás él podría programar toda la maldita cosa mientras yo iba a recostarme por ahí. Me froté una mano sobre el abdomen como si pudiera alisar el dolor punzante.

Su mirada siguió mi mano. —¿Segura que estás bien?

—Deja de preguntarme eso —siseé—. Necesito concentrarme en el trabajo, y tú también. —Creí que habíamos superado la incomodidad de después de la llamada esa mañana. Y por *superado,* quería decir *ignorado por completo.* Estaba bien. Probablemente él había estado bebiendo o jugando un videojuego, con la mitad de su atención en la pantalla mientras hablábamos. En realidad no había querido decir lo que dijo sobre respetarme. O más bien, respetar *mi talento.* Solo había estado diciendo lo que creía que yo quería oír. Probablemente me había inventado la suavidad de su voz, la amabilidad en sus ojos esa mañana, la forma en que parecía preocuparse por mí. No, *preocuparse* no. Quería decir *mostrar interés.* Solo estaba interesado por si estaba a punto de desquitarme con él y el resto del equipo con furia hormonal.

Dirigí mi atención a la pantalla y volví a iniciar sesión en mi computadora. Repasé las líneas para ver en qué había estado trabajando antes de mi viaje al baño. Ah. Curvé los dedos sobre el teclado, pensando en lo que seguía. Un cosquilleo en la nuca me robó la concentración.

Frotándomela, miré a Jackson. Él desvió la mirada rápidamente hacia su propia pantalla. Para su mala suerte, el tiempo de espera se había agotado y se había puesto negra.

—¿Qué? —gruñí—. Si dice una sola palabra sobre el síndrome premenstrual, voy a golpearlo con mi teclado.

—Nada. Yo… ¿Puedo traerte algo? ¿Más té? —Sus mejillas se sonrojaron.

Solo pude quedarme mirándolo a él y a sus ojos irritantemente bonitos, con sus cejas oscuras arqueadas en algo que se parecía sospechosamente a la compasión. ¿Jackson Jones estaba siendo amable conmigo? ¿En el trabajo? Tenía que tener un motivo oculto.

Y yo estaba tan cansada de todo: las constantes revisiones de que estaba haciendo lo correcto, diciendo lo correcto, actuando como un hombre en un mundo de hombres. Había sido una ingenua al pensar que ser la jefa de mi propia empresa me libraría de todo eso.

—¿Podemos simplemente… parar? —apreté las manos en puños y luego las aplané sobre mi teclado—. ¿Podemos simplemente actuar como compañeros de trabajo y hacer nuestro trabajo? ¿Sin todos estos enfrentamientos agotadores? ¿Al menos por hoy?

Se le cayeron los hombros. —Solo quería… Lo siento.

La culpa me atravesó, pero antes de que pudiera decir algo, un estruendo surgió del cajón del escritorio. Había dejado mi celular en vibración como de costumbre, y hacía un sonido como el de un tren acercándose contra el fondo metálico del cajón. Lo abrí bruscamente y saqué mi celular.

Escuela de Noah, decía la pantalla.

Lo tomé y contesté, en voz baja, mientras caminaba a toda prisa hacia la sala de conferencias vacía más cercana.

—Hola, Sra. Weber, soy Janet, la secretaria de la escuela. La llamo por Noah. Se metió en una pelea esta tarde. Necesitamos que venga a la escuela.

—¿Una pelea? —Mi dulce Noah, ¿en una pelea? Me lo imaginé tirado en el asfalto, mientras niños más grandes y más malos lo pateaban, y mi corazón se hizo pedazos—. Luego se recompuso en afilados fragmentos de acero. ¡Tenía un yeso, por el amor de Dios! Me iba a asegurar de que a esos niños los expulsaran. O algo peor. ¿Se podían presentar cargos contra un niño de diez años? —¿Está bien?

—Solo algunos raspones y moretones. Pero necesitamos que venga. Ahora.

—Claro. Por supuesto. —Raspones y moretones no sonaba tan mal, pero podría tener que llevarlo a urgencias de nuevo si ella estaba minimizando sus heridas—. Dígale que estaré allí en veinte minutos.

Al regresar a nuestra área de trabajo, anuncié que tenía un problema personal y que necesitaba irme a casa. Luego fui a mi escritorio y comencé a empacar.

Jackson se puso de pie, una energía nerviosa vibraba en él y chocaba con mi propia ansiedad. Me rechinaban los dientes.

—¿Hay algo que pueda hacer para ayudar? —preguntó, en voz baja.

Dejé mi celular junto a mi teclado. —Solo… ¿puedes hablar con los chicos? ¿Asegurarte de que van por buen camino? No podemos atrasarnos.

—Claro, pero me refería a… por ti.

¿Por mí? Mi corazón, ese traidor, latió lo suficientemente fuerte como para hacer temblar mi blusa. —No. Estoy bien. —Me pasé el bolso de la laptop por el hombro y tomé mi celular.

Señaló con la cabeza hacia mi lado del escritorio. —No olvides tu laptop.

—Oh. Mierda. Cierto. —Negué con la cabeza—. *Concéntrate.* Dejé el celular, desconecté mi computadora de su base y la metí en mi bolso. ¡El bolso! No llegaría muy lejos sin mis llaves. Me agaché para sacarlo del cajón y comprobé que mis llaves estuvieran enganchadas en el aro de adentro. —Nos vemos mañana.

Caminé hacia las escaleras tan rápido como pude sin correr y las bajé con cuidado. Raspones y moretones. Se me revolvió el estómago. ¿Le habrían vuelto a lastimar el brazo? Solo faltaba una semana para que le quitaran el yeso.

Una vez afuera, corrí al otro lado de la calle hacia el estacionamiento. Que me vieran perder la calma. Tenía que llegar a donde estaba Noah. Cuidar de él era lo más importante.

———

JACKSON

NO, no vi a Alicia caminar hacia las escaleras, con el vaivén de sus caderas hipnotizándome en esa falda negra y ajustada.

Bueno, joder, sí que lo hice. Porque Tyler tuvo que darme un puñetazo en el brazo para que saliera de mi trance.

—Oye, Jay, ¿estás bien?

—Sí, bien. ¿Por qué?

—Llevo un rato tratando de llamar tu atención. No quise preguntarle a Alicia porque ella, um, no parecía ella misma, pero me vendría bien un poco de ayuda. ¿Tienes un minuto?

—Claro. —No había sido su primera opción, pero me estaba pidiendo ayuda. Eso tenía que ser un progreso para ganarme el respeto del equipo y trabajar juntos, ¿verdad? Lo seguí hasta su escritorio, acerqué una silla extra y escuché mientras me explicaba el problema.

Resultó que no era difícil, y lo resolvimos en menos de una hora, incluyendo algunas buenas prácticas de programación que le di de regalo.

Al volver a mi escritorio, me sentí casi tan orgulloso como cuando había arreglado un error complicadísimo en mi propio código. Tyler había acudido a mí por ayuda, y yo lo había ayudado. Cooper habría estado orgulloso de mí. Él diría que me había ganado el respeto del equipo. Se me hinchó el pecho de orgullo bajo mi camiseta de ZZ Top.

Hasta que lo vi.

Su celular. El celular de Alicia, metido a medias debajo de su teclado.

Apareció una notificación en su pantalla de bloqueo. ¿Sería algo que necesitaba ver?

Inhalé. Exhalé.

Quizás era un mensaje de texto basura, o un mensaje de una campaña política.

O quizás era importante, como la llamada que había recibido justo antes de irse, la que le había puesto la cara pálida y esos ojos azules como platos.

Y no lo recibiría hasta mañana.

Estar separado de mi celular me ponía ansioso. A ella probablemente le pasaría lo mismo, esa sensación de náuseas y hundimiento al darse cuenta de que lo había olvidado. Ese vacío como si te faltara una extremidad cuando buscas el celular pero no está ahí.

Lo tomé, frío después de su hora de abandono.

Era solo un celular. La gente había sobrevivido durante miles de años sin celulares.

Pero me aseguraría de que Alicia no tuviera que hacerlo.

18

JACKSON

EL BUNGALÓ en el vecindario de Cherrywood, no muy lejos del centro, estaba pintado de un alegre amarillo sol con una puerta morada. Una bandera arcoíris sobresalía de un asta anclada a uno de los robustos soportes del porche.

Entrecerré los ojos para ver la dirección en mi teléfono y luego verifiqué el número junto a la puerta morada.

No era la casa que habría imaginado para Alicia. Ella era de líneas rectas y seriedad, la presidenta intransigente de la asociación de propietarios que salía con una regla para hacer cumplir la altura a la que se debía cortar el césped. No de caprichosas flores rosas desbordándose de macetas de terracota agrietadas junto a los escalones del porche.

Pero esta era la dirección que tenía.

Salté de la cabina de la camioneta y mis Converse golpearon el asfalto. Subí por el corto sendero entre un par de árboles de aspecto retorcido cubiertos de racimos de delicadas flores de lavanda. Dos cortos pasos y ya estaba en el porche sombreado, con el dedo suspendido sobre el timbre. El aroma a pollo asado y ajo flotaba desde la ventana abierta junto a la puerta, junto con voces femeninas. Entrecerrando los ojos casi por completo, presioné el botón.

Unos pasos ligeros y rápidos se acercaron a la puerta, que se abrió de golpe. Un niño flaco con un yeso verde en el brazo me sonrió a través del mosquitero de metal. El moretón bajo su ojo hacía juego con la puerta morada. No podía tener más de ocho años, con el pelo color paja que le caía en rizos sobre las orejas. Sus ojos eran marrones, no del azul océano de los de Alicia; aun así, su boca tenía la misma forma que la de ella; debería saberlo, ya que estaba medio obsesionado con ella.

—Hola —dijo.

No había oído acercarse a la mujer. Tenía los pies descalzos y llevaba un vestido floreado que le llegaba casi hasta los tobillos. Hilos blancos veteaban su pelo oscuro. Las líneas alrededor de sus ojos se profundizaron cuando me entrecerró los ojos. —¿Puedo ayudarlo? —Sus vocales eran suaves y teñidas con la música blues que a veces escuchaba en los bares de la Sexta Calle.

¿Quizás alguien había tecleado mal la dirección de Alicia en el sistema de nóminas de Synergy? Miré la casa de la derecha. Ladrillo rojo anodino. El césped cortado a ras como un *green* de golf. Tal vez esa era la suya. Revisé la casa de la izquierda. Una lavadora oxidada descansaba en su porche delantero despintado. Probablemente esa no.

—¿Señor? —preguntó la mujer.

—Eh, hola. ¿Alicia Weber vive aquí? —Cambié mi peso a mi pie trasero, listo para girar, bajar los escalones y dirigirme a la casa de la derecha.

—Sí, aquí vive —dijo el niño—. ¿Y tú quién eres?

Vaya. Equilibré mi peso. —Soy Jackson Jones. Trabajamos…

—Te conocemos —el niño me entrecerró los ojos.

¿Me conocía? Hacía tiempo que no salía en la portada de ninguna revista de negocios. Y esta gente no parecía del tipo que compraba *Car and Driver*.

—Quiere decir que sabemos que trabajan juntos. —Los labios

de la mujer se apretaron, toda la suavidad desapareció de su rostro.

Oh, mierda. Podía imaginar las historias que Alicia había contado sobre mí en casa. ¿Era esta su… tía? ¿Una novia mucho mayor? El niño tenía que ser de Alicia porque él y la mujer mayor no tenían rasgos en común.

—Yo, ah. Olvidó su teléfono. En el trabajo. Se lo traje. —Le extendí el dispositivo, mi piel hormigueaba con la aniquilación de mis esperanzas de ver a Alicia.

—¿Qué están ustedes…? —Alicia, también descalza, había aparecido detrás de la mujer. Su pelo caía en ondas sueltas e irregulares alrededor de sus hombros, y había cambiado su blusa de seda y su falda ajustada por una camiseta de los Texas Longhorns de color naranja tostado y un par de shorts de chándal negros recortados. Había visto sus rodillas antes cuando se sentaba en nuestro escritorio, con la falda subiéndose por encima de ellas. Pero nunca había visto tanto de sus pálidos muslos.

—¿Jackson? —Su voz me golpeó como una descarga eléctrica, y arranqué la mirada de sus piernas y la fijé en su boca entreabierta. *¡Mierda! ¡Los ojos! ¡Mírale los ojos!*

Su propia mirada bajó a mi mano todavía extendida. —¿Me trajiste mi teléfono?

—Sí, yo… lo dejaste en la oficina.

Rodeó a la mujer y luego apartó suavemente al niño para poder abrir el mosquitero. De pie un escalón por encima de mí con sus pies descalzos —mis ojos ardían por echar un vistazo a esas brillantes uñas negras de los pies—, me miró directamente a los ojos. Sus dedos rozaron mi palma mientras me lo quitaba. —Gracias.

Me estremecí incluso en el pegajoso calor de la tarde.

—¿No vas a invitarlo a pasar? —dijo la mujer—. Vino hasta aquí.

—No… no fue lejos —dije.

—¿Cómo fue que…? —dijo Alicia al mismo tiempo.

—Tu madre te educó mejor que eso. —Ahora la voz de la

mujer tenía el picor de un chile—. Jackson, ¿le gustaría quedarse a cenar?

Se me había hecho agua la boca con los deliciosos olores que me rodeaban. ¿Y eso era canela? Olfateé con esperanza.

—En realidad no puede… —empezó Alicia.

—¿Huelo a tarta? —dije.

—De manzana —dijo la mujer.

Miré a Alicia a los ojos. —Me encantaría quedarme a cenar.

Su barbilla puntiaguda sobresalió, pero no dijo nada, solo sostuvo el mosquitero para mí hasta que puse mi palma sobre él y entré en la casa.

El sol poniente entraba a raudales por la puerta aún abierta detrás de mí, iluminando los colores brillantes del interior. Mientras me apresuraban a través del pequeño vestíbulo —en realidad solo unos cuantos azulejos colocados en la alfombra de la sala— y bordeaban la sala para entrar en la cocina, vislumbré paredes pintadas de amarillo, naranja y turquesa; un sofá de terciopelo rojo; y libros apilados en dos filas en estanterías con baldas combadas, amontonados en mesas, incluso formando torres en las esquinas.

Una pequeña campana tintineó cuando un gato naranja saltó del respaldo del sofá rojo y nos siguió hasta la cocina, donde la doble mayor de Alicia cortaba la piel crujiente de un pollo asado.

Debía de estar atrapado en el episodio de «El espejo» de *Star Trek*. Porque solo la Alicia del espejo usaría unos putos *shorts de chándal* que apenas le cubrían el culo. Y tendría un hijo. La Alicia que yo conocía pretendía que su vida no existía fuera de la oficina de Synergy Analytics.

¿O era yo el que pretendía que su vida no existía fuera de la oficina? Había hecho un montón de suposiciones. De eso estaba seguro.

Mientras intentaba orientarme, todos nos habíamos metido en la diminuta cocina. En serio, la cocina de mi apartamento, la que nunca usaba excepto para guardar unos cuantos six-packs de cerveza local, era más grande que esta.

—Jackson. —Los ojos de Alicia se arrugaron como si sintiera un dolor físico—. Te presento a mi madre, Diane. Su esposa, Esmy. Y a Noah. A todos, él es Jackson Jones, a quien he mencionado antes. —Habló muy lenta y claramente cuando añadió—: Es *el dueño de la empresa* donde trabajo.

Mi supuesto poder no parecía tener mucho peso en la casa de los Weber. Diane dejó a un lado su cuchillo de trinchar, pero mantuvo los dedos arqueados sobre él, lista para agarrarlo y apuñalar. Esmy me extendió la mano y, cuando la tomé automáticamente, me la estrujó. Noah me miraba fijamente, con los ojos entrecerrados como los de Alicia.

El gato olfateó la punta de mi Converse, se hinchó como una esponjosa pelota de baloncesto y siseó, mostrando sus afilados dientes y aplanando las orejas. Nadie lo reprendió. Quizás era el portavoz de la familia.

Alguien tenía que romper la tensión. Dije: —No recuerdo la última vez que comí comida casera. Supongo que fue en Pascua, cuando la madre de mi amigo Cooper cocinó para nosotros. —Tragué la saliva que llenaba mi boca ante el sabroso aroma que inundaba la cocina—. Gracias por invitarme.

Esmy, al menos, esbozó una sonrisa comprensiva. —Nos alegra tenerlo aquí.

Alicia no parecía sentir lo mismo. una banda de acero rodeó la parte superior de mi brazo. —La cena está lista. Te mostraré dónde puedes lavarte —dijo.

Me condujo de vuelta a través de la sala de estar y hacia un pasillo oscuro, pasando por la puerta abierta de un dormitorio, que cerró antes de que pudiera echar un vistazo, y a un baño estrecho decorado en tonos azul verdosos brillantes con peces payaso naranjas en la cortina de la ducha.

Alicia me siguió al baño, cerró la puerta y abrió el grifo. Se inclinó cerca y dijo en voz baja, que tuve que agacharme para escuchar: —Escúchame. Mantengo mi vida personal y mi vida profesional separadas. Muy pocas personas con las que he trabajado han estado en mi casa. No hablaremos de nada de esto en la oficina mañana. Ni nunca. ¿Me entiendes?

—¿Supongo? Quiero decir, no hablo de mi familia en el trabajo, pero eso es porque todo el mundo sabe todo sobre ellos. Salen por todas las páginas de negocios. Y Coop…

No, no podía hablarle de la familia de Cooper. Al menos no de su padre abusivo. No se hablaban desde que estábamos en la universidad, y Cooper casi siempre fingía que estaba muerto.

—Tu familia parece… ¿no terrible? No estás… ¿avergonzada de ellos? —Mi mirada se posó en el vaso azul del lavabo que contenía dos cepillos de dientes, uno rojo y el otro con la forma de Superman.

—No, por supuesto que no.

—Entonces, ¿por qué…?

—Mira. Soy una mujer en la tecnología. Donde trabajamos, la gente tiene ciertas ideas preconcebidas sobre las mujeres con familia. Si decimos que no podemos trabajar hasta tarde, es que estamos más comprometidas con nuestras familias que con la empresa. Lo mismo si tenemos que tomarnos un almuerzo largo para llevar a un niño al pediatra o trabajar desde casa cuando está enfermo y no puede ir a la escuela. Los hombres —y las mujeres sin hijos— son ascendidos porque están dedicados a sus carreras. Las mujeres con familia, no.

—Eso no es…

Ella negó con la cabeza. —Ni siquiera lo digas. Puede que pienses que tu empresa no lo hace, pero lo hacen. Empieza en el momento en que una mujer pide la licencia de maternidad, y la sigue durante toda su carrera. ¿Sabías que las mujeres con hijos ganan un quince por ciento menos que las mujeres sin hijos? Y ni me hagas empezar a hablar de la brecha salarial entre mujeres y hombres. O entre la gente de color y los hombres blancos.

Negué con la cabeza. En el segundo que dijo «licencia de maternidad», mi cerebro se detuvo, dándole vueltas a ese concepto. Mientras había tenido su expediente de Recursos Humanos abierto para sacar su dirección, por supuesto que le había echado un vistazo. Cualquiera lo habría hecho. No figuraba ningún marido ni pareja de hecho. Suponiendo que Noah tuviera ocho años, ella tenía veintidós cuando lo tuvo. Prácticamente una niña. Empezar una familia no parecía el tipo de cosa que una joven de veintidós años, recién salida de la universidad, haría. A menos que...

—¿Estás divorciada? ¿Viuda?

Alicia parpadeó y dio un paso atrás. —¿Qué? *¿Eso* es lo que sacaste en claro de lo que dije?

—No, no, te seguí. Nada de hablar de tu familia en el trabajo. Lo entiendo. Pero no entiendo de dónde salió Noah.

Puso los ojos en blanco. —¿Te refieres a dónde está el donante de esperma?

Vaya, hacía calor en el baño. Abrí el grifo del agua fría.

—No lo sabemos. Mi hermana nunca nos dijo quién era el padre de Noah. Y creo que lo hemos hecho bastante bien criándolo en un hogar de mujeres trabajadoras. Así que no empieces con tus ideas de cavernícola.

Me quedé boquiabierto. Noah era su sobrino. ¿Dónde estaba la hermana ahora? Pero no podía preguntar eso. Todavía no. Así que recurrí al clásico Jackson Jones. —¿Cavernícola? ¿Yo?

—Eso fue lo que dije. Lávate. Llevamos demasiado tiempo fuera.

En silencio, apreté el dispensador de jabón. ¿Eso era lo que pensaba de mí? ¿Después de que habíamos trabajado juntos durante un mes, después de que le había dicho hace solo tres días lo increíble que era? Me restregué las manos bajo el agua. —No creo que me conozcas tan bien como crees.

Ella apretó el dispensador de jabón, y cuando me moví para secarme las manos en la toalla azul, se las lavó. —Quizás no. Solo he tenido mucha experiencia con tipos como tú.

—Tipos como yo.

—Genios de la tecnología engreídos. Siempre el tipo más listo de la sala, pensando que todo el mundo ha tenido las mismas oportunidades que tú, las mismas prioridades, y que es una debilidad en otra persona si no ha llegado tan lejos.

—Vaya. —Le pasé la toalla, tratando de mantener mi voz ligera a pesar del nudo en mi estómago—. No tienes una opinión muy alta de mí, ¿verdad?

—Me estoy protegiendo a mí misma y a mi familia. —Su sonrisa era amarga—. Me han engañado un par de veces. Nunca más.

Pensé en irme. En caminar de vuelta por el pasillo y salir por la puerta principal. Si realmente pensaba que yo era como todos esos otros capullos que la habían menospreciado, debería haberlo hecho. Pero el brillo en sus ojos azules, la forma en que la comisura de su boca se curvaba, insinuaba que esperaba que no lo fuera. Y eso fue suficiente para mantenerme allí, en ese baño de *Buscando a Nemo*, en la casa que compartía con sus dos madres y un sobrino que no sabía que existía, decidido a descifrar el código de Alicia Diane Weber.

Abrió la puerta y volvimos a la cocina, donde su familia estaba sentada alrededor de la mesa redonda al borde de la cocina.

—Pensé que te habías perdido —dijo Diane. Puso una de las presas de pollo en el plato de Noah.

—Tenía las manos muy sucias por todo ese código del trabajo —dije—. Ya están limpias. —Las levanté, con las palmas hacia afuera, para que las inspeccionaran.

Noah se rio con un resoplido.

Alicia se sentó en la silla vacía junto a Noah, y yo me senté entre ella y Esmy. La mesa era para cuatro y estábamos apretados. Mi rodilla izquierda descansaba contra la derecha de Alicia. Esmy me pasó un tazón de puré de papas que olía a la gloria con ajo. Me serví una cantidad moderada y le pasé el tazón a Alicia.

—Cuéntenos de usted, Jackson —dijo Esmy.

—Mis amigos me dicen Jay. —Le dediqué mi mejor sonrisa.

—Alicia te llama Jackson —dijo Diane.

—Así es. Aunque estoy trabajando en ello. —Mi sonrisa

titubeó cuando Diane me lanzó una mirada fulminante al nivel de Cooper.

Esmy intervino de nuevo. —Alicia nos dice que usted fundó la empresa para la que trabaja ahora.

—Mi mejor amigo, Cooper, y yo la empezamos cuando aún estábamos en la universidad. Me gustaban los carros y quería usar las computadoras para averiguar cómo hacerlos ir más rápido.

—¿Como nuestro Honda? —preguntó Noah.

—Bueno, claro. Algunos de los principales fabricantes de automóviles son nuestros clientes. Empezamos con el viejo cacharro de carro del papá de Cooper, un Ford Escort de 1995 color verde joya metalizado oscuro. Lo usamos para un proyecto de mi clase de ingeniería mecánica. Estaba oxidado y quemaba aceite, pero lo convertimos en una máquina potente, eficiente e inteligentemente adaptable. Sin embargo, no pudimos hacer nada con el óxido. —Me recosté en la silla, recordando cómo Cooper y yo habíamos estrechado lazos con ese proyecto—. Pero lo que más me interesaba eran los carros de carreras. ¿Conoces la Fórmula Uno?

—Obvio, sí —dijo Noah.

Esmy preguntó: —¿Es como NASCAR?

Noah puso los ojos en blanco. —No, abuela Esmy. Es totalmente diferente. —Con muy poca ayuda de mi parte, le explicó las diferencias a su abuela, que al menos fingió estar interesada.

El chico empezaba a caerme bien. —¿Alguna vez has ido a la carrera de aquí en Austin?

—No. —Bajó la mirada a su plato—. Pero la he visto en línea.

—Es el próximo mes. Tengo boletos y podría…

La rodilla de Alicia chocó contra mi muslo debajo de la mesa. —¡Ah! —Me froté la pierna. Sus rodillas eran puntiagudas.

—Noah está demasiado ocupado con la escuela y el fútbol como para pasarse todo el fin de semana en una pista de carreras —dijo ella.

—¡Fútbol! ¿Juegas?

—Sí, tenemos partidos todos los martes y jueves.

Martes y jueves. Le lancé a Alicia una mirada triunfante. Ella frunció los labios para ocultar una sonrisa y negó con la cabeza.

—¿Así te hiciste ese ojo morado? —Deslicé el último bocado de puré en mi boca. Absolutamente delicioso. Esperaba que hubiera para repetir. Quizás una tercera vez.

—No, solo el brazo roto. —Levantó su yeso—. Me dieron un puñetazo en el ojo hoy en la escuela.

—¿Y cómo quedó el otro chico?

—¡Jackson! —Alicia dejó el tenedor.

—Le di en la boca. Le partí el labio, pero eso es todo. —Levantó la mano izquierda, que tenía una curita en un nudillo.

—Los puñetazos en la cara son difíciles de ejecutar bien. La próxima vez…

—¡Jackson! —Me dio en el mismo sitio con la rodilla—. La próxima vez, usa tus palabras, era lo que Jackson estaba a punto de decir.

Hice una mueca de dolor y me froté la pierna. —Exacto. ¿Por qué fue la pelea? ¿Le robaste a su chica?

Esta vez, Alicia apoyó la mano en mi muslo. No de forma sexual —aunque mi cuerpo reaccionó como si lo fuera—, sino advirtiéndome que me anduviera con cuidado.

Noah escondió unos cuantos frijoles de carita bajo el puré de papas. —Vio mi examen con una D. Me llamó estúpido.

—Lo cual no es muy amable —dijo Alicia—, pero no vale la pena golpear a alguien.

Me recosté en la silla y dejé el tenedor sobre mi plato limpio. —Pareces un chico listo. ¿Por qué sacaste una D?

Alicia giró la cabeza tan rápido que su cabello me golpeó el hombro. Su cabello. Olía a naranjas, como su té. Pero no había nada cálido en la mirada fulminante que me lanzó.

Noah se encogió de hombros.

¿Qué le había preguntado? Ah, cierto. Las calificaciones. —A mí tampoco me iba muy bien en la escuela, hasta que mi doctor descubrió que tenía TDAH. Sé lo que es tener dificultades. Y frustrarse. Y darse por vencido. —Froté una mancha en el cristal de zafiro de mi reloj—. Pero después de recibir la ayuda que necesitaba, me fue bien.

Una línea surcó la frente de Alicia entre sus cejas. Me miraba fijamente como si estuviera examinando un código que no se comportaba bien. —Te fue mejor que bien. Fuiste a Stanford.

—Mi familia es rica. Pagaron muchas tutorías y preparación para los exámenes.

—No te subestimes. —Su tono era brusco al principio, pero suave por dentro—. Eres un tipo inteligente. Y tuviste que haber trabajado duro.

Agaché la cabeza. No mucha gente decía eso. Cuando te crías con todos los privilegios, mucha gente asume que el camino al éxito es fácil. Claro, para mí había sido más fácil de lo que habría sido para Alicia o para cualquiera cuyos padres no fueran donantes significativos para la universidad, pero que alguien viera mi esfuerzo, viera que no todo me lo habían dado en bandeja de plata, significaba algo. Viniendo de Alicia, significaba todo.

—¿Te importa si me termino el puré? —pregunté, señalando con la cabeza la última porción en el tazón.

—Adelante. —Esmy me entregó el tazón.

Cuando mi estómago estuvo tenso por la cena más un trozo extra grande de pastel de manzana con helado de Blue Bell, Alicia me acompañó afuera. Su barbilla estaba rígida de nuevo, probablemente para recordarme que no mencionara esto mañana en el trabajo.

Pero cuando abrió la boca, dijo: —¿*Ese* es tu carro?

Al final del sendero de la entrada, la Ford F-150 negra me esperaba. —Es rentado. Pero, sí, pensé que, si estaba en Texas…

—¿Rentar una camioneta? —Se rio—. ¿Para transportar tus materiales de reparación de cercas? ¿Dejaste tu remolque de ganado estacionado en tu apartamento?

Metí las manos en los bolsillos, agradecido por la tenue luz del porche que ocultaba mi sonrojo. —Es divertido de manejar, muy por encima del resto del tráfico. Sorprendentemente potente. Y si alguna vez necesitas acarrear algo, soy tu hombre.

Arrugó la nariz. —¿Por eso usas las botas?

No iba a decirle que solo las usaba para irritar a Cooper. Esperaba haber ganado algunos puntos con ella esta noche y no quería que me los quitaran por mezquindad. —Sí, supongo. Pensé que más gente las usaría en el trabajo. Y que serían más cómodas.

Resopló. —Son cómodas una vez que las amansas. Las botas son un compromiso, Jackson. —Su sonrisa se desvaneció como si acabara de oír lo que había dicho. Se mordió el labio.

—Yo puedo comprometerme. Todo lo que necesito es una razón. —¿Qué demonios estaba diciendo? Nunca me había comprometido a nada, excepto a fingir que no me importaba lo que nadie pensara de mí.

Caminó hacia la camioneta. —Supongo que has estado comprometido con tu empresa por un tiempo.

Cierto. —Más de diez años.

—¿Y Cooper?

—Mejores amigos desde nuestro primer día en la universidad. —Lo consideré—. La mayor parte del tiempo.

—¿La mayor parte del tiempo? —Había llegado al costado negro y reluciente de la camioneta, y ahora se giró, con una comisura de sus labios levantada.

—Es complicado.

—Sabiendo lo que sé de Cooper, me lo imagino.

No la contradije. Ninguno de los dos era fácil de tratar. Pero sin importar cuánto la había cagado, Cooper nunca se había rendido conmigo, y yo no iba a dejar ir a un amigo como ese.

La luz del porche brillaba dorada en su cabello donde se enroscaba sobre sus hombros. La mitad de su rostro estaba en la sombra. Hacía tiempo que su lápiz labial había desaparecido, y sus ojos estaban caídos por el cansancio. Se veía suave y frágil, aunque yo sabía que era tan dura como la camioneta detrás de ella.

—Quizás intente usar las botas de nuevo —dije, como si eso fuera relevante para algo.

—Deberías. Aunque…

—¿Aunque?

—No queda mucho tiempo antes de que termine el proyecto y regreses a San Francisco.

Arrastré mi tenis por la acera. —No estoy seguro de volver después de que termine el proyecto. Cooper no ha dicho que pueda.

—Eres su socio. ¿Dejas que te diga cuándo irte y cuándo puedes volver?

Prácticamente. —Él es el inteligente. Yo solo soy el programador.

—No eres *solo* nada. —Entró en mi espacio personal y me dio un golpecito en el pecho—. Tú también eres el inteligente. Nunca he conocido a un programador más brillante. Y eres bueno con el equipo. Tyler te admira. Podrías ser mucho más si salieras de la sombra de Cooper y fueras el líder que sé que puedes ser.

Levanté la vista de mis tenis para comprobar si hablaba en serio. Su mandíbula estaba tensa y sus ojos entrecerrados. Creía en mí.

Cerré el espacio entre nosotros, comprimiendo nuestra distancia profesional en la nada. Ella inclinó su rostro hacia arriba y yo incliné el mío hacia abajo. La canela del pastel se mezcló en nuestro aliento compartido.

¿De verdad iba a besarla? ¿Me dejaría? Sus pestañas se agitaron hasta descansar en sus mejillas. Estaba lo suficientemente cerca como para tocar su piel tersa, para enterrar mis dedos en su cabello suelto. Bajé mi rostro hasta flotar a una pulgada por encima de sus carnosos labios rosados. Esto no era como el coqueteo por texto, ni siquiera como nuestra llamada telefónica llena de insinuaciones. De esto no había vuelta atrás. Inhalé el intenso aroma a naranja dulce de su cabello.

No. Cerrando los ojos con fuerza, di un paso atrás. —Alicia, yo… la cagué.

Abrió los ojos parpadeando y observó el espacio vacío entre nosotros. Se cruzó de brazos. —¿Qué?

—Justo antes de venir a Austin. Por eso dije que no podía salir contigo ese primer día. Por eso no puedo besarte ahora.

Un pequeño surco se formó entre sus cejas.

Estiré la mano para alisarlo y me detuve, metiendo la mano en el bolsillo de mis jeans. —Había unas fotos mías del Gran Premio de Mónaco en los tabloides. Weston me llamó a su oficina y me gritó sobre cómo yo era un representante de Synergy, incluso los fines de semana, y yo estaba furioso. Cooper estaba ocupado y no quería oírme desahogar. Así que fui al bar más cercano y me puse hasta las chanclas. —Me pasé la mano por la barba—. Había... había una mujer al otro lado del bar. Ella, ah, coqueteó conmigo, y luego, ah, salimos al callejón trasero. ¿Sabes?

Por supuesto que no sabía. Ella nunca había hecho algo tan irresponsable en su vida. Aun así, murmuró: —Ajá.

Ahora venía la peor parte. —Al día siguiente, fui a la oficina y la vi allí. Era una de nuestras pasantes universitarias. Callie. Juro que tenía veintiún años. Me volví loco. Corrí directo a la oficina de Coop y se lo conté. Y él... él lo arregló. Se aseguró de que ella estuviera bien. Ella estuvo de acuerdo en que fue consensual. Cooper organizó una disculpa formal con RR. HH. allí presentes. Y luego me envió aquí para que no tuviera que verla. O para que no pudiera.

Tragó saliva. —¿Querías volver a verla?

—¡No! Es decir, estoy seguro de que es una gran persona. Pero no significó nada. No tenía idea de que trabajaba en mi empresa ni de que la volvería a ver.

—¿Así te sientes conmigo? —Bajó la mirada a su sandalia.

—No. Nunca. —Coloqué un dedo bajo su barbilla y la incliné hacia arriba hasta que encontró mi mirada—. Y por eso no puedo besarte.

Su sonrisa fue un poco triste. —Ambos nos preocupamos demasiado por nuestros negocios como para dejar que un beso se convierta en algo más.

Metí la otra mano en el bolsillo para no pasarla por su cabello, para no tocar su suave piel. —Me gustas, Alicia. ¿Crees que podríamos dejar de lado la rivalidad de la oficina y ser… amigos?

—¿Amigos? —Una expresión indescifrable cruzó su rostro—. Supongo que podríamos intentarlo.

Fue una respuesta tibia en el mejor de los casos, pero la aceptaría. No podía fingir odiar a la mujer con el núcleo de titanio que había tardado un mes en descubrir. Quería estirar la mano y abrazarla —los amigos hacían eso—, pero considerando la rigidez de sus hombros, en su lugar le extendí la mano.

Ella la estrechó. —Gracias por traer mi teléfono. —Luego se dio la vuelta y caminó a paso ligero por el sendero, mientras sus sandalias golpeaban el concreto.

Cuando cerró la puerta morada, rodeé la parte delantera de la camioneta y me subí. Apoyé la cabeza en el reposacabezas. Después de cuatro meses en Austin, había hecho mi primera amiga.

Y, sin embargo, quería mucho *más*.

19

ALICIA

DEBÍ SONREÍR, porque Tiannah me dio un codazo en el costado.

—¿Y eso qué?

—Nada. —Dejé caer el celular en el portavasos de mi silla de nailon.

—No parece que sea nada. Parece que algo te está haciendo sonrojar.

—Ah, ya sabes. Solo un mensaje de alguien del trabajo. —Mierda, no debí mencionar el trabajo. ¿Por qué no pude haber fingido que conocí a alguien en el supermercado o en la fila para la licencia de conducir? Me quedé mirando a los niños que hacían ejercicios antes del partido, esperando que dejara el tema.

—¿De Jackson Jones?

Rayos. Sus cejas casi habían desaparecido en la línea de su cabello.

Esmy se asomó por detrás de mí. —Vino a cenar anoche.

Tavon se trepó al regazo de Tiannah y se metió el pulgar en la boca. Ella lo rodeó con un brazo y apoyó la barbilla en la otra mano. —¿Jackson Jones, el multimillonario, vino a comer pastel de carne a Casa Weber?

—Le trajo el celular a Alicia —dijo Esmy—. ¿De verdad es multimillonario?

Con una sola mano, Tiannah hizo una búsqueda en su celular. Giró el aparato hacia mí. En la foto, Jackson llevaba un overol rojo cubierto de parches de compañías petroleras y un fabricante de autos, y su cabello estaba despeinado y sudoroso, como si se acabara de quitar un casco. Debajo de eso había una cifra tan grande que tuve que contar las comas.

Al menos no había encontrado la foto de él sin camisa. Anoche había pensado en buscarla, pero las amigas no hacían cosas morbosas como esa.

Mi madre soltó un silbido. —Uno pensaría que un tipo con una cuenta bancaria como esa tendría a alguien que le llevara los celulares a la gente.

—Mamá. —Me recliné en mi silla y me abaniqué. Todas esas comas habían hecho que mi cerebro diera vueltas—. Es un tipo normal. —Al menos, así parecía en el trabajo. Sus Converse tenían un agujero en un lado.

—Alicia. Este no es un tipo normal. —Tiannah volvió a agitar el celular bajo mi nariz—. Pagó más en impuestos el año pasado de lo que tú ganarás en, como, diez años. Y eso *con* nuestro injusto y regresivo sistema tributario que favorece a los ricos. Jackson Jones es el maldito uno por ciento. Es, como, el cero punto uno por ciento. Piensa en todo lo que podría donar a la caridad sin siquiera sentirlo.

Me desplomé en mi silla, manteniendo mis dedos bien lejos del celular. Hasta hacía un minuto, el hecho de que fuera el dueño de la empresa había sido algo abstracto. Un vago tipo de poder que podría haber ejercido sobre mí y los otros chicos del equipo, sobre todos en el edificio, pero que, hasta ahora, no había hecho.

Se había comportado como el típico programador vaquero. ¿Y el dinero? ¿Qué hacía una persona con tanto dinero? ¿Lo tendría en la cooperativa de crédito local, como yo, ganando un interés minúsculo cada mes? ¿O invertido en la bolsa y en bonos como mi plan de retiro? ¿Lo guardaría bajo el colchón? Sería un colchón bastante grueso.

—¿Le has preguntado sobre eso?

—¿Sobre el dinero? No, por supuesto que no. Somos compañeros de trabajo. Y estamos empezando a ser amigos. —La palabra todavía se sentía extraña en mi boca.

Puso sus manos sobre las orejas de Tavon. —Oh, diablos, no, no lo son. Lo que eres es una ilusa si crees que tú y ese multimillonario con creces son iguales. Ese es un juego peligroso el que estás jugando con tus mensajes coquetos y tus cenas caseras.

Levantó el balón de fútbol de debajo de su silla y se lo entregó a Tyesha. —Isha, lleva a tu hermano a ese campo vacío y practiquen a driblar el balón. —Tyesha tomó la mano de Tavon y se lo llevó con el balón.

Tiannah se inclinó sobre el brazo de su silla y dijo en voz baja: —Los hombres como él no piensan en cómo hieren a la gente normal como nosotras. Quiere usar esos mensajes —señaló mi celular con la cabeza— para meterse en tus pantalones. Y una vez que esté listo para seguir adelante, lo hará sin pensar dos veces en ti o en tu carrera.

—Pero Jackson no parece ese tipo de hombre. Es atento. Considerado. A veces incluso amable. —Miré a Esmy, pero ella había empezado a hablar discretamente con mamá cuando Tiannah empezó a susurrar.

Anoche había pensado en la historia que me contó sobre la pasante más tiempo de lo que debería. Al final, había llegado a la conclusión de que había cometido un error, y que luego él y Cooper lo habían arreglado lo mejor que pudieron.

Era un error besar a Jackson como había querido hacerlo anoche. Complicaría las cosas en el trabajo. Si el equipo se enteraba, arruinaría toda la dinámica. Quizás el proyecto también. Por no mencionar mi nuevo negocio. Cooper voltearía una mesa si realmente hiciéramos lo que él pensaba que habíamos hecho. Ahí se iría mi testimonio. ¿Y si la gente de la comunidad tecnológica se enteraba de que la CEO de Weber Technology Consulting ofrecía un pequeño extra en sus trabajos? Mis mejillas se calentaron, y no fue por el cálido sol de la tarde.

—Claro. Probablemente también habló con Noah. Encontró alguna forma de conectar con él. —Tiannah frunció los labios.

Los autos. ¿Cómo había sabido que a Noah le gustaban los autos? Asentí. —Se llevaron bien. Aunque no le permití que se ofreciera a llevar a Noah al Circuito de las Américas.

—Ay, amiga. —Sacudió la cabeza—. Ya te tiene calada. El camino a tu cama pasa directamente por Noah.

—Puaj, Tee. Qué asco.

—No por eso deja de ser cierto.

Maldita sea, tenía razón. Al menos no había cedido y dejado que entablara una amistad con Noah. Jackson se iba. Su vida en Austin era temporal. Ya sería bastante malo si lo dejaba entrar en mi corazón. Lo peor sería que él y Noah se hicieran cercanos y luego Jackson se fuera de la ciudad. Revisé el campo y encontré las pequeñas y nudosas rodillas de Noah cubiertas por los calcetines. Estaba driblando el balón más allá de Orlando, que defendía la portería.

Mi celular vibró. Por mucho que me picaran los ojos por ver el último mensaje de Jackson, lo ignoré.

Tiannah lo fulminó con la mirada. —Sin mencionar el daño que le harías a otras mujeres en esa oficina. Si pasa algo entre ustedes y se sabe, le das una excusa a la gerencia para no contratar a mujeres como consultoras o empleadas. Y luego están las mujeres que ya trabajan allí y que pensarán que tienes que dejar que un tipo se meta en tus pantalones para ascender.

—Ay, Dios mío. —Me tapé la cara con las manos—. Soy lo peor. —Sabía, muy bien, lo que hasta un indicio de favoritismo podía hacer. Todo lo que el espeluznante Dr. Fletcher tuvo que hacer fue quedarse en mi escritorio, tocar mi mano con demasiada familiaridad y elogiar mi trabajo demasiadas veces para que el resto de la clase susurrara sobre mí, para excluirme de sus grupos de estudio. Para señalarme como alguien que se había acostado con él por una mejor nota.

—No, cariño, no eres lo peor. —Tiannah puso su mano en mi hombro—. Eres una mujer fuerte, excelente en tu trabajo y una mamá osa guardiana de Noah. Nunca olvides que estás bajo el microscopio: para Noah, para tus clientes y para todos los demás en esa empresa. Ojalá no fuera así, pero lo es.

Sabía de lo que hablaba. Como una de las pocas programadoras negras de la zona, Tiannah se enfrentaba a aún más desafíos. Había trabajado durante dos embarazos y había vuelto a la oficina después de ambos, al menos en parte, me había dicho, porque quería demostrar a todos —incluida a ella misma— que las mujeres negras podían ser programadoras estrellas de rock y madres al mismo tiempo. Para el tercer embarazo, estaba agotada. Ni siquiera demostrar su valía merecía la pena una vez que tuvo a tres pequeños en casa.

—Lo sé. Seré fuerte como tú.

—No, cariño. No necesitas ser nadie más. Sé tú misma. Eres fuerte. Sé que harás lo correcto.

Le sonreí a mi mejor amiga y le apreté la mano.

Sonó el silbato y volvimos nuestra atención al campo. Noah jugaba de delantero en el lado más alejado del campo. Miraba fijamente el balón.

Concentración. Necesitaba mantener mi concentración en el balón, como lo hacía Noah. Y el balón no era un multimillonario con pocos impuestos que jugaba con autos deportivos caros por diversión. Era mi trabajo, mi empresa y mi futuro. El futuro de mi familia.

20

ALICIA

EL VIERNES, con la demostración en persona de Cooper cerniéndose sobre nosotros para después del fin de semana, me fui directo a mi puesto de trabajo tras la reunión matutina. Entre haberme ido temprano el lunes y hacer malabares con la suspensión obligatoria de tres días de Noah por pelear, me había quedado atrás. No me permitiría más té ni viajes al baño. No me movería de mi silla hasta que hubiera entregado mi código. Durante la reunión, había impuesto la misma regla para todos los que no habían terminado. Excepto por la regla de no ir al baño. Era una jefa dura, pero no un monstruo. Nuestra demostración iba a ser impecable. Cooper no tendría ninguna razón para cantarnos las cuarenta esta vez.

Jackson apoyó la palma de la mano en el escritorio a mi lado y se inclinó para mirar mi pantalla. La manga corta de su camiseta de Queen se tensaba alrededor de sus bíceps y seguí con la mirada la vena que se retorcía por su antebrazo hasta la muñeca. ¿Cómo se sentiría ese brazo fuerte rodeándome? Me estremecí.

—¿Todavía estás trabajando en tu código? —preguntó Jackson. Él ya había movido todas sus tareas a la columna de *Terminado*.

—Sí.

—Déjame ayudarte. Podemos terminarlo más rápido si trabajamos juntos. Intentaremos programar en pareja otra vez.

Tyler y Amit estaban concentrados, revisando su código. A ellos les había funcionado de maravilla. Y Jackson era rápido. Conmigo revisando su código mientras él volaba, terminaríamos para el final del día.

—Está bien. Lo intentaré. En cinco minutos. —Bajé las escaleras a paso rápido y localicé la cueva de TI. Cuando regresé a nuestro escritorio, le entregué a Jackson una caja que contenía un teclado nuevo que proclamaba ser supersilencioso—. Incluso te dejaré tomar el control.

Sonriendo, conectó el teclado y yo acerqué mi silla a la suya. Abrió el programa y empezamos a trabajar. Aun así, se las arreglaba para hacer sonar las teclas no tan silenciosas, pero el ruido no me martillaba el cerebro como el primer día. O quizás era su olor a cuero y a pino lo que me envolvía y me hacía olvidar todo lo que antes me irritaba.

—¿Alicia?

—¿Mmm? —dirigí mi atención de golpe al rostro de Jackson, que se había girado hacia mí por encima del hombro.

—Te pregunté si estabas de acuerdo con lo que hice ahí. Es un poco inusual, pero creo que nos dará los resultados que necesitamos de manera más eficiente.

—Oh, ah… —revisé el código y vi la parte de la que hablaba—. Me parece bien. Quizá deberías añadir un comentario por si alguien lo cuestiona más tarde.

Él se volvió hacia la pantalla y yo alejé mi silla un poco. Amigos. Eso era todo a lo que cualquiera de los dos podía comprometerse. Mis malditas partes traicioneras tenían que aceptarlo.

Unas horas más tarde, el estómago de Jackson gruñó.

Miré el reloj de la pared. Era casi la una. —¿Por qué no te tomas un descanso para almorzar? Yo seguiré trabajando. —Había traído mi almuerzo de casa, sabiendo que hoy no podía desperdiciar ni un minuto.

—Nada de almuerzo —flexionó los dedos sobre el teclado—. Tu regla. —Su estómago volvió a gruñir.

—Está bien. ¿Quieres la mitad de mi sándwich? —saqué la bolsa térmica del cajón—. Es de queso pimiento casero de Esmy.

—¿Queso pimiento?

—Si te digo lo que lleva, pensarás que es asqueroso. Pero es picante y delicioso. ¿Quieres probar? —puse la mitad del sándwich en una servilleta y le entregué el resto, aún envuelto en plástico.

—Está bien.

Cuando me tomó el sándwich, solo fue el bajo nivel de azúcar en la sangre lo que hizo que me hormigueara la piel. Le di un mordisco a mi sándwich, y él hizo lo mismo. Ambos nos sentiríamos mejor en un minuto.

Tragó. —Esto está muy bueno. ¿Segura que no me dices qué lleva?

—Ni de casualidad. Oye, cuidado con ese espacio en blanco extra.

A las cuatro en punto, la música empezó a sonar en el piso de abajo. Un viernes al mes, Synergy tenía su propia *happy hour* para los empleados, con cerveza, bocadillos y música. A medida que nuestro equipo terminaba su código y recibía luz verde del sistema de pruebas automatizadas, fueron bajando, dejándonos solo a Jackson y a mí terminando nuestro código. Después de otra media hora de trabajo, él pulsó el botón para enviar el código al proceso de prueba.

Jackson se reclinó en su silla y se frotó el hombro donde se une con el cuello. Miró la pizarra y la decreciente acumulación de trabajo. —Otros dos *sprints* después de este. Creo que hasta podríamos tener tiempo para algo de refactorización.

Solté una risita. —No nos volvamos locos. Cuatro semanas no es mucho tiempo. Cualquier cosa podría pasar.

—Vamos. Sabes que quieres hacer que este código sea una maravilla.

Hice girar mis muñecas. —Vale, sí, quiero. Quiero que se ejecute tan rápido que a Cooper le dé vueltas la cabeza.

—Si terminamos las nuevas funciones en el próximo *sprint*, podemos pasar el último optimizándolo al máximo.

¿Cómo sería impresionar a Cooper Fallon, la superestrella de la tecnología, con nuestra demostración? Bastante genial. —De acuerdo. Si terminamos todas las funciones antes, lo haremos.

Él sonrió a la barra de progreso en la pantalla.

La rutina de pruebas finalizó con un informe limpio. Jackson registró el código en el repositorio, y yo usé mi propia computadora para verificar que el código de todos los demás estuviera donde debía.

Se puso de pie. —Vamos.

—¿Qué? —pero yo también me levanté, estirando la espalda.

—Necesitamos movernos. —Caminó por el pasillo abierto y giró a la izquierda hacia la puerta corrediza de vidrio que daba a la pequeña terraza del segundo piso de Synergy con vista al río. Como todos los demás estaban en la *happy hour* de abajo, la terraza estaba vacía, al igual que los escritorios de adentro que daban a ella. Se dirigió a la barandilla y apoyó los codos en ella, contemplando los árboles y el agua centelleante más allá.

Me quité la chaqueta, la coloqué sobre la barandilla e imité su postura.

—¿Y qué vas a hacer después?

Incliné mi cabeza hacia él. —¿Te refieres a esta noche? Ir a casa. Noche de película con Noah.

La comisura de su boca se curvó hacia arriba y quise trazarla con mi dedo. —No, me refería a después de este proyecto. ¿Ya tienes tu próximo trabajo?

—Oh. Sí, un hospital local necesita ayuda con su sistema de registros. Un antiguo compañero de trabajo me recomendó. Debería tenerme ocupada hasta fin de año. —No tendría el prestigio del proyecto de Synergy, pero sería un sueldo. Podría aprovechar la recomendación de Cooper para el siguiente trabajo y empezar a ascender en la escala de las grandes empresas. Quizás incluso podría conseguir un encargo fuera de la ciudad el próximo verano. Por fin podría viajar como siempre había querido.

—Genial. —Se inclinó sobre la barandilla y examinó el área verde de abajo.

—¿Qué vas a hacer tú después del proyecto? —le pregunté.

—Tendremos que atar algunos cabos sueltos. Dejar que el equipo de pruebas le dé una pasada. Después, no sé. Todo depende de Cooper.

—¿De verdad crees que no te dejaría volver a la sede si quisieras?

—Depende —se encogió de hombros—. Si sigue enfadado conmigo, no.

—¿Por qué dejas que te trate así? —recordé mi primer día en Synergy, cuando Cooper no le había dicho a Jackson que yo iba a trabajar en su proyecto—. Son socios. Iguales.

Se quedó quieto. —Él es mejor que yo en los negocios. Además, siempre tiene que arreglarlo cuando yo la cago.

—Tú no... —pero entonces recordé a la pasante. Había dicho que Cooper había solucionado la situación para él. Aun así, no parecía tan grave. Ella había terminado su pasantía y había conseguido una recomendación—. Estoy segura de que Cooper también ha cometido algunos errores.

—No como los míos. —Me miró, sus ojos marrones llenos de algo que me oprimió el corazón—. La salida a bolsa. La noche antes de reunirnos con los banqueros, Cooper y yo salimos. Nos emborrachamos. Por lo general, él es el borracho gruñón y yo el feliz. Pero por alguna razón, el estrés de todo, no sé, discutí con un policía en la calle. Terminé en la cárcel. Cooper ya había vuelto al hotel y se había quedado dormido, y no recibió mi mensaje hasta el día siguiente. Me sacó, pero me presenté a nuestra reunión con la ropa de la noche anterior, oliendo a cárcel. —Arrugó la nariz al recordarlo—. Los banqueros dijeron que teníamos que traer a alguien más como director ejecutivo. Alguien que ellos eligieron. —Su rostro se contrajo cuando dijo—: Weston.

Le escudriñé el rostro. ¿Habría sido un buen director ejecutivo? Habíamos tenido un comienzo difícil en el proyecto, pero en las últimas semanas había mostrado un verdadero liderazgo. Tenía potencial. Lástima que se esforzara tanto en demostrar que no le importaba una empresa que claramente amaba. Le puse una mano en el brazo—. Aquí no has metido la pata en nada. Has sido genial con los chicos. Un líder. Podrías ser mucho más. —Quería decir "si dejaras de permitir que Cooper te menosprecie", pero podría no gustarle que le dijera lo que realmente pensaba de su mejor amigo. Le habría arrancado los ojos a cualquiera que intentara decir una palabra en contra de Tiannah.

—Tú me has convertido en un mejor programador. Un mejor líder. —Se giró hacia mí, sus ojos marrones serios, exigentes—. Trabajamos bien juntos. Admítelo.

—Sí, es verdad.

Inclinó la cabeza. —Pensé que estarías en desacuerdo conmigo.

—No. Yo no miento. Lo intenté cuando Melissa, mi hermana, estaba enferma. Intenté decirle que se pondría bien, que se recuperaría y que volveríamos a hacer todo lo que solíamos hacer. Eso era lo que esperaba, de todos modos. —Miré hacia el río, que fluía perezosamente hacia el Golfo—. Me dijo que no dijera tonterías y que no le quedaba suficiente tiempo como para desperdiciarlo escuchándome.

—Auch.

—Sí. Melissa no tenía mucha paciencia para las mentiras, ni las que les decimos a los demás ni las que nos decimos a nosotros mismos. Por eso tengo a Noah. Nunca perdonó a nuestra madre por quedarse con nuestro padre tanto tiempo. Esperando a que nos abandonara. —Tragué con dificultad. ¿De dónde había salido todo eso? Nunca hablaba de Melissa. Y mucho menos con compañeros de trabajo.

—Creo que ahora estaría orgullosa de ti. Por independizarte.

Por empezar tu propio negocio. ¿No crees? —puso una mano sobre la mía, que aún descansaba en su brazo.

—Es parte de la razón por la que lo hice. Por ella. Y por Noah. Para demostrarle que los Weber podemos hacer cualquier cosa que nos propongamos.

Me apretó la mano. —Alicia, yo…

—¡Eh! —el grito vino de debajo de nosotros, y retiré mi mano de un tirón. Tyler estaba de pie en el césped, con un vaso rojo en la mano—. ¡La fiesta es aquí abajo, ustedes dos!

Puse una mano sobre mi corazón desbocado. ¿Me había visto tocando a Jackson de una manera no tan propia de compañeros de trabajo?

—Ya vamos —gritó Jackson en respuesta—. Solo necesitábamos aire fresco.

Tyler levantó su vaso en un brindis y luego se alejó pesadamente doblando la esquina del edificio hacia la música.

—Debería irme a casa. —Tomé mi chaqueta y la sacudí, deseando que mis mejillas se enfriaran.

—Una cerveza. Puedes tomarte una cerveza conmigo. Con el equipo.

Una cerveza sonaba bien un viernes después de escribir todo ese código. Después de la confesión que habíamos hecho. —Una cerveza con el equipo. —Le dediqué una sonrisa burlona—. Tú también puedes estar allí.

—Has hecho al *nerd* más feliz de Austin. —Me ofreció su brazo doblado—. ¿Vamos?

Por mucho que quisiera tomarle del brazo, no podía. Ninguno de los dos podía permitirse el error de ser percibidos como algo más que colegas amistosos.

—Vamos. —Lo esquivé y deslicé la puerta de vidrio para abrirla—. Vayamos a unirnos al resto de los *nerds*.

21

JACKSON

LEVANTÉ las piernas sobre el asiento a mi lado en la mesa alta de bar y crucé los tobillos, poniendo mis botas prácticamente en el regazo de Cooper.

Las miró como si fueran un par de botas de trabajo incrustadas de mierda, pero luego levantó su vaso de bourbon caro.

—Por darle la vuelta al proyecto. Estoy impresionado, Jay.

Giré mi vaso en círculo, viendo cómo el tequila extra añejo dorado chapoteaba contra las paredes.

—Todo es gracias a Alicia. Es increíble.

Él enarcó sus gruesas cejas.

—Cuando me reuní con ella esta tarde, dijo que todo era gracias a ti.

—Supongo que trabajamos bien juntos. Y que ambos somos modestos.

Él resopló.

—Nunca has sido del tipo modesto. La primera vez que sacaste una A en un trabajo en nuestra clase de literatura de primer año, se lo mostraste «accidentalmente» a toda la clase.

El muy cabrón tuvo el descaro de hacer comillas en el aire. Me había tropezado con el cordón desatado de mis Converse y el trabajo se me había caído de la mano. Simplemente aproveché la oportunidad para dejar que cayera con la calificación hacia arriba.

—Eso también fue un esfuerzo de equipo. Nunca habría aprobado esa clase sin ti. Joder, nunca me habría graduado.

—No hay nada de malo en necesitar un poco de ayuda. Ojalá tú… —meneó la cabeza y bebió un sorbo de su whisky.

Lo fulminé con la mirada.

—¿Ojalá yo qué?

—Ojalá no siempre intentaras hacerlo todo solo, ser un llanero solitario —dijo, asintiendo hacia mis botas.

Bajé las piernas de la silla y enganché los tacones de mis botas en el travesaño de mi taburete. Cuando trabajaba solo, no exponía mi mierda a nadie más. Ni los arrastraba conmigo en mi caída. Pero Alicia no se había reído de mí, ni una sola vez. Ni siquiera cuando saltaba de un lado a otro en el código o el día de la semana pasada en que parecía no poder concentrarme en nada y me había sorprendido cinco veces distintas con la mirada perdida. Ella me recordó amablemente en qué estábamos trabajando y lo retomó. De hecho, todo el equipo parecía estar programando más rápido y mejor. Habíamos logrado más juntos en las últimas dos semanas que por separado en las cuatro anteriores.

Solo había otras dos personas en las que confiaba que no se burlarían de mí. Una era mi hermana, Sam.

—Tú y yo siempre trabajamos bien juntos.

—Cierto. —Sus ojos azules me taladraron con la mirada, un poco enrojecidos en los bordes por el bourbon—. Hacemos un gran equipo. Por eso llamamos a la empresa Synergy. ¿Recuerdas?

Sí, lo recordaba. Vagamente. Bebíamos alcohol más barato en ese entonces, la noche antes de presentarles nuestra idea a los inversionistas. Un destello de memoria: Cooper arrastrando las palabras: «Ssssinergia. Eso es». Puede que lo haya besado después de eso. O tal vez fue solo esa única vez en la universidad. Éramos más jóvenes entonces, y las resacas no habían sido tan dolorosas.

—Por ti y Alicia Weber —dijo—. Una asociación que va a salvar a la empresa.

Esta vez, yo también levanté mi vaso y me lo bebí de un trago. Había estado dando tumbos durante tanto tiempo antes de que Alicia se uniera a nosotros. Sin importar lo que ella o Cooper dijeran, ella era la diferencia. Ella le había dado la vuelta al proyecto, no yo. Pero, por una vez, no me resentía por necesitar ayuda. Le hice una seña al mesero para otra ronda.

—Creo que, después de que termines este proyecto, deberías volver a la sede. Tenemos un par de iniciativas que podrían beneficiarse de tu experiencia. Quizás podrías trabajar en ambas en calidad de asesor. Empezar a actuar como un vicepresidente de desarrollo en lugar de un programador sénior.

Parpadeé, mirándolo.

—¿En serio?

—Puedes terminar este proyecto de forma remota. Estarás en casa a tiempo para la cena de Acción de Gracias con tu familia.

La mesera dejó nuestras bebidas en la mesa y yo me bebí la mitad de la mía de un solo trago. Con el vaso todavía en la mano, señalé a Cooper.

—Tú también vienes a Acción de Gracias.

La parte superior de sus mejillas se sonrosó.

—Claro. Me encantaría.

Por supuesto que le encantaría. Mi madre lo adoraba. A diferencia de su propio hijo, él era perfecto.

Aparté ese pensamiento. Estaba siendo liberado del exilio. Iba a volver a casa. De vuelta a la sede de Synergy y a mi oficina en el último piso donde nadie me mandoneaba. Bueno, excepto mi asistente, Marlee.

Pero no estaría Alicia para negar sutilmente con la cabeza cuando yo sacaba demasiadas notas adhesivas del trabajo pendiente. Para revisar mi código con esos agudos ojos azules. Para animarme a ser mi mejor versión. Para creer en mí.

Con razón no estaba emocionado.

———

LA CASA ESTABA a oscuras cuando estacioné afuera. Mierda. Revisé mi reloj. Después de las once. Apagué la camioneta y me quedé sentado en la silenciosa oscuridad por un minuto.

Quizás todavía no estaba dormida. Le escribí: *¿Estás despierta?*

Después de un minuto, respondió con un mensaje: *No.*

Bien. Dejé un dedo suspendido sobre el botón de encendido. Pero mi teléfono vibró con otro mensaje.

ALICIA

¿Necesitas hablar?

¿Puedes verme en tu porche?

La cortina se movió en una ventana de arriba y, unos segundos después, la luz del porche se encendió. Salí de la camioneta y corrí por el sendero y subí los escalones de la entrada.

Alicia estaba de pie detrás de la puerta mosquitera, con los brazos cruzados sobre una camiseta sin mangas. Llevaba unos shorts de pijama aún más cortos que los pants deportivos recortados que había usado la última vez.

—¿Qué haces aquí?

—Necesitaba hablar. Y somos amigos, ¿no? Los amigos hablan.

Dudó por un momento antes de empujar la puerta mosquitera y salir. Se dirigió hacia el columpio a un lado del porche y la seguí. Crujió cuando me senté en el otro extremo del banco.

Alicia subió las rodillas hasta la barbilla y las rodeó con los brazos.

—¿Tienes frío?

—No, yo…

Tenía los brazos cubiertos de piel de gallina. Me quité el suéter por la cabeza y se lo di. Lo miró por un segundo y luego, de mala gana, lo tomó y se lo puso. Metió la nariz dentro del cuello.

—Lo siento, probablemente huela a bar.

—No. Es perfecto. Gracias. ¿De qué necesitabas hablar?

Me bajé la camiseta que se había subido cuando me quité el suéter.

—Cooper dice que puedo volver a casa al final del proyecto.

No podía ver su boca, oculta por el suéter. Su voz sonó ahogada cuando dijo:

—Esas son buenas noticias.

—¿Lo son? Es lo que he querido durante mucho tiempo. Pero cuando lo dijo, sentí… No sé qué sentí.

—¿Vindicado? ¿Aliviado?

—Decepcionado.

Se bajó el cuello del suéter para que pudiera ver su cara de nuevo.

—¿Por qué decepcionado?

—Creo que voy a extrañar estar aquí. Voy a extrañar al equipo. Voy a extrañarte a ti.

Sus labios se curvaron en una sonrisa, pero sus ojos parecían tristes.

—El equipo seguirá aquí. Quizás podrías colaborar con ellos de forma remota. O pedirles a algunos de ellos que se transfieran a la sede.

—Pero… pero tú no. —Ella se iría a su próximo trabajo de consultoría en el hospital.

—Siempre te iba a dejar. Esto es solo un trabajo temporal para mí.

Una punzada aguda, como un corte de papel, zigzagueó por mi pecho.

—¿Considerarías alguna vez hacer este trabajo… permanente? —¿Cómo sería trabajar a su lado todos los días? ¿Tener su apoyo incluso cuando nadie más creía que yo podía hacerlo? El paraíso.

—Ya pasé por eso, y tengo las cicatrices emocionales para demostrarlo. —Sus ojos brillaron a la luz del porche.

—Pero Synergy no es así. Valoramos a nuestras empleadas. Diablos, también a nuestros empleados trans y no binarios. Tenemos grupos de recursos para empleados…

Extendió la mano y la posó sobre mi brazo. Una emoción subió hasta mi pecho, haciendo que mi corazón latiera más rápido.

—Estoy segura de que trabajar en Synergy es genial. Pero tener mi propia empresa me da independencia. Flexibilidad. El poder de decir no.

Mi pecho se contrajo.

—El poder de marcharte.

—No, no es... —se mordió el labio—. Supongo que eso es parte de ello.

—¿Por qué es eso importante, Alicia? —Era injusto de mi parte, especialmente después de que me dijo que no mentía. Pero no pude contenerme la pregunta. Alguien la había herido, y yo quería saber quién.

Hizo una larga pausa antes de hablar, tan larga que no estaba seguro de si me lo diría.

—Mi papá se fue cuando recibimos el diagnóstico de Melissa. No sé si fue porque no podía lidiar con el estrés o si ya tenía un pie fuera, y esa fue la gota que derramó el vaso. Excepto por los papeles del divorcio, no hemos sabido nada de él desde entonces. Luego vi lo que pasó con el papá de Noah. Melissa dijo que él ya se había ido cuando ella descubrió que estaba embarazada. Y luego, el cáncer regresó, más grave que nunca, y ella... ella también se fue. —Metió las manos en las mangas demasiado largas de mi suéter—. Supongo que después de eso, quise ser yo quien se fuera. La que terminara las cosas. Tiannah —es mi mejor amiga— dice que invento razones ridículas para terminar las relaciones.

—¿En serio? —No podía imaginarlo. ¿Alicia, la sólida y estable, mandando a volar a alguien porque masticaba con la boca abierta?—. Dame un ejemplo.

Sonrió, y me alegré de haber aligerado el ambiente.

—Ok, aquí va el peor: el último chico con el que salí era perfecto. Se llevaba genial con Noah, incluso tenía un hijo de su edad. Buen trasero.

—¿Pero? —lo alargué.

Sonrió con suficiencia ante mi mal chiste.

—Pero, cuando finalmente nos acostamos, fue... no muy bueno.

El calor subió desde mi centro y apreté mis manos en puños.

—No te hizo daño, ¿verdad?

—No, no. Fue simplemente... meh. —Se encogió de hombros—. No podía imaginarme queriendo hacerlo con él por el resto de mi vida.

Mis manos se relajaron.

—No soy terapeuta sexual, pero ¿quizás deberías haber hablado con él al respecto?

—Quizás debería haberlo hecho. Pero fue más fácil terminar. Menos doloroso que si me hubiera dejado involucrar demasiado y luego él me dejara. Sé que suena terrible. Pero —se encogió de hombros de nuevo—, demuéstrame que estoy equivocada.

—¿Es eso una invitación? —¿Qué estaba diciendo? Yo era el Sr. una noche. Alicia terminaba las cosas antes de que fueran demasiado lejos; yo nunca dejaba que empezaran.

—Sabes que no podemos. Sería un desastre profesional. Para ambos.

—Es solo un trabajo temporal para ti, recuerda. Seríamos libres de salir una vez que el proyecto termine.

—Acabas de decirme que ibas a volver a San Francisco.

—Dije que Cooper dijo que podía. Podría quedarme. Si tuviera una razón. —Mi pecho se sintió más ligero tan pronto como las palabras salieron de mi boca. Podía quedarme. Aquí. Con Alicia. Podía sentarme en este columpio con ella. Tomar su mano. Besarla como había querido la otra noche.

—Yo sería una razón para quedarte. —Su tono era plano, incrédulo. Diablos, apenas creía lo que estaba diciendo.

Me estiré y tomé su mano, apartando la manga de mi suéter hasta que nuestras palmas se tocaron.

—Eres la única razón que necesitaría.

Sus ojos azules, mucho más cálidos que los de Cooper, se suavizaron.

—Hablemos de ello cuando termine el proyecto. Si todavía queremos intentarlo entonces. Ver cómo va durante un par de semanas.

Un período de prueba, como hacíamos en la pista de carreras. Para asegurar que el coche estaba en condiciones de competir. Solo que en este caso, yo era el coche.

—De acuerdo.

Levanté su mano y besé sus nudillos. Luego me puse de pie.

—Buenas noches, Alicia.

—Buenas noches, Jackson. Espera, tu suéter.

Ya estaba bajando los escalones del porche y caminando de regreso a mi camioneta.

—Quédatelo. —Como prueba de que no me iría a ninguna parte.

22

JACKSON

APOYÉ EL TELÉFONO en la encimera de la cocina, recargado contra la calabaza de plástico gigante, y dejé que las bolsas con la mierda de la decoración cayeran al suelo.

—¿De verdad no puedes venir un día antes? —añadí un dejo de esperanza a mi voz, como si quisiera que viniera.

No quería.

—No, tengo un evento benéfico esta noche. —En la pantalla, Cooper se balanceaba de un lado a otro, con el sudor goteando de las puntas oscurecidas de su cabello mientras pedaleaba en su bicicleta estática—. Siempre haces tu fiesta *el mismo día de* Halloween, no el día antes.

Casi me sentí mal. *Casi.* Cooper y yo no nos habíamos perdido un Halloween juntos desde el primer año de universidad. Desde las fiestas que organizábamos con barriles de cerveza en nuestro dormitorio hasta reventones más exagerados en bodegas, pasando por aquel memorable fin de semana en Ámsterdam... bueno, al menos la parte que no borré de mi memoria, Halloween era lo mío. Sin obligaciones familiares de los Jones, solo el anonimato y la falta de responsabilidad que conllevaban los disfraces y mucho alcohol. Sí, lo admito: esos reventones alimentaban directamente la imagen de *playboy* que tanto me había esforzado por cultivar. Las fiestas, las carreras, las mujeres, todo ello formaba un duro caparazón que había construido alrededor del chico inseguro que no podía concentrarse, el fundador de la empresa que decepcionaba a la gente con regularidad.

Ni siquiera Cooper podía ver a través de él.

—La última vez que Halloween cayó entre semana, tuve que enviar a Marlee a buscarte a la mañana siguiente. ¿Recuerdas? —preguntó con cariño—. ¿Dónde te encontró?

—En una tumbona junto a la piscina de Weston. —Por alguna razón, me había parecido buena idea aparecer en casa del director ejecutivo a primera hora del primero de noviembre, pero me había quedado dormido en su terraza antes de llevar a cabo cualquier broma que hubiera ido a hacer.

—Marlee es una salvación.

Y que lo digas. Una de las muchas razones por las que me negué a suspenderla de empleo. Saqué un paquete de guirnaldas de arañas de una de las bolsas. La colgaría sobre la puerta del patio para que la gente la rozara al pasar a tomar una cerveza.

—Algunos de los que voy a invitar tienen hijos. No vendrían a una fiesta solo para adultos en Halloween. Así que la hice un día antes. —Casi bailé, ahí mismo en la oficina, cuando Alicia dijo que vendría.

El pedaleo de Cooper se ralentizó. —¿Sabes? Eso es bastante considerado de tu parte.

—Supongo que estoy madurando o algo así. —Saqué un paquete de moldes de hielo con forma de globo ocular—. ¡Me encantan!

—Madurando —refunfuñó Cooper. Aceleró el ritmo—. Quizá pueda ir mañana temprano. Podríamos dar una vuelta en moto. O ir de excursión.

Si todo salía bien esta noche, esperaba que Alicia me invitara a su casa para Halloween. Juntos, ella y yo podríamos acompañar a Noah por el vecindario a pedir dulces. No había hecho eso desde que mis hermanas eran pequeñas. Me había imaginado actuando como amigos. No como colegas.

Ahora que había decidido quedarme en Austin, tenía semanas, si no más, para pasar con Alicia. Quizá me dejaría ir a uno de los partidos de fútbol de Noah.

—Claro. Hagámoslo. —Pasaría el día siguiente con mi mejor amigo, que estaría en la ciudad solo una noche o dos.

Cooper aminoró la marcha de nuevo y me sonrió radiante. —Estaré allí para el mediodía. Y, Jay, estoy orgulloso de ti.

Le devolví la sonrisa, aunque no tan ampliamente. —No puedo esperar.

ALICIA

SENTÍ una punzada en el estómago cuando vi la dirección de Jackson en la invitación por correo electrónico. Había muchos complejos de apartamentos en esa calle. No podía ser el mismo. No podía tener tan mala suerte.

Pero la tenía. La punzada se convirtió en una auténtica sensación de que todo se hundía mientras estacionaba frente al edificio de Jackson. Miré hacia el otro lado del complejo, pasando la piscina, la cancha deportiva y la casa club. Ni siquiera podía ver el edificio que albergaba el apartamento donde me había acostado con Rick aquella vez. Ralenticé mi respiración deliberadamente. Este era un riesgo que podía evitar. Si me quedaba dentro del apartamento de Jackson, especialmente si me iba temprano, las probabilidades de encontrarme con Rick eran minúsculas.

Salí de mi Honda, me alisé el disfraz y me ahuequé el pelo. Respirando hondo, examiné el edificio hasta que localicé el número de su apartamento —aunque el AC/DC a todo volumen que salía de su puerta lo delataba— y entré.

El apartamento estaba oscuro, a excepción de unas luces de colores que apuntaban al techo, las cuales daban a todos un brillo espeluznante. Había guirnaldas por todas partes: extendidas por las paredes, colgando de la península que separaba la cocina del salón, ondeando en la puerta corredera abierta que daba al patio. No parecía haber una temática, más allá de las cosas que se pueden encontrar en una tienda temporal de Halloween: había esqueletos, arañas, murciélagos e incluso algunos payasos *muy* espeluznantes. Había calabazas de plástico sobre cada superficie plana, con velas a pilas parpadeando en su interior.

Jackson se acercó a mí de un salto, vestido con jeans y un polo rosa por fuera del pantalón con el cuello levantado para lucir una cadena de oro alrededor del cuello. Una gorra de béisbol al revés le cubría el pelo oscuro y unos lentes de sol brillaban sobre ella. Y, por supuesto, llevaba las botas que ahora eran omnipresentes. Su expresión era la misma que había tenido Noah el año pasado cuando salimos del porche en la noche de Halloween, a punto de ir a pedir dulces: una alegría infantil. Jackson extendió la mano como para darme un abrazo, pero ante mi expresión de advertencia, dejó caer las manos a los lados. Claro, los amigos se abrazan. Pero los compañeros de trabajo no, y ya había visto a Kevin en la esquina, con un vaso de plástico naranja en la mano.

—Me alegro de que estés aquí. —Me miró de arriba abajo—. Eleven de *Stranger Things*, ¿verdad?

—Sí. —Había encontrado la camisa con estampado geométrico en una tienda *vintage* y la había combinado con unos jeans de talle alto y tirantes—. ¿Tú… también vas de los ochenta?

Su rostro se descompuso un poco. —Soy un «*b*rogramador». ¿Entiendes? —Hizo un gesto con las manos.

—Ah. Totalmente. —Arrugué la nariz para no reírme. *Era* algo ingenioso.

—¿Te ofrezco algo de tomar?

—Mmm, vale. ¿Una cerveza?

Me llevó afuera, a través de las arañas colgantes, hasta una hielera. Me enumeró las cervezas, elegí una IPA local y la sacó del hielo para mí antes de abrirla.

Sacó una botella de agua de la otra hielera y se apoyó en el pilar que sostenía el balcón de arriba. Ladeó la cabeza, observándome.

—¿Qué? —Revisé mi disfraz. Todos los botones seguían abrochados, todo en orden.

—Te he visto en la oficina. Y en tu casa. Pero esta es la primera vez que te veo aquí, en mi casa. —Una comisura de sus labios se levantó.

No había mencionado la Taquería de Linda. —¿Y?

La otra comisura se alzó. —Me gusta. Podríamos intentar ir a otros sitios juntos.

—Jackson, yo…

—Escúchame. Somos amigos. Podría ir a uno de los partidos de fútbol de Noah. Ver algo de esa magia de martes y jueves.

—No, Jackson, yo… quiero mantener a Noah al margen. Entiendo que vas a volver a San Francisco —levanté una mano—, en algún momento. Pero él no lo hará.

Su sonrisa se desvaneció. —Vale, entonces, tendrás que enseñarme algunos de los lugares emblemáticos de Austin. Como el Capitolio. Y el Álamo.

Casi escupí la cerveza. —El Álamo está en San Antonio.

Arrugó la nariz. —¿En serio?

—A noventa minutos en auto con poco tráfico. Y te decepcionarás. La gente que no es de Texas o aficionada a la historia siempre lo hace.

—Me gusta manejar. Y si estuviera contigo, no podría decepcionarme.

Estaba a unos dos metros de distancia, mucho más lejos que cuando trabajábamos codo con codo en la oficina. Aun así, un calor comenzó en mi estómago y descendió, hormigueando en la unión de mis muslos dentro de mis jeans de talle alto. Apreté mi centro. *Nada de eso.*

—No debería entretenerte y alejarte de tus invitados.

Me lanzó una mirada como si pudiera ver a través de mí. —Entremos. Te presentaré a algunas personas.

—¿Quién está aquí, de todos modos? —Además de Kevin,

reconocí algunas otras caras de Synergy. Todavía no había rastro de Cooper Fallon, gracias a los espíritus de Halloween. Pero había mucha gente que no reconocía. ¿Cómo tenía Jackson tantos amigos en Austin?

—Gente del trabajo. Gente que he conocido por aquí. Vamos.

Me presentó a sus vecinos de arriba, al tipo que administraba el complejo de condominios y a un par de personas que trabajaban en la pista de Fórmula Uno al sur de la ciudad. Todavía estábamos hablando con sus vecinos, que no se habían dado cuenta de que vivían encima de un programador de fama mundial hasta que se lo dije, cuando un brazo pesado aterrizó sobre mis hombros.

—Hola, chicos. —El aliento de Tyler en mi oído olía a licor—. ¿Qué tal?

—Hey, amigo. —Jackson, que ahora también sostenía a Tyler para que no se cayera, le dio una palmada en el hombro—. ¿Te estás divirtiendo?

—Oh, sí. Estaba jugando «Pato Mareado» con tus vecinos de allá. —Señaló con un gesto a un grupo de jóvenes, todos vestidos como Tom Cruise en *Negocios Riesgosos*, con camisas blancas de botones, bóxers y lentes oscuros. Uno yacía medio encima del sofá, otro se tambaleaba donde estaba parado, y dos más se sentaban en el suelo, hablando con seriedad.

—¿Invitaste a los universitarios? —preguntó June, la vecina de Jackson.

—No. Creo que están naturalmente sintonizados con la frecuencia de la música de fiesta. No podría mantenerlos fuera aunque quisiera.

—Son geniaaales —dijo Tyler.

—A diferencia de ti, ellos pueden volver a casa caminando. Vamos a darte un poco de agua —dijo Jackson.

—Yo me encargo. —Me zafé del brazo de Tyler. Se tambaleó, pero se mantuvo en pie, apoyado en Jackson. Afuera, en el patio, hundí la mano en el hielo medio derretido y saqué dos botellas de agua. Deseé poder hundir mi cabeza en él para disipar la neblina que sentía alrededor de Jackson Jones. Como no podía hacer eso, me bebería el agua y luego me iría a casa, donde estaría a salvo del hormigueo que había empezado a sentir cada vez que él estaba cerca.

Pero cuando volví a entrar al apartamento a través de la guirnalda de arañas, vi algo que me hizo desear haber elegido una cerveza o algo más fuerte.

—¡Alicia! —Jackson había estado de pie entre el sofá y la puerta corrediza de cristal. Tomó una de las botellas de agua y se la dio a Tyler, que ahora se desplomaba en el sofá junto al Tom Cruise número uno. Me agarró la mano helada y me atrajo a su lado—. Déjame presentarte a mi compañero de entrenamiento.

—Rick, esta es Alicia. Trabajamos juntos.

Me quedé mirando el último par de ojos que quería ver esta noche. —Nos conocemos —dije, con la voz tensa.

—Hemos estado viéndonos de forma intermitente —dijo Rick al mismo tiempo.

Lo fulminé con la mirada. —¿Intermitente? Terminamos hace cuatro meses.

Se encogió de hombros. —Supuse que no querrías salir durante la temporada y que retomaríamos donde lo dejamos después.

La mano de Jackson se convulsionó en la mía. —¿Alicia es la mujer de la que me hablaste en el gimnasio? —Tenía las mejillas sonrosadas y no me miraba.

Mierda, ¿qué le había dicho Rick?

—No dijiste que estuvieras saliendo con nadie. —La mirada de Rick se dirigió a donde nuestras manos seguían unidas.

—No estamos… —empecé.

Jackson soltó mi mano. —Alicia y yo trabajamos juntos.

Un escalofrío se instaló en mi pecho.

—Rick. Tú y yo no vamos a volver. —Mi voz crepitó con frialdad—. Ni cuando acabe la temporada. Ni nunca.

Sus ojos verdes se encendieron. —De todos modos, eras mala en la cama, Reina de Hielo.

Una fracción de segundo después, Jackson estaba cara a cara con él. —Fuera.

—Pero yo…

—Fuera. —Jackson usó su cuerpo más grande para guiar a Rick hacia la puerta, ignorando a la gente con la que tropezaban en el camino.

Me quedé donde me habían dejado, con los pies pegados al suelo como si fuera exactamente lo que me había llamado, una reina de hielo, una estatua. Había intentado ser abierta con él. Le había dejado entrar en nuestras vidas. Conoció a mi mamá y a Esmy. Incluso llevamos a los chicos a un par de nuestras citas.

¿Pero de verdad lo había dejado entrar? ¿Me había guardado algo, sin darle una oportunidad? ¿Siempre me estaría guardando una parte de mí, como mamá había hecho con papá?

¿Había sido yo la que era mala en la cama y no él?

Le quité la tapa a la botella de agua con un tirón y me la bebí de un trago; el líquido frío me quemó la garganta. Para cuando Jackson volvió a mi lado, ya había vaciado la botella. Se la puse en la mano bruscamente. —Ya me voy. Gracias por invitarme. —Mi voz sonaba plana, como mi corazón.

—No te vayas. —Me apoyó una mano en el brazo, debajo del hombro, no para retenerme, sino para reconfortarme con un apretón—. Lo siento por lo de Rick. No sabía que era de él de quien me habías hablado.

—Sí. Bueno. —Me quedé mirando sus botas—. No debí haber venido.

—Alicia. —Su enorme cuerpo me protegió de Tyler y del chico universitario que holgazaneaban en el sofá, así como del resto de la fiesta. Su voz era baja, urgente—. Me alegra que hayas venido. Te quiero aquí. Por favor, no dejes que ese imbécil de Rick te arruine esto. Eres una mujer fuerte, una de las más fuertes que he conocido. Me siento honrado de que me hayas permitido ser tu amigo. Dejar que la gente se te acerque es tu decisión. No mía, ni suya. —Señaló con la cabeza la puerta por la que había sacado a Rick a la fuerza.

Se me hizo un nudo en la garganta y las palabras se acumularon detrás como el agua tras una presa. A pesar de que estábamos rodeados de gente, de la música estridente de las *hairbands*, de las espeluznantes luces ascendentes, los dos estábamos solos bajo el toldo de Synergy, con sus gentiles dedos limpiando la sangre de la línea de mi cabello. Bajé la mano y entrelacé mis dedos con los suyos por un momento. Esperaba que pudiera ver la gratitud que irradiaban mis ojos.

—Ay. —Hizo una mueca de dolor.

Suavizando mi agarre, levanté nuestras manos unidas. Tenía los nudillos rojos y uno de ellos mostraba una abrasión que empezaba a sangrar.

Lo miré fijamente, con los ojos desorbitados.

Se encogió de hombros. —Los puñetazos en la cara son difíciles de dar bien.

Un gemido de Tyler rompió el momento. Solté la mano de Jackson y me asomé por detrás de él. —¿Tyler, estás bien?

—Me da vueltas todo —masculló.

Poniendo una mano en el pecho de Jackson, le dije: —Quizá deberíamos llevarlo a tu baño.

Una comisura de la boca de Jackson se levantó en algo que no era exactamente una sonrisa, y se encogió de hombros. —Supongo que prefiero no tener que limpiar vómito esta noche.

Les dijo algo a los chicos universitarios, y estos se pusieron de pie arrastrando los pies, sosteniendo al que se había desplomado, y se dirigieron hacia la puerta. El apartamento había empezado a vaciarse y la música parecía más alta ahora que no había tantos cuerpos para absorberla.

Se agachó junto a Tyler, le pasó uno de sus brazos por los hombros y lo levantó. Me apresuré a sostener el otro brazo de Tyler, y avanzamos a los tumbos por el pasillo. Jackson pasó de largo la puerta abierta del baño y abrió la puerta al final del pasillo.

Supe que era su dormitorio por los Converse grises y el bolso amontonados en el suelo. Jackson nos guio hacia una puerta abierta a la izquierda, que conducía a un espacioso baño casi tan grande como mi dormitorio en casa. Cuando llegamos al inodoro, quité el brazo de Tyler de mis hombros. —¿Te encargas tú de él a partir de aquí?

Jackson asintió. —¿Me esperas en el dormitorio?

—Ok.

Tuve solo unos segundos para echarle un vistazo a su cama con su edredón blanco genérico echado encima y al montón de ropa sucia que se desbordaba del armario antes de que Jackson se uniera a mí, cerrando la puerta del baño. —Dice que está bien.

No se oía ningún ruido del baño.

—No lo dejarás manejar a casa, ¿verdad?

—No, puede dormir la mona en el cuarto de invitados.

—Bien. Entonces creo que es mejor que yo...

—Quédate. Vamos a... hablar. —Dando dos pasos, cerró el espacio entre nosotros. Sus labios se torcieron en una sonrisa pecaminosa. Imaginé las muchísimas cosas que podría hacerme con esos labios. Ninguna de ellas implicaba hablar.

—Quizá solo unos minutos.

Me tomó de la mano como si hiciéramos esto todos los días y me llevó a la sala.

June, su vecina de arriba, saludó con la mano desde la puerta principal. —Todos se van al bar de enfrente para el karaoke. ¿Vienes?

—Quizá más tarde —dijo él.

Cuando ella cerró la puerta, dejándonos solos en el apartamento, él bajó la música. —Eh. Mis fiestas suelen durar más.

Vasos naranjas y botellas cubrían cada superficie plana. Una prenda de ropa yacía tirada en el suelo de la cocina junto a un derrame de ponche rojo de aspecto pegajoso. Una bolsa de papas fritas en la esquina de la alfombra había explotado y las migas cubrían un área de más de un metro cuadrado.

—Déjame ayudarte a limpiar.

—Me encargaré de eso por la mañana. Esta noche, prefiero relajarme. Contigo.

—¿Relajarme? —Sacudí las migas del cojín del sofá antes de hundirme en él—. No estoy segura de conocer esa palabra.

Él soltó una risita. —Mira. Dame tu mano.

—¿Mi… mano? —¿Iba a besármela de nuevo, como el héroe de alguna vieja película en blanco y negro?

—Doy un masaje de manos genial. Alivia el estrés y ayuda a contrarrestar todo el tiempo que pasamos tecleando. —Extendió la mano, con la palma hacia arriba—. ¿Me permites?

—Pero… tu mano. —Se había puesto otra de esas curitas de Rayo McQueen sobre el nudillo abierto.

—Ya no me duele. No cuando estoy contigo.

Resoplé ante esa frase, luego toqué su palma con la mía. ¿Qué daño podía hacer un pequeño masaje de manos? —Ok.

Volteó mi mano y presionó firmemente su otro pulgar en el centro de mi palma, haciendo pequeños círculos. Lentamente, aumentó la presión hasta que sentí mi mano cálida u suelta.

Me recosté en los cojines del sofá. —¿Haces esto con todos tus compañeros de trabajo?

Levantó la vista de mi mano. —No. Solo con mi hermana, Sam. También es programadora. Le duelen las muñecas. —Volteó mi mano e hizo los círculos en el dorso.

Así que de ahí venía la paciencia. Por eso me había guiado en lugar de reprenderme por mis habilidades mediocres. Empecé a preguntar por su hermana, pero él habló primero.

—Y a mi papá. Cuando estaba con nosotros.

—¿Se fue? —Teníamos más en común de lo que había pensado.

—No. —Aumentó la presión ligeramente mientras bajaba hacia mi muñeca—. Él murió.

Metiste la pata hasta el fondo, Alicia. —Lo siento mucho. —Desearía haberlo buscado en internet como tantas veces me había sentido tentada a hacer.

Él se encogió de hombros. —Fue hace tiempo. El verano después de mi primer año de universidad. Un ataque al corazón. En fin…

—No, Jackson. De verdad lo siento. No importa cuánto tiempo haya pasado, o qué edad tuvieras, dolió. Lo entiendo.

Él levantó la vista, y nuestras miradas se encontraron. La muerte de Melissa había sido lenta y dolorosa, pero al menos habíamos podido despedirnos. Quizás Jackson no había tenido esa oportunidad. —Sé que lo entiendes. Gracias.

Hizo largos y lentos movimientos entre los tendones y presionó la piel entre cada dedo. —Antes de empezar su empresa, antes de convertirse en director ejecutivo, papá también era programador.

—Como tú.

—Como yo. Y le dolían las manos. Solía frotárselas. Así que vi un par de videos y aprendí a hacerlo por él. Y… hablábamos.

Tenía razón en que era bueno para el estrés. Sentía como si me hubiera quitado la columna vertebral, y yo fuera una manta arrojada sobre su sofá. —Hablar. Como tú y yo lo estamos haciendo ahora.

—Sí, entre su nueva empresa y mis tres hermanos, solía ser el único tiempo a solas que teníamos. —Envolvió mi mano entre las suyas, dejando que su calor corporal se filtrara en ella—. Es agradable volver a dar un masaje. Y recordar.

Experiencia compartida. Eso era ese hilo fantasma que lo conectaba conmigo. Tenía que ser la razón por la que me sentía viva cerca de él y vacía cuando estábamos separados. Me incorporé de los cojines del sofá y me lancé más allá de nuestras manos unidas para besarle la mejilla. Su barba no era tan áspera como había previsto, sino suave y cálida. Se quedó muy quieto con mis labios contra su mejilla. —Gracias —susurré.

Debería haberme echado hacia atrás en los cojines, pero no lo hice. Había encontrado el nexo de su aroma embriagador, y me mantuvo allí, envolviéndome como un tercer brazo. Estaba tan cerca de él, la tela rígida de mi camisa rozando su polo, que casi podía sentir su pulso acelerado en mi pecho. Tamborileaba en su cuello.

—Alicia, no puedo…

—Lo sé. —Me había dicho las mismas palabras el día que nos conocimos. Cuando supo que trabajaba en Synergy y que una relación estaba prohibida. Conocía todas las razones por las que mis labios no deberían haber estado a centímetros de los suyos, mi mano atrapada entre las suyas, mi propio pulso palpitando entre mis piernas.

—No. Quiero decir que no puedo parar. —Sus labios tocaron los míos.

Fue suave, vacilante, al principio, dándome tiempo y espacio para apartarme. Pero eso era lo último que quería. Levantando una mano a la nuca, lo atraje más cerca y sentí una mano correspondiente en mi espalda, apretándome más contra su pecho agitado. Mi corazón se aceleró, golpeando entre nosotros.

Por fin. Estaba besando a Jackson Jones. Y era el paraíso.

Lamí la comisura de su boca, y él se abrió, dejándome explorar adentro. Sabía a caramelos de maíz y a pecado. Los pelos más cortos alrededor de su boca me arañaban los labios mientras mi lengua se deslizaba ligeramente sobre la suya, como en un baile. Mientras tanto, mi pulso se había convertido en un ritmo martilleante por todo mi cuerpo, instándome a ir más rápido, más profundo, a montarme sobre él y calmar el dolor dentro de mis *mom jeans*.

Cuando me aparté para recuperar el aliento, él arrastró sus labios por mi mejilla y bajó por mi cuello, dejando un rastro ardiente de calor. Eché la cabeza hacia atrás, despejándole el camino para que besara hasta el hueco entre mis clavículas. Un hormigueo salía disparado de cada lugar que tocaba, directo a mi centro. Mi barata camisa de mezcla de poliéster se iba a derretir sobre mí.

—Alicia —murmuró entre besos—, quiero más. —Trazó con su mano mis costillas hasta mi pecho y lo cubrió, frotando suaves círculos sobre mi pezón a través de la camisa.

Dios, quería darle más. Quería decirle exactamente qué hacer para que mi cuerpo cantara. Con ambas manos, guié su rostro de vuelta al mío y lo besé, marcando un ritmo con mi lengua contra la suya. Una promesa de cómo estaríamos juntos, la unión de nuestros cuerpos, el perfecto toma y daca que nos llevaría a un clímax explosivo. Enredé mis dedos en el pelo de su nuca y deslicé mi otra mano por la tela rugosa de su polo.

—¿Jay?

Volvimos la cabeza al mismo tiempo, con los pechos agitándose uno contra el otro, y las mejillas pegadas por una capa de sudor.

Tyler se apoyaba en la pared del pasillo, con los párpados caídos. —¿Te importa si me quedo a dormir en tu sofá?

Con una última mirada arrepentida hacia mí, Jackson dijo: —Claro, amigo. —Se levantó y se acercó a Tyler, lo agarró por la parte superior del brazo y lo llevó de vuelta por el pasillo hasta el segundo dormitorio. Los seguí y me detuve en el umbral. Tyler se dejó caer de espaldas en la cama y se echó el brazo sobre los ojos —. Buenas noches, mamá. Buenas noches, papá.

Jackson le alborotó el pelo, y yo entré en la habitación для quitarle las zapatillas y ponerlas en el suelo junto a la cama. Salí primero al pasillo, y Jackson cerró la puerta detrás de nosotros.

Jackson miró la puerta de su dormitorio. Debió de tener el mismo pensamiento que yo, continuar donde lo habíamos dejado. Pero ambos sabíamos que era una idea terrible. Tyler nos había descubierto. Menos malй que estaba demasiado borracho como para recordarlo por la mañana.

—Jackson, yo... —Dios, cómo deseaba hacerlo. Mi cuerpo vibraba por él. Dos semanas. Solo teníamos dos semanas hasta que el proyecto estuviera terminado. —Me voy a ir ya.

—Ok. —Con un susurro de barba, me besó la mejilla—. Nos vemos el lunes.

—Nos vemos el lunes —dije—. Gracias por... por todo. Me lo pasé bien.

Me dedicó esa sonrisa pícara de nuevo, la que me incendiaba. —Yo también.

Antes de derretirme allí mismo sobre su alfombra, obligué a mis pies a recorrer el pasillo, a salir por la puerta principal hacia la noche. El aire fresco me erizó las mejillas, un eco de la abrasión de su barba.

Habíamos acordado ser amigos. Me toqué la piel, todavía cálida por nuestros besos. Pero después de que termináramos el proyecto, ¿existía la posibilidad de que fuéramos algo más?

23

JACKSON

ALCÉ la vista hacia las escaleras al segundo piso, con la mitad de abajo ya protestando por la corta caminata hasta la oficina. ¿Por qué no había dicho nada durante nuestro paseo de ayer, por qué no le había pedido a Cooper que se detuviera cinco minutos para ajustar mi bici?

Porque él era Cooper, y yo era yo, y así funcionábamos. Y ahora lo estaba pagando con punzadas en las piernas y... en otras partes.

Pero hoy no tenía que hacerme el valiente. Di un paso arrastrado hacia el elevador.

—¡Jay! ¿Cómo estuvo el paseo? Tyler se plantó a mi lado de un brinco.

—Excelente. Gracias por el tip.

Había tenido que echarlo de mi departamento el domingo, ya tarde en la mañana, por mi paseo programado con Cooper. Cuando le conté nuestros planes, Tyler me recomendó el lugar de renta de bicis cerca del Barton Creek Greenbelt.

Inclinó la cabeza hacia las escaleras. —¿Subes?

Miré el elevador y suspiré. —Sí.

Mi paso dolorosamente lento no se le escapó a Tyler y, para cuando llegamos a la cocina, ya le había contado toda la historia.

Mientras yo iba por café e ibuprofeno, él fue al refri. —¿Quieres una compresa de hielo ya que ando aquí, viejo?

Le saqué el dedo.

Tuvo los huevos de reírse. —Solo pensé que querrías recuperarte más rápido para rendir al máximo con… —buenos días, Alicia. Metió la cabeza otra vez en el refrigerador como si no tuviera ya una lata de Mountain Dew en la mano.

—Buenos días, Tyler. Ella frunció las cejas. —Perdón, no quería interrumpirles.

Me retumbó el pulso en los oídos, y no de la buena manera. No como cuando la besé la otra noche. —No interrumpiste nada —dije. Le lancé a Tyler una mirada de advertencia, desafiándolo a que me llamara "viejo" otra vez.

Tyler cerró el refrigerador y vino a ponerse a mi lado en la barra del café. Reprimí un gruñido. Él ni siquiera tomaba café. ¿Por qué se ponía entre Alicia y yo?

—Tienes algo en la cara —gruñí.

Sonrojado, se frotó la barbilla con la mano. —¿Ya me lo quité?

Entrecerré los ojos. —No.

Alicia suspiró. —Tyler, se está burlando de tu barba.

—¿*Eso* es una barba? El chamaco parecía traer pelusa de secadora pegada en la cara.

Se puso aún más rojo. —Está en proceso.

Alicia articuló en silencio, *Ejemplo a seguir,* a sus espaldas.

Mierda. —Eh, se ve bien. —Me rasqué mi propia barba.

—Gracias, bro. Tyler cruzó a la isla del centro y se quedó en la cocina como una chaperona a la antigua, agarrando una servilleta y tomándose su tiempo para elegir algo del frutero.

Alicia se dirigió a la estación del café y se puso a mi lado para preparar su té de la mañana. Inhalé el aroma herbal de su cabello, que se balanceaba junto a su oreja.

—Hoy traes el pelo suelto —murmuré. ¿Le había dicho que me encantaba suelto? ¿Lo habría hecho por mí?

Hizo una mueca y apartó la cortina de cabello de su cuello, donde florecía un sarpullido rojo. *Quemadura de barba*, articuló sin sonido.

—Oh, carajo —dije lo bastante alto para que Tyler alzara la vista del frutero—. Perdón —musité.

Ella me regaló una sonrisa rápida. —Valió la pena —susurró.

Se me hinchó el pecho. Nuestra revisión de código podría haberse ido al carajo más tarde esa mañana, y yo igual habría sido el tipo más feliz de Austin. Pero teníamos público, así que, para ocultar mi sonrisa, miré el ibuprofeno que todavía tenía en la mano, el recubrimiento naranja empezando a derretirse en mi piel. Me metí las pastillas a la boca y las bajé con café.

—No estarás crudo, ¿verdad? preguntó Alicia en voz baja, aún remojando su bolsita de té.

—No, solo un pequeño tirón por un paseo en bici ayer. Me limpié la mano en los jeans.

—¿Estás bien? ¿Necesitas hielo, o una almohadilla térmica?

Sí, por favor. Haz que me recueste en un sofá en un cuarto oscuro y bésame para que se me pase.

Tyler resopló y murmuró algo sobre "huesos viejos".

—No, estoy bien. Para probarlo, crucé la cocina a trompicones y le di un coscorrón a Tyler en la nuca.

—¡Au! chilló, fingiendo dolor.

—Jay, ¿qué pasa? Cooper estaba erguido en el umbral de la cocina.

Perfecto, carajo. Tenía que ser Cooper, cachándome comportándome como un mocoso de doce años. —Nada. Solo conviviendo con mi compañero de equipo. —Lo sujeté por los hombros y le restregué los nudillos en el cabello.

—Intentemos convivir sin contacto físico. La sonrisa de Cooper fue tensa.

Tyler y yo nos quedamos inmóviles. Lentamente, lo solté. Él dio un paso atrás y se peinó con los dedos.

—¿Estás bien, Tyler? preguntó Cooper.

—'Toy bien —murmuró.

—Bien.

Tyler salió disparado de la cocina. Alicia empezó a seguirlo, pero Cooper la detuvo diciendo: —Buenos días, Alicia.

—Buenos días, Cooper. ¿Tuvo un buen vuelo?

—Sí, gracias.

Su charla trivial me hacía sudar. ¿Vería Cooper la quemadura de barba en el cuello de Alicia y somehow sabría que la barba en cuestión era la mía? ¿Captaría la tensión sexual que chisporroteaba entre los dos? Necesitaba aire. Y que jamás volviéramos a estar los tres en el mismo cuarto.

Cuando calmé la respiración y volví a sintonizar su conversación, Cooper decía: —Jay y yo fuimos a dar una vuelta ayer en Barton-algo.

—Barton Creek. ¿Anduvieron en bici en el greenbelt?

—Sí, aunque este tipo se excedió un poco. Cooper soltó una risita y me dedicó una sonrisa cariñosa. —¿Te sientes mejor hoy?

—Mucho. Sentía la cara demasiado tensa.

Alicia nos miró a uno y otro. —Bueno, voy a revisar al resto del equipo, asegurarme de que estemos listos para la demo.

—Antes de que te vayas, Alicia…

Mierda. Mierda, mierda, mierda. De algún modo, se había enterado. ¿Quién pudo habernos visto besándonos y se lo reportó a Cooper? Frenético, repasé la fiesta en mi mente.

—Pensé que traeríamos almuerzo después de la revisión. Y tengo una sorpresa para usted.

—¿Para mí? Se llevó una mano al pecho. A lo mejor su corazón también quería escaparse.

—Para usted. Mejor vaya, o me voy a tentar a arruinar la sorpresa.

Con una última mirada preocupada hacia mí, salió apurada, aferrando su té.

—¿Una sorpresa? Ojalá sea buena. Tipo: no delatarnos por besarme.

—Le va a gustar. A ti también.

—Dame una pista.

—Perdón, Jay. Mis labios están sellados.

¿Por qué tenía que mencionar labios? Ahora me la pasaría mirando la boca de Alicia mientras presentaba la demo.

Acortó la distancia entre nosotros y me dio un codazo mientras se servía una taza de café negro. —En serio, ¿estás bien?

No. —Absolutamente.

ALICIA

ESPERABA VER la selección estándar de sándwiches y un tazón gigante de ensalada dispuestos en la credenza cerca de la puerta de la sala de conferencias. Lo que no esperaba ver era…

—¡Jamila! chillé y corrí a abrazarla.

—Hola, chica, ¿cómo has estado?

Me moría por soltarle todas mis penas y confusión, pero un par de los chicos ya estaban en la sala y, además, ¿qué pensaría mi mentora del lío en que me había metido en mi primer encargo, uno para el que ella misma me había recomendado?

—Bien —dije, con la voz demasiado aguda.

Alzó una ceja perfectamente esculpida. —Ven, siéntate conmigo. —Agarrándome la mano, me llevó hacia el fondo de la sala, lejos de la comida.

—Cooper me dice que has sido una rock star. Cruzó una pierna larga sobre la otra, su falda color champaña subiéndole hasta la rodilla.

—El equipo ha sido genial. De verdad nos hemos compenetrado. Se me encendieron las mejillas al recordar cómo Jackson y yo nos "compenetramos" en su fiesta.

La voz de Jamila bajó, urgente. —Alicia, tienes que adueñarte de tu éxito. Nadie más lo hará. Di: "Soy una rock star".

—Soy una rock star —repetí como loro.

—Ella es una rock star. La mano de Jackson cayó a medias en

el respaldo de la silla y a medias entre mis omóplatos. Me sonrió desde arriba.

Jamila se puso de pie y abrazó a Jackson. —Ha pasado un rato, Jay. Únete y nos ponemos al día.

—Primero agarro algo de comer —dijo—. —Alicia, ¿quieres esto? Te agarré uno de esos wraps de pollo César que te gustan.

Me había preparado un plato. Mi sándwich favorito junto a un montón de ensalada verde con aderezo balsámico, y hasta dejó fuera la asquerosa ensalada de pasta. Estacionada al lado, una galleta de doble chispas de chocolate. Se me humedecieron los ojos y parpadeé, rápido.

—Gracias. Está perfecto.

Me lanzó una sonrisa y volvió con aire despreocupado a la fila de la comida.

Jamila volvió a alzar la ceja. —Te arregló el plato.

Como yo, Jamila había crecido en Austin. Conocía nuestras costumbres. Jackson no, y no significaba nada. Aunque… tal vez sí. Jackson se esforzaba mucho por ocultarlo, pero yo lo había visto mostrar cuánto le importaba. Como ese batido verde que le consiguió a Cooper al día siguiente del arranque. Aparte de la intoxicación, les compró la cena a los chicos cuando se quedaron hasta tarde. Habló con Noah de carros. Y ahora me trajo el almuerzo aunque yo era perfectamente capaz de servírmelo sola.

—Él…

Ella asintió. —Has entrenado bien a tu equipo. Creo que lo estás haciendo más que bien.

—¿Más que bien? Cooper se deslizó en silencio al otro lado de Jamila. —Lo está haciendo excelente. Nuestra revisión de código esta mañana estuvo impecable. —Dejó su plato.

—Oh, me trajiste un plato. Qué tierno —dijo Jamila—. —Vuelve y únete cuando tengas tu almuerzo.

Una microfruncida le cruzó el rostro, pero se dio la vuelta y se unió a Jackson en la mesa de la comida. Jamila miró el plato que él había traído, cargado de ensalada y sin galleta. —Niños del norte.

—Negó con la cabeza, pero tomó el tenedor y pinchó un bocado de ensalada.

—Los conoces desde hace mucho, ¿verdad? dije.

—De toda la vida. Desde primer año en Stanford. Estuvimos en algunas clases juntos. Conocí primero a Jay, y él me presentó a Cooper, que era su roomie. Supongo que me mantuve más cerca de Cooper con los años. Él y yo venimos de un trasfondo similar. Nos entendemos. Jay es un poco… diferente. No deja que mucha gente se le acerque. Solo Cooper, en realidad.

Un calorcito agradable se asentó en mí, justo al lado del wrap de pollo César. Me había contado de su TDAH. De su padre. Yo me había vuelto una de sus pocas amistades selectas.

La silla a mi lado se corrió y luego Jackson se sentó en ella. Ni siquiera tuve que mirar para saber que era él. Podía reconocerlo por su olor y por la forma en que ocupaba el espacio detrás de mí. Mierda, estaba desarrollando radar de Jackson Jones.

Cooper se sentó del otro lado de Jamila. —Jamila, ¿no habrás estado tratando de sacarle secretos comerciales de Synergy a Alicia, o sí? —Se rió de su propio chiste.

—No, Coop, solo verificando que la cuides como se debe.

—¿Y qué dice el veredicto?

Ella le sonrió a Jackson. —Creo que sí.

Mi corazón pasó de un trotecito nervioso a un galope desbocado. ¿Lo conocía tan bien que podía notar que pasaba algo entre Jackson y yo? ¿Que lo había besado la otra noche?

La rodilla de Jackson presionó la mía debajo de la mesa. —Respira —susurró.

Asentí. Tomando aire tembloroso, lo sostuve un segundo y lo solté.

—Entonces, Jay, ¿hiciste una de tus legendarias fiestas de Halloween este año? preguntó Jamila.

—Claro. Aunque estuvo bastante tranqui. Música, decoración y cerveza.

Cooper dijo: —Jay me contó que invitó gente de la oficina. ¿Fuiste, Alicia?

—S—sí, fui. Mierda, ¿había oído algo?

—Entonces puedes decirnos si fue legendaria o tranqui.

Parte de mi tensión salió con el aire. —No soy muy fiestera, así que no soy la mejor jueza.

—Creo que Jay considera una fiesta tranqui si todo mundo mantiene la ropa puesta —dijo Jamila con media sonrisa.

—Definitivamente tranqui, entonces. Me tembló la voz. Yo mantuve la ropa puesta… por poco.

—Qué lástima —dijo Jamila—. —Aunque siento haberme la perdido. Espero que el próximo año estés de vuelta en San Francisco para poder ir.

—No tendrá que esperar mucho para que Jay esté de vuelta en el Área de la Bahía —dijo Cooper—. —Va a regresar a la sede cuando cerremos el proyecto en unas semanas.

Le lancé una mirada a Jackson. Él me había dicho que se quedaría en la ciudad más tiempo. Entonces, ¿me estaba mintiendo a mí o a su mejor amigo?

Jackson cortó el aire con la mano. —Coop, mejor…

—En ese caso —dijo Jamila—, —tenemos que asegurarnos de que tengas la experiencia completa de Austin. ¿Alguna vez has jugado Chicken Shit Bingo?

Jackson frunció la nariz. —No puedo decir que ya hice eso.

—¿Y tú, Coop?

Negó con la cabeza. —No estaremos hablando de mierda de…

—Esta noche. Alicia, tú también vienes.

—¿Esta noche? La rutina de la tarde —cena y tarea— me dio vueltas en la cabeza.

Jamila me leyó la mente. —Diane y Esmy pueden con eso —murmuró.

Pero fue la sonrisa esperanzada de Jackson lo que me convenció. —Va.

—Mierda de gallina —dijo Cooper, negando con la cabeza—. —En las cosas que me meten ustedes dos.

24

JACKSON

—¡DIECINUEVE! —rugió Cooper, lanzando los brazos al aire.

En el televisor colgado en lo alto, la gallina picoteó el número y luego deambuló hasta la esquina de la jaula.

—Mierda. —Se llevó las manos a la coronilla.

Le di un codazo a Alicia. —¿No puedo creer que se ponga competitivo por dónde caga una gallina. ¿Tú puedes...?

Me hizo callar y murmuró: —Vamos, bonita.

Una emoción me recorrió. Nunca antes había usado un apelativo cariñoso conmigo. Probablemente era mejor que no lo hiciéramos hasta que el proyecto terminara. Me giré y vi que tenía los ojos fijos en la pantalla. —Hazlo en el número cinco —susurró.

Intenté cruzar la mirada con Jamila al otro lado de la mesa alta, pero su atención también estaba en la pantalla. Apretó su ficha de madera pintada con el número veintidós.

Arrastré mi silla hacia atrás sobre las baldosas del patio. —¿Alguien quiere otra?

Los tres me hicieron callar, así que tomé mi botella vacía y me dirigí hacia el bar. Pero algo me llamó la atención antes de llegar. Me acerqué a investigar.

Lejos de la jaula del bingo y de la multitud había unas cuantas jaulas de aves, y la criatura más extraña que había visto en mi vida picoteaba un cuenco de semillas dentro de una de las jaulas. De color leonado, como un león, parecía tener pelo en lugar de plumas, pero tenía un pico afilado de color negro azulado. Sus patas estaban ocultas por unas borlas de pelusa y otro pompón en la parte superior de la cabeza le tapaba los ojos.

Me incliné para examinarlo. —¿Eso es una gallina o una llama miniatura?

Una adolescente con una voz tan densa como la melaza dijo con acento pausado: —Ese es Leo. Es un sedoso del Japón.

—Entonces, ¿qué es?

Se rio. —Es un gallo. Una gallina.

Me enderecé. —¿Es suyo?

Se echó una coleta roja por detrás del hombro de su camisa vaquera a cuadros. —Desde que era un huevo. Yo los crío.

—¿Usted los cría? —Cuando yo tenía su edad, no era responsable ni de un pez. Todavía no lo soy.

—Sí, estos no son muy difíciles. Amigables. Tranquilos. Se mete solito en su jaula cuando llega la hora de venir aquí.

—¿Él…? —Incliné la cabeza hacia la jaula del bingo.

—No. El dueño del bar me pide que traiga mis aves para enseñárselas a los niños. Ya sabe, por si se aburren. Algunos padres se meten mucho en el juego, ¿sabe?

—Oh, ya lo sé. —Los clientes del bar rugieron. La gallina debía de haber hecho sus necesidades—. Encantado de conocerla…

—Bonnie. —Me dedicó una sonrisa tímida.

—Jay. Buena suerte con las gallinas. —Me dirigí al bar.

Con cuatro botellines en la mano, volví a la mesa. Jamila tomó uno y empezó a susurrarle algo al oído a Alicia. Le pasé uno a Cooper, que murmuró: —Un poco joven, incluso para ti.

—¿De qué estás hablando? —Puse una cerveza delante de Alicia y le di un trago a la mía.

—Esa chica de allí no puede tener más de diecisiete años.

Volví a mirar a Bonnie, que había alzado a un niño pequeño para que mirara dentro de la jaula de Leo. —Estábamos hablando de gallinas. Ese es Leo, y es un sedoso del Japón. ¿Qué diablos te pasa, Coop?

Las mujeres interrumpieron su conversación para mirarnos, y Cooper se guardó lo que fuera que iba a decir.

Jamila le puso una mano en el brazo. —Oye, Alicia, quizás tú y Jay deberían ir a ver la música de adentro.

—Buena idea. —Alicia pasó a mi lado y, con una última mirada fulminante a Cooper, la seguí a través de las puertas hacia la oscuridad del bar. Me llevó hasta el borde de la pequeña pista de baile, donde unas cuantas parejas giraban al son de la animada canción que sonaba por los altavoces.

—Oye, ¿estás bien? —Me agarró del antebrazo y me habló directamente al oído; su aliento me hizo cosquillas en la mejilla.

—La verdad es que no. De verdad me acusó de estar coqueteando con esa… esa niña.

Se mordió el labio. —Ustedes no son lo que esperaba. ¿Él siempre es tan… peleón?

—¿Coop y yo? —Jamila dijo que éramos mejores amigos con un toque mordaz—. Lo quiero como a un hermano. Y peleamos como hermanos. Le confío mi negocio; también le confiaría mi vida.

—Aun así, mereces que te traten con respeto. Lo sabes, ¿verdad?

Me encogí de hombros. Entendía por qué había hecho el comentario. La había cagado a lo grande con Callie. No iba a dejar que lo olvidara pronto.

Su voz se volvió feroz. —Jackson Jones, tú eres valioso. Y no dejes que Cooper te haga pensar lo contrario.

Aparté la vista de los bailarines para mirarla a los ojos, azules como las aguas termales cerca de Santa Barbara. Creía en mí como nadie lo había hecho nunca, ni siquiera yo mismo. Quería besarla, allí mismo, en ese bar lleno de gente, donde Jamila o Cooper podían entrar en cualquier momento.

Pero no lo hice. En lugar de eso, la tomé de la mano. —¿Me enseñas a bailar?

—¿Quieres aprender a bailar *two-step*? —Ladeó la cabeza.

—Quiero tocarte, y esta es la única forma en que puedo hacerlo con él aquí. —Incliné la cabeza hacia el patio del bingo.

Sus mejillas se sonrojaron, pero levantó nuestras manos unidas y puso la otra en mi hombro. No tuvo que decirme que pusiera mi mano en su cintura. Había estado observando a las otras parejas.

—Yo voy hacia atrás, tú hacia adelante. Desliza los pies. Empieza con el izquierdo. Un-y-dos pasos. Un-y-dos pasos.

En un minuto, nos deslizábamos por la pista, parte del círculo de otros bailarines. Las suelas de mis botas se deslizaron por la pista de madera, y Alicia se levantó sobre las puntas de los pies para que sus tacones no nos hicieran tropezar.

—Deja de mirarte los pies. Lo están haciendo bien.

—Pero no quiero pisar… —Me di cuenta de que era un error en cuanto levanté la vista. Sus ojos, resplandecientes en la oscuridad del bar, me absorbieron hasta que no pude ver nada más. Incluso la música country se desvaneció. Alicia creía en mí. Creía que podía bailar. Que podía hacerle frente a Cooper. Que podía liderar el equipo e incluso la empresa. Que era digno de sostener un tesoro como ella en mis brazos.

—Alicia, yo… —Bajé la cabeza hasta que nuestros labios estuvieron a centímetros de distancia, hasta que pude sentir el subir y bajar de su pecho contra el mío, pude imaginar lo que podría pasar si estuviéramos solos como casi lo estuvimos en mi apartamento el sábado por la noche.

—Oigan, chicos. —La voz de Jamila atravesó la neblina de mis pensamientos—. Creo que deberíamos irnos. Cooper volvió a perder y está de mal humor.

Levanté la cabeza bruscamente y me alejé de Alicia. Sus mejillas se habían puesto rojas. Desenredó sus dedos de los míos. —Sí, es hora de irse.

A Jamila no se le escapaba nada. Notó el sonrojo de Alicia, mis dedos que todavía se extendían hacia ella. Pero no dijo ni una palabra mientras atravesábamos el bar, ni siquiera cuando nos reunimos con Cooper, silencioso y malhumorado, en su auto de alquiler.

En el viaje de vuelta, lo suficientemente cerca en el estrecho asiento trasero como para oler el dulce aroma a naranja y a algodón secado al sol de Alicia, me pregunté qué habría pasado si Jamila no nos hubiera interrumpido. Estábamos bailando en una delgada línea entre la amistad y algo que yo deseaba más que nada, algo que no podía tener.

¿O sí podía? Ella respiraba tan agitadamente como yo, su mirada ardiente era un reflejo de la mía. Juntos éramos mejores programando. ¿Podríamos hacer equipo fuera del trabajo también? ¿Y no por una noche, sino por una cadena interminable de ellas? Más que un par de semanas de prueba. ¿Para siempre?

¿Era eso lo que quería?

Mi corazón desbocado respondió por mí: *sí, sí, sí.*

25

JACKSON

HASTA ESE MOMENTO de la tarde, el miércoles después de nuestra estelar revisión de código y de esos momentos mágicos en la pista de baile del *honky tonk*, Alicia me había pateado por accidente debajo de nuestro escritorio —dos veces—, había tirado su té y le había contestado mal a Tyler por hacer una pregunta que, hay que admitir, era tonta. Casi sentí alivio cuando se puso de pie a las tres y diez.

—Ya me voy. —Su voz era de acero y sus manos se cerraron en puños.

—¿Qué pasa? —le pregunté, lo suficientemente bajo para que los otros chicos no me oyeran.

—Les dije a todos esta mañana que hoy tenía que irme temprano. —Deslizó su computadora en la funda.

—Lo recuerdo. Digo, ¿qué te pasa a ti?

Jaló el cajón con tanta fuerza que su bolso se estrelló contra el fondo. —No es asunto tuyo, Jackson.

—Estás... nerviosa o algo. Quiero ayudar.

—No es algo con lo que puedas ayudar. No es un trozo de código o una fiesta.

Sonreí a pesar del dolor punzante en mi pecho. —Puedo ayudar con otras cosas.

Sus fosas nasales se dilataron. —No con esto. —Se dio la vuelta, casi me derriba con la funda de su computadora, y se dirigió pisando fuerte hacia las escaleras.

Tomé mis llaves y mi cartera y corrí para alcanzarla. —Estás molesta.

Sin bajar el paso, dijo: —No estoy molesta. Aprensiva, quizá.

—¿Por qué? ¿A dónde vas, a Mordor?

Tenía la mandíbula apretada, pétrea. Mirando detrás de nosotros para asegurarse de que estábamos fuera del alcance del oído del equipo, dijo: —Otra junta sobre Noah. Su maestra tiene una larga lista de... de preocupaciones.

—¿Preocupaciones? —Por lo que vi la única vez que lo conocí, Noah era un gran chico. Excepto por las peleas, tal vez—. ¿Se metió en otra riña?

Llegamos a la parte de arriba de las escaleras, y ella aminoró el paso para bajar con cuidado con sus tacones. —No. Son cosas como reprobar exámenes e interrumpir la clase. Quedarse mirando al vacío cuando debería estar trabajando. Me preguntó si consumía drogas. ¡Tiene diez años! —Tuvo que pasar su tarjeta dos veces en el lector para que se pusiera verde.

Yo conocí a uno o dos chicos que fumaron un poco de hierba detrás de nuestra elitista escuela privada en quinto grado. Bueno, yo fui uno de esos chicos. Y mi madre tuvo un montón de reuniones con mis maestros para hablar de preocupaciones similares. Pero no creí que esos datos fueran a serle de ayuda a Alicia en ese momento.

Le sostuve la puerta de la entrada y ella salió a la luz del sol. Después de revisar que no vinieran autos, cruzó la calle corriendo. La seguí. Del otro lado, se giró.

—¿Qué estás haciendo?

—Iré contigo. Creo que estás demasiado alterada para manejar.

—¡No lo estoy! —Presionó por error la flecha para bajar del elevador antes de oprimir la de subir.

—Creo que sí. —Entré al elevador con ella y subimos al tercer nivel. Caminó con paso decidido hasta el Honda Civic gris más genérico del mundo y batalló con el llavero electrónico.

—Déjame. ¿Por favor? —Extendí la mano para que me diera las llaves.

—¿Cómo vas a regresar?

—Pediré un auto de aplicación. Te prometo que no seré una molestia.

Ella puso los ojos en blanco. —No eres una molestia. Excepto por hacerme llegar tarde por esta discusión.

Le guiñé un ojo, algo que estaba probando en Texas junto con la camioneta y las botas. —Te prometo que no llegarás tarde.

Ella negó con la cabeza, pero dejó caer la llave en mi palma. Hice el asiento del conductor completamente hacia atrás y ajusté los espejos mientras ella se acomodaba en el asiento del copiloto. Una vez que se abrochó el cinturón de seguridad, salí del lugar de estacionamiento y con cuidado salí del garaje. No puse la velocidad para recuperar el tiempo perdido hasta que estuvimos en las calles principales.

—Así que supongo que no es la primera vez que su maestra te llama.

—Tuvimos una junta programada regularmente con su equipo de maestros el mes pasado. Ella tenía algunas preocupaciones entonces. Y luego, por supuesto, la pelea, pero eso fue con el director. Yo… no sé qué hacer. Ojalá los niños vinieran con manuales de instrucciones. O una línea de atención al cliente. ¿Sabes? Es mucho.

—¿Tu mamá y Esmy no te apoyan? —Parecían geniales la otra noche.

—No, sí me apoyan. —Se mordió el labio y se giró para mirar por la ventana—. Pero Melissa me nombró tutora, y mi mamá siempre ha sido un poco quisquillosa al respecto. Así que hago la mayoría de las cosas de tutora sola. Y criando a Melissa y a mí, mamá realmente no tuvo que lidiar con problemas como los de Noah.

Me reí entre dientes. —Me imagino que no. —Alicia habría sido la estudiante perfecta, la hija perfecta. Como mi hermano, Andrew, y mi hermana menor, Natalie. Nada que ver con Sam o conmigo—. Por lo que vi esa noche en tu casa, lo estás haciendo muy bien con él. Parece feliz y bien adaptado.

—Lo parece, ¿verdad? No puedo entender qué está pasando en la escuela.

—¿Has hablado con su pediatra al respecto?

—¿Su pediatra? No. Está bien durante sus revisiones. Y, francamente, los de la clínica de urgencias lo conocen mejor. Hemos pasado mucho tiempo allí con todas las lesiones de fútbol y los golpes y moretones del patio de recreo que solía tener.

—¿Es propenso a los accidentes?

—¿No lo son todos los niños?

La miré de reojo. —No todos los niños.

—Oh. —Se mordió el labio, y todo lo que quería hacer era abrazarla, hacerla sentir mejor.

—¿Así que nunca le han hecho pruebas para una discapacidad de aprendizaje o un problema neurológico?

—No. —Me miró, con el ceño fruncido—. ¿Debería?

—Te dije que tuve muchos problemas en la escuela. En el fondo de la clase, me di cuenta de que había dos tipos de niños allí conmigo: los que no les importaba la escuela porque tenían problemas más grandes, lo que no parece ser el caso de Noah, y los que tenían discapacidades de aprendizaje o diferencias neurológicas no diagnosticadas. Ese era yo antes de que me diagnosticaran TDAH. Tal vez deberías hablar con su médico.

—Pero si… si descubren que es diferente, lo sacarán de clase para educación especial.

—Sí, no me encantó que me señalaran para recibir ayuda. Pero esa ayuda marcó la diferencia entre el fracaso y el éxito para mí. Nunca habría llegado a Stanford sin las técnicas de estudio, sin la ayuda de organización que recibí de mi maestra de apoyo.

Además, una vez que identifiquen a Noah como alguien con una «discapacidad» —hice comillas en el aire, ya que prefería pensar en ello como una diferencia en lugar de un trastorno—, obtiene adaptaciones especiales en la escuela. Tiempo extra para los exámenes estandarizados. Cosas que lo ayudarán a tener éxito.

—¿Y si… y si le recetan medicamentos? He oído que cambia la personalidad de los niños. Tampoco quiero que eso frene su crecimiento. Ya es de por sí pequeño.

—La medicación no es adecuada para todos. Tú y el médico de Noah tienen que decidir qué es lo mejor para él. Pero no creo que yo hubiera podido empezar Synergy sin el enfoque que me dio.

—¿Todavía la tomas? —Sus ojos se abrieron como platos—. Lo siento, esa es información médica privada. Olvida que pregunté.

—No me molesta. No la tomo todos los días. Solo cuando noto que estoy más distraído o impulsivo de lo habitual. —Sonreí—. Bueno, probablemente debería tomarla todo el tiempo. Soy bastante impulsivo. —Hice un gesto hacia el interior de su auto. Definitivamente no había registrado mi código antes de salir corriendo de la oficina.

Se quedó en silencio, hablando solo para indicarme cómo llegar a la escuela de Noah. El recinto escolar tenía esa sensación de vacío, sin niños, pero el estacionamiento de los maestros todavía estaba lleno.

Respiró hondo y puso la mano en la manija de la puerta. —Gracias, Jackson. Aprecio el consejo. Y que me hayas traído.

—¿Puedo… quieres que entre contigo?

—¿Entrar conmigo? No. —Arrugó la nariz con esa expresión que me parecía adorable.

—Para darte apoyo moral.

—No, yo… Está bien. Si quieres.

Salimos, cerré el auto con seguro y le entregué la llave. Me guio al interior, donde nos registramos. Los olores a desinfectante, a libros y a los tenis olorosos de los niños me transportaron de inmediato a mis propios días de escuela. Casi esperaba ver a Baron Sinclair y su pandilla de matones aparecer a la vuelta de la esquina, amenazando con romperme la nariz. Pero el silencio, roto solo por un par de voces adultas y bajas por el pasillo, me dijo que no había niños en el edificio.

Caminamos por el pasillo decorado con las calabazas de cartulina sobrantes de Halloween hasta una puerta que decía *Mrs. O'Reilly, 5th Grade Language Arts*. Alicia tocó y abrió la puerta.

—Señorita Weber. Pase. —La Sra. O'Reilly podría haber sido una de mis antiguas maestras. Su cabello era de un rojo rosáceo, pero las arrugas alrededor de su boca arqueada hacia abajo delataban su edad. Se sentó detrás de su escritorio e hizo un gesto hacia un par de sillas de tamaño infantil frente a él. Alicia se posó delicadamente en una. La mía chirrió cuando me senté, y mis rodillas se elevaron casi hasta mi pecho.

La Sra. O'Reilly me miró por encima de sus lentes de media montura. —¿Y usted es?

—Un amigo de la familia —mentí.

—Esto es muy…

—Sra. O'Reilly, sé que solo tenemos veinte minutos —la interrumpió Alicia, haciendo que la maestra frunciera el ceño—. Me gustaría escuchar sus preocupaciones sobre Noah.

—A Noah no le está yendo bien en mi clase. Aunque sus calificaciones han mejorado —le lanzó a Alicia una mirada elocuente por encima de sus lentes—, ligeramente, ha sido disruptivo. Habla sin permiso, golpetea su lápiz, habla con los otros niños. Sin mencionar la pelea en el patio de recreo el mes pasado.

—Yo… lo siento —dijo Alicia, con el rostro pálido—. ¿Qué cree que podemos hacer para ayudarlo?

—He hecho todo lo que se me ocurre —dijo la Sra. O'Reilly. Hizo un gesto hacia un escritorio en la parte de atrás del salón con un divisor de cartón a su alrededor—. Lo he separado de los otros niños. Lo he disciplinado. —Señaló el borde del pizarrón blanco detrás de ella con una lista de nombres de niños y caras sonrientes o tristes. El nombre de Noah tenía muchas caras tristes a su lado —. Se ha estado quedando adentro durante el recreo toda la semana para terminar su trabajo de clase.

—¿Quedándose adentro en el recreo? —Mi presión arterial había subido a medida que ella enumeraba cada intervención. Cuando mencionó el recreo, pensé que mi cabeza podría explotar —. Eso es lo peor para él.

—¿Su nombre? —Esta vez, se quitó los lentes y me clavó una mirada penetrante con sus ojos pequeños y brillantes.

—Jackson Jones, señora.

—Sr. Jones, no sé por qué está aquí, pero estoy hablando con la tutora de Noah.

—Está bien —dijo Alicia—. ¿Por qué es tan importante el recreo, Jackson?

—Si tiene TDAH, tiene que gastar su exceso de energía de alguna manera. Estar sentado adentro todo el día solo va a empeorarlo. Incluso si no lo tiene, los niños necesitan ejercicio. Necesitan correr. Socializar. Tomar un descanso. No me extraña que se esté portando mal. —Me levanté y caminé de un lado a otro detrás de la silla. Este salón y sus recuerdos de mi propia miseria en la escuela primaria me ponían nervioso.

La Sra. O'Reilly se giró para mirar a Alicia. —Entiendo que el padre de Noah no vive con ustedes.

—No. Nosotros, ah. No.

—Los niños que crecen en hogares monoparentales tienen más probabilidades de consumir drogas.

Giré sobre la suela de mi bota. —¿De dónde sacó esa estadística?

Me fulminó con la mirada. —Todo el mundo sabe eso.

Alicia se aclaró la garganta. —También vive con sus abuelas.

Las delgadas cejas de la Sra. O'Reilly desaparecieron entre las arrugas de su frente. —¿Está recibiendo algún tipo de disciplina en casa? ¿O está jugando videojuegos toda la noche?

El rostro de Alicia pasó de pálido a rojo más rápido de lo que probablemente era saludable. —Por supuesto que lo disciplinamos. Y no tiene permitido ver videos o jugar hasta que termina su tarea.

—Tal vez una disciplina más fuerte y una vida familiar más

estructurada ayudarían. —La Sra. O'Reilly me lanzó una mirada calculadora—. No estoy segura de que el Sr. Jones sea la mejor persona para proporcionarla.

Alicia contuvo el aliento. Le puse una mano en el hombro para evitar que dijera algo de lo que se arrepentiría.

—¿La escuela tiene un consejero escolar? —pregunté.

—Sí, por supuesto —dijo la maestra.

—Alicia, creo que deberías hacer una cita con el consejero. Tal vez también con el director. Hablar sobre las formas en que la escuela puede ayudarlo. —Aunque quería, no dije que la Sra. O'Reilly era completamente la maestra equivocada para un niño como Noah.

Alicia entrecerró los ojos hacia la Sra. O'Reilly. —Creo que es una excelente idea. —Se puso de pie—. Gracias, Sra. O'Reilly. Hablaré con Noah sobre algunos de estos comportamientos. También hablaré con su pediatra y con el consejero. Le conseguiremos ayuda.

La sonrisa de la maestra era forzada. —Excelente. Todos queremos lo mejor para Noah.

—Así es. —Alicia se levantó—. Que tenga una buena noche. —Salió a grandes zancadas y yo me apresuré para seguirle el paso.

Cuando escapamos de los sofocantes confines de la escuela hacia los aromas más frescos del exterior, corrí para ponerme frente a ella, obligándola a detenerse. —¿Estás bien?

Sus ojos brillaban con lágrimas. —No.

Con cautela, como lo haría con un ciervo salvaje o un gato callejero, extendí la mano y le acaricié el brazo. —Estuviste genial ahí dentro.

—Hasta que entré a ese salón hoy, no tenía idea de lo horrible que era. No fue así en la jornada de puertas abiertas. No me extraña que Noah odie la escuela.

—¿Su maestra del año pasado era como… como ella? —Apenas me contuve de llamar a la Sra. O'Reilly con un nombre del que me arrepentiría.

—No. Digo, sí, tuvimos algunos problemas, pero nada como

eso. Fue una gran idea la que tuviste. Hablar con su consejero. Y con el pediatra. Los llamaré a ambos mañana. Gracias por venir conmigo.

Mi pecho se llenó de calidez. Esto era algo en lo que no la había cagado.

—Quisiera poder prometer que un diagnóstico o un medicamento resolverá todos sus problemas, pero no lo hicieron por mí. Batallé. Todavía lo hago. Pero estás haciendo lo correcto. Tomando medidas. Ayudándolo.

Se acercó más y me rodeó con sus brazos, apoyando la mejilla en mi hombro. —Gracias. Ojalá…

—¿Qué desearías?

Me abrazó más fuerte y luego se apartó. —Nada.

¿Qué deseaba? Le daría cualquier cosa que quisiera. ¿Me dejaría contratar un tutor para Noah?

Cuando Alicia comenzó a caminar hacia su auto, recordé que necesitaba transporte al centro. Abrí la aplicación y solicité un auto mientras la seguía.

—Eres muy bueno en eso. Defendiendo a los niños —dijo. Sus ojos ya estaban secos.

—¿Lo soy? —No pude contener mi sonrisa.

—¿Alguna vez has considerado financiar organizaciones que ayudan a niños con problemas de aprendizaje? ¿O fundar una tú mismo?

¿Yo, fundar una organización benéfica? Casi me reí, pero luego vi la obstinada expresión de su mandíbula. —Eh, no.

—Tienes recursos considerables. Tanto mentales como financieros. Deberías usarlos para el bien.

Retrocedí un paso. —¿Qué?

—Eres un hombre muy rico, Jackson. Nunca podrías aspirar a gastar todo lo que tienes. Podrías usarlo para ayudar a otros.

—Pero yo… —*Soy un desastre*, quise decir. Poco sociable. Poco fiable. Apenas domesticado. Pero si Alicia decía que no lo era…

—Piénsalo. —Se apoyó en su auto—. Podrías hacer mucho bien.

Nadie me había dicho algo así antes. Nadie, ni siquiera Cooper, había creído en mí de esa manera.

Un Nissan negro entró en el estacionamiento. Mi transporte.

—Lo pensaré. —La miré a sus ojos azules, tan amables. Ni siquiera quería besarla. Bueno, sí quería. Pero la gratitud que sentía superaba el bajo nivel de lujuria que hervía a fuego lento en mis venas. Ella creía en mí.

Tal vez yo también podría creer en mí mismo.

26

ALICIA

CASI A LAS CINCO DEL VIERNES, el baño de damas de Synergy tenía esa sensación de vacío de fin del día. Las que se acicalaban ya se habían ido, acomodándose en algún *happy hour*. Las que tenían familia se habían escabullido con el resto, ansiosas por volver con sus seres queridos. Yo debería haber estado entre ellas.

Apoyé el pie en el brazo del sofá para atarme la zapatilla. ¿Cómo había dejado que me convenciera de esto?

Sabía exactamente cómo. Me estaba enamorando de Jackson Jones. Entre su genialidad para la programación, la amabilidad que intentaba ocultar con su arrogancia descarada y el apoyo moral que me había brindado en la reunión con la Sra. O'Reilly, había derribado todas las defensas que yo había levantado, y ahora no podía evitar tener la esperanza de que realmente se quedara en Austin como dijo que haría, y que lleváramos nuestra amistad al siguiente nivel. Ese que implicaba no solo más consejos útiles sobre Noah y más posibilidades imaginadas para Jackson más allá de la programación, sino también más besos. Porque aunque Jackson Jones podía ser el mejor programador que había conocido, besaba aún mejor.

Se me encendieron las mejillas. Saqué una gorra de béisbol de mi bolso y me la puse sobre el pelo, que me había soltado del moño y me había hecho una trenza. La visera ocultó parte de mi sonrojo. Pero se estaba haciendo tarde y no podía esperar a que se desvaneciera por completo.

Salí del baño y choqué contra un pecho duro que llevaba una camiseta de Pantera. Jackson no había necesitado cambiarse de ropa para esto.

—¿Lista? —preguntó, saltando sobre las puntas de sus pies.

—Sí. Deja que guarde esto en mi escritorio. —Levanté el bolso.

Me lo quitó. —No quiero que te distraigas con tu computadora. Podrían salir temprano esta noche. —Cruzó con pisadas fuertes el piso de madera hasta nuestro espacio de trabajo y regresó corriendo—. Vamos.

No pude reprimir una sonrisa. —Eres tan desesperado como Noah.

Se dirigió hacia las escaleras y yo me puse a su lado. —¿Lo has llevado a verlos?

—No específicamente. Hemos estado en el sendero una o dos veces cuando ha sucedido. Ir a verlos a propósito es algo más de turistas. —Me mordí el labio. No quise que sonara tan condescendiente.

—Nadie me creerá que estuve en Austin si digo que nunca vi los murciélagos. ¿Llegaremos a tiempo? ¿Y el tráfico?

—Vamos caminando. Estamos a diez minutos de un lugar privilegiado para verlos.

—¿Diez? —Miró su teléfono—. El sol se pone en veinticinco minutos.

—Ahora empiezas a sonar como yo. —Con las zapatillas, nuestros pasos eran silenciosos en el vestíbulo vacío—. Si tan solo te preocuparan así las fechas de entrega de los proyectos.

—Sí me preocupan las fechas de entrega de los proyectos. —Me sostuvo la puerta y salí a la luz del sol del atardecer—. Me preocupa que desvíen nuestra atención de lo que es realmente importante, que es la calidad del código. Mi nombre está en el sitio web de la empresa. Cada línea es mi reputación.

Lo empujé suavemente hacia el cruce peatonal. —Supongo que nunca lo había pensado de esa manera. Aun así, sin fechas de entrega, nunca lanzaríamos nada. Pasaríamos el resto de nuestras carreras perfeccionándolo.

Sonrió. —¡Lo entiendes!

Negué con la cabeza y me subí el cierre de la chaqueta.

—¿Tienes frío? —Él no llevaba chaqueta.

—Hace un poco de fresco, ¿no crees?

Tomó mi mano y se desvió hacia la calle, zigzagueando entre los coches parados por el tráfico. —Es lo más cómodo que me he sentido desde que bajé del avión de San Francisco. Es perfecto.

El sendero junto al lago fue fácil de encontrar, y lo seguimos hasta que salió de detrás de los árboles para darnos una vista despejada del agua y del puente de Congress Avenue. No era temporada de turistas, y empezaba a hacer demasiado frío para los locales, pero grupos de personas se recortaban como siluetas en el puente contra el sol poniente. Nos salimos del sendero hacia el agua hasta que el suelo empezó a ablandarse bajo mis zapatillas.

—¿De ahí es de donde salen? —Jackson señaló el puente.

—Sí, pero son menos fiables en esta época del año. Ya han empezado a emigrar. No te decepciones demasiado si no aparecen, ¿de acuerdo? —Aunque odiaría que mi ciudad natal lo decepcionara. *No nos fallen, murciélagos.*

—¿Es ese uno? —Señaló hacia arriba, a una forma oscura contra las tenues nubes rosadas.

—Eso es un halcón. Los murciélagos son diminutos. Una vez llevaron algunos a mi escuela. Cabían en la palma de la mano de un niño.

—Ah. —Se quedó mirando el agua, hacia el puente.

Sabía que teníamos unos minutos, así que dejé que mi mirada vagara por el sendero. Un par de ciclistas pasaron zumbando, luego una mujer que empujaba un cochecito de bebé para correr.

Era un lugar popular para ciclistas y corredores. De hecho, me habría sorprendido si Jackson no hubiera venido a trotar por aquí él mismo. Su complejo de apartamentos estaba cerca de un punto de acceso al sendero. Rick me había dicho que a menudo corría aquí, y a veces iba en bicicleta al trabajo por el sendero.

Como si el pensamiento lo hubiera invocado, una figura alta y delgada conocida surgió de entre los árboles. Jadeé. —¡Rick!

Se sorprendió y se detuvo, jadeando. —Alicia. —Luego se tensó—. Jay. —Tenía una mancha verdosa en la mandíbula, que se frotó contra el hombro.

Jackson se apartó del agua de un giro y se puso delante de mí. —Rick. —Pareció expandirse hasta que ni siquiera pude ver a mi ex. Me asomé por el brazo de Jackson.

—Bonita noche para correr. —Rick usó su antebrazo para limpiarse el sudor de la frente.

—Supongo que sí. —La voz de Jackson era dura, como nunca la había oído. Su eterno sentido del humor había desaparecido.

—Oye, Alicia, ¿cómo está…

—¿No deberías seguir? No querrás que se te agarroten los músculos. Podrías tropezarte y caerte. —Jackson se cruzó de brazos.

Rick apartó su mirada de mí para clavarla en Jackson. —Claro. Nos vemos. —Se fue corriendo.

Puse una palma en el bíceps duro como una roca de Jackson. —¿A qué vino todo eso?

Se relajó, pero sus cejas casi se juntaban en el centro. —¿Estás bien?

—Estoy bien. —Rick no se había quedado lo suficiente como para decir algo desagradable. Ahora que lo pensaba, no lo había visto en un tiempo, ni siquiera en la fiesta de pizza de fin de temporada del equipo de Noah. Había temido que hiciera una aparición sorpresa. ¿Habría tenido Jackson algo que ver con eso?

Cuando levanté la vista para preguntarle al respecto, vi una mota surcando el cielo. —Ya empezaron.

Se apartó del sendero y miró a través del agua, que brillaba con tonos plateados y oro rosa por el sol poniente. El sol besó el horizonte, lanzando su última salva de colores cítricos. Sobre nosotros, el cielo se había vuelto de un azul pálido.

De debajo del puente, millones de criaturas diminutas salieron en tropel hacia el cielo del atardecer. Se lanzaron en una forma de S, luego se dispersaron, y después volvieron en bucle hacia el puente, extendiéndose en una nube punteada. En un momento, eran una bandada de pájaros, girando juntos, y al siguiente, se difundían en el cielo, buscando sus comidas de insectos.

Mientras un grupo de ellos revoloteaba sobre nosotros, sus clics y gorjeos ahogaron el tráfico de las calles cercanas. Jackson levantó su teléfono para capturarlo. Me quedé quieta, tratando de discernir patrones en su vuelo.

Finalmente, se dispersaron, aunque algún que otro murciélago aleteaba por encima en busca de su cena.

—Eso fue increíble. —Jackson todavía miraba al cielo. Una estrella o un planeta parpadeaba brillante en el azul cada vez más oscuro.

—Lo fue, incluso para una local hastiada como yo.

Apartó la mirada del cielo. —Gracias por traerme a mi búsqueda de turista hortera.

Sonreí, aunque probablemente no podía verlo en la oscuridad. —Para eso están los amigos.

Se acercó más. —¿No somos más que amigos?

—No hasta que el proyecto termine. —Me crucé de brazos.

Jackson apoyó sus manos en mis hombros y las frotó lentamente arriba y abajo por mis bíceps, calentando mis brazos helados. —Ya no falta mucho.

—Una semana más.

—¿Y después? —Su pulgar rozó la parte superior de mi pecho, e incluso a través de mi chaqueta y mi camisa, su tacto envió una corriente eléctrica directamente entre mis piernas. Mi sexo se contrajo. Sin pensarlo, me acerqué arrastrando los pies hasta que nuestras zapatillas se enmarcaron mutuamente. Nuestras rodillas y caderas chocaron, y apoyé mi pecho contra el suyo, persiguiendo la sensación.

—Supongo que depende —murmuré.

—¿De qué? —Inclinó su cabeza hasta que sentí su aliento cálido en mi mejilla.

—De si te quedas en la ciudad o te vas a casa.

—¿Casa? Mi casa está aquí. Contigo. —Acercó sus labios a los míos, y en la oscuridad, con el rosa desvaneciéndose en púrpura en el cielo salpicado de estrellas, una llama se encendió dentro de mí. Si hubiera podido abrir los ojos, habría esperado que mis dedos brillaran contra su pecho. Los murciélagos y los pájaros que se posaban para dormir creaban una suave música a nuestro alrededor.

Jackson había tomado mi ciudad natal y la había hecho algo más. Había avivado el atardecer, añadido un extra de vibración a la música *honky-tonk*, y me había hecho sentir viva en el trabajo de una manera que nunca antes había sentido.

Y se quedaba. Cuando el proyecto terminara, el lunes dentro de una semana, conservaría el Austin nuevo y mejorado por Jackson.

—Alicia —murmuró, besando mi mejilla hasta mi oreja—, puedo oírte pensar demasiado. Déjate llevar. Disfruta el momento. —Y entonces encontró un lugar en mi cuello que me encendió como las luces de neón de la Calle Sexta. Enrosqué mis manos detrás de su nuca y me aferré a él con todas mis fuerzas mientras bajaba la nariz hasta el cuello de mi chaqueta y luego volvía a subir y encontraba mis labios de nuevo.

Bebimos, saboreamos, nos devoramos el uno al otro. Cuando giré mis caderas contra las suyas, el borde acerado de su erección frotó promesas contra mi vientre.

Apoyó su frente contra la mía, respirando con dificultad. —Una semana.

Maldita sea. Si no se hubiera apartado, lo habría arrastrado a los arbustos. Suspiré. —Una semana.

Se agachó y recogió mi gorra, que se había caído en algún

momento, probablemente cuando intenté restregarme contra él en un parque público. Me la colocó en la cabeza hacia atrás y luego me besó suavemente en la sien. —¿Quizás después de que termine el proyecto me muestras el Álamo?

—Recuerda que está en San Antonio. Noventa minutos de ida y noventa de vuelta.

—Creo que tendríamos que quedarnos a pasar la noche. —Una comisura de sus labios se levantó.

Una habitación de hotel. Y Jackson Jones. Me estremecí, aunque ya no tenía frío. —Está bien.

—¿Lo prometes? —Al igual que esta noche, estaría emocionado como un niño pequeño.

—Lo prometo.

—Todavía es temprano. ¿Quieres ir a cenar?

—Claro, por qué no. Conozco un lugar genial para comer tacos.

Sonrió. —Por supuesto que sí. Vamos.

Poniendo mi mano en la suya, lo llevé de vuelta al sendero y hacia las brillantes luces del centro de la ciudad.

—OYE.

El viernes siguiente, la voz de Jackson me sobresaltó. Levanté la vista del código que estaba revisando. Sostenía un vaso de plástico rojo, y el aroma agudo del lúpulo se deslizó en mi nariz.

—¿La fiesta fue un fracaso? —pregunté.

Sonrió. —Sí. No estabas allí. Así que te traje la fiesta. —Dejó el vaso sobre el escritorio a mi lado.

—Es un detalle, pero yo... —Señalé la pantalla. No iba a arruinar lo que esperaba que fuera nuestra demostración final para Cooper Fallon. Estaba escaneando cada línea de código, incluso después de que pasara el proceso de prueba automatizado. Era típico de Cooper realizar una secuencia de teclas que el proceso de control de calidad no probaba.

—Ya sabes lo que dicen, tanto trabajo y nada de diversión…

—¿Te refieres a que resulta en una demostración impecable?

Arrugó las cejas. —No es lo que tenía en mente. —Extendió la mano y la mantuvo a una pulgada de mi hombro—. ¿Me permites?

Miré a mi alrededor. El piso estaba desierto. Ni siquiera se oía el tecleo al otro lado de la fila de árboles en macetas. —¿Supongo?

Apretó los músculos que conectaban mi cuello con mi hombro y luego me masajeó con los dedos. —¿Así está bien?

Gemí. Era. El. Paraíso.

—Tienes que relajar los hombros mientras escribes. Cargas todo este estrés en el cuello.

Incliné la cabeza para darle mejor acceso. —Cargo mucho estrés, punto. Menos hablar. Más masaje de cuello.

—Sí, señora. —Había una sonrisa en su voz. Se puso detrás de mi silla y puso ambas manos sobre mí, frotando mis hombros. Los músculos se aflojaron bajo la presión y el calor de sus manos.

Levanté la cabeza para reanudar mi revisión del código, pero fue inútil. Las letras y los números nadaban juntos en la pantalla. Sus pulgares se deslizaron a cada lado de mi columna, entre mis omóplatos. Mágico.

—Voy a poner una mano delante de tu hombro y usar la base de mi mano para…

Pero en el segundo en que puso su gran mano debajo de mi clavícula, con su dedo furtivo acariciando la curva superior de mi pecho, hice rodar mi silla hacia atrás, chocando con su bota, y me puse de pie.

—¡Ay! ¿Por qué hiciste…?

—Aquí no —susurré. Estaba demasiado cerca de él. Tan cerca que sentía el calor de su cuerpo. Mis nervios todavía hormigueaban por su contacto y pedían más a gritos. Con mis tacones, estaba a la altura de sus labios. Esos labios suaves y rosados que había besado la semana pasada a la orilla del lago Lady Bird. Lo único que quería era reencontrarme con ellos.

Sus labios se separaron. —¿Dónde, entonces?

Me di la vuelta y me dirigí al pasillo principal. Al no sentirlo detrás de mí, me giré. Hice un gesto de que se acercara. *Ven aquí,* articulé sin sonido.

Parpadeó y corrió para alcanzarme.

Giré a la izquierda en el pasillo más pequeño de los baños. Cuando abrí la puerta del baño de damas, las luces con sensor de movimiento se encendieron. Alargué la mano y metí a Jackson detrás de mí, luego eché el cerrojo de la puerta.

Miró a su alrededor. —Oye, nosotros no tenemos un sofá en…

Empujándolo contra la puerta, me puse de puntillas. —Menos hablar, más besar. —Presioné mis labios contra los suyos.

Tras un segundo de quietud sorprendida, los brazos de Jackson me rodearon y sus labios se ablandaron bajo los míos. Como nos habíamos besado en su casa en Halloween, pero *más.* El sabor a cerveza en su lengua. El cuero y el pino en su piel. La aspereza de su barba rozando mis mejillas y mi nariz. Además de la aumentada sensación de urgencia porque nos estábamos besando en el trabajo, donde alguien podría golpear la puerta en cualquier momento. Agarré un doble puñado de su camiseta. ¿Qué banda era hoy? No importaba. Lo único que importaba era el deslizamiento de su lengua contra la mía, la presión de su pecho sólido contra mis pezones duros, los hormigueos que me decían que mis bragas no estarían secas por mucho tiempo.

Interrumpió el beso para deslizar sus labios por mi cuello y hundir su nariz en mi escote. —Joder, Alicia, yo… quiero levantarte y llevarte a ese sofá. —Su pulgar desabrochó el primer botón de mi blusa, y hundió la nariz más profundamente en mi escote, con su barba arañando la curva de mi pecho por encima del sostén—. Quiero levantarte la falda, arrancar lo que sea que lleves debajo y saborearte. —Pasó la lengua por mi piel y mis rodillas se debilitaron.

Sí, sí, sí. Mi cerebro se había convertido en una sección de animadores para las palabras sucias de Jackson Jones. No tendría que levantarme. Correría hacia allí voluntariamente, me tumbaría sobre el sofá y dejaría que me arrancara todo.

—Pero… —Dejó un beso con la boca cerrada en el somero valle entre mis pechos y luego abrochó el botón que había desabrochado—. No voy a saborearte por primera vez en el baño de damas.

—¿No… no vas a hacerlo? —Los vítores dentro de mí se convirtieron en abucheos.

—No, nena.

Lo último que necesitaba era que me llamara *nena* en la revisión del código del lunes. —No…

Puso un dedo sobre mis labios y luego besó la comisura de mi boca. —No eres un encuentro cualquiera en un baño. Quiero más. —Frotó su pulgar bajo mi labio inferior. Sus propios labios estaban manchados del mismo rosa que mi lápiz labial—. Te mereces más. Toda la noche.

La punzada entre mis piernas lo repitió. *Toda la noche, toda la noche, toda la noche.*

—¿Lo prometes?

Me besó una última vez, un roce de sus labios con la boca cerrada. —Lo prometo.

Traté de componer mi boca, floja por los besos. —Te tomaré la palabra, Jones. Después de que terminemos el proyecto.

—Después de que terminemos el proyecto. —Sus manos acariciaron mis caderas y luego cayeron a sus costados—. Ese código es jodidamente perfecto. Regístralo y vete a casa.

Tenía razón. Estaba hecho, y lo último que necesitábamos era que alguien —yo— introdujera inadvertidamente un nuevo error. —No lo toques durante el fin de semana, ¿verdad, *cowboy*?

—El código no. Puedo garantizar que estaré tocando otra cosa. —Movió sus caderas, y una protuberancia se presionó contra mi vientre.

Una o dos pulgadas más abajo, y podría haberme frotado contra él. Probablemente me tomaría menos de un minuto correrme. Quizás corrernos los dos. Pero tenía razón. Estábamos en el trabajo. Suponiendo que la demostración saliera bien, el proyecto terminaría el lunes. Y ya no seríamos compañeros de trabajo. Seríamos libres de tocarnos donde quisiéramos.

—Guárdame un poco. —Le guiñé un ojo.

Sus ojos se abrieron de par en par, y luego se desviaron hacia el sofá. —Pensándolo bien…

Rápida como una serpiente de cascabel, quité el cerrojo y abrí la puerta. —Nos vemos el lunes —grité por encima del hombro, riendo mientras trotaba de regreso a nuestro escritorio. Ni siquiera Jackson Jones era lo suficientemente atrevido como para caminar por la oficina con una erección en sus vaqueros ajustados. Y yo ya estaba fuera de la puerta antes de que él regresara a nuestro espacio de trabajo.

27

JACKSON

ERA lo que había estado esperando desde que me exiliaron a Texas hacía cinco meses: la sonrisa amplia y poco común de Cooper, la que solo me dedicaba cuando, de alguna manera, *no* la había cagado.

—Esto es increíble, equipo. —Cooper estaba de pie al final de la mesa de conferencias. Estábamos en la misma sala donde todo había comenzado, donde Alicia había entrado con un corte aún sangrante en la frente y yo había pensado que no la necesitábamos. Había pensado que *yo* no la necesitaba. Nunca había estado más equivocado.

Alguien encendió las luces y apagó el proyector. —Estoy muy orgulloso de todos ustedes —dijo mi mejor amigo—. Se unieron y construyeron algo verdaderamente especial.

Sentía que el pecho me iba a explotar, o que iba a hacer algo ridículo como llorar de alegría si no me movía. Cuando me puse de pie, todos me miraron expectantes. ¿Esperaban que dijera algo... como un líder? Cooper solía ser el que hacía las cosas y decía las palabras, no yo. Le eché un vistazo y él asintió con la barbilla de una forma casi imperceptible.

Me aclaré la garganta. —Eh… quiero reconocer a cada uno de los miembros del equipo por sus contribuciones. Son unos superhéroes. —Lentamente, rodeé la mesa y dije algo importante que cada persona había hecho por el proyecto. Se fue haciendo más fácil a medida que avanzaba, así que, para cuando llegué a Alicia, me sentía cómodo y relajado—. Por último, Alicia. Se las arregló para unirnos a todos, nos apoyó a cada uno cuando pensábamos que no lo lograríamos. Nos mostró lo que es el verdadero liderazgo.

Ella parpadeó rápidamente y sorbió por la nariz. Sus labios temblaron cuando me sonrió, pero esos ojos azules brillaban orgullosos y feroces. Ansiaba tomarla en mis brazos y besarla ahí mismo, en la mesa de conferencias. Pero Cooper habría tenido algo que decir al respecto.

Él se levantó de su asiento. —Todos verán un pequeño extra en sus cheques del próximo período de pago, una muestra de nuestro agradecimiento. Y sé que es solo lunes, pero me gustaría invitarlos a todos a tomar algo y a cenar para celebrar.

Los chicos vitorearon. Cooper repitió mi recorrido por la mesa, comenzando con Alicia, estrechando la mano de cada uno y diciéndoles unas palabras. Poco a poco, la sala se vació, dejándonos solo a Cooper y a mí. Extendió su mano y, cuando la estreché, me atrajo hacia él para un abrazo con palmadas en el hombro. —Lo lograste, Jay.

Negué con la cabeza. —No podríamos haberlo logrado sin Alicia. Y el resto del equipo.

Cooper arqueó las cejas. —¿El equipo?

Me enderecé. —Tyler ha crecido mucho. Creo que sería un gran aporte para nuestro grupo de análisis automotriz en San Francisco. ¿Le preguntarías si estaría interesado en un traslado? —Lo estaría; ya lo había sondeado. Pero Cooper tomaba las decisiones de contratación y despido.

—Claro. —Torció los labios hacia un lado—. Me sorprende que te importe. Normalmente no te interesas en los recursos humanos.

Me encogí de hombros y empujé mi silla. —Supongo que estoy volviendo a crecer.

—Eso es genial. —Puso una mano en mi hombro—. Cuando vuelvas a San Francisco, hablaremos de crearte un puesto que te ayude a continuar ese crecimiento.

El pecho no se me oprimió. No tuve una sensación de náuseas en el estómago. El liderazgo ya no sonaba como una forma segura de seguir a mi padre a una tumba prematura, como antes. O como algo que seguro la cagaría y haría que mi nombre apareciera en las revistas de negocios como el Jones que lo intentó, pero no dio la talla.

Alicia me había demostrado que el liderazgo era algo de lo que era capaz. Podía cometer errores en el camino —esa pelea de bar con Tyler fue uno— pero podía recuperarme. *Podíamos* recuperarnos si todos trabajábamos juntos hacia un objetivo común.

Mierda, exactamente como Cooper me había dicho el día del lanzamiento del proyecto. Había tenido razón todo este tiempo.

No necesitaba ser el director ejecutivo. Ni jefe de nada. No me importaría supervisar el desarrollo, tener una visión estratégica de nuestros productos y cómo podríamos tomar las mejores partes de cada uno para mejorarlos todos. Fomentar a jóvenes programadores como Tyler para ayudarlos a crecer, también.

Pero me iba a quedar aquí. Tal vez me dejaría construir mi nuevo rol desde Austin. Cuando abrí la boca para preguntarle, me estaba dedicando la mirada que solo me daba cuando salíamos juntos, esa que se había vuelto tan rara en el trabajo. De afecto. De amistad. Extrañaba esa mirada. Y no podía borrarla diciendo que quería quedarme aquí, donde no estaba mi mejor amigo. Al menos no hoy. Se lo diría mañana. —Me gustaría eso.

Su teléfono vibró y, cuando lo miró, frunció el ceño. —Weston. ¿Qué demonios quiere?

Podría ser un líder, pero no iba a dejar que nuestro director ejecutivo arruinara la celebración de mi equipo. —Te alcanzo en el restaurante. No dejes que ese imbécil te haga llegar tarde.

Asintió distraídamente y se llevó el teléfono a la oreja. Salí de su oficina.

De vuelta en nuestro escritorio, Alicia había apilado su credencial sobre la computadora portátil que le había dado Synergy. Verlo hizo que mis entrañas se arrugaran como una de las latas de aluminio de Mountain Dew de Tyler.

—Supongo que esto es todo. —Metí las manos en los bolsillos.

Una comisura de su boca se curvó. —Supongo que sí. Realmente no pensé en lo triste que sería dejar una empresa después de solo un par de meses. Riesgos del oficio.

—No tienes que irte. Podrías quedarte.

Miró a su alrededor a los otros programadores, que guardaban sus cosas para irse. —El equipo se está desintegrando. Amit dice que se va a trabajar en el grupo de modelado de datos. No sería lo mismo.

—Yo me quedo. Podrías trabajar conmigo.

—Cooper parece pensar que vuelves a San Francisco. —Guardó su teléfono en el bolso.

Mantuve la voz baja. —Hablaré con él mañana. Te lo prometo.

La luz regresó a sus ojos azules como el sol sobre el lago Lady Bird. Quería ver esa luz todos los días. Quería que fuera lo primero que viera por la mañana y lo último que viera por la noche. La quería en los días de trabajo y los fines de semana.

Mierda. ¿Qué era esto? No era amistad, ni siquiera del tipo que tenía con Cooper. Y no era lujuria. Nunca había querido quedarme a ver a mi pareja por la mañana, con su maquillaje en la funda de la almohada y el pelo revuelto. Y ciertamente no había querido que ellas me vieran a mí, desnudo, desaparecida toda pretensión de poder, solo Jackson Jones y sus cagadas.

Alicia no era así. Ella veía más allá del puesto de figura decorativa y el dinero en el banco. Me había visto humillado y me había visto triunfar. Creía que no era un completo desperdicio. Que tenía valor. Que podía ser más de lo que era. Y tal vez podría serlo, con ella a mi lado.

—Entonces… ¿la celebración? —Ambas comisuras de la boca

de Alicia se elevaron. Y caí en la cuenta. El proyecto había terminado. Alicia ya no dependía de Synergy para un sueldo. Podíamos estar juntos ahora. O sea, estar. Juntos.

—Sí. —Después de la cena del equipo, la llevaría a mi casa. Podríamos terminar lo que empezamos en mi sofá después de la fiesta de Halloween, en el parque con los murciélagos. En el baño de damas de Synergy.

Sus ojos se abrieron de par en par ante lo que debió ser una expresión de lobo hambriento en mi cara. Y luego su sonrisa se ensanchó. —¿Me acompañas a la salida?

En ese momento, si me hubiera pedido que la acompañara a las profundidades del infierno, habría dicho lo mismo. —Sí. —Luego, más fuerte—: Oigan, chicos, voy a acompañar a Alicia a su auto. Los vemos en el restaurante.

Tomé las llaves de mi camioneta, mi billetera y la computadora portátil de Alicia. Ella se colgó el bolso al hombro y revisó el escritorio y los cajones por última vez. Cuando estuvo lista, bajamos a la cueva de informática, donde entregó su equipo y su credencial. Tuvo una palabra amable y un agradecimiento para todos los que encontramos, desde el pasante de informática hasta Ivan en la recepción.

La acompañé a su Honda, estacionado a unos pocos lugares del mío de alquiler. Hice girar el llavero en mi dedo, de repente reacio a perderla de vista. ¿Y si cambiaba de opinión y decidía irse a casa con su familia? —¿Quieres venir conmigo?

Abrió la puerta de su auto. —No, prefiero tener mi auto por si la fiesta se alarga. Pero puedes venir conmigo si quieres.

Salté a la puerta del copiloto y me deslicé adentro. Incluso en el garaje en penumbra, sus ojos brillaban tanto que casi me pongo las gafas de sol.

—Estuviste increíble en el proyecto —dijo.

—Somos un buen equipo. Desearía que pensaras en…

Detuvo mis palabras con un beso, devorándolas en un estallido de calor. Y no soy tonto. Le seguí la corriente, deslizando mi mano por su hombro, alrededor de su nuca, sujetándola contra mí para poder ahondar en su suavidad, probando de nuevo su pasión y dulzura. Me quedaría aquí, dentro de su apretado Honda, con las rodillas aplastadas contra la consola de plástico, el reposacabezas de tela rugosa enganchándose en mi barba, hasta que se me acalambraran las extremidades y ya no pudiera encontrar sus labios.

El ulular de la alarma de un auto nos separó de un susto.

—¿Quieres que nos larguemos de aquí? —Acaricié su mano donde descansaba en la parte interior de mi muslo.

Se aclaró la garganta. —Me vendría bien un trago.

—Tengo cerveza en mi casa. A menos que prefieras salir con el equipo. —*Por favor, no digas que prefieres salir con el equipo.*

—Perfecto. Le enviaré un mensaje a Tyler diciéndole que me voy a casa. ¿Tú le enviarás un mensaje a Cooper diciéndole que no vas?

Me acurruqué detrás de su oreja. —Podrías decirle a Tyler que ambos los estamos plantando.

Ella movió el hombro y dejé de besar su suave piel. Sin apartar la vista de su mensaje, dijo: —Todavía necesito ese testimonio de Cooper. Preferiría que no se enterara de lo nuestro hasta que lo tenga publicado en mi sitio web.

Mi corazón no tan marchito se hinchó. Había dicho *lo nuestro*. Quizás sentía la misma extraña sensación que yo.

Mientras conducía las pocas cuadras hasta mi departamento, no pude quitarle las manos de encima. Apoyé mi mano en su rodilla, jugando con el dobladillo de su falda y observando cómo su respiración se aceleraba cuanto más la subía. Acaricié la suave piel de la cara interna de su muslo como había querido hacer desde la cena con su familia. Se le puso la piel de gallina y la alisaron mis dedos. Cuando nos detuvimos en el semáforo justo antes de la entrada a mi complejo, me agarró la mano, se inclinó y me besó con ferocidad. —Para. Quiero que lleguemos a tu departamento sanos y salvos. Luego te dejaré cumplir esa promesa que hiciste el viernes.

—¿Promesa? —susurré. Lo recordaba. Le había prometido

toda la noche. Me retorcí en mi asiento, mis jeans de repente demasiado ajustados.

Ella no respondió, pero una comisura de su boca se curvó hacia arriba.

Me senté sobre mis manos, pero no había dicho nada sobre mis ojos. Catalogué cada parte de ella que quería tocar, saborear: la curva de su cuello, el suave oleaje de sus pechos ocultos detrás de su camisa de botones —tragué saliva—, esos muslos que me habían provocado cuando usaba sus pantalones de sudadera recortados. La parte interior de sus tobillos.

Cuando se detuvo frente a mi edificio, estaba listo para saltar por encima de la consola y abalanzarme sobre ella. En cambio, salí del auto de un salto y di la vuelta para abrirle la puerta.

Giró sus largas piernas para sacarlas del auto y plantó sus zapatos —los salones destalonados rojos de poder que usaba cuando Cooper estaba en la ciudad— sobre el pavimento. Le ofrecí una mano y ella colocó su palma sobre la mía y se levantó.

Su cara estaba a centímetros de la mía. Cooper no podía vernos aquí. Así que la besé, atrayéndola contra mí y dejándola sentir mi desesperada excitación, virtiendo mis nuevos sentimientos —fueran lo que fueran— en el beso.

Finalmente, empujó mi pecho y rio sin aliento. —Llevemos esto adentro.

Debo haber establecido un récord de velocidad terrestre entre su auto y mi puerta principal. Se me cayó la llave en el primer intento, pero logré abrir la puerta en el segundo. La empujé para abrirla, encendí la luz y la dejé pasar delante de mí.

En cuanto se cerró la puerta, la presioné contra ella, inmovilizando sus manos a cada lado de su cabeza. Le besé el cuello, la mandíbula, la V de su clavícula que dejaba ver su camisa de botones. Su piel sabía a gloria y quería devorar cada centímetro. Metí la nariz dentro de su camisa para pasar mi lengua por la parte superior de su pecho. Necesitaba más: más piel, más sabor, más de los suaves sonidos que hacía cuando le chupaba el tendón entre el cuello y el hombro.

—Jackson —jadeó—. Para.

Me quedé helado y solté sus manos. Retrocedí medio paso para poder ver su cara. —¿Parar? —. ¿La había lastimado? ¿O estaba arrepintiéndose?

—Necesito llamar a casa primero. Para saber cómo está Noah.

—Cierto. —Tenía responsabilidades. Esperaba que no significara que había perdido el interés.

—¿Nos vemos en tu habitación en diez minutos?

—Joder, sí. —Corrí a mi baño, donde me lavé los dientes y me di la ducha más rápida del mundo. Luego entré a la habitación, saqué la caja de condones sin abrir del cajón de la mesita de noche y la puse sobre la mesa. Paseando la mirada por el resto de la habitación, me encogí. La cama estaba sin hacer y había ropa por todas partes. ¿Cuánto tiempo más tenía?

Recogí la ropa y corrí hacia el clóset. Abrí la puerta corrediza y la tiré toda al suelo. En el estante superior había un paquete de sábanas sin abrir, el juego de repuesto que nunca había usado. Sí, había lavado mis sábanas en los cinco meses que viví en el departamento —no era un monstruo—, pero siempre había vuelto a poner las recién lavadas en la cama. Rasgué el paquete, encontré la sábana bajera y dos fundas de almohada, y reemplacé lo que había en la cama. Hice una bola con las sábanas sucias, la tiré encima del montón de ropa y cerré la puerta del clóset. Pateé el edredón a una esquina de la habitación.

¿Había agotado los diez minutos de Alicia? No habría cambiado de opinión, ¿verdad? Me puse un par de pantalones de sudadera limpios y volví por el pasillo a la sala.

Estaba sentada en mi sofá, mirando su teléfono. —Oye.

—¿Todo bien? —Me senté a su lado y le puse una mano suave en la espalda.

—Sí, está bien. Yo... yo no hago esto muy seguido. Quiero decir, con una pareja. —Sus mejillas se pusieron rojas.

Toda la sangre salió de mi cerebro y fue directa a mi entrepierna al pensar en ella tocándose, usando un juguete. Maldita sea, ojalá hubiera pensado en comprar un vibrador. Hubiera sido una buena manera de empezar. Y luego, por supuesto, pensé en abrirme paso dentro de Alicia, y mis pantalones deportivos no ocultaban nada de cómo me sentía al respecto.

La besé suavemente en los labios. —Podemos ir tan lento como quieras, nena. Ni siquiera tenemos que follar. Puedo simplemente abrazarte. ¿Me dejarías hacer eso?

Ella se apartó bruscamente. —¿Crees que eso es lo que quiero? ¿Que no quiero sexo porque soy… soy frígida?

—No, nena. —Mierda, había cagado la única otra cosa en la que era bueno: follar—. Creo que eres hermosa y sexi. Y lo único que quiero es hacerte sentir bien. —Le toqué la mandíbula ligeramente y, como no se apartó, le tomé la cara entre mis manos. La besé de nuevo, esta vez con menos delicadeza, tratando de comunicar, de una manera que no podía con mis torpes palabras, lo que sentía por ella.

Cuando jadeó en busca de aire, le besé el pómulo, la garganta, el lugar que había encontrado a un lado de su cuello la última vez. Cuando gimió, sonreí. Tal vez no la cagaría esta vez.

La levanté sobre mi regazo y me recliné para dejar que ella tomara la iniciativa, extendiendo mis brazos a lo largo del respaldo del sofá. Ella se quedó mirando mi pecho desnudo por un momento y luego extendió un dedo para atrapar una de las gotas que habían corrido de mi cabello húmedo sobre mi cuello. Esparció la humedad sobre mi pezón izquierdo, erizándolo. Una corriente eléctrica corrió directamente a mi entrepierna. No había pensado que podría ponérseme más dura. Me equivoqué. Agarré los cojines para evitar arrancarle la blusa.

—Creo que prefiero que ambos nos hagamos sentir bien. —Y se movió para frotar su trasero contra mi pene.

Eché la cabeza hacia atrás para evitar tirarla sobre el sofá y meterle una mano por debajo de la falda. Había decidido seguir su juego, y si quería provocarme, la dejaría.

Se puso de pie y extrañé su peso, el roce de su cadera contra mí. Luego sus dedos se entrelazaron con los míos. —Llevemos esto a la habitación.

Me levanté en un instante, llevándola por el pasillo hasta mi habitación apresuradamente limpiada. Me tumbé en el centro de la cama y esperé a que hiciera el siguiente movimiento.

Se arrodilló a un lado de la cama. Luego se acercó a mí a gatas, dejando que su falda se levantara cada vez más a medida que se acercaba. Finalmente, se levantó la falda lo suficiente para sentarse a horcajadas sobre mis caderas.

—Si hago algo que no te gusta, dime que pare, ¿de acuerdo?

Mis ojos se abrieron de par en par. ¿Qué demonios me iba a hacer? ¿Qué había más allá de la erección total? Porque mi pene se endureció como una piedra e intentó hacer un agujero en mis pantalones de sudadera. —V-vale.

Entonces me tocó. Las yemas de sus dedos se deslizaron ligeramente desde mi clavícula sobre mis pectorales y se enroscaron en el vello de mi pecho. Y me prendió fuego. Mi piel, hambrienta de más, se contrajo.

Con la yema de su pulgar, rozó mi pezón izquierdo. Obedientemente, se erizó. Lo pellizcó, no con fuerza, pero lo suficiente como para hacerme contener el aliento.

—¿Te gusta eso?

—Oh, sí. —Salió como un suspiro.

Deslizó sus dedos hasta mi pezón derecho, trazó un círculo con un dedo alrededor y pellizcó.

—Más fuerte —gruñí.

Alzó las cejas, pero lo hizo, haciendo que un dolor candente bajara desde mi pezón directamente a mi entrepierna. Gemí. Dios, ahora desearía haberme hecho una paja en la ducha. Iba a correrme en cuanto me tocara el pene.

Luego acarició mi pezón, aliviando el dolor punzante. Mi pecho se agitaba con el esfuerzo de agarrar las almohadas para no tocarla… ni a mí mismo. No estaba acostumbrado a la gratificación tardía. El pulso que latía en mi pene dolía.

Miró de reojo la tienda de campaña en mis pantalones de sudadera. Su sonrisa se volvió diabólica. —¿Ansioso por empezar?

—Por favor, ¿me… puedo verte?

Se mordió el labio, pero asintió. Se desabrochó los puños y luego comenzó con el botón de arriba.

—¿Lento? —jadeé. Había estado soñando con esos malditos botones, masturbándome con mi propia fantasía de ella desabrochándolos lentamente y revelando lo que había debajo. Esta forma tan práctica de desvestirse era demasiado.

Sus dedos se congelaron y luego se movieron hacia el dobladillo. Jugueteó con el botón más bajo. —¿Así?

No podía hablar por la opresión en mi garganta, pero asentí, con los ojos desorbitados.

Muy lentamente, fue desabrochando los botones de su blusa, dejándome entrever la piel de su estómago y un destello de encaje blanco. Apreté cada músculo de mi cuerpo cuando llegó al último. Luego se levantó de mí y giró sobre sus rodillas para darme la espalda.

—Un botón más —dijo con una mirada pícara por encima del hombro. Apoyó las manos en la parte trasera de su falda y las deslizó hasta el botón de la espalda. Sus largos dedos lo soltaron, y luego se movieron hacia la pequeña cremallera de abajo. Solo vi una V de blanco antes de que contuviera el aliento, se quitara la camisa de golpe y me la tirara a la cara.

—Uy —murmuró—. No estaba planeando… un segundo.

Negué con la cabeza para intentar quitarme su blusa, pero todo lo que podía ver era tela blanca. Oí un crujido, y luego me arrancó la camisa de la cara. Parpadeé. Estaba completamente desnuda.

Contemplé su vista: pechos más bien pequeños, cintura de avispa, caderas más anchas. La piel más pálida con la forma de un traje de baño de una pieza nada revelador que me hizo imaginar brisas cálidas y estar acostado a su lado sobre arena blanca y cegadora. Un pulcro triángulo de vello rubio oscuro ocultando su sexo. Deslicé mi mirada hasta su cara. Se estaba mordiendo el labio de nuevo.

—¿Puedo… puedo tocar? —Desenrollé mis dedos de las sábanas.

Soltó el labio y sonrió. —Solo con la boca.

—Joder, sí.

—Me dejé los zapatos puestos —dijo—. ¿Está bien?

—Oh, Dios mío. —Los salones destalonados rojos—. Sí, por favor.

Se arrodilló en la cama. Luego se sentó a horcajadas sobre mi pecho. Demasiado lejos. Se encorvó sobre mí de modo que sus pechos colgaban como fruta madura sobre mi cara. Lamí un pezón rosado, luego el otro. Arqueó la espalda, empujándolos hacia mi cara. Lentamente, con cuidado, levanté mis manos y junté sus pechos, girando mi lengua en un ocho sobre las puntas. Gimió y se restregó contra mi pecho.

Tomé uno de sus pechos en mi boca y succioné con fuerza el pezón. Jadeó, pero se apretó contra mí. Canté victoria por dentro. Estaba perdiendo el control. Gracias a mí. Deslicé mis manos por sus costillas hasta donde se ensanchaban sus caderas, luego pasé ligeramente las uñas de mis pulgares por sus nalgas. Se estremeció.

Con audacia, deslicé una mano por la curva de su trasero hasta el valle entre sus piernas. Incluso antes de llegar a su centro, mis dedos se deslizaron por su humedad. La mapeé con mis dedos: labios, su incitante hendidura y su clítoris hinchado. Se quedó quieta cuando lo toqué.

—¿Puedo… —tuve que tragar para graznar las palabras con la garganta repentinamente seca—, puedo saborearte? —Sabía que era injusto, pero le di un golpecito en el clítoris mientras le hacía la pregunta.

Se enderezó. —¿Eh, supongo?

—¿Supones? —Sabía que existían, pero no había conocido a muchas mujeres a las que no les gustara el sexo oral. ¿Podría ser Alicia una de ellas? Esperaba que no, pero incluso si lo era, encontraría algo que le gustara—. Acércate más. Lo intentaremos, y puedes decirme que pare cuando quieras.

Agarró el cabecero y se acercó. No lo suficiente. Le levanté el trasero y me deslicé hacia abajo hasta que mi objetivo estuvo directamente encima. Giré la cabeza a la izquierda y lamí la humedad de la cara interna de su muslo, largo y lento. Salado, almizclado, dulce. Giré a la derecha y repetí el movimiento. Luego, agarrando sus caderas, giré mi lengua directamente sobre su centro y hacia arriba hasta su clítoris, que toqué con la punta de mi lengua. Jadeó.

Alentador. —¿Así está bien?

—Sí. —La palabra fue lo suficientemente nítida, pero su voz era aguda y entrecortada.

Me puse a trabajar como si abordara un fragmento de código complicado, probando mientras saboreaba, comprobando qué funcionaba —qué la hacía retorcerse y gemir— y qué no. Nota del desarrollador: había muy poco que no funcionara. Pronto, jadeó mientras le chupaba el clítoris, mi dedo medio deslizándose dentro y fuera de ella.

Solté su botón por un momento y lo rocé con una bocanada de aire fresco. —Puedes ser tan ruidosa como quieras. No hay vecinos a este lado del departamento.

Gimió mientras pasaba mis dientes por su piel sensible. Luego, mientras apretaba suavemente mi dedo índice dentro de ella, emitió un sonido incoherente. Gimió mi nombre, y le chupé el clítoris con más fuerza y cerré los dientes en la base.

Emitió un sonido quejumbroso; no fuerte, pero fue suficiente. Mi pene, atrapado por mis pantalones de sudadera, latió, y mi visión se oscureció por un segundo mientras me corría. Gruñí y solté su clítoris, dándole largas y planas lamidas para calmarla. Mi aliento rozó su piel y se estremeció.

—¿Así que supongo que estuvo bien? —No pude ocultar mi sonrisa arrogante cuando me miró.

Se dejó caer de espaldas a mi lado y se echó un brazo sobre los ojos. —¿Hay algo en lo que no seas bueno? ¿Aparte de la humildad?

Me encogí de hombros y luego aparté mis pantalones pegajosos de la piel. —¿Control de impulsos?

28

ALICIA

—¿AGUA?

Estaba flotando en algún punto entre el éxtasis total y el intento de revivir el mejor orgasmo de mi vida, cuando la voz de Jackson me sacó de mi trance. Aparté mi pesado brazo de la cara y abrí los ojos. Él estaba inclinado sobre el borde de la cama, ofreciéndome una botella de agua.

Apoyándome en un codo, la acepté. Tomé un trago y se la devolví. Él se bebió el resto de un tirón.

Se había quitado los pantalones y estaba desnudo por primera vez. O mejor dicho, era la primera vez que lo veía desnudo. Seguramente se había puesto esos pantalones de chándal grises para provocarme. Eran francamente indecentes, no ocultaban nada mientras estaba sentado a mi lado en el sofá. Y su evidente excitación me había dado el valor para olvidar lo que Rick había dicho de mí, para tener la confianza de que con Jackson, el sexo podría ser algo especial.

Y vaya que lo fue.

El sexo con Rick era como el viejo Buick que Melissa me había heredado cuando se fue a la universidad. Empezaba bien, pero al final me quedaba tirada a un lado de la carretera, teniendo que llegar a mi destino por mis propios medios. Jackson me había convencido de que sería más como mi Honda, un vehículo fiable que aguantaba la distancia. Pero, Dios mío, era el Corvette con el que uno de los novios de Melissa nos había llevado a la escuela una vez. Pura potencia, contenida en las curvas y lista para rugir en la siguiente recta.

Y eso que su verga todavía no había estado dentro de mí. Me le quedé mirando mientras tapaba la botella vacía y la ponía en la mesita de noche. Parecía un poco más blanda que antes. ¿Lo habré desanimado?

Un escalofrío me recorrió la piel. Me había permitido ser tan vulnerable, mostrándole mi cuerpo, incluso mis lugares secretos, mientras montaba su cara. Me cubrí los pechos con un brazo y crucé las piernas. ¿Por qué no tenía una sábana encimera para poder taparme?

—¿Tienes frío? —preguntó.

—Mmm.

Se dio la vuelta, mostrándome un destello de los sexis hoyuelos que tenía justo encima del trasero. Luego todo su trasero —oh, Dios mío, definitivamente rivalizaba con el de Rick—, mientras se agachaba para recoger del suelo el edredón blanco. Me lo tendió, yo lo arrebaté y me acurruqué debajo.

El colchón se hundió a mi lado. —¿Estás bien? ¿Hice algo mal?

—No. —Asomé la cabeza fuera del edredón—. ¿Estuvo bien para ti? ¿Quieres que...? —Dejé que mi mirada cayera donde su pene descansaba sobre su muslo.

—Carajo, no. Es decir, me encantaría si quisieras. Pero esto no es una transacción. Estamos haciendo... estamos disfrutando el uno del otro. No tienes idea de cuánto tiempo he querido tocarte así. Probarte. Escuchar los sonidos que haces cuando te vienes. Me vine sin que ninguno de los dos me tocara. Estuviste increíble.

—¿Sí? —No sabía que los hombres podían hacer eso.

—Tú también te la pasaste genial, ¿verdad?

Había visto las estrellas. —Por supuesto. No me había venido así en… nunca.

Se acercó rodando y puso una mano sobre el edredón que me cubría. —Me encanta… —tragó saliva— lo honesta que eres.

Mi corazón se aceleró. ¿Estaba a punto de decirme que me amaba? No se trataba de eso. ¿O sí? Como él había dicho, éramos dos adultos consintientes, disfrutando de nuestros cuerpos.

—¿Crees que haya espacio para mí ahí dentro? —señaló el edredón—. Hace un poco de frío aquí afuera y me gusta acurrucarme.

—No te creo ni por un segundo. —Aun así, la expresión esperanzada en su rostro me derritió. Abrí un lado del edredón, cubriendo mi torso con el resto—. Anda, ven entonces.

Se metió dentro y luego me abrazó por detrás, en cucharita. Un brazo se metió bajo mi cabeza y el otro me rodeó la cintura. El edredón se enredó entre nosotros, creando un bulto incómodo bajo mi cadera. Me retorcí y tiré para enderezarlo, y para cuando mi cadera quedó plana contra el colchón, mi trasero estaba bien pegado contra la creciente erección de Jackson, y su aliento estaba caliente en mi oído.

Su mano subió hasta acunar mi pecho. —¿Te podría interesar un segundo round? —Me pellizcó el pezón.

Ese pellizco envió una sacudida directa a mi centro. Jadeé por la intensidad. Cada parte de mí estaba de acuerdo con su propuesta. —Dijiste que querías acurrucarte —bromeé, retorciéndome de nuevo contra él.

—Eso fue antes de que restregaras tus hermosas partes blandas contra las mías, no tan blandas. —Para probar su punto, la cabeza de su pene se deslizó entre mis piernas.

Contuve un gemido. —Solo intentaba ponerme cómoda.

—Esto es bastante cómodo, ¿no crees? —Echó las caderas hacia atrás y luego las empujó hacia delante, deslizando su pene sobre mi sexo.

Mi intimidad se contrajo, hambrienta de él. El tiempo de los juegos había terminado. —Se siente bien.

Deslizó sus dedos por mi estómago y me ahuecó la entrepierna. —¿Y esto cómo se siente? —Hizo vibrar sus dedos sobre mi clítoris.

Lancé mi pierna superior sobre la suya y dejé escapar un gemido.

—Vale —susurró contra mi cuello—. Voy a interpretar eso como «jodidamente fantástico».

Me estimuló más y más hasta que contuve la respiración, esperando el orgasmo que pendía tentadoramente fuera de mi alcance. —Jackson… —murmuré—, haz que me venga.

—¿Qué necesitas, cariño?

—No… no lo sé.

—¿Qué tal si…? —Me besó, justo en la unión entre el hombro y el cuello, y luego sentí la mordida de sus dientes en mi piel. El pequeño dolor, combinado con un pellizco en mi clítoris, me recorrió como un cohete y me hizo llegar al límite con un chillido.

Cuando regresé de mi orgasmo estelar, él estaba besando el lugar que había mordido y presionando suavemente mi clítoris.

Intenté decir su nombre, pero salió como un murmullo ininteligible. La boca no me funcionaba. Ninguno de mis músculos.

—¿Estás bien, nena?

Mi piel se erizó ante el apelativo cariñoso. Podía llamarme así todo lo que quisiera, ahora que no trabajábamos juntos. Se acabaron las posibilidades de que se le escapara delante del equipo. Asentí.

Se apartó un segundo y oí rasgarse un papel. Volvió a meterse bajo el edredón y se arrodilló entre mis rodillas. Pero en lugar de hundirse directamente, se deslizó hacia los pies de la cama y se inclinó de modo que su barbilla quedó suspendida entre mis piernas.

—¿Puedo probarte de nuevo? Seré cuidadoso si estás sensible.

Todavía en el abismo del gozo postorgásmico, asentí.

Antes de tocarme, buscó bajo el edredón hasta encontrar mis tobillos. Todavía llevaba un zapato. El otro se me había caído en algún momento entre orgasmos. Se los ajustó alrededor del torso y se aseguró de que la punta de mi tacón rojo descansara en el pliegue de su cadera. —Adelante, clávame las espuelas —dijo con una sonrisa—. Pero ten cuidado con las partes colgantes, o podrías perderte otro orgasmo.

Se inclinó y rozó su mandíbula áspera por la cara interna de mi muslo hasta llegar a mi centro. Abriéndome con los pulgares, lamió mi sexo por dentro y por fuera. Mis piernas empezaron a temblar y clavé los talones en sus caderas.

—Eso es, nena —dijo contra mi intimidad—. Dámelo otra vez.

Mis caderas se levantaron y me restregué contra su cara. ¿Qué tenía este hombre que disolvía mi resistencia, que atravesaba las grietas de mi armadura? Me concentré únicamente en mi placer y en cómo él lo aumentaba.

Deslizó uno o dos dedos dentro de mí, pulsando, y movió los labios hacia mi clítoris. Empezó lentamente, con besos y suaves lametones. Mis piernas temblaban con más fuerza.

—Sujétate a mí, cariño —dijo—. ¿Puedes aguantar más?

—Sí, sí. —Las palabras brotaron de mí.

Pasó la lengua por mi clítoris, acelerándolo de nuevo, antes de cerrar la boca sobre él y dar una larga y fuerte succión que me hizo arquear la espalda sobre el colchón.

Entonces sus dedos desaparecieron, reemplazados por una presión roma en mi entrada. Acunando mis caderas con sus manos, se deslizó dentro de mí en una estocada larga y lenta. Mis espasmos lo apretaron.

—Oh, Dios, nena, sí. Se siente tan bien. —Permaneció inmóvil, agarrando mis caderas.

Por fin abrí los ojos. Deseé no haberlo hecho, porque todo se mostraba en sus ojos, suaves de anhelo. Su expresión reflejaba el dolor en mi pecho, ese que solo empeoraría cuando finalmente regresara a California.

Nos miramos en silencio durante un largo momento. Él fue el primero en apartar la vista, mirando hacia donde mis piernas se abrían sobre la cama. Uno de nosotros había quitado el edredón. Me levantó el pie y me quitó el zapato. Luego apoyó mi tobillo en su hombro. Levantó mi otra pierna y la colocó sobre su otro hombro. Luego echó las caderas hacia atrás y embistió dentro de mí de nuevo, encendiéndome por dentro. Se me escapó un chillido agudo.

—Vale, sigamos con eso —dijo con una sonrisita.

Marcó un ritmo moderado que nos permitió saborear la fricción mientras se deslizaba hacia dentro y hacia fuera. Mis piernas temblaban contra sus hombros hasta que, suavemente, posó las manos sobre mis tobillos. Volvió la cara para besar uno, y luego el otro, con tanta ternura que las lágrimas me picaron en la parte de atrás de los ojos.

—¿Y eso por qué? —Levanté las palmas de las manos para secar la humedad de las comisuras de mis ojos.

—Llevo queriendo hacer eso toda la tarde. Tengo más sitios que quiero besar. —Embistió dos veces más, sin hablar.

—¿Me lo vas a decir?

—Te lo mostraré —dijo—. Más tarde.

Su boca se tensó y aceleró el ritmo. Una mano bajó entre nosotros y me acarició el clítoris con el pulgar. Combinado con la presión cada vez más profunda dentro de mí, su tacto me hizo apretarme a su alrededor. Se chupó el pulgar y volvió a presionarlo sobre mi clítoris, en círculos. Mis piernas se deslizaron de sus hombros, y contraataqué contra él, una, dos veces, antes de gritar mi clímax.

Se quedó quieto, y no podía distinguir si las pulsaciones dentro de mí eran suyas o mías. Luego, sujetándome las rodillas alrededor de su cintura, rodó para que mi cuerpo quedara sobre el suyo. Mi pelo se había salido del moño y se le pegaba a la piel. *Yo* me pegaba a su piel, y quería quedarme ahí, adherida a él, para siempre. Le acaricié el costado del pecho y luego dejé caer el brazo sobre el colchón. Susurró mi nombre sobre mi cabeza.

Puede que me quedara dormida, porque solo fui vagamente

consciente de que se apartaba de debajo de mí, iba al baño y volvía.

Cuando parpadeé más tarde, la luz dorada de la tarde había desaparecido y la habitación estaba a oscuras. —¿Qué hora es? —murmuré.

—No muy tarde. Las siete y media. ¿Tienes hambre?

Solo de más de él. Más de su calor envolviéndome. Más de sus palabras tranquilizadoras sobre lo increíble que era. Más de la suavidad en sus ojos que reflejaba lo que yo sentía.

Amor.

Un pequeño grito comenzó en mi cerebro. Me había enamorado de Jackson Jones. De un hombre que había dicho que se quedaría, aunque su trabajo, su empresa, estuviera a casi dos mil millas de distancia. Quizá podríamos jugar a estar juntos un tiempo, pero al final tendría que volver. Su lugar como líder estaba allí.

La maldición de las mujeres Weber me había alcanzado.

Mantén la calma, le dije a esa voz que gritaba. Guardaría esa molesta emoción en una caja. Claro, haría ruido cuando Jackson se fuera. Pero entonces la dejaría tranquila, que se llenara de polvo. Tal vez las polillas se la comerían, como le habían hecho al vestido de novia de mamá en el ático, dejándolo lleno de agujeros como un queso suizo para que no nos sintiéramos mal al tirarlo a la basura.

El grito se hizo más fuerte. ¿A quién quería engañar? Lo que sentía por Jackson era nuevo, pero era demasiado grande para guardarlo en una caja. Era como el monstruo bebé gigante contra el que luchaba el superhéroe en una de las películas favoritas de Noah. Demasiado inocente, demasiado ajeno, para comprender la destrucción que estaba causando. Arrasaría con todo a su paso, dejándome en ruinas.

Si me quedaba, seguro que lo confesaría. Jackson podría haberme hecho perder el control de mi cuerpo, pero no estaba preparada para soltar mis emociones de esa manera.

—Tengo que irme. —Miré al suelo. ¿Dónde había tirado mi ropa interior, los calzones blancos gigantes y nada sexis con «Bragas de niña grande» impreso en el trasero, los que Tiannah me había regalado de broma en mi último cumpleaños, los que había olvidado que llevaba puestos hasta que intenté hacerle ese striptease?

—¿No puedes quedarte? ¿Ni siquiera a cenar? Hay un sitio genial de comida tailandesa para llevar cerca de aquí. Son muy rápidos.

Me aparté y me senté. —No puedo. Mañana hay clase y me gustaría ver a Noah antes de que se vaya a la cama.

Me tomó la mano. —¿Quieres darte una ducha?

Imaginé su cara entre mis piernas mientras presionaba mi mejilla contra los azulejos lisos. —Tentador, pero de verdad necesito ir a casa.

—Sin jueguitos. Lo prometo. Solo para limpiarnos. Incluso puedes ducharte sola si quieres.

Mis labios se curvaron en una sonrisa. ¿Quién hubiera pensado que Jackson Jones, programador estrella y playboy internacional, me estaría rogando que me duchara con él después de darme quién sabe cuántos orgasmos? ¿A mí, la diosa del sexo antes conocida como la Reina de Hielo? —Está bien —dije—. Vamos.

Su ducha era lo suficientemente grande para dos, y habría sido fácil tener otro round. Pero lo único que nos tocamos fue para enjabonarnos la espalda. Cuando Jackson preguntó si podía lavarme el pelo con champú, le dejé. El agua caliente me golpeaba el pecho y el vientre, y cerré los ojos mientras sus grandes dedos masajeaban toda la tensión de mi cuero cabelludo. Le había dejado entrar, tanto emocional como físicamente, y no lo había usado en mi contra. Al contrario, me hacía sentir segura, cuidada. Querida. Después de tantos años cuidando de mí misma —y de Noah—, quería que durara para siempre.

¿Cuánto tiempo podríamos hacer esto? ¿Un par de semanas hasta que Acción de Gracias nos separara? ¿O más? ¿Saldríamos los sábados por la noche, paseando por la Sexta Avenida, cogidos de la mano y probando la música de cada bar? ¿Podría pasar los domingos perezosos en su casa, usando sus camisetas y demorándome con el café en su cocina?

El agua golpeaba la coronilla de mi cabeza y la parte baja de mi espalda, el gran cuerpo de Jackson calentando mi parte delantera. Demasiado pronto, me había enjuagado la espuma del pelo y se estiró a mi alrededor para cerrar el agua.

Después de secarnos, me peiné el pelo hacia atrás en un moño. Jackson insistió en abrocharme los botones de la blusa —lo cual era totalmente innecesario—, pero también me ayudó con la cremallera y el botón de la espalda de mi falda. Encontró una camisa y unos pantalones cortos limpios en algún lugar de su dormitorio y luego me hizo sentarme en el borde de la cama mientras me ponía mis zapatos de tacón rojos como si fuera Cenicienta.

Me levantó. —¿Cuándo puedo volver a verte?

Lo mejor era que no tenía que inventar una razón falsa para terminar con Jackson. Ya teníamos una incorporada. —Te vas a ir.

Sus ojos se afilaron como un bisturí, cortando mis defensas. Maldita sea. Sabía lo de las excusas y por qué las ponía. —Te dije que me quedo.

—¿Por cuánto tiempo?

Su boca se tensó por un segundo. —Las relaciones a largo plazo nunca fueron lo mío. Soy más de una noche. Nunca he estado con nadie, nunca me he permitido estar con alguien, que me desafíe como tú lo haces, que sea hermosa e inteligente también. Alguien a quien respeto.

—No querrás decir que no soy como las otras chicas, ¿verdad? —Me crucé de brazos.

—No. —Un rubor se extendió por su frente—. Quiero decir, por supuesto que eres excepcional. Pero yo… no creía que pudiera estar con alguien que…

—¿Te cuestione tus estupideces?

Resopló. —Exacto. Lo que intento decir es que esto es una

primera vez para mí. Probablemente lo voy a arruinar. Pero…
quiero intentarlo. Ya estaba planeando hablar con Cooper mañana
sobre seguir trabajando desde Austin. Quiero darle una oportunidad a esto. Darnos una oportunidad.

—¿No le vas a decir nada a Cooper, verdad? ¿Sobre… nosotros? —¿Realmente había un *nosotros*?

Se estremeció. —Todavía no. Primero haremos que escriba ese
testimonio para usted.

Descrucé los brazos y uní mis manos con las suyas. —Gracias.
—No me haría daño verlo unas cuantas veces más antes de que se
fuera. De cualquier manera, quedaría destrozada. Y me gustaba
más la manera con orgasmos que la que no los tenía.

—Mi próximo trabajo no empieza hasta la semana que viene,
así que estoy libre el resto de la semana.

—Cooper se queda hasta mañana. Pero podría saltarme el
trabajo pasado mañana.

—¿Llevo un día fuera del proyecto y ya te estás saltando el
trabajo?

—Soy un desastre. —Se encogió de hombros—. Todo el mundo
lo espera.

Se me encogió el estómago. Quería sacudirlo. —Escúchame,
Jackson Jones. No eres un desastre. Eres una estrella. Cooper te
elogió, y tengo la sensación de que no lo hace muy a menudo. Tú
construiste ese software y lo hiciste cantar.

Su rostro se suavizó. —Lo sé. Pero suena mejor cuando lo
dices tú.

Lo besé con fuerza en los labios. —Y te mereces un día libre de
vez en cuando.

Sus brazos me rodearon. —Tú también. Necesitas pasar
tiempo con tu novio, que además es el mejor amante que has
tenido.

Una emoción me recorrió. —No nos adelantemos. Ni siquiera
me has invitado a salir.

—Pasado mañana. Te invitaré a salir el miércoles.

—Vale. Escríbeme. —Me incliné para darle un pico en los

labios, pero él capturó mi boca en un beso devorador que me debilitó las rodillas y me robó el aliento. Me hizo olvidar por qué habíamos esperado tanto para acostarnos.

Cooper. Pensar en su cara de juicio hizo que el hielo fluyera por mis venas.

—¿Qué? ¿Por qué dijiste «Cooper»? —murmuró Jackson en mi cuello.

—Uy. —Pasé a su lado, saliendo del dormitorio. Me siguió, sus pies descalzos silenciados por la alfombra.

—Oye —dijo cuando llegamos a la sala—. Quizá tú, yo y Noah podríamos hacer algo juntos. Podríamos ir a un partido de baloncesto. O de excursión. Incluso a uno de esos sitios odiosos con animatrónicos y pizza de cartón.

Ya sería bastante malo para mí cuando Jackson se fuera. No podría enfrentarme a otra de las expresiones anhelantes de Noah como la que ponía cada vez que veíamos a Rick. —Yo… no quiero confundir a Noah. Así que preferiría no involucrarlo.

La cara de Jackson decayó. Luego me dedicó una media sonrisa que no le iluminó los ojos. —Lo que tú quieras, cariño.

Quise retractarme y verlo sonreír de nuevo. Pero no podía. No podía dejar que le hiciera daño a Noah. Le tomé la mano y se la apreté. Por fin, la otra comisura de su boca se levantó.

—¿Me escribes mañana? —dije.

—Te escribiré esta noche.

Poniéndome de puntillas, lo besé, un beso largo, lánguido, de esos que dicen que tenemos todo el tiempo del mundo. Por ahora, ambos fingiríamos que se quedaría el tiempo suficiente para darnos una oportunidad. Tal vez si fingíamos con la suficiente fuerza, se haría realidad.

—Te responderé el mensaje. Buenas noches, Jackson.

Salí a la fresca noche de noviembre, con las mejillas encendidas por la idea de saltarme el trabajo con Jackson pasado mañana. No duraría para siempre, pero él se había autodenominado mi novio, y la idea de volver a besarlo me debilitaba las rodillas.

¿Cuánto tiempo podría quedarse aquí en Austin? No lo sabía,

y no creía que él lo supiera tampoco. Pero por una vez en mi vida, no iba a preocuparme por un año o incluso un mes a partir de ahora. Disfrutaría de esta nueva cosa con Jackson Jones tanto como pudiera.

Y entonces me rompería.

29

JACKSON

DESPUÉS DE QUE Alicia se fue, sentí un hueco en el estómago. Rebuscando en mi cajón de menús de restaurantes a domicilio, saqué el del restaurante tailandés con el que había intentado tentarla, pero lo volví a dejar en el cajón, junto a los tenedores envueltos en plástico, los palillos y los sobrecitos de kétchup. Ni siquiera la comida tailandesa llenaría el vacío que sentía por dentro.

En el dormitorio, olí ambas almohadas. Una olía ligeramente a naranja dulce, así que me la llevé a la sala. Me estiré en el sofá con los pies colgando sobre el reposabrazos, puse la almohada bajo mi mejilla y tomé el control remoto. ¿De qué tenía ganas? ¿Deportes? ¿Comedia? ¿Algo sexi y romántico?

Dejé que el control remoto se me cayera de la mano. Nada podía compararse con la repetición de mi tarde con Alicia. Me pasé una mano por mi camiseta de Led Zeppelin. Un pezón todavía me ardía por su pellizco. Me pregunté si le habría dejado una marca en el cuello. Si estaría un poco adolorida esta noche. Si olería su piel buscando rastros de mí.

Miércoles. La vería el miércoles. Quizá podríamos dar un

paseo por la orilla del río. O podría llevarme a hacer un recorrido por el Capitolio. Yo sería el turista tonto, comprando el recuerdito más ridículo que pudiera encontrar en la tienda de regalos, y ella sería mi sexi guía turística.

O quizá alquilaríamos una habitación de hotel con vistas al río por la tarde y haríamos el amor contra los ventanales.

¿Hacer el amor? Quise decir follar. Echar un polvo. Labrar su campo. Arrodillarme en su altar. Bajar al pozo.

Joder. Apreté la almohada. ¿A quién creía que estaba engañando? A mí, no.

Esto con Alicia era diferente. Claro, me había sentido atraído por ella desde el primer día, cuando le aparté el pelo y le sequé la herida con mi camiseta. Y luego me había resentido con ella. Bueno, no con ella exactamente, sino con todo lo que su presencia significaba sobre mí. Hasta que el resentimiento había dado paso al respeto. A la admiración. Y a algo más suave que me iluminaba cada vez que la miraba.

Mierda. ¿Estaba enamorado?

Nunca antes había estado enamorado. Nunca había salido con nadie con quien pudiera conectar de esa manera. Era más seguro salir con mujeres que no me importaban. Si no me importaban, no dolería cuando se rieran de mí y me dejaran.

Pero después de todo lo que habíamos pasado juntos, no creía que Alicia me haría eso. Vi esa expresión en su cara en la ducha, después de que le lavé el pelo. Me miró como si yo también le importara. Como si, si llamaba a sus puertas el tiempo suficiente, podría acabar dejándome entrar. Si era persistente y digno de confianza, podría incluso dejarme entrar en su vida. Excepto en la parte con Noah.

No confiaba en mí lo suficiente para eso. Tal vez era justo, considerando que todavía metía la pata. Y no había margen de error con un niño. El pobre ya tenía suficientes cosas jodidas en su vida, teniendo en cuenta que no tenía padres y probablemente TDAH.

Sin embargo, no la había cagado en esa conferencia. Ayudé a

Alicia a superarla. Y quizá, una vez que ella sacara a Noah de esa horrible aula y consiguiera que recibiera tratamiento, le iría mejor en el colegio.

¿Podría confiar en mí entonces?

Me permití imaginarlo: montando en bicicleta por el cinturón verde. O llevármelos a San Francisco y hacer cosas de turistas como Alicia había hecho conmigo y los murciélagos. Viendo los leones marinos con Noah. No los llevaría a Alcatraz; eso era espeluznante. Nos sentaríamos en el Golden Gate Park escuchando música o caminaríamos por la playa o visitaríamos la Academia de Ciencias de California. Seríamos una familia.

¿Estaba listo para una familia? ¿Ese hormigueo en mis dedos era emoción o terror?

En la cena con la familia de Alicia, ella se había mostrado tan fuerte, tan segura. Como siempre lo estaba en el trabajo. En el trabajo, nos habíamos convertido en socios. ¿Podríamos hacerlo también con su familia?

Me dejé caer de nuevo en el sofá y me permití fantasear. Se los presentaría a mi madre. Estaría encantada con la madurez y el empuje de Alicia. ¿Pasaríamos las fiestas con su familia o con la mía? Quizás lo mejor sería pasar la Navidad en los Alpes. O en el Caribe. Imaginé a Alicia en bikini. Caminando de la mano por la playa con la luna brillando sobre el agua, escuchando el rugido de las olas, el agua tibia lamiendo nuestros pies. Me perdí en la fantasía.

Por eso estaba acurrucado bajo mi edredón, envuelto en el aroma de Alicia, cuando tres golpes secos hicieron retumbar mi puerta.

Refunfuñando, me quité el edredón. Solo una persona llamaba así. Fui sigilosamente hasta la puerta y miré por la mirilla. Efectivamente, Cooper estaba allí, todavía con su ropa de trabajo, lanzando dagas con la mirada a la puerta. Mierda, ¿qué había hecho ahora?

Abrí la puerta.

—Hola, Coop.

Entró y me escaneó de arriba abajo, desde mi camiseta hasta mis bóxeres y mis pies descalzos.

—¿Está ella aquí?

—¿Quién? —cerré la puerta. Tenía su cara de «estoy a punto de gritarte».

—Nuestra antigua consultora, Alicia Weber.

Joder. Ella necesitaba su testimonio. Nunca le mentía a Cooper, pero por esta única vez, podía ocultar un poco la verdad.

—¿Por qué estaría aquí? —volví al sofá y lancé el edredón y la almohada detrás de él. No sería capaz de olerla, ¿verdad?

Se sentó en la silla frente a la cocina.

—¿En serio? ¿Vas a mentirle sobre esto a tu mejor amigo? Al menos, cuando te acostaste con aquella becaria, fuiste sincero al respecto.

¿Cómo mierda se había enterado? Alicia no lo habría llamado. Y ella y yo éramos las únicas personas que sabían lo que habíamos hecho un par de horas antes. Me dejé caer en el sofá.

—¿De qué estás hablando?

—Cuando no estabas en la cena…

Mierda. Alicia me había pedido que le enviara un mensaje a Cooper para decirle que no asistiría.

—…Tyler me dijo que ustedes dos han estado teniendo algo durante semanas.

—¿Que *Tyler* dijo eso? —jamás habría pensado que nos delataría. Claro que yo había pensado que todo el mundo ignoraba lo cercanos que nos habíamos vuelto Alicia y yo.

—Dijo que pensaba que era de dominio público.

—¿Qué era de dominio público?

Pero Cooper no se tragaba más mi actuación de inocente. Su cara estaba roja a la luz de la lámpara.

—Que te has estado tirando a la consultora que contraté. Francamente, pensé que era demasiado profesional, demasiado madura, para caer ante tus… —hizo un gesto hacia mis bóxeres— encantos. Jamila dijo que era intachable. El colmo de la integridad. Supongo que Alicia la engañó a ella y pensó que también podría engañarme a mí. Pero como dicen aquí en Texas, no nací ayer.

—¿Dicen eso aquí? Nunca lo he oído —tenía que detenerlo antes de que realmente se pusiera en marcha.

—Me aseguraré de que nunca más trabaje para una empresa de renombre. No se abrirá paso a base de follar con los líderes tecnológicos de Austin si yo puedo evitarlo.

—Espera un momento… —me puse de pie. Realmente deseaba llevar pantalones. Y mis botas pateatraseros.

—Lo habías hecho tan bien. Tres meses aquí sin un incidente. Y entonces aparece ella, y vuelves a las andadas —entrecerró los ojos hacia mí—. Ni siquiera es tu tipo.

—Escúchame, Cooper. No me acosté con Alicia mientras trabajábamos juntos en el proyecto.

—Tyler parece pensar que sí.

El dolor me atravesó.

—Nos conocemos desde hace catorce putos años. ¿Y le crees a un programador júnior antes que a mí, tu mejor amigo?

—Sí, nos conocemos desde hace catorce años, y nunca te he visto mostrar la más mínima moderación en lo que respecta a tu polla. Te tiraste a todas las mujeres heterosexuales de nuestra residencia de primer año.

—Tenía dieciocho putos años. ¿No crees que he cambiado desde entonces? Esta tarde, dijiste que había madurado.

—Eso fue antes de saber que tú y Alicia estaban aquí follando en lugar de unirse a nosotros en la celebración del equipo.

—Ella y yo no fuimos más que colegas en la oficina. Alicia es una profesional consumada.

—Aparentemente, no pareció pensar que la integridad profesional se extendiera a eventos fuera de la oficina. Tyler dijo que ustedes dos estaban juntos en tu fiesta de Halloween.

Se me heló la sangre. ¿Me había visto besarla? Habíamos sido descuidados frente a él, pensando que estaba demasiado borracho para recordar. No, *yo* había sido descuidado. Y ahora tenía que pagarlo.

—Tyler estaba borracho esa noche. Terminó durmiendo en mi cuarto de invitados. Pero malinterpretó lo que vio. Sí, busqué a Alicia, pero ella no me correspondió. La besé en la fiesta. Fue demasiado amable como para abofetearme, pero me dijo que no estaba interesada. Se marchó.

—Pero ustedes dos salieron juntos de la oficina esta noche.

Apreté los dientes. Odiaba mentirle a mi amigo, pero el negocio de Alicia, su puta carrera, estaba en juego.

—Le pedí que me llevara. Intenté besarla de nuevo en su carro. Se detuvo y me echó. Caminé hasta aquí. Supongo que ninguno de nosotros tenía ganas de celebrar después de eso. Ella debe de haberse ido a casa.

Cooper se frotó las sienes.

—Joder, Jackson. Ahora tengo que proteger a la empresa de una demanda por acoso sexual. Además de...

—Yo... no creo que presente cargos. Probablemente solo quiera su testimonio —me dejé caer en la mesa de centro frente a mi amigo.

Se frotó la cara.

—Este ni siquiera es mi mayor problema de hoy.

—¿Qué quieres decir? —contuve la respiración. Si tenía un problema más grande que yo, tal vez regresaría pronto a San Francisco y me dejaría en paz.

—Weston. Tiene una situación de emergencia total en la sede. Tenemos un accionista activista cuestionando nuestra relación con esa empresa *offshore*.

Me puse tenso.

—¿La que Weston trajo porque eran más baratos que nuestro equipo en Singapur?

—Esa misma. Parece que no estaban pagando un salario digno, y ahora tenemos que hacer control de daños.

—Y putas reparaciones.

Bajó las manos y me clavó su mirada de acero.

—Por eso vienes conmigo.

—¿Yo… qué? —no podía ir con él. Alicia y yo teníamos una cita el miércoles.

—La emergencia total incluye a nuestro nuevo vicepresidente de Desarrollo, bajo cuya competencia caen las relaciones con los desarrolladores *offshore*.

—¿Qué? —los engranajes de mi cerebro patinaban.

—Este también es tu puto problema. Vienes conmigo a solucionarlo.

—Yo… no puedo.

—¿Y por qué? Somos socios. Sinergia es la mitad de tu empresa.

Porque te mentí y me estoy tirando a nuestra antigua consultora. No. *Porque me he enamorado de nuestra antigua consultora.* Cierto, pero tampoco funcionaría.

Mierda. Alicia quería que fuera un líder. Ser un líder apestaba.

—Bien. ¿Nos vamos esta noche?

Se puso de pie.

—Mañana por la mañana. Pasaremos por la oficina para una charla rápida con Tyler para ponerlo en su sitio, y luego regresaremos en el jet. Empaca tus cosas esta noche. El equipo terminará aquí. No hay necesidad de que regreses.

—Pero…

—Cuando lleguemos a casa, si oigo siquiera un rumor de acoso sexual, te enviaré a ese monasterio en las montañas cerca de Big Sur. Podrás enviar tu código por burro.

¿Burro? Yo era el que estaba a punto de comportarse como un asno.

30

ALICIA

ME QUEDÉ MIRANDO el mensaje de Jackson más tiempo del que debería, sola con mi taza de té en la cocina de mi madre a la mañana siguiente, analizando las palabras e intentando encontrar el significado oculto. El porqué.

Pero el porqué no importaba. En realidad, no.

Lo único que importaba era que se había ido.

Ayer había dicho todas esas cosas perfectas. Sobre cómo era imperfecto. Que nunca había tenido una relación antes, pero que estaba dispuesto a intentarlo.

Y luego se fue, incluso antes de que la irritación de su barba en mis muslos se desvaneciera.

Me estremecí y me levanté, ciñéndome la bata más al cuerpo. Puse mi té frío en el microondas y esperé a que se calentara.

Mamá me diría que le di lo que quería, así que ya no tenía motivos para quedarse.

Tiannah lo diría sin pelos en la lengua. Me diría que caí redondita en su trampa.

Melissa me diría que estaba orgullosa de mí por haberme arriesgado, aunque no hubiera funcionado.

Me sequé una lágrima de la mejilla. Jackson Jones no merecía mis lágrimas.

—Cariño. —No había oído a Esmy entrar en la cocina—. ¿Pasa algo?

—No. —Sorbí por la nariz—. Deben ser alergias.

—¿En noviembre? —Chasqueó la lengua un par de veces y puso el dorso de su mano en mi frente—. Esto no tiene nada que ver con tu cita de anoche, ¿verdad?

—¿Cita? —Abrí la alacena y saqué el frasco de miel.

—Llevo un tiempo fuera de circulación, pero en mis tiempos, cuando volvía a casa con el pelo mojado y la ropa arrugada, significaba que había tenido acción. —Pulsó el botón del microondas —. Y ese té no se va a calentar si no lo enciendes.

Hice una mueca. —Tú y mamá siempre me dicen que debería salir más.

—Y deberías. Pero hoy no tienes el mismo brillo de anoche.

Anoche, prácticamente había entrado flotando en la casa. Esa mañana, desde que leí el mensaje de Jackson, tenía plomo en las venas.

—Estoy bien. —Y lo estaría. La gente tenía rollos de una noche todo el tiempo. Y eso era todo lo que había sido la noche anterior. Solo tenía que convencer a mi corazón resquebrajado.

Y, al parecer, a Esmy. Me miró entrecerrando los ojos. —¿Estás segura?

—Segurísima. —El microondas sonó y saqué mi té—. Voy a limpiar algunos armarios. Te veo luego.

El trabajo me hizo bien. Puse a Rihanna a todo volumen en mis audífonos mientras revisaba el armario y los cajones de Noah y metía en bolsas todo lo que parecía quedarle pequeño. Limpié sus zapatos de fútbol con la manguera en el patio trasero y los puse a secar en la terraza. Luego, me dediqué a mi propia habitación. El suéter de Jackson, el que me dijo que podía quedarme la noche que nos sentamos juntos en el columpio del porche, fue a parar a la bolsa de donaciones junto con la pijama de Bob Esponja que ya no le quedaba a Noah.

Esa noche, para demostrarle a Esmy que estaba bien, preparé pollo King Ranch, el favorito de Noah, en la cocina que había fregado.

Aun así, fruncía los labios cada vez que me miraba desde el otro lado de la mesa.

El miércoles no fue tan bueno. Después de que Noah subiera al autobús escolar, miraba mi teléfono una vez por hora, esperando ver un mensaje o una llamada perdida de Jackson. Algo en respuesta al mensaje que le había enviado.

¿Vas a volver?

Nada.

Aun así, logré vestirme antes de que Noah volviera de la escuela, e incluso preparé espaguetis para la cena.

El jueves, después de regresar de la parada del autobús, tomé a Tigger y me acurruqué con él en mi cama. ¿Qué había hecho mal? ¿Había sido mala en la cama? Me había puesto rara un rato, escondiéndome bajo su edredón. Y luego le había dicho todas esas cosas que me hacían parecer cualquier cosa menos la Mujer Maravilla que tanto me había esforzado en proyectar. Quizás había decidido que no valía la pena el esfuerzo.

Probablemente, no la valía.

Tigger amasaba mi cuero cabelludo, pasando sus garras por mi pelo y recordándome el masaje con champú de Jackson en su ducha. Había sido tan tierno, tan atento. ¿Me estaba tomando el pelo? ¿Fingiendo?

La frase que usó sobre no permitirse nunca estar con alguien a quien respetara, hasta que me conoció, había destruido mis defensas. Pero solo había sido eso: una frase. ¿Había usado la misma con aquella becaria? Quizás la usaba con todas con las que quería acostarse.

Yo no era especial. No para Jackson Jones. Si lo fuera, habría cumplido su promesa.

Con cuidado, quité a Tigger de mi almohada y me la puse sobre la cabeza. Solté un grito —ahogado por las plumas—, y otro, y otro, hasta que me quedé ronca. Quizás se me escapó una lágrima. O quizás dos. Mi almohada las absorbió y nadie se enteró.

Me escondí bajo mi colcha hasta bien entrada la tarde. Finalmente, me arrastré hasta la ducha y tenía un aspecto razonablemente normal para cuando Noah entró en casa.

Encontré unos palitos de pescado y unos *tater tots* en el congelador para la cena. Esmy se mordió el labio, pero no dijo nada.

Finalmente, el viernes, me miré las ojeras por mi segunda noche sin dormir y decidí que necesitaba ayuda.

Tiannah me abrió la puerta con Tavon en la cadera. —Tienes cara de necesitar una margarita.

—Son las diez y media de la mañana.

—Una mimosa, entonces. Vamos, salimos.

Mientras Tiannah abrochaba a Tavon en su silla de auto, yo recogía Cheerios del suelo de su minivan.

Ella se asomó por encima de mi hombro. —No te preocupes por eso. Orlando y los niños lavan mi auto todos los sábados. Él se encargará de eso.

Tiannah tenía a Orlando, que la quería lo suficiente como para aspirar los Cheerios de su auto. Con su masaje en el cuero cabelludo el lunes, Jackson me había engañado haciéndome creer que le importaba. Y, sin embargo, ni siquiera se molestaba en contestar mi mensaje.

Una lágrima cayó sobre el asiento de cuero. Le siguió otra. Luego un sollozo tan violento que tuve que apoyar las manos en la puerta del auto para no derrumbarme allí mismo sobre el asiento pegajoso.

—Oh, no, cariño, ¿qué pasa? —Tiannah me frotó la espalda.

—Es solo…, solo… Jackson.

La puerta lateral se deslizó para cerrarse y, unos segundos después, Tiannah me apartó suavemente de la camioneta. —Vamos. Volvamos adentro.

Nos sentamos en su sofá mientras Tavon aporreaba un teclado de juguete.

—Cuéntame —dijo.

Me sequé las lágrimas de la cara con el pañuelo arrugado que sacó del bolsillo de sus jeans. —Bueno, el lunes, después de la revisión final del proyecto con Cooper Fallon, se suponía que nos reuniríamos con el equipo en un restaurante para cenar. Pero en vez de eso, Jackson и yo volvimos a su casa.

Ella arqueó las cejas. —¿Y?

—Bueno, eh… —miré a Tavon—, nos acostamos.

—Amiga… —Sacudió la cabeza—. De acuerdo, ¿cómo estuvo?

—Bien. Eso creí. Y después me sentí… rara.

—¿Rara? ¿Te refieres a físicamente?

—No. Demasiado expuesta, ¿sabes?

—Vulnerable. Ok.

—Y entonces me hizo sentir mejor. Segura. Cuidada. Pensé que sig-significaba algo.

Fue al baño y me entregó una caja de pañuelos. —¿Y después?

—Quedamos en hacer algo el miércoles. Pero me envió un mensaje el martes diciendo que se había ido. Y cuando le pregunté si iba a volver, no respondió. Me g-ghosteó. —Tuve hipo.

Me frotó la espalda en círculos. —Quizás le pasó algo. —Por la forma en que salieron las palabras entre sus dientes apretados, sonaba a que si no le había pasado algo, ella se encargaría de que le pasara.

—Lo bueno de salir con alguien famoso es que casi siempre te enteras si le ha pasado algo. Yo, eh… —Cerré los ojos y suspiré—, le puse una alerta de Google. Nada. Anda, puedes decirme que ya me lo habías advertido.

—¿Por qué te haría eso? —Los círculos no se detuvieron.

—Porque me dijiste que no me involucrara. Que nada bueno podía salir de esto para mí. Que saldría herida. Tenías razón.

—No voy a hacer leña del árbol caído. El amor ya duele suficiente.

—¿Amor? —Me sequé los ojos—. No estoy enamorada. —Claro, lo había pensado por un segundo. Pero podía borrarlo, fingir que nunca había sucedido.

—Cariño, eres demasiado inteligente, demasiado motivada, como para haber arriesgado tu carrera por algo menos que amor. Sé que no te metiste en la cama con tu compañero de trabajo…

—Excompañero de trabajo.

—Y el mejor amigo de la persona que se supone que te va a escribir una carta de recomendación. No habrías hecho eso por lujuria. El amor te hace hacer estupideces. Si no hubiera salido tan mal, diría que estoy orgullosa de ti por haberte abierto a alguien.

Había sido solo una grieta, pero él se había abierto paso con sus anchos hombros y me había dejado abierta de par en par y desangrándome. Las lágrimas comenzaron a caer de nuevo.

Tavon se levantó, caminó hacia mí tambaleándose y me abrazó las rodillas. Le pasé la mano por sus suaves rizos.

—No volveré a cometer ese error.

—Ay, cariño. Sé que duele ahora. Pero ¿no se sintió bien por un momento? ¿Querer a alguien y sentirte querida?

Subí a Tavon a mi regazo y lo abracé. —Supongo.

—Algún día, encontrarás al hombre adecuado que sea lo suficientemente maduro emocionalmente como para hablar de sus sentimientos. Que no se irá cuando las cosas se pongan difíciles.

—¿Existen tipos así? Por lo que he visto, no.

Frunció los labios. —Tuviste un par de malos ejemplos.

—¿Esto, justo aquí? —Señalé mis ojos hinchados y mi nariz irritada por los pañuelos—. Esto es lo que pasa cuando me permito enamorarme de un tipo. Siempre te burlas de mí por dejar a los chicos por razones triviales. Pero eso es mejor que esto.

—Sácalo todo, cariño.

—Quizás debería empezar a salir con mujeres, como mamá.

—Quizás deberías. Pero no te hagas ideas. No voy a empezar a engañar a Orlando con tu culito blanco y flacucho.

Me reí, y luego Tavon soltó una risita, y empecé a reír tan fuerte que no podía parar.

—Tengo jugo de naranja y V-O-D-K-A. ¿Qué tal un destornillador?

No podía parar de reír, pero le di un pulgar arriba.

Después de que Tiannah fue a la cocina, Tavon me dio un abrazo pegajoso. Poco a poco, mi risa histérica se calmó. Inhalé su aroma a champú de bebé. ¿Qué había hecho? ¿Por qué Jackson también parecía tan atrapado en sus sentimientos, y luego… nada?

Tomé a Tavon y lo llevé a la cocina, donde lo abroché en su silla alta. Tiannah le puso un vasito entrenador enfrente y esparció Cheerios por la bandeja. Me entregó una bebida.

—Por mi mejor amiga, sabia en los asuntos del corazón. —Choqué mi vaso contra el suyo.

—Superarás a ese canalla. Una vez que empieces tu próximo proyecto, estarás tan ocupada que no te quedarás atrapada en tus sentimientos.

Mi teléfono sonó en mi bolso. No salté a por él como había hecho durante los últimos tres días cada vez que sonaba.

—¿No vas a contestar? —preguntó Tiannah—. ¿Y si es…?

—No es él. —No era su tono de llamada—. Probablemente sea Jamila.

—¿Le contaste? Seguramente llama para avisarte que ya casi termina de patearle el T-R-A-S-E-R-O.

—¡No! Y ni se te ocurra decírselo. No quiero que sepa lo… lo tonta que fui. Llama por un trabajo. Me ha dejado algunos mensajes.

—¿Un trabajo aquí en Austin?

—No. Es en su oficina de San Francisco. Un proyecto largo que empieza el año que viene.

—Deberías aceptarlo. Para distraerte.

Estar en San Francisco, donde vivía Jackson, no me distraería de nada. —No puedo dejar a Noah. Ni a ti.

—Es temporal. Podemos encargarnos de Noah por ti.

—Tee. —Extendí la mano sobre la mesa y puse la mía sobre la suya—. No voy a ir. —Vacié mi vaso.

—Necesitas otra ronda. —Tomó mi vaso.

—¿Más V-O-D-K-A esta vez, por favor?

—Como digas. —Preparó la bebida, esta vez con solo un chorrito de jugo de naranja—. ¿Qué tal si tú y Noah vienen mañana? Orlando asará unos bistecs y dejaremos que los niños corran por el jardín.

Cuando me entregó el vaso, di un sorbo; la bebida fuerte me quemó la garganta. —Suena bien. —Eso me impediría pasar en auto por delante de su apartamento —otra vez— buscando su camioneta.

Me apretó la mano. —Superarás esto.

Negué con la cabeza. —No lo creo. —No estaba segura de que la herida se cerrara alguna vez. De que alguna vez dejara de doler —. Supongo que lo bueno es que aprendí algo: soy un desastre en las relaciones. Tenía razón todo el tiempo al mantenerme alejada de ellas.

—Cariño, eso no es…

—Seré lo que Rick me llamó, una reina de hielo. —Me lo imaginé. Aunque en realidad no era muy diferente de la fachada que había usado en mis primeros días en Synergy.

—¿Te llamó así? —Tiannah se enfureció.

—En la… en la fiesta. —Pero no quería pensar en la forma en que Jackson me había defendido y golpeado a su antiguo compañero de gimnasio—. ¿Quién necesita una pareja cuando hay tanta variedad de juguetes a pilas? Quizás me pida uno nuevo. —Alguien tenía que fabricar uno que me chupara el clítoris como lo había hecho Jackson.

—Que se joda Rick. Nunca me cayó bien, de todos modos.

—Tú dijiste que le diera otra oportunidad.

—No sabía que te había llamado eso. Le voy a cantar las cuarenta la próxima vez que lo vea.

—Llevaré las palomitas.

—El tipo correcto va a llegar. No es Rick, y no es Jackson Jones. Pero está ahí fuera.

—No importa. He terminado con los hombres. —No le daría a nadie más la oportunidad de herirme.

Recogió mi vaso. —Te prepararé otro. Nos pondremos bien alegres antes del almuerzo. —Torció los labios—. Estoy orgullosa de ti, ¿sabes? Por ser vulnerable. Por dejar que alguien se acercara lo suficiente como pentru herirte.

—¿Estás orgullosa de que fuera lo suficientemente tonta como para que me hirieran? ¿Cuántos de esos te has tomado? —Señalé los vasos vacíos en su mano.

—Cielo, ser vulnerable no te hace débil. Actuar como una mujer que tiene sentimientos no te hace débil. La debilidad es esconderse del dolor. Nunca arriesgarse para conseguir algo que quieres. Tú te arriesgaste. Esta vez no funcionó. Pero la próxima, podría funcionar. Y no quiero que te lo pierdas.

Maldita sabiduría maternal.

31

ALICIA

TOMÉ una copa de champán de la bandeja de un mesero para darme valor mientras entraba con paso decidido al vestíbulo de la oficina de Synergy en Austin el primero de diciembre. La oscuridad invernal que había tras los enormes ventanales reflejaba la negrura de mi corazón.

Examiné la sala con la mirada. Normalmente, no habría asistido a la fiesta de lanzamiento de un cliente. Como contratista, se suponía que debía hacer mi trabajo discretamente, sin esperar nada más que mi paga. Pero después de haber rechazado cada una de sus invitaciones a comer durante las últimas dos semanas, Tyler me había suplicado que viniera, diciendo que necesitaba decirme algo en persona. Así que aquí estaba.

Seré honesta: yo también buscaba cerrar un ciclo. Por fin podría enfrentar a Jackson Jones y decirle lo que pensaba de su falta de inteligencia emocional.

Él no estaba en el vestíbulo, y Tyler tampoco. Sin dejar de sorber mi champán, subí las escaleras.

Encontré a Amit y a Kevin cerca de las puertas del balcón.

Después de unos minutos de charla trivial sobre sus nuevos proyectos y el trabajo del hospital en el que yo había estado trabajando, me disculpé para continuar mi merodeo.

Cooper Fallon estaba de pie cerca de nuestra antigua zona de trabajo. La habían reconfigurado de su antigua forma de U, y ahora los escritorios estaban todos amontonados. Alguien más se sentaba allí ahora.

Le debía a Cooper las gracias por el testimonio tan bueno que me había enviado una semana después de mi último día en Synergy. Había sido muy propio de él: frío, distante y profesional. Pero el mismo día que lo añadí a mi página web, recibí tres llamadas de clientes potenciales.

Nuestras miradas se cruzaron y un cambio se produjo en su expresión: un destello de sorpresa, seguido de una suspicacia que le hizo entrecerrar los ojos. ¿Pero qué demonios?

Necesitaba otra copa de champán antes de poder armarme de valor para hablar con él. Me dirigí a la cocina, donde encontré una copa nueva, pero ni rastro de Jackson. ¿Dónde estaba? ¿Con qué derecho se mantenía alejado, se escondía de mí? Debería haber tenido al menos las agallas de aparecer y permitirme cerrar el ciclo.

Avancé con furia por el pasillo de las oficinas, echando un vistazo a cada una de ellas. No me habría extrañado que Jackson hubiera encontrado a alguna nueva compañera de trabajo para seducir y que se estuvieran besuqueando en una de ellas, el muy perro.

No es que me importara. Lo que hiciera Jackson Jones ya no era asunto mío.

Desde mi crisis en casa de Tiannah, había vuelto a ser mi versión formal y profesional de antes de Jackson. Pero había aprendido un par de cosas trabajando en Synergy, y había implementado algunos cambios de estilo. Aceptaba las invitaciones a los happy hours. Incluso había ido a una recaudación de fondos para el hospital para el que estaba trabajando. Uno de los administradores que conocí tenía un hijo con TDAH, y compartimos historias. Íbamos a comer juntas la semana siguiente.

Yo era cálida. Amable. Y seguía siendo profesional.

Lástima que no hubiera encontrado ese equilibrio en Synergy. Si lo hubiera hecho, quizá no me habrían roto el corazón. No estaría deambulando por los pasillos como una especie de Miss Havisham en traje sastre, buscando un amor perdido. *Él* me había hecho esto. *Él* me había reducido a esta versión furiosa, aferrada al champán y con visión de túnel de mí misma. Debería estar disfrutando de esta elegante fiesta, dándome palmaditas en la espalda en secreto por mis contribuciones al proyecto, charlando con otros clientes potenciales. Jackson tenía que estar aquí en alguna parte, con las manos en los bolsillos de sus jeans, balanceándose sobre las puntas de esas ridículas botas, absorbiendo elogios y adulación.

Volví a mirar hacia las escaleras y vislumbré un cabello castaño claro y alborotado. Tyler. Caminé con paso decidido en esa dirección. Él me iba a decir dónde estaba Jackson, y entonces yo iba a tener mi maldito cierre de ciclo.

JACKSON

—MIERDA —masculló cuando el error volvió a aparecer en mi pantalla. De alguna manera, me las había arreglado para olvidar todo lo que sabía sobre programación. O eso, o, como los perros de Pavlov, me habían condicionado a programar cuando olía té Earl Grey, y sin él, estaba perdido.

Quizá podría pedirle a Marlee que me preparara una taza para ponerla en mi escritorio, y eso reiniciaría mi cerebro para que pudiera volver a programar.

Como si me hubiera leído la mente, golpeó suavemente la puerta. Antes no se andaba con tantos miramientos conmigo. Cuando yo era el chico malo Jackson, me zarandeaba hasta que hacía lo correcto. La mayoría de las veces. Pero ni siquiera Marlee podía con el programador modelo Jackson, que se presentaba en mi oficina del sexto piso a las ocho de la mañana para programar, mantenía la cabeza gacha y se iba directamente a mi solitario apartamento cuando el personal de limpieza llegaba tarde por la noche.

Y que no conseguía producir más que código de mierda.

No importaba demasiado. Cooper me había asignado un par de programadores para que me «pulieran». Su código, aunque tosco y poco inspirado, al menos funcionaba, sin errores. No se parecía en nada al elegante programa que había producido con Alicia.

Nunca más volvería a escribir código como ese.

Alicia. ¿Qué estaría haciendo ahora mismo? Probablemente partiéndola en su proyecto del hospital. Y odiándome.

—¿Jackson? —Marlee asomó la cabeza.

—¿Sí? —miré mi pantalla. El mensaje de error no se había ido.

—Te traje un sándwich. Y una galleta. —Levantó una bolsa blanca de panadería.

—No tengo hambre.

Lo dejó en mi escritorio. —Necesitas comer.

—Dije que no tengo hambre —gruñí. No me apetecía comer desde esa última noche con Alicia. El Adderall que tomaba para ayudarme a concentrarme en el trabajo probablemente no ayudaba.

—¿Qué tal un paseo? Podemos ir al parque y puedes meditar.

También había intentado eso, pero no podía sacar los pensamientos sobre Alicia de mi cabeza. —No.

—Al gimnasio, entonces. El ejercicio siempre te hace sentir mejor.

—¿Pero qué carajo, Marlee? ¿Por qué intentas distraerme?

Cometió el error de mirar mi pantalla, la que estaba vacía con la aplicación de la hora y la fecha en la esquina. Cuatro de la tarde del primero de diciembre.

Primero de diciembre. A dos mil millas de distancia, la oficina de Austin estaba celebrando la fiesta de lanzamiento. Del producto que nuestro equipo había creado. Y lo estaban haciendo sin mí.

Yo debería haber estado allí. Excepto que no me lo merecía.

¿Estaba ella allí? ¿Me estaba buscando?

La noche anterior a esa mañana de miércoles en la que debía encontrarme con ella, después de cuatro horas de furioso silencio en el jet de la compañía, después de otras ocho horas de estar todos manos a la obra resolviendo el problema de Weston, Cooper me había dejado en mi casa. Había fruncido el ceño como si estuviera preocupado. Supongo que esperaba que me enfureciera con él, que discutiera. Que me enfurruñara. Que huyera.

Quise arrancarme la piel mientras estaba atrapado en esa sala de conferencias con Weston y nuestro equipo de relaciones públicas cuando debería haber estado en Austin haciendo planes para mi cita con Alicia. Pero me quedé. Era lo correcto para mi empresa. Por Cooper, por Marlee, por todos en la sede central y por todo el equipo de Austin. Incluso era lo mejor para Alicia. Si hubiera podido decirle lo que estaba haciendo, quizá se habría sentido orgullosa. Pero no podía. Ni una palabra del fiasco de la deslocalización podía salir en los medios. Weston nos había silenciado más que a su propio culo.

Mientras el testimonio de Alicia pendía de un hilo, no me atreví a contactarla. Su mensaje de texto estaba en mi teléfono, torturándome. Era lo que me merecía después de casi arruinar su negocio.

Así que ella pensaba que yo era un idiota. De todos modos, la habría decepcionado tarde o temprano. Y en el fondo, ella también lo sabía. Sabía que no debía confiarme a Noah. Lástima que no hubiera sido tan cuidadosa consigo misma.

¿Quién era yo para pensar que podía ser un hombre y actuar como un padre para Noah? No podía ni mantener mi propia vida en orden.

Al día siguiente, bloqueé su número y luego lo eliminé de mi teléfono para evitar la tentación de devolverle la llamada. Y entonces pisoteé hasta el contenedor de basura y arrojé el inútil trozo de tecnología. Aterrizó con un gratificante estruendo contra el fondo metálico. ¿Para qué coño necesitaba un teléfono? Sería un zángano, yendo y viniendo entre la oficina y mi apartamento. Sin tentaciones. Sin vida social, sin amigos. Sin ilusiones de que pudiera ser más.

Aun así, no podía evitar torturarme.

En mi computadora, abrí una ventana del navegador y busqué una red social.

—Jackson, no lo hagas —dijo Marlee, flexionando los dedos como si fuera a detenerme—. Por favor.

—¿Te pidió él que me mantuvieras alejado de esto? —Busqué el hashtag #SynergyLaunch. Fotos de la familiar oficina de Austin inundaron la pantalla. Gente bebiendo champán. Kevin y Amit en la mesa del buffet. Casi sonreí. Echaba de menos a esos tipos. Arriba, un grupo de empleados posando, radiantes.

—Dijo que solo te molestaría.

Solté una risa amarga. —¿Molestarme? —. ¿Cómo coño podría estar más molesto de lo que ya estaba?

Pasé por una foto de Cooper de pie cerca de nuestra antigua zona de trabajo con algún trajeado. Cooper con algunos empleados sonrientes. Los mismos empleados, sin Cooper, aunque lo vi en el fondo, fulminando con la mirada a…

Hice zoom. Una mano, agarrando una copa de champán. La mayor parte de ella estaba fuera del encuadre, y su rostro estaba oscurecido por un codo extendido.

Pero reconocería esa mano en cualquier parte. Larga y pálida. Había visto esos dedos delgados volar en silencio sobre su teclado durante semanas.

Revisé más fotos. Allí estaba de nuevo, en el fondo de una foto del equipo de TI. Tenía la mano en el brazo de alguien. De Tyler. Su rostro estaba borroso, pero su pelo alborotado era el mismo que en la fiesta de mi casa. Unas cuantas fotos más tarde, los localicé detrás del cristal de una sala de conferencias. Estaban desenfocados en el fondo de otra foto, pero conocía la curva de su cadera. La cadera que me había revelado cuando se había quitado la falda. La cadera que había acariciado, con reverencia, mientras me cubría de su esencia. La cadera que había acunado después de que me mostrara lo que había detrás de su escudo, después de que se desmoronara.

En primer plano, Cooper sonreía. Como si se hubiera matado trabajando durante meses bajo el calor del verano de Austin para crear el puto software. Como si no hubiera aparecido de repente al final y hecho trizas la primera felicidad que había encontrado en mucho tiempo. Como si no me hubiera obligado a actuar como todos los demás hombres de su vida y a decepcionar a la mejor mujer que había conocido. Como si le importara una mierda. Vaya socio que había resultado ser.

—¿Jackson? —Casi había olvidado que Marlee seguía allí—. ¿Qué pasó en Austin? ¿Y por qué hay un trozo de hielo envuelto en un calcetín en el congelador de los empleados?

—¿No te contó cómo lo jodí todo? ¿Otra vez?

Una línea se formó entre sus delicadas cejas. —No está jodido. Mira qué feliz está todo el mundo. Los clientes hacen fila para comprar la nueva versión.

Hice clic en la foto de Alicia con Tyler. Hice zoom hasta que se pixeló tanto que no pude distinguir sus rasgos. Pero los recordaba. Recordaba la pendiente de su nariz. La curva perfecta de sus cejas rubias apenas visibles. Sus ojos tan azules y profundos que podría haberme ahogado en ellos. La sonrisa confiada y esperanzada que me dedicó cuando le prometí que le enviaría un mensaje de texto.

—Ella. —Señalé la pantalla con el dedo—. Ella es la razón por la que el proyecto tuvo éxito. Por la que todos están tan felices. Por la que yo fui feliz durante un tiempo. —Intenté tragar, pero se me cerró la garganta.

Marlee arrastró una de mis sillas de visita a mi lado del escritorio y se dejó caer en ella. —Cuéntame.

Y lo hice. Lo solté todo. Las partes buenas y las malas. Y luego la peor parte, donde la decepcioné exactamente como ella esperaba.

Cuando terminé, Marlee me miró entrecerrando los ojos. —¿Y por qué estás así?

—¿Así cómo?

Torció el labio. —Aquí, actuando como un robot, y no en una carrera en Brasil o en un velero en el Mediterráneo o rodeado de mujeres en un jacuzzi en un chalet de esquí. Ya sabes, haciendo lo que siempre haces cuando jodes algo.

Parpadeé. —Yo... lo pensé. Pero supongo que ya no soy ese tipo.

Sus ojos se abrieron de par en par. —Ella hizo esto. Ella te cambió. ¡Como en la novela que estoy leyendo!

Salió corriendo de mi oficina y regresó con un libro de bolsillo destrozado. En la portada había un tipo con el torso desnudo y una falda escocesa. Me lo agitó. —Ella te completa. Y eso te convierte en un hombre mejor. —Suspiró y cerró los ojos por un minuto.

—Y una mierda —gruñí—. ¿Acaso el tipo de ese libro también le dio un puñetazo a su interés amoroso justo donde ya le dolía? No puedo pulsar control-Z en esto y deshacerlo.

Marlee se irguió. —No, no puedes. Pero puedes arreglarlo. Tienes que arrastrarte. Y entonces, *entonces* vivirán felices para siempre. —Sus labios se curvaron en una sonrisa, y su mirada se enterneció.

—¡No! —La palabra salió disparada de mí como un coche de Fórmula Uno en la parrilla de salida—. ¿Cuánto tiempo podríamos hacer que funcionara? ¿Dos semanas? ¿Un mes? Y entonces lo jodería como todo lo demás. No puedo hacerle eso a ella.

—¿Por qué no, Jackson? —preguntó—. Ella quería intentarlo.

—Porque me importa demasiado. Porque la amo. —Me aparté de la pantalla y miré por la ventana el feo edificio de enfrente.

—Ella también te ama.

—No lo sabes.

—Sí lo sé. Es una mujer inteligente. No habría puesto en peligro su testimonio por ti si no te amara.

—Se le pasará. —A mí nunca se me pasaría. Mi propio corazón estaba hecho pedazos, como mi maldito teléfono.

—Jackson Jones. —Cuando se puso de pie, las patas de la silla rechinaron contra el piso de madera—. Te aguanto muchas de tus pendejadas, pero esto no te lo voy a tolerar. Es hora de que dejes de esconderte detrás de esa fachada de «me importa una mierda». Sé que demostrar que algo te importa es difícil. Te expone a las burlas. Y al desamor. Pero si Alicia te importa, tienes que ponerte los pantalones. Cree en ti. Cree que juntos pueden ser más fuertes.

En Austin, Alicia y yo habíamos sido un equipo. Habíamos logrado más juntos de lo que jamás podríamos haber logrado por separado. Pero eso solo había sido durante dos meses. ¿Podríamos mantenerlo por más tiempo, por… —tragué saliva— para siempre? Porque eso era lo que Alicia merecía. Lo que necesitaba.

—Tiene un hijo, ¿sabes? Tiene diez años. No sé nada de niños.

—Prácticamente criaste a Sam desde que era apenas un poco mayor que él. Y resultó ser genial. Creo que eres lo suficientemente inteligente como para resolverlo.

Sam tampoco había encajado nunca en las expectativas de mamá, no como Andrew y Natalie. Así que había pasado mucho tiempo con ella. Le enseñé a programar. Quizá podría hacer lo mismo con Noah. Sería un comienzo.

—¿De verdad crees que podría ser… un padre?

Marlee sonrió. —Apuesto a que Alicia tiene la parte de la crianza cubierta. Apunta a ser un modelo a seguir como un hermano mayor. Al menos para empezar.

Una pequeña semilla brotó en mi cerebro. *Un modelo a seguir como un hermano mayor.* —Marlee, necesito tu ayuda.

Sacó su teléfono. —¿Quieres el jet o quieres volar en un vuelo comercial a Austin?

—No. —Puse mi mano sobre la suya, deteniendo sus dedos sobre el teléfono—. Necesito una cita con mi asesor financiero. Ahora mismo. Y necesito una lista de fundaciones benéficas que ayuden a niños. Preferiblemente a niños neurodivergentes. Y si usan computadoras o programación para hacerlo, aún mejor.

La boca de Marlee se aplanó de nuevo en un gesto de exasperación. —Jackson, ella no necesita que demuestres que eres digno regalando un montón de dinero. Solo te necesita a ti.

—Yo necesito demostrar que soy digno. A mí mismo. Antes de poder pedirle que me acepte de vuelta.

Ella negó con la cabeza. —Contigo siempre por el camino difícil.

Levanté una comisura de mis labios. —No lo querrías de otra manera.

Finalmente, me gané su sonrisa. —No, jefe, no lo querría. —Se dejó caer de nuevo en la silla. Sus dedos volaron sobre la pantalla de su teléfono.

—Gracias, Marlee. Por todo. —La habría abrazado, pero no quería interrumpir su investigación.

—Puedes agradecérmelo rogándole a Alicia hasta que te acepte de vuelta y luego trayéndola aquí a San Francisco. Quiero conocer a esta mujer que te ha cambiado.

—Te encantará. Yo la amo. —Tenía un jodido montón de trabajo que hacer antes de poder alcanzar el objetivo que Marlee me había resumido. Pero como Alicia me había enseñado, lo dividiría en tareas y las iría completando una por una. Aunque no creía que le impresionara un tablero de tareas para «recuperar a Alicia». Mantendría eso en secreto y me concentraría en el gran gesto del que Marlee siempre hablaba en sus novelas de romance.

Marlee levantó la vista, con los ojos brillantes. —Necesitamos un nombre en clave para este proyecto.

—¿No crees que eso es un poco…?

Se tocó los labios con un dedo. —En la mayoría de las películas, el héroe tiene que darle una serenata a la heroína para recuperarla. Tú no cantas, así que siempre podrías hacer algo a lo *Say Anything* con una radiocasetera. Podríamos llamarlo…

—Ni serenatas. Ni radiocaseteras. Y lo llamaremos Proyecto Cowboy Up.

Ella sonrió de oreja a oreja. —Suena bien, jefe. Tu asesor financiero se reunirá contigo aquí en una hora.

—Tengo que ir a mi casa primero. A por mis botas.

—Tus…

—Botas. —Me había comprometido con las malditas botas. No era lo mismo que lo que iba a hacer con Alicia, pero me recordarían lo que ella me había enseñado y cómo iba a vivir el resto de mi vida.

—Entendido, jefe. El Proyecto Cowboy Up va a ser para la historia.

No me importaban los libros. Ni las películas. Solo Alicia y si podía recuperarla.

———

ALICIA

—¿TÚ *qué?*

Tyler se encorvó y metió las manos en los bolsillos. Miró hacia la puerta cerrada de la pequeña sala de conferencias a la que lo había arrastrado como si estuviera considerando fugarse. — Cooper estaba preguntando dónde estaban ustedes dos y dije que probablemente preferirían celebrar a solas. Fue un comentario al pasar. No sabía que era un secreto. Pensé que él lo sabía. Pensé que todo el mundo lo sabía.

—No era un secreto —dije entre dientes—, porque no había nada que contar. Jackson y yo no éramos pareja.

—Pero yo… pero se besaron. En la fiesta en casa de Jay.

El calor me subió a las mejillas. —De acuerdo, hicimos eso. No me di cuenta de que nos viste. O de que lo recordarías. Pero no significaba que estuviéramos juntos. —Recordé esa noche de lunes en el apartamento de Jackson, cuando había esperado que pudiéramos empezar algo real, aunque solo fuera por un tiempo. Pero él no había querido ni siquiera eso.

—Dios, lo siento. De verdad. ¿Sabes dónde está? Me muero por disculparme.

—¿No está aquí?

Tyler arrugó la frente. —No desde el día después de que terminó el proyecto. Vino a disculparse con el equipo por crear un ambiente de trabajo hostil. Y ahora no contesta cuando lo llamo y no responde a mis mensajes. ¿Crees que me odia? Porque… —agachó la cabeza—. Me ascendieron. Y me transfirieron a San Francisco. Voy a trabajar en su departamento. Y sería una mierda que me odiara.

—No, Tyler. Cree que eres un tipo genial. Y felicidades por el nuevo trabajo. —Levanté una mano para ponerla en su hombro, pero me quedé helada. Las persianas de la sala estaban abiertas, y no quería que nadie me viera —la mujer escarlata de la oficina, aparentemente— tocándolo. ¿Un ambiente de trabajo hostil? Quizá un par de nuestras miradas se habían prolongado demasiado. Quizá nuestros besos —fuera del trabajo y en lugares donde pensábamos que nadie podía vernos— amenazaron a Tyler y al resto del equipo. No habíamos sido tan discretos como yo pensaba. Si tan solo supieran el resto. Jackson y yo apenas habíamos esperado a que mis credenciales de acceso a la empresa fueran eliminadas del sistema para caer juntos en la cama. Mi cara ardía.

Y, sin embargo, Cooper me había dado el testimonio que necesitaba, a pesar de un comportamiento que claramente consideraba poco profesional. ¿Por qué? Tenía que encontrarlo. Le agradecería por las valiosas palabras. Y me disculparía si fuera necesario.

—¿Lo has visto esta noche? —Me asomé por la pequeña ventana de la sala.

—¿A quién?

—A Cooper.

—Sí. Está por ahí. Iba a preguntarle por Jay.

—¿Te importa si hablo con él primero?

—Adelante. De verdad siento mucho haber dicho algo.

—No te preocupes. Todo estará bien. —Abrí la puerta y me

dirigí a las escaleras. ¿Estaría todo bien? ¿O Cooper le diría a cualquiera que llamara para pedir una referencia que había mantenido una relación indebida con un compañero de trabajo? Supongo que lo descubriría si llegaba a mi próximo trabajo y todos llevaban cinturones de castidad.

Divisé su cabello rubio oscuro, que sobresalía por encima del resto, en el piso de abajo. Manteniendo mi mirada fija en él, bajé y me abrí paso hasta donde estaba, hablando con un grupo de personas. Ejecutivos, a juzgar por la calidad de sus ropas. Jugueteé con mi propia falda, asegurándome de que me cubriera las rodillas. Ojalá me hubiera puesto pantalones.

La mirada de Cooper se cruzó con la mía. Hizo una mueca. Malo.

Merodeé fuera del círculo hasta que, finalmente, se disculpó y se paró frente a mí.

—Señorita Weber. ¿Cómo va el negocio? —Me estrechó la mano, con sus dedos helados.

—Bien, gracias. Estoy en un proyecto con un hospital local ahora mismo. Gracias de nuevo por el amable testimonio. Lo publiqué en mi sitio web y ha sido de gran ayuda para conseguir clientes.

—Me alegro. ¿Podríamos hablar un minuto? —Inclinó la cabeza hacia la pequeña sala de conferencias junto al mostrador de seguridad.

Asentí y lo seguí.

Cuando la puerta se cerró, dijo: —Debí haberme comunicado con usted antes, pero tuvimos una especie de emergencia en la sede. Me gustaría disculparme por el comportamiento de Jackson. No toleramos el acoso sexual, y está siendo disciplinado.

Parpadeé. —¿Acoso sexual?

—Dijo que usted se resistió a sus insinuaciones en múltiples ocasiones, incluido el día en que terminó el proyecto. Aprecio su discreción y espero que el testimonio que le di compense cualquier sentimiento desagradable que él haya engendrado.

Qué. Demonios. ¿Qué había hecho Jackson?

—Le dijo que yo lo rechacé. Que lo que Tyler dijo que vio no fue consensuado.

Extendió sus manos, con las palmas hacia arriba. —Jackson siempre es honesto conmigo.

Apenas contuve un bufido. Toda la personalidad de Jackson era una mentira. Suponía que Cooper sabía que Jackson usaba muchas capas de arrogancia despreocupada e imprudente para ocultar su yo blando, sensible y atento. Pero ahora yo sabía algo que Cooper ignoraba.

Si fuera otra persona, me aprovecharía del miedo en los ojos de Cooper que me decía que llegaría a un acuerdo extrajudicial por una suma que nos mantendría a mi familia y a mí cómodos por muchos años. Matrícula de escuela privada para Noah. Un buen colchón para la universidad y la jubilación.

Pero esa no era yo.

—Señor Fallon, Jackson no ha sido del todo honesto con usted sobre la naturaleza de nuestra relación. Fue consensual. Jackson no hizo nada malo.

—¿Me está diciendo que usted, una consultora, tuvo una aventura con su cliente? —Su mandíbula se había convertido en piedra.

Oh, mierda.

Desearía poder enfriar mis mejillas ardientes con mis manos frías. —No exactamente. Nuestra relación fue casi completamente platónica durante el proyecto. —Excepto por los besos. Me mordí el labio.

—Desafortunadamente, no tenía la apariencia de una relación platónica. Otros en el equipo lo notaron.

—Lo sé, pero…

—Quizá usted no se dé cuenta de esto —sus ojos eran como trozos de hielo—, pero esta no es la primera… indiscreción de oficina de Jackson. Y probablemente no será la última.

Vaya. Mis ojos se desorbitaron, y no me habría sorprendido que se hubieran salido de sus cuencas y rodado por la alfombra industrial. Supongo que había que tener bolas de acero y sangre fría en las venas para hacer crecer una empresa desde tu dormitorio de la universidad hasta convertirla en un gigante multinacional.

—Jackson ha regresado a la sede. Le aconsejaría que se olvide de lo que sea que haya pasado aquí en Austin. Ya que usted confesó haber correspondido a sus… insinuaciones, no creo que Synergy le deba nada más. En el futuro, señorita Weber, piense cuidadosamente antes de involucrarse con el personal de sus clientes. No todo el mundo será tan comprensivo como yo.

Giró sobre el talón de su mocasín italiano. Tenía una mano en el pomo de la puerta cuando dije, con una voz tan dulce como el té de Esmy: —No creo que su comprensión me sirva de mucho, señor Fallon.

Se congeló y se dio la vuelta. Sus ojos muy abiertos me dijeron que no mucha gente le hablaba como yo lo había hecho.

—Jackson Jones es un excelente programador y un activo subutilizado para esta empresa. Algún día se dará cuenta de cuánto vale exactamente y de lo poco que usted merece no solo su sociedad, sino también su amistad. —Apoyé las manos en mis caderas y lo miré fijamente, fingiendo que medía casi dos metros y que realmente podía mirarlo por encima del hombro.

Me fulminó con la mirada durante diez de los acelerados latidos de mi corazón. Luego abrió la puerta de un tirón y salió furioso, dejándome sin aliento a su paso.

—Jódete, Cooper Fallon —masculló. Me hizo sentir un poco mejor. Había hecho todo lo que podía: había defendido al hombre que me había defendido. Que había mentido para protegerme.

Pero yo no le había pedido que hiciera eso. Le había pedido que se quedara. Y no lo hizo.

Rechinando los dientes, fulminé con la mirada el teléfono sobre la mesa de conferencias. Quería llamarlo. Gritarle. Pero no contestaría. No había contestado ninguna de mis llamadas. Quizá estaba deprimido. O enojado.

Me temblaban las manos. Pues que se jodiera. Yo también estaba enojada. Sobre todo con Cooper y su prepotencia de mierda. Pero también con Jackson. ¿Quién era él para decidir qué era lo mejor para mí, para echarse la culpa de algo con lo que yo había estado totalmente de acuerdo? ¿Y luego huir sin decir una palabra, como un patán que desaparece sin más?

Como mi padre. Como el padre de Noah. Tomando el camino fácil cuando la vida se ponía difícil.

¿Adivinas qué? No había nada fácil en mi vida. Y no había lugar en ella para alguien que no podía molestarse en quedarse.

32

JACKSON

—SE VE BIEN. —Cooper dejó la tableta sobre mi escritorio y se recostó en la silla de visitas.

—¿Crees que funcionará? —Apoyé los codos en el escritorio.

—¿Me preguntas si creo que es un plan viable para una fundación o...?

—Sí. —No quería escuchar su *o*. —¿Logrará mis objetivos de ayudar a los niños neurodivergentes?

—Creo que sí. Es mucho dinero. Necesitarás que alguien dé un paso al frente y lo gestione.

—Tengo más dinero del que podría gastar. Pero ¿a quién puedo conseguir para que lo gestione?

Se encogió de hombros. —Podrías contratar una empresa de reclutamiento. Te encontrarían a alguien cualificado.

—Necesito a alguien en quien pueda confiar. ¿Crees que...? —Se me secó la boca antes de que pudiera decir su nombre.

—Es programadora, no directora ejecutiva de una organización sin fines de lucro.

—Es una gerente excelente. Puede hacer lo que se proponga.

Frunció el ceño. —¿Estás haciendo esto para ayudar a los niños o para recuperar a Alicia? —Sus labios se torcieron cuando dijo su nombre. Estaba de acuerdo con lo de la fundación, no tanto con lo de Alicia, a pesar de que me había dicho que ella le había contado la verdad en la fiesta de lanzamiento. Lo cual era raro, porque mis dos personalidades tipo A favoritas deberían haberse llevado de maravilla.

—Lo hago para ayudar a los niños. —Aunque si impresionaba a Alicia, eso también estaría bien.

—Entonces, búscate un director cualificado.

Suspiré y miré hacia la ventana, a la lluvia que caía a cántaros y ocultaba el edificio de enfrente. Casi nunca llovía cuando estaba en Austin. Deseé estar allí en ese momento, respirando el mismo aire limpio y seco que ella.

Pronto.

—Estoy orgulloso de ti, Jay.

Giré la cabeza tan rápido que me tronó el cuello. —¿Qué?

—Me oíste. No solo por el proyecto de Austin, sino por esta fundación tuya. De verdad que has madurado.

—Gracias. —Ojalá tuviera algunos papeles que revolver o un disco duro que desarmar, pero Marlee había limpiado mi escritorio mientras estuve en Austin. No había nada que me protegiera de la intensidad de su mirada láser.

—Y te mereces... amor. El de ella, si es lo que quieres. —Sacudió una pelusa invisible de sus pantalones de vestir.

—¿En serio? —Nunca hablábamos de estas mierdas.

Se veía cansado. Tenía arrugas bajo los ojos y unas ojeras que nunca antes le había notado. Justo abrí la boca para preguntarle al respecto cuando la voz de la persona que más odiaba llegó a la oficina.

—Ah, lo siento, pensé que era una reunión de ejecutivos de la empresa, no un episodio de *Gossip Girl*. —Nuestro director ejecutivo, Harris Weston, entró pavoneándose a mi oficina. ¿No estaba cerrada la puerta antes?

Mierda, ¿cuánto habría escuchado? Suficiente, si interpretaba correctamente el brillo de conocimiento en esos ojos pequeños y penetrantes. Mis sentimientos por Alicia eran privados. Mis mejores amigos, Cooper y Marlee, los conocían, pero no eran para que Weston los coleccionara en su tesoro de secretos, para que sus manos cuidadas los manosearan y los usaran para su propio beneficio.

Me puse de pie tan rápido que la silla giró detrás de mí y chocó contra el aparador. —¿Qué quiere, Weston?

Se miró su reloj de pulsera Patek Philippe. —Pensé que teníamos una cita, Jones.

Mierda, la teníamos. ¿Por qué Marlee no me había avisado que era la hora? Weston probablemente la había llamado para distraerla y, sin teléfono, no pude recibir sus mensajes de auxilio.

Cooper se levantó. —Los dejaré solos, entonces. ¿A menos que también me necesite? —Tenía que darle crédito. Cooper no compartía mi odio por Weston y, por lo general, intentaba actuar como un amortiguador entre nosotros.

—No, gracias, Fallon. Estoy poniéndome al día con Jones, ahora que ha regresado de… —Tosió y no pude distinguir si había dicho *Austin* o *exilio*.

Con un último y tranquilizador asentimiento, Cooper salió y cerró la puerta.

Weston ignoró mi silla de visitas y, con su típica suavidad reptiliana, se acomodó en uno de los sillones orejeros de mi área de descanso. Señaló con una mano el diván vecino. El cabrón me estaba diciendo dónde sentarme en mi propia oficina.

Fui pisando fuerte y me senté en el sillón orejero frente al suyo, al otro lado de la mesita de centro. Me crucé de brazos. —¿Qué necesita, Weston? Marlee ya envió mi informe del proyecto.

—Gracias por eso. —Se alisó la barba, que se había vuelto casi toda gris con algunos hilos castaños en una proporción inversa a su cabello—. Pero vine a hablar con usted de algo más… personal.

El calor me subió del pecho al cuello. ¿Le había contado Cooper sobre Alicia? Si iba a intentar usarla en mi contra…, Alicia, la mejor persona que había conocido…

—Entiendo que está a punto de invertir una cantidad significativa de su fortuna en una fundación. Qué esfuerzo tan admirable.

Parpadeé, me dejó pasmado. ¿Era eso un cumplido? —¿Gracias?

Asintió, como un rey concediendo un favor. —Como sabe, apoyo muchas causas nobles. Una vez que su fundación esté lista para recibir donaciones, con gusto le extenderé un cheque. ¿Serían aceptables diez millones?

No pude evitarlo; se me salieron los ojos. Ni siquiera Cooper, ni siquiera mi madre, me habían ofrecido tanto. Me sentí como George Bailey en *¡Qué bello es vivir!*, sentado en la silla baja mientras el señor Potter me ofrecía veinte mil al año. Ojalá hubiera podido hacer lo que hizo George y rechazarlo. No quería las manos sucias de Weston en mi fundación, pero ese dinero ayudaría a muchos niños.

Tragué saliva. —Sí, gracias.

—Me alegra ayudar. —Extendió las manos en un gesto amplio y generoso. Luego, se inclinó hacia adelante—. También entiendo que ha conocido a alguien. Alguien que requiere un poco más de… —soltó una risita— cortejo.

Me puse rígido. ¿Cómo mierda sabía eso?

—Como alguien con un poco de experiencia en esa área —rió de nuevo, un intento de autodesprecio, ya que todo el mundo sabía que tenía un par de exesposas cubiertas de diamantes—, puedo decirle que las esposas y las novias no son baratas. Como uno de sus finos automóviles, requieren mantenimiento para que sigan ronroneando.

¿Alicia era así? ¿Quería diamantes y mansiones? ¿Pura sangres de carreras, como los que tenía una de las exesposas de Weston? Ella también era de Texas, recordé.

—Entre la creación de su fundación y los regalos para esta merecedora jovencita, podría sentirse un poco apretado de dinero.

Fruncí los labios. Tenía razón; había planeado donar la mayor parte de mis activos líquidos para darle a la fundación un buen comienzo. Ni siquiera había pensado en comprarle a Alicia joyas o una casa grande o incluso un carro lujoso. Había asumido que, una vez que demostrara mi valía, ella solo me querría… a mí. ¿Era ingenuo?

—Puedo ayudarlo. —Weston se recostó en su sillón—. Posee un número significativo de acciones de Synergy. Estaría encantado de quitárselas de las manos al precio de mercado. Para su custodia.

Mierda. Como Potter, me había envuelto como una cobra e intentado hipnotizarme. Esto no se trataba de ayudarme a mí o a la fundación. Era un intento de quedarse con las acciones.

Entre Cooper y yo, teníamos el cincuenta y uno por ciento de las acciones, suficiente para mantener el control de nuestra empresa. Nos habíamos prometido conservarlas pasara lo que pasara. Nadie podía quitarnos lo que habíamos construido juntos.

Me levanté de un salto. —No estoy interesado en ceder mi participación en Synergy.

Weston se levantó y se encogió de hombros. —Estoy tratando de ayudar. De todos modos, mi oferta de donación sigue en pie.

Se dirigió pavoneándose hacia la puerta y se detuvo con la mano en el pomo. —Avíseme si cambia de opinión. Después de… todo, podría necesitar un regalo para suavizar las cosas con su amante.

El imbécil cerró la puerta, dejándome vacío por dentro. ¿Cómo sabía lo mucho que la había cagado con Alicia?

Pero él no conocía a Alicia. Si ella no me aceptaba de vuelta por mí, ninguna cantidad de diamantes o caballos o educación en un colegio privado para Noah la convencerían. Tenía que despojarme de todo eso y demostrarle algo inmensamente más difícil: que yo era el tipo de hombre en el que podía confiar. Uno en quien podía confiar que estaría comprometido a largo plazo. Por ella y por Noah.

Y después de haberlo jodido todo tanto, no tenía ni idea de cómo hacerlo.

Pero iba a intentarlo.

33

JACKSON

NO TENÍA ninguna experiencia en suplicar.

Toda otra relación que había tenido —y estoy usando el término *relación* muy a la ligera— la había cagado de alguna manera; ya fuera intencionadamente, como largarme en medio de la noche sin dejar una nota, o sin querer, como la vez que llamé a una mujer Caroline en lugar de Catherine. Mientras me la mamaba. Auch.

Pero cada vez, me había encogido de hombros y había seguido adelante. Nunca me había importado lo suficiente como para querer arreglar las cosas.

Bueno, no estoy orgulloso, pero ese era el viejo Jackson.

El nuevo Jackson no quería cagarla.

Y eso significaba que tenía que aprender a suplicar, y rápido.

Marlee, aferrada a su pila de novelas románticas, intentó entrenarme todos los días durante la última semana. Dijo cosas sobre admitir la culpa, ser vulnerable y expresar mis sentimientos. Mencionó una entrada espectacular, regalos, hacer que cayera rendida a sus pies... y tuve la extraña sensación de que lo decía literalmente.

Cooper no tuvo ningún consejo para mí. Se quedó mirando por la ventanilla del auto de camino al aeropuerto y en el jet durante todo el trayecto a Texas. No me molestó. Nunca hablábamos de sentimientos.

Su silencio me dio tiempo para revisar unas cuantas docenas de correos electrónicos. Crear una fundación era jodidamente difícil. ¿Quién iba a pensar que no se podía hacer en tres semanas? Una vez que consiguiera a alguien a bordo para dirigir la fundación, podríamos organizar algunos campamentos. Hasta entonces, canalizaríamos el dinero a organizaciones que ayudaban a niños con TDAH, dislexia, autismo, Tourette y TOC. Estaba seguro de que también descubriría otras causas relacionadas con la neurodivergencia.

Nos separamos en el aeropuerto. Cooper se dirigió a la fiesta de Navidad de la oficina y yo me fui directamente a Cherrywood.

Las nubes colgaban bajas sobre la casa amarilla de los Weber esa tarde. No eran verdes como el día que conocí a Alicia frente a la oficina de Synergy, pero su base era oscura y pesada. Sería apropiado que a Austin se le ocurriera desatar sobre mí un nuevo infierno meteorológico.

Mi misión era demasiado importante para que me detuviera el granizo, los tornados o una lluvia de murciélagos. Cuadré los hombros y subí por el sendero de entrada de los Weber, aferrando un ramo de flores del supermercado. Hay que darme un poco de crédito; eran de la elegante tienda de comestibles orgánicos que había visto de camino desde el aeropuerto.

Llamé a la puerta morada.

La luz del porche se encendió y luego la puerta se abrió. La madre de Alicia, Diane, se asomó por el umbral con un par de jeans y un suéter de rayas. Me miró con los ojos entrecerrados a través del mosquitero.

—¿Qué hace *usted* aquí?

Adiós a la hospitalidad sureña. No es que la mereciera.

—Buenas tardes, Sra. Weber. ¿Está Alicia?

Se cruzó de brazos.

—No, está en el trabajo.

El silencio se extendió entre nosotros.

—¿Sabe a qué hora volverá a casa?

—No creo que eso sea asunto suyo, señor Jones. Dijo que las cosas no terminaron muy bien entre ustedes dos.

¿Terminaron? Tragué saliva. Pero, por supuesto, nadie pensó que volvería.

—No, y es mi culpa. Estoy aquí para disculparme. ¿Le importa si entro?

—No me parece, señor Jones. Creo que ya ha hecho sufrir bastante a mi hija. Puede esperar en su auto. O, mejor aún, le diré que pasó por aquí y ella puede llamarlo si quiere hablar con usted.

Cerró la puerta, dejándome mirando la pintura morada. Mierda, debería haber traído vino o chocolates para facilitar mi entrada en la casa de los Weber.

—Supongo que esperaré —murmuré. Me dejé caer en el escalón superior del porche y me quedé mirando la calle como si fuera a llegar en cualquier momento. Dejé las flores a mi lado y metí las manos en los bolsillos. Una gota de lluvia salpicó la punta de mi bota.

Los árboles ya estaban desnudos, sus ramas retorcidas se curvaban hacia el cielo que oscurecía. El frío se filtraba a través de mis jeans desde las tablas de madera del porche, haciéndome temblar. Cayeron unas cuantas gotas más y metí las botas más debajo del porche. El sufrimiento tenía que ser parte de la súplica, ¿no? Había sido mi archi-enemigo desde que dejé Austin hacía más de un mes.

La puerta principal volvió a crujir al abrirse y esta vez el mosquitero se abrió hacia afuera. Se acercaron unos pasos lentos.

—¿Quieres un poco de café?

Lo olí al mismo tiempo que lo dijo y el aroma de la infusión hizo que mi columna se enderezara.

—Sí, por favor.

Noah me entregó una taza. Sostenía otra taza en la otra mano, chocolate caliente por el olor. Se sentó a mi lado.

Sonreí. Un miembro de la familia Weber no me odiaba.

—Hace bastante frío aquí afuera, amigo. Y está húmedo. ¿Vas a estar bien?

Resopló.

—¿Tú vas a estar bien? Parece que yo puedo volver a entrar a la casa cuando quiera mientras tú estás atrapado aquí afuera en la lluvia como un perdedor, esperando que Alicia venga a patearte el trasero.

Oh. Así que iba a ser así.

Bajé la mirada a mi taza de café y la olí. ¿Se podía oler el veneno para ratas? La dejé a un lado.

—¿Cómo va la escuela?

Se encogió de hombros.

—Está bien. Ahora estoy en la clase de la Sra. Fraser. Y estoy tomando una medicina para ayudarme a prestar atención en clase.

—¿Está funcionando?

—Quizá. Saqué una A en mi examen de matemáticas la semana pasada.

—Eso es genial. ¿Y los otros niños te están dejando en paz? ¿No más ojos morados?

—No. El consejero escolar dio una lección sobre tratar a los demás con respeto. Y Alicia me hizo practicar el uso de mis palabras. —Le dio un sorbo a su cocoa—. Parece que tú también deberías haber usado algunas palabras.

—Supongo que te contó lo que hice.

—No tuvo que hacerlo. Primero viniste por aquí, diciendo que me llevarías al circuito de carreras. Que me ayudarías con la tarea. Que me enseñarías a dar un puñetazo. Luego te fuiste. Alicia dijo que volviste a California. Y puso una cara rara cuando le pregunté por ti. —Arrugó la nariz y frunció los labios como si hubiera chupado un limón—. Así.

—Supongo que si lo miras de esa manera… No. De cualquier manera que lo mires, soy un imbécil.

—Sí. Así que… ¿qué haces aquí?

—Vine a suplicar.

—¿Qué es eso?

—Voy a disculparme por lo que hice. Le diré que la amo. Y le pediré que me acepte de vuelta. ¿Crees que funcionará?

Me recorrió con la mirada. La camisa con cuello. Las flores. Las botas llamativas pero gastadas.

—No lo sé. No te pareces a los otros tipos con los que ha salido.

Agaché la cabeza.

—Ha salido con muchos tipos, ¿eh? —Una mujer fantástica como Alicia tenía que tener una fila de hombres esperando para salir con ella.

—No muchos. Algunos. El papá de mi amigo Palmer, Rick. Usa corbata para ir al trabajo. La llevó a cenar y esas cosas. Nos llevó a los cuatro a comer hamburguesas y helado una vez. ¿Tú la has llevado a salir alguna vez?

—No… no exactamente. —Ella me había llevado a ver los murciélagos esa noche. Luego yo había desperdiciado la oportunidad de invitarla a salir y demostrarle que me importaba.

Entrecerró un ojo hacia mí.

—Entonces no creo que tengas muchas posibilidades.

—Traje flores. —Las levanté. Uno de los grandes crisantemos estaba caído.

Curvó el labio.

—¿Dijo que le gustan las flores?

—Yo… yo no le pregunté. —A Marlee le gustaban las flores. Chillaba de emoción cada vez que se las enviaba para el Día de los Profesionales Administrativos. Y usaba estampados florales todo el tiempo. Pero nunca había visto a Alicia con un estampado en absoluto. Solo colores sólidos. Ninguno de ellos particularmente floral. Mierda.

—¿Sabes lo que le gusta?

—¿Qué? —Saldría corriendo a buscarlo. Tenía tiempo.

—Tipos que no son unos imbéciles.

—Oh. —Me encorvé. Tenía razón. ¿Qué carajo estaba haciendo allí, congelándome el trasero en su porche?

Sorbió lo último de su chocolate caliente.

—Voy a entrar a calentarme. Si no te vuelvo a ver, adiós.

Le dediqué una media sonrisa.

—Adiós, Noah. Pero me quedaré hasta que llegue.

Se encogió de hombros.

—Como quieras.

El mosquitero se cerró de un portazo detrás de él. Una luz brilló sobre mí: luces de Navidad. La anticuada guirnalda multicolor recorría los aleros del porche en línea recta. Obra de Alicia, supuse. Las luces se encendieron en el par de árboles que crecían más cerca de la casa. Esas eran rosas, azules y moradas, y su patrón desordenado insinuaba el esfuerzo de otro miembro de la familia.

Un auto se estacionó bajo la cochera de enfrente. Un hombre salió y me miró con los ojos entrecerrados antes de darse la vuelta y entrar en la casa. Un minuto después, sonó un teléfono dentro de la casa de Alicia, pero no pude oír a la persona que respondió. La lluvia se había intensificado hasta convertirse en un estruendoso aguacero que me salpicaba las botas y los bajos de los jeans. Me acurruqué más bajo el voladizo del porche.

Un maullido vino de detrás de mí y un gordo gato atigrado naranja con un collar azul se coló por la gatera de la puerta. ¿Era este el mismo gato que me había bufado la noche que cené aquí? ¿Cómo se llamaba?

Caminó de puntillas a mi alrededor, olfateó el ramo marchito y se dejó caer en el porche, a un brazo de distancia. Maulló de nuevo. Estiré el brazo y dejé que me oliera la mano antes de acariciarlo entre las orejas. Cerró los ojos y miré la placa de su collar. Tigger. Sí, era el gato de Alicia.

—Tú no me odias, ¿verdad, grandulón? Sabes que estoy aquí para intentar compensarla, ¿cierto?

Maulló y se frotó el costado de la cara contra mi mano.

—Sí, somos amigos. Tú darás la cara por mí. Diles que no soy un completo imbécil. Y entonces seremos los mejores amigos. Te traeré premios de atún.

Dejó de frotarse la mano. Sus párpados se abrieron de golpe, mi única advertencia antes de que me mordisqueara el índice.

—¡Ay! —Retiré la mano—. No eres fan del atún, ¿eh?

Se dio la vuelta, me agitó la cola y se metió de un salto por la gatera con un chasquido.

Dos gotas de sangre brotaron de mi nudillo.

—Público difícil. —Me metí el nudillo en la boca.

Pasaron algunas camionetas y una furgoneta de reparto. Miré mi reloj. Eran más de las cinco. Quizás Alicia llegaría a casa pronto. Debería planear lo que quería decir.

Me apoyé en los codos y miré el techo. Estaba pintado de un reconfortante azul huevo de petirrojo. Quizás algún día podría tener un porche con un techo azul. Alicia y yo podríamos sentarnos en el columpio del porche…

El mosquitero se cerró de golpe de nuevo. Noah salió pisando fuerte, pero en lugar de sentarse a mi lado, se apoyó en el poste.

—Sigues aquí, ¿eh?

—Sí.

—Te traje una sudadera. Es de Alicia, pero es bastante grande. —Me tendió una sudadera con capucha gris con el símbolo de un longhorn naranja sobre el bolsillo canguro.

—Gracias. —Se la tomé y me la puse a la fuerza. Quizás era grande para Alicia, pero a mí me quedaba ajustada. Al instante más abrigado, inhalé el familiar y limpio olor de Alicia.

Volvió a entrar por la puerta de un salto y yo me acomodé para esperar.

Cerca de una hora después, el Honda de Alicia apareció por la calle. No supe de inmediato que era el de Alicia —conducía el auto más anodino del mundo— pero lo esperé. Y cuando entró en el camino de entrada, supe que mi instinto no me había engañado.

Me levanté, haciendo una mueca por los dolores que se dispararon por mis músculos. Mi trasero hormigueó mientras el flujo sanguíneo se reanudaba. La puerta del auto se abrió y un paraguas negro asomó. La puerta del auto se cerró y el paraguas avanzó enérgicamente por el sendero y subió los escalones del porche. Luego se inclinó hacia atrás y, cuando me vio, su rostro palideció.

Alicia llevaba pantalones negros y botas, de ciudad, no vaqueras como las mías. Su impermeable colgaba abierto, dejando ver una blusa azul claro con algunas manchas de lluvia. Llevaba el pelo recogido en el moño que siempre usaba en el trabajo. Su maquillaje hacía un mal trabajo cubriendo las manchas moradas bajo sus ojos, y su lápiz labial se había desvanecido, dejando sus labios pálidos. Quería quitarle el temblor de un beso, envolverla en mis brazos, con abrigo mojado y todo, y calentarla. Desvestirla lentamente y meterla en la ducha. Arroparla en la cama donde pudiera dormir hasta recuperarse de la semana. Sostenerla cerca hasta que las sombras se desvanecieran de sus ojos.

Pero la había herido. Si yo era la razón por la que estaba agotada e infeliz, no tenía derecho a hacer nada de eso. Todavía no. Quizás nunca.

Di un paso hacia ella, con las manos colgando, inútiles, a mis costados.

—Hola, Alicia.

Sus labios se apretaron.

—¿Por qué estás aquí, Jackson?

Traté de dedicarle una sonrisa ganadora. No demasiado. Amistosa, pero no como un vendedor de humo. Pero mi cara estaba helada y solo logré una mueca.

—Para disculparme. Me fui de Austin sin despedirme. No te respondí los mensajes ni te llamé para explicarte. Por todo eso, lo siento.

—¿Por qué lo hiciste? ¿Por qué te fuiste? —Apoyó el paraguas en uno de los postes del porche y se cruzó de brazos.

—En parte porque... bueno, no puedo contártelo o Cooper me cortará las pelotas. Pero sobre todo porque no estaba listo. No era lo suficientemente bueno para ti y no quería arruinar tu negocio o... o tu vida. —Señalé detrás de mí, a la puerta morada—. Pero, verás, he tomado algunas medidas para cambiar. He creado...

Me detuvo a mitad de camino, cuando buscaba la carta de la fundación en mi bolsillo.

—No quería que cambiaras. Te quería tal como eras, aquí en Austin. El hombre del que... me enamoré.

Mi corazón se aceleró como un auto de carreras en la línea de salida.

—Pero tenía que cambiar. Por mí. Tenía que sentirme digno yo mismo antes de poder intentar convencerte de que merecía otra oportunidad. —Vertí toda la esperanza, todo el amor que tenía en la mirada que fijé en ella. *Dame otra oportunidad.*

Sus labios se afinaron.

—Es demasiado tarde.

—¿Demasiado tarde? —Marlee no me había dicho que una súplica pudiera llegar demasiado tarde. Dijo que la heroína siempre perdonaba al héroe.

—No puedo hacer esto. —Apartó la mirada, una lágrima no derramada brillando verde bajo las luces de Navidad.

—¿No puedes tener un para siempre conmigo? Porque eso es lo que quiero. —Mierda, debería haberle comprado un anillo. Incluso Marlee dijo que era demasiado, demasiado rápido. Pero yo quería darle la parte del «vivieron felices para siempre», ¿y no venía eso siempre con una boda?

—¿Para siempre? —Se rio, con amargura, y cuando la lágrima rodó por su mejilla, la apartó de un manotazo como si también estuviera enojada con ella—. Ambos sabemos que solo fui una de tus aventuras. Solo estabas en esto por la cacería, nada más. Pues bien, me atrapaste. Y, como una tonta, caí. Me enamoré de ti. Pensé que estaba enamorada. Pero ahora ya lo sé. Y no cometeré ese error de nuevo. —Dio un paso hacia la puerta.

Mi corazón latía con fuerza. Me amaba. O lo había hecho, alguna vez. Le toqué el brazo.

—Alicia, yo también te amo. Dame otra oportunidad. Te demostraré que he cambiado.

Me miró entonces, sus ojos azules brillando.

—No puedo. Será mejor que hagas lo que mejor se te da y te vayas. —Luego abrió de un tirón el mosquitero, empujó la puerta morada y desapareció.

La lluvia rugía como la estática en mi cerebro.

Había dicho que no.

En realidad… repasé sus palabras. Dijo que no podía. Similar, pero no exactamente lo mismo. Me había dicho que me amaba. En tiempo pasado. Y luego me había dicho que me fuera.

Oh. Me dejé caer de nuevo en el escalón superior, donde el aguacero me empapaba las rodillas y las puntas de las botas.

No confiaba en que no me iría de nuevo. Como su padre. Como el padre de Noah. Había formado un trío con esos cretinos.

La fundación no significaba nada para ella. Tampoco que hubiera venido a verla. Lo único que demostraría que era diferente era quedarme.

Así que, joder, me quedaría.

34

JACKSON

RESULTA que hay una delgada línea entre demostrarle persistencia a la mujer que amas y ser un acosador. Y no solo ser una molestia no me haría ganar ningún punto con Alicia, sino que terminar con una orden de alejamiento o en la cárcel tampoco demostraría nada.

Así que les llevaba el desayuno. Y luego me iba. Todos los días.

El primer día, un sábado una semana antes de Navidad, Noah abrió la puerta. El gato, Tigger, estaba a sus pies. Ambos me miraron con los ojos entrecerrados a través del mosquitero. —¿Pensé que te había dicho que te fueras?

Hice una mueca. —¿Se lo dijo?

—No. Estábamos todos escuchando en el comedor. Después, Alicia se fue directo a su cuarto y no salió. —Me miró con los ojos entrecerrados—. ¿Y entonces por qué volviste?

Le sonreí al chico, aunque por dentro quería desmoronarme. ¿Se había pasado la noche alejada de su familia? Me odié por haberla lastimado de nuevo.

—El desayuno. —Le entregué el portavasos —dos cafés, un

chocolate caliente y un Earl Grey para Alicia— y la bolsa de panecillos. Eché un vistazo detrás de él, pero no pude ver a nadie más que al gato—. Volveré mañana. Avísame si tienes algún pedido especial.

Luego hice lo más difícil: me di la vuelta y bajé los escalones del porche. Me subí a mi auto de alquiler —un aburrido sedán azul esta vez— y manejé hasta la oficina vacía, donde trabajé la mitad del día programando y la otra mitad respondiendo correos electrónicos sobre la fundación.

El lunes llegué aún más temprano para poder dejar el desayuno antes de que Alicia se fuera a trabajar. Esta vez, Diane abrió la puerta, cubriendo su pijama con una bata.

Ni un «buenos días», ni un «gracias por los bagels». —Ella no quiere verlo.

—Lo entiendo. —Le entregué el portavasos—. ¿Cómo toma el café?

Entrecerró los ojos de la misma manera que lo había hecho su nieto. —No importa. No volverá. —Me cerró la puerta en la cara.

Pero al día siguiente, mientras le entregaba una fragante bandeja de cafés mexicanos con canela y chocolate caliente, además del té de Alicia, dijo: —Solo. Pero Esmy lo toma con c..., con leche y azúcar. Descremada. —Luego cerró la puerta.

Sonreí de oreja a oreja.

El viernes —Nochebuena—, Esmy abrió la puerta. —¡Viniste! —Tomó la bandeja de bebidas y la bolsa de kolaches, además de un bote de premios para gatos con sabor a hígado, y los dejó en una mesa adentro. Luego, salió al porche para abrazarme—. Gracias por la crema. Hacía meses que no me daba un gusto así. ¿Pero no vas a pasar las fiestas con tu familia?

Dejé que mis brazos rodearan su espalda. Su abrazo era fuerte y suave a la vez. Y hasta que me tocó, no me había dado cuenta de lo hambriento que estaba de contacto físico. Tyler —un tipo de abrazos, pero que seguía en mi lista negra— se había trasladado a San Francisco. Cooper se había ido a casa a pasar las fiestas con su madre, y la oficina había sido un pueblo fantasma toda la semana.

—No. Prefiero estar aquí. Donde está ella. ¿Cómo está?

Esmy se echó hacia atrás. —Está bien. Comiendo mejor. Aunque eso podría ser por la comida de las fiestas. ¿Quieres venir mañana? Siempre hacemos tamales para Navidad.

Mi corazón dio un brinco y se me hizo agua la boca. —¿Ella quiere que vaya? ¿Te pidió que me invitaras?

—Bueno… —Se quedó mirando su pantufla.

—No entraré a menos que ella quiera —le dije con delicadeza —. Y, por favor, no le pidas que me invite. Esperaré todo el tiempo que ella necesite.

Esmy frunció los labios. —Apuesto por ti, mi querido.

—Espera, ¿qué? ¿Están apostando por mí?

Sonriendo, cerró la puerta.

Pasé la Navidad solo en el hotel de estancias prolongadas. Tenían un arbolito triste en el vestíbulo. Unas cuantas familias ruidosas se alojaban en el otro extremo del piso, y los pies de los niños pasaban corriendo por mi puerta en una carrera hacia la máquina de hielo.

En la videollamada que hice esa tarde, tuve que aguantar la ira de mi madre por no estar en casa y la mirada acusadora de Sam. Era un asco por abandonarla allí con nuestros hermanos perfectos. Pero me quedaría en Austin todo el tiempo que Alicia necesitara. Le había prometido un para siempre, y tal vez eso era lo que tardaría.

Pero no todo fue malo. Después de la llamada, le di un mordisco a uno de los tamales de la bolsa de papel que Esmy me había dado esa mañana. Los imaginé a los cuatro sentados alrededor de su árbol —¿lo habrían puesto en la sala de estar frente a las ventanas o justo en el medio de la habitación?— abriendo regalos con música navideña de fondo.

Ojalá hubiera podido aceptar la oferta de Esmy de estar allí. Hacía más de una semana que no veía a Alicia, y me preguntaba si estaría más descansada, si su piel habría recuperado su brillo. No quería que su familia me dijera que estaba bien; estaba desesperado por verlo por mí mismo.

Pero no se trataba de mí ni de mi desesperación. Se trataba de lo que Alicia necesitaba. Si decidía que no me quería, si me volvía a decir que me fuera, lo odiaría, pero lo haría. Al menos sabría que valía la pena que alguien se quedara por ella. Puede que nunca me perdonara, pero tal vez restauraría su fe en los hombres, y puede que no rechazara al tipo adecuado —al que no la cagaría como yo— cuando apareciera.

Estaba arrugando la bolsa cuando sonó mi teléfono. Salté a por él. Luego suspiré. No era ella.

—Hola, Coop, ¿qué tal?

—No parezcas tan emocionado de hablar conmigo. Feliz Navidad.

—Feliz Navidad. ¿Cómo está tu mamá?

—Bien. Hizo suficiente comida para ti también. Supongo que olvidé decirle que no vendrías.

—Lo siento, amigo. La llamaré esta noche.

Hizo un sonido evasivo. —¿Y cuándo vas a volver?

Se me encogió el estómago. —No lo sé.

—Realmente necesito ayuda aquí. Voy a hacer una presentación a la junta a principios de enero, y me gustaría que me acompañaras.

—¿De verdad? —Hacía unos años que no me pedía eso. Odiaba presentarme ante la junta, pero que Cooper confiara en mí lo suficiente como para pedírmelo podría hacer que valiera la pena. Excepto que…—. No puedo. Me quedaré aquí un tiempo.

—¿Cuánto tiempo? Podrías tomarte un descanso de tu festival de sexo para hacer algo de trabajo de verdad.

Me permití imaginarlo por un minuto, lo que podría haber pasado si Alicia me hubiera perdonado. Podríamos haber dormido juntos cada noche. Si no fuera por las fiestas, podríamos haber pasado un fin de semana de pereza en la cama. Estaría acurrucado a su alrededor ahora mismo, respirando su aroma, dejando que su pelo me hiciera cosquillas en la nariz. Me froté la mano sobre el pecho. —Ojalá.

—Tú... ¿qué?

—Todavía estoy esperando que me perdone. Que confíe en mí. Va a tomar algo de tiempo.

—¿Y estás sentado de brazos cruzados en Austin esperando a que cambie de opinión? Es la cosa más ridícula que he oído en mi vida.

—¿Alguna vez has estado enamorado, Coop?

Se quedó en silencio un rato. —Sí.

Vaya. Me pregunté quién habría sido. ¿Alguna chica de la prepa antes de que lo conociera? ¿O una relación que ni siquiera noté mientras estaba egoístamente enfocado en mis propios problemas? —Entonces entiendes por qué esperaré todo el tiempo que sea necesario.

—Puedes esperar aquí en San Francisco.

—No. Necesito quedarme aquí, demostrarle que vale la pena que me quede. Lo siento, Coop. Haré todo lo que pueda para ayudarte desde aquí. Podemos hacer una videollamada mañana.

—Sabes que estás siendo un idiota.

—¿Quién dijo: «Todos somos tontos en el amor»?

—Jane Austen. *Orgullo y prejuicio*. Literatura de primer año. Aunque tú solo viste la película.

—Cierto. Cierto. —Quizás la vería de nuevo, para sacar algunos consejos. Quizás Weston tenía razón, y necesitaba una mansión lujosa. Le había funcionado al señor Darcy. Mi apartamento en San Francisco no iba a cortejar a nadie, especialmente porque había pasado un mes allí perdiendo la cabeza por Alicia y sin importarme el desorden—. Llámame mañana. Trabajaremos en tu presentación entonces.

—Bien. —Esa palabra llevaba el peso de otras, pero no quería oírlas.

—Recuerda, Coop, haz tu donación a mi fundación antes de fin de año. Marlee puede decirte cómo.

—Vete a la mierda. —Pero no había enfado, solo afecto en su tono.

—Sabes que te molestaré hasta que lo hagas.

—Lo espero con ansias. Buenas noches, Jay.

—Buenas noches.

A mediados de la semana siguiente, entre Navidad y Año Nuevo, me detuve detrás de un Lexus negro deportivo que estaba parado con el motor en marcha. Un hombre estaba sentado dentro, con la cabeza inclinada como si estuviera mirando su teléfono. ¿Era un acosador de verdad?

Dejando el desayuno de los Weber en el auto, me acerqué lentamente a la ventanilla del conductor.

Rick, mi antiguo compañero de gimnasio, estaba sentado en el asiento del conductor, mensajeando. No estaría aquí para molestar a Alicia, ¿o sí? O —mi corazón tartamudeó— ¿por invitación de ella?

Golpeé la ventanilla.

La cabeza de Rick se levantó de golpe, y cuando vio que era yo, se llevó la mano a la mandíbula recién afeitada. Bajó la ventanilla hasta la mitad. —Jay.

—Rick. ¿Qué haces aquí?

—Vengo a recoger a mi hijo. Se quedó a dormir. Supongo que sé lo que estás haciendo tú. —Su labio se curvó.

—Ah, ¿sí? ¿Y qué es? —Puse las manos en mis caderas.

—No es ningún secreto que la cagaste. Has venido arrastrándote aquí todos los días como un perdedor, tratando de recuperarla. Patético —dijo con desdén.

La sangre me martilleaba en la sien. —No tengo que darte explicaciones.

—No, no tienes que hacerlo. Pero cuando arrastres tu trasero de vuelta a California, con el rabo entre las piernas, ¿adivina quién seguirá aquí? —No esperó a que yo relajara la mandíbula—. Así es. Yo.

Un niño, más corpulento que Noah y con los ojos verdes de Rick, bajó saltando los escalones del porche y corrió hacia el lado del pasajero del auto de Rick. Lanzó su mochila al asiento trasero y se deslizó detrás de ella. —Alicia dijo gracias por las flores.

A ella no le gustaban las flores. Y sin embargo, las había aceptado de Rick. Mierda. Quizás tenía razón. Quizás él podría aguantar más que yo. Quizás demostrar que era bueno con los niños le daría puntos que yo nunca podría esperar ganar.

Rick me sonrió con suficiencia. —Nos vemos, Jay. Quizás. —No esperó a que yo diera un paso atrás antes de arrancar.

Saqué el café y los muffins de mi auto. Apretando los dientes, los subí por el sendero del frente y me preparé para cualquiera de los Weber hostiles que respondiera a la puerta. Tal vez estaba haciendo el ridículo. Tal vez fracasaría al final. Pero por ahora, seguiría intentándolo y esperaría que Alicia recordara lo bien que habíamos estado juntos, que me había amado una vez, y me diera otra oportunidad.

La donación de Cooper llegó a la cuenta de la fundación en la víspera de Año Nuevo. Junto con la donación de Weston y varias otras, teníamos un excelente comienzo, y dupliqué el total con mi propia donación. Puede que haya sido el peor novio de un día de la historia, pero estaba haciendo lo que había dicho que haría por los niños.

Brindé por el año nuevo con una IPA local y me fui a dormir.

El día de Año Nuevo, me dirigí al porche de Alicia con una bolsa de donas y un nuevo sentido de propósito. Pasaría el día investigando estudios neurológicos y seleccionaría a algunos científicos para pedirles que se unieran a la junta de mi fundación. Luego, tal vez…

Me quedé helado en el primer escalón. Alicia estaba de pie detrás del mosquitero, con otra sudadera de la UT y un par de pantalones de estar por casa que parecían suaves. Llevaba el pelo suelto sobre los hombros y la cara sin maquillaje. Dos manchas de color florecían en lo alto de sus mejillas. Estaba preciosa.

—Entra. —Se frotó los brazos—. Hace frío ahí afuera.

—¿Frío?

Abrió el mosquitero, y yo subí las escaleras de un salto y me apiñé en el vestíbulo con ella. Se veía más delicada de lo que recordaba, engullida por su sudadera extragrande. O tal vez mi cerebro había confundido su físico con su espíritu fuerte.

De pie allí, con el aroma a naranja amarga de su té llenando mis fosas nasales, volví a la cocina comunal de Synergy el lunes después de que la besara por primera vez, desesperado por más. Agarré el portavasos y la bolsa de papel para no tocarla.

—Feliz Año Nuevo. —Tenía los pies descalzos y tenía que mirarme hacia arriba. No como en la oficina, cuando sus tacones la dejaban casi a mi altura. Quería dejarlo todo y tomarla en mis brazos, besar esos labios rosados, hundir mis dedos en su sedoso cabello. El portavasos de cartón tembló.

—Puedes dejar eso en la cocina. —Señaló las bebidas y luego se giró para cerrar la puerta morada.

Algo rozó mis tobillos. Miré hacia abajo, y el gato se enroscó alrededor de mi pierna, mirándome. Maulló. Menos mal que llevaba jeans. Cuando me atacara, solo destrozaría la mezclilla. Me preparé. Pero entonces el pequeño cabrón ronroneó.

—Buen chico —susurré.

Se desenroscó de mi pierna y caminó hacia la cocina.

Lo seguí a través de la sala de estar y pasé junto al árbol. Había cajas de adornos en la alfombra a su alrededor, y un lado del árbol estaba desnudo.

Dejé las donas y las bebidas en la mesa redonda de la cocina y me di la vuelta. Alicia estaba de pie en el umbral entre la cocina y la sala de estar, las luces del árbol brillando detrás de ella en un halo. ¿Era esto real, o todavía estaba durmiendo? Me clavé las uñas en las palmas de las manos, pero todo estaba entumecido.

Si era un sueño, no quería despertar.

ALICIA

EMPEZABA A ASUSTARME. No creía haberlo visto nunca tan callado, ni siquiera cuando estaba programando. —No has dicho ni una palabra. ¿Estás bien?

—Yo… —su voz salió ronca, y se aclaró la garganta—. No esperaba verte. Tal vez tuve un accidente de camino aquí, y todo esto es producto de mi traumatismo craneal. Tenía miedo de despertar si decía algo.

—Por la forma en que manejas, no sería de extrañar. —Sonreí, pero él no lo hizo. Solo me miraba fijamente como si intentara consumirme con los ojos. Mis mejillas ardían—. Mandé a todo el mundo a desayunar y al cine. Supuse que era hora de que habláramos. —Crucé el umbral hacia la cocina y saqué mi silla.

Puso una taza delante de mí y se sentó en la silla de Noah, metiendo las manos entre las rodillas. Su rostro se había puesto un poco gris. —¿Hablar?

Quité la tapa y olfateé. Earl Grey. Había acertado todas las veces. —No puedo creer que te dieras cuenta de mi tipo de té favorito. El primer día, pensé que era una coincidencia. Pero lo trajiste todos los días.

—Lo bebías todas las mañanas en la oficina. Excepto aquel día que te hice enojar por terminar nuestro módulo por mi cuenta. Bebiste algo dulce ese día. Pero Earl Grey todos los días después. Nunca… —Tragó saliva y cerró la boca.

—Fue muy amable de tu parte traernos el desayuno. Los panecillos te hicieron ganar puntos con Noah. No suele comer dulces por la mañana. —Se había puesto tan nervioso que le hice beber un vaso gigante de agua y luego trotar alrededor de la manzana.

—Oh. —Hizo una mueca—. ¿La cagué?

—No, son las fiestas. Unos cuantos caprichos extra están bien. Pero, ¿por qué lo hiciste? ¿Remordimiento de conciencia?

—Yo… quería verte. Saber que estabas bien. Te decepcioné. Y lo siento. Ojalá pudiera retroceder y…, pero no puedo. Esta fue la única manera que se me ocurrió de mostrarte que mereces a alguien que se quede. Fui un imbécil sin cerebro por irme en primer lugar y dejarte pensar otra cosa. Pero no te dejaré de nuevo. Quiero decir, a menos que me digas que me vaya. No soy un acosador.

Cada taza de té, cada kolache o bagel, fue una piedra removida de la fortaleza que rodeaba mi corazón. Después de una semana, no pude reunir suficiente ira contra él como para fruncir el ceño ante el arreglo de desayunos que Esmy dispuso en una bandeja. Y después de dos semanas de aparecer, de soportar el silencio prohibitivo de mamá y las burlas de Noah, se había abierto camino hasta mi corazón. Solo quedaba que yo lo invitara a entrar.

—Si te dijera que te fueras y no volvieras a cruzarte en mi camino, ¿lo harías? —Contuve la respiración.

—Por supuesto que sí. Me importas y no quiero volver a hacerte daño nunca más. ¿Es eso lo que quieres? ¿Que me vaya? —Esos ojos marrones suyos se redondearon, suplicándome que dijera que no.

—Te pedí que te fueras. Aquella primera noche que llegué a casa y te encontré esperando en mi porche. Bajo la lluvia. —Había estado segura de que lo había alucinado. Había pensado tanto en él que podría haberlo conjurado allí.

—No lo creí… Esperaba que no lo dijeras en serio. Pero si me pides que me vaya ahora, lo haré. Te lo prometo.

—Te irás. Volverás a California y no te veré nunca más. —Lo había hecho una vez, y me había roto. Incluso pronunciar las palabras hacía que mi corazón se estrujara en mi pecho.

—¿Es eso lo que quieres?

Pensé en mentir. Sería más fácil. Confirmaría lo que había pensado durante años. Y me encantaba tener razón.

Pero entonces la voz de Melissa susurró en mi cabeza. *Pide lo que quieres. Y luego tómalo.*

—No. Quiero que te quedes. Quiero volver a confiar en ti. ¿Puedes ganarte mi confianza?

Sus mejillas se enrojecieron por encima de su barba. —Cometí un error. Pensé que era malo para ti. Que no deberías quererme. Y luego recordé lo inteligente que eres. Que sabes lo que quieres, y no debería decidir por ti. Fui un idiota. Y lo siento. No soy lo suficientemente bueno para ti. Lo sé. Pero quiero intentarlo. —Extendió la mano sobre la mesa pero se detuvo antes de poder tocarme, con la palma hacia arriba—. Tú me mostraste cómo ser un mejor hombre. Y quiero seguir trabajando en ello. Porque te amo.

Un burbujeo comenzó en mi cuero cabelludo y descendió en cascada por mi cuerpo. Puse mi mano sobre la suya, y él la sujetó.

—Ya eras un buen hombre, Jackson Jones. Solo necesitabas verlo.

—Recordé lo que había dicho antes, en el porche bajo la lluvia—. ¿Qué ibas a decirme el otro día? ¿Algo que organizaste?

Una nueva chispa iluminó sus ojos oscuros. —Sí, inicié una fundación para niños neurodivergentes. Como Noah. Como mi hermana y yo. Quiero intentar organizar algunos campamentos de programación. Pero primero necesito a alguien que la dirija. Como, las cosas del día a día. ¿No supongo que te interesa?

—No sé nada de organizaciones sin fines de lucro ni de dirigir una fundación. Además, estoy haciendo lo que siempre he soñado hacer, dirigir mi propio negocio.

—Lo sé. Y eres genial en ello. Ojalá… —Miró nuestras manos unidas.

—¿Qué es lo que deseas?

—Ojalá pudiéramos volver a trabajar juntos. Éramos mejores juntos. Me enseñaste a liderar.

Apreté su mano. —Eres un buen líder por ti mismo. Solo necesitas creerlo. Y yo soy la que recibió una clase magistral de programación.

Entrelazó sus dedos con los míos. —No quiero hablar de trabajo. Ni de la fundación. Solo quiero hablar de ti y de mí. Te amo. ¿Me dejarás amarte?

Mi corazón latía como si quisiera saltar de mi pecho y meterse en el suyo. Sabía lo que quería. El resto de mí dudaba. Aceptarlo significaba abrir cada parte de mi vida, incluyendo a Noah. ¿Podía confiar en él? Bebí un sorbo de mi té, el aroma familiar flotando sobre mi rostro.

Escaneé a Jackson Jones desde su expresión ansiosa y esperanzada hasta sus botas lustradas. Probablemente volvería a meter la pata. Yo también. Pero encontraríamos la manera de superarlo. Juntos.

—Está bien. Intentémoslo.

Su rostro se iluminó de esperanza. —¿Lo dices en serio? ¿No estoy soñando todo esto, tirado en el suelo de tu cocina mientras Tigger se come mis entrañas?

Resoplé. —No seas tan dramático. Ustedes dos se van a llevar genial. Ahora, vamos. —Me levanté y lo llevé al sofá. Nos sentamos, uno al lado del otro, y su brazo rodeó mi cintura. Tigger saltó al sofá y se acurrucó a mi otro lado, ronroneando. Apoyé la cabeza en el hombro de Jackson y dejé que mi mirada se suavizara hasta que las luces del árbol de Navidad se volvieron borrosas.

—Puedo hacer mi trabajo desde Austin —dijo al fin—. Cooper y yo encontraremos una combinación para liderar proyectos aquí y hacer el trabajo de gestión que él quiere que haga para la sede central.

—¡No! —Me senté—. Te necesitan en la sede central.

Me atrajo de nuevo contra su pecho e inhaló. —Pero necesito estar contigo. Necesito demostrar que puedo quedarme.

Le froté el pecho sobre el suéter. Lo había pensado durante la última semana, cuando estaba claro que no se iría a ninguna parte. Estaba dispuesta a intentar una relación a distancia por un tiempo. Y cuando fuera el momento adecuado, consideraría mudarme a San Francisco. Allí era donde él pertenecía como líder de Synergy. Y aunque había estado más o menos felizmente atrapada en Austin toda mi vida, siempre había querido ver el mundo. San Francisco sería un primer paso. —Podemos estar juntos y no estar... juntos. Al menos por un tiempo. Mientras estés conmigo. Aquí. —Su corazón latía fuerte y constante bajo mi mano.

—Siempre. —Me besó la sien. Volviendo mi rostro hacia él, capturé sus labios. La chispa seguía allí, encendiéndose entre nosotros. Pero no era tan desesperada como antes, cuando sabíamos que teníamos un límite de tiempo. Era el calor de una hoguera crepitante, capaz de arder durante horas, no el destello de un trozo de papel que se consume en la nada.

Ahuecó la nuca de mi cabeza, y yo me incliné hacia él. Por

primera vez en semanas, toqué su piel, acariciando su cuello y la suavidad de su barba. Era mío para tocarlo, mío para abrazarlo, mío para besarlo, como él había dicho: «Siempre». Me tomé mi tiempo para reencontrarme con la suavidad de sus labios, el rasguño de su barba, su sabor. El vaivén de su pecho contra el mío.

Gimió y deslizó una mano debajo de mí, moviéndome para que me sentara a horcajadas sobre él. Froté mis caderas sobre las suyas, y él deslizó sus labios por mi cuello, murmurando mi nombre. La piel se me puso de gallina. Mis bragas estaban empapadas, y mis pantalones de estar por casa pronto lo estarían también, especialmente si seguía amasando mi trasero de esa manera.

—Jackson. —Me aparté—. No vamos a hacer esto aquí en el sofá donde mi familia podría entrar en cualquier momento.

Desplazó la mano que no estaba en mi trasero a mi cintura y la deslizó bajo mi sudadera. —Pensé que habías dicho que estaban en el cine.

—Para. —Le lancé mi mirada más severa—. Lo que quiero hacerte llevará más tiempo del que tenemos. Horas.

Su nuez de Adán subió y bajó. —¿Horas?

—Horas. En tu casa. Esta noche.

—¿Toda la noche? —Sus dedos rozaron la curva inferior de mi pecho.

—Mañana también. Es fin de semana.

—¿Todo el fin de semana en la cama? Me gusta cómo suena eso. —El tono bajo de su voz tocó algo dentro de mí, y mi sexo se contrajo.

Me bajé de él y me estiré la sudadera. —Pero ahora, tenemos trabajo que hacer. Tú encárgate de la parte de arriba del árbol, y yo de la de abajo.

Frunció el ceño. —Pero yo...

—Jackson Jones. ¿Quieres o no quieres pasar toda la noche y todo el día de mañana en la cama conmigo?

Su rostro se quedó sin expresión por un momento. Rápidamente, dijo: —Quiero eso.

—Entonces harás lo que yo diga. Empieza con la estrella.

—Sí, señora. —Saltó del sofá, y yo observé su trasero firme en todo el camino hasta el árbol.

—Mmm-hmm —ronroneé, recogiendo la caja vacía.

Alcanzó fácilmente la estrella de hojalata perforada y la arrancó de la cima. La colocó en la caja que yo sostenía y luego me besó. —Mejores juntos, ¿verdad?

—Siempre.

EPÍLOGO

ALICIA

Tres meses después

CON LA TARJETA de visitante que Jackson me había dejado en la recepción, salí al patio que había detrás de la oficina de Synergy en San Francisco. La música y las voces rebotaban en los adoquines de ladrillo y en las paredes de los edificios circundantes, haciéndome hacer una mueca. Había sido un largo día de trabajo y de viaje, y un dolor de cabeza acechaba detrás de mis ojos, listo para estallar. Tal vez podría encontrar a Jackson y convencerlo de que nos escapáramos a un lugar tranquilo para poder darle la noticia. Sentí un aleteo en el estómago de la emoción.

Inspeccioné la fiesta. Era mi primera vez en la sede de Synergy. Las pocas veces que había visitado a Jackson, me había recogido en el aeropuerto y me había llevado directamente a su casa. Pero había olvidado la celebración trimestral de Synergy cuando organicé este viaje. A pesar de lo cansada que estaba, sentía curiosidad por observarlo en la sede.

La gente estaba sentada en las mesas esparcidas por el patio, a la sombra de unas pérgolas. Otros estaban de pie, en grupos, balanceándose al ritmo de la música que sonaba por los altavoces. Dentro, había pasado junto a una larga mesa llena de aperitivos; aquí fuera, otra mesa más pequeña hacía de bar. Una fila de empleados se extendía por el patio, con los vasos vacíos en la mano. Detrás de la barra estaba el motivo de la fila. En lugar de bármanes profesionales, Jackson y Marlee estaban llenando los vasos de cerveza. Sus frentes brillaban de sudor a pesar del frío de abril de San Francisco. ¿Qué hacían allí el fundador de la empresa y su asistente ejecutiva cuando deberían haber estado socializando con los empleados?

Rodeé la fila y me acerqué a la mesa. Marlee me vio primero. Soltó la espita. —¡Alicia! —dijo mientras abría los brazos para darme un abrazo. Nos habíamos conocido la última vez que visité a Jackson, y aprovechamos parte de nuestro precioso fin de semana para una tarde de compras solo para chicas. Me caía muy bien. Además, era importante para Jackson. Podía vernos haciéndonos amigas, sobre todo teniendo en cuenta mi noticia.

La abracé y le di un beso en la mejilla. Un chorrito de sudor le goteó de la sien a la barbilla. —¿Qué está pasando?

Frunció el ceño. —Los bármanes no han aparecido. El servicio de catering va a enviar sustitutos, pero aquí tenemos gente sedienta. —Señaló la fila.

—¿Quieres que te ayude? —Nunca había servido cerveza de un barril —en la universidad yo era más de biblioteca—, pero no parecía demasiado difícil.

—Para nada. —Bombeó la manivela, luego tomó la espita y agarró el siguiente vaso. Le dio un codazo a Jackson—. Tómate un descanso, Jackson. Alicia está aquí.

Él levantó la vista y el vaso que estaba llenando se desbordó, salpicándole los jeans. —¡Alicia! —Le entregó el vaso a la persona que esperaba, salpicándole la mano, y con una rápida disculpa, soltó su espita y me envolvió en sus brazos.

Olía a cerveza y a sudor, pero debajo de eso estaba el aroma a cuero y jabón de mi Jackson. Lo inhalé y luego levanté la cara para que me besara.

Tenía la barba recién recortada, y me rasguñaba las mejillas, en contraste con la suave presión de sus labios y su lengua. Sabía a lúpulo y a cáscara de naranja por la cerveza. Hundí los dedos en su pelo, atrayéndolo hacia mí. Sus manos presionaron la parte baja de mi espalda, pegándome a los duros planos de su abdomen. Algo más, también duro, se restregó contra la parte baja de mi vientre.

Una de sus manos se deslizó por mi falda de seda. Durante nuestra tarde de compras, Marlee me había convencido de que comprara esa falda corta y con volantes, tan diferente de las mías, ajustadas y profesionales. Su alegre estampado floral era mucho más apropiado para Austin, donde ya era primavera, que para el invernal San Francisco.

Me besó hasta llegar a mi oído. —Me gusta esta falda. Creo que hay espacio para mis dos manos.

—Te dije que era una falda estupenda —dijo Marlee.

Jadeé y me eché hacia atrás. —No puedes manosearme delante de tus empleados. —Incliné la cabeza hacia Marlee, que nos sonrió.

—A Marlee no le importa —dijo él—. Intentó ayudarme con mis súplicas.

—Funcionó, ¿no? —Pero ya no nos miraba. Contemplaba el rostro de Cooper Fallon.

Cooper apretó la mandíbula al ver la mano de Jackson en mi trasero.

—Hola, Cooper —dijo Marlee. Su voz se había vuelto aguda y entrecortada, y sus labios rosados se separaron. ¿Estaba *coqueteando* con ese tipo? Sus pestañas revoloteantes y su dulce sonrisa no eran rival para ese témpano de hielo de un metro ochenta que era Cooper Fallon, director de Operaciones y un cabrón de primera.

—Jay, yo... —empezó.

Al mismo tiempo, Marlee dijo: —¿Quieres una cerveza?

Sin mirar, bombeó con entusiasmo la manivela. Pero debió de darle en el ángulo equivocado. Se soltó y la espuma salió disparada del barril directo a su cara.

—¡Maldito y bestial Robert Boyle! —aulló, retrocediendo de un salto y protegiéndose los ojos del chorro.

Jackson me agarró con más fuerza, dándole la espalda al géiser para protegerme.

Tyler Young apareció corriendo de la nada, saltó por encima de la mesa y encajó la llave sobre el volcán de espuma. Luchó contra la presión por un momento, con los antebrazos en tensión, hasta que finalmente la sujetó en su sitio.

Con el pecho agitado, miró a Marlee. No a Jackson, su jefe, ni a Cooper, ni siquiera a mí. La cerveza brillaba en sus manos y brazos desnudos y oscurecía su camiseta gris. —¿Estás bien?

Las mejillas de Marlee estaban sonrosadas bajo la espuma blanca. Apartó de su piel la tela empapada de su blusa rosa. —Sobreviviré. Cooper, no te ha salpicado, ¿verdad?

Se limpió una mancha de espuma del pómulo. —Estoy bien. Aunque creo que… —miró la mesa, a Jackson, a cualquier sitio menos a Marlee—, quizá quieras buscar ropa seca.

Su blusa rosa pálido se había vuelto transparente, y se le veía el sujetador rojo de encaje.

Sus mejillas se pusieron completamente rojas. —Yo… yo…

—Ven conmigo —dijo Tyler—. Te secaremos. Quiero decir, puedes secarte. Dentro. —Ahora sus mejillas se sonrojaron. Interesante.

Volvió a mirar a Cooper. Aún más interesante.

Pero un segundo después, Marlee, la sargento instructora, había vuelto. Señaló a los dos siguientes chicos de la fila. —Ustedes dos. Tomen el relevo.

Obedientemente, rodearon la mesa y ocuparon sus puestos junto al barril.

Con una última mirada a Cooper —¿mierda, le gustaba el Muñeco de Nieve?—, se dirigió hacia la puerta, con la cerveza goteándole de las puntas del pelo. Tyler la siguió como un perrito hambriento.

—¿Estás bien? —murmuró Jackson.

—Estoy bien. ¿Y tú? —Le hundí los dedos en el pelo, que resultó estar húmedo.

—Es solo un poco de cerveza. Estoy fantástico ahora que estás aquí. —Su mano volvió a deslizarse hacia el dobladillo de mi falda.

A pesar del frío penetrante, estar cerca de Jackson me calentaba por dentro.

Sin embargo.

—Tranquilo, vaquero. Todo el mundo está mirando.

—Lo entienden. Llevo dos semanas sin ver a mi novia. —Su mano se deslizó más abajo, rozando la parte de atrás de mi muslo y haciendo que mi piel se erizara.

—Puede que lleve algo especial debajo, y preferiría no enseñarles todo a tus empleados, si no te importa. —Sonreí cuando se quedó helado, con el pulso latiéndole salvajemente contra mi mejilla—. ¿Quizá podamos buscar un sitio más privado?

Aspiró aire, me alisó la falda y me llevó al otro lado del patio. Me arrastró detrás de un árbol en una maceta más grande que Noah, luego se apoyó en la pared del edificio y me levantó contra él. El árbol nos daba sombra, sumiendo la esquina en una semioscuridad.

—Bueno, ¿en qué estábamos? Si no recuerdo mal, estaba a punto de descubrir algo especial. —Su gran mano recorrió mi trasero y rozó el dobladillo de mi falda.

Puse mi mano sobre la suya, deteniéndola. —Primero, tengo una noticia. ¿Quieres oírla?

—¿Buenas noticias? —Me escrutó el rostro—. ¿Conseguiste tu próximo encargo?

—Oye, no se vale adivinar. —Se me escapó un poco de la emoción. Quería sorprenderlo.

—No más adivinanzas. —Me apretó con más fuerza—. Cuéntame.

Con la punta del dedo, tracé la curva de los labios de su camiseta de los Rolling Stones. —Conseguí mi próximo encargo. Y es aquí, en San Francisco. —Me atreví a levantar la vista. Durante el último mes, me había estado suplicando que me fuera a vivir aquí para que pudiéramos acabar con los interminables viajes y separaciones que nos agotaban a ambos. Pero ¿era realmente lo que él quería? Su expresión era neutra e inexpresiva.

—Jamila me pidió en noviembre que hiciera un trabajo para ella, pero lo rechacé. Al final retrasó el proyecto y ahora vuelve a estar disponible. Es un… un encargo de un año. —Mi voz flaqueó. ¿Por qué no parecía feliz?

—Pensaba traer a Noah cuando termine el curso escolar. Se quedaría aquí durante el verano, y si las cosas van bien, podría empezar el colegio aquí en otoño. Si… si eso es lo que queremos. —Mi voz se había reducido a un susurro.

—¿Me estás diciendo que vienes a San Francisco durante el próximo año? ¿Quizá más tiempo? —Su voz retumbó en mi pecho, presionado contra el suyo.

—¿Sí? —Apenas fue audible.

Me estrujó contra su pecho, levantándome del suelo. —No me lo creo. Es la mejor noticia del mundo. —Volvió a bajarme y me miró a la cara—. ¿Es de verdad? ¿Seguro que la llave de la cerveza no me golpeó en la cabeza y me dejó inconsciente? Mejor pellízcame.

Le pellizqué el pezón un poco más fuerte de lo que debería. —¡Me asustaste! Creí que estabas molesto. Que, después de todo, no me querías aquí.

Jadeó de dolor. Y entonces estrelló sus labios contra los míos, magullándolos contra mis dientes. Su lengua invadió mi boca, y sus dedos pasaron directamente por el borde de mi falda, rozando la piel desnuda de mi trasero que mi tanga roja dejaba al descubierto. Me había puesto un estilo diferente de bragas de chica mayor para mi fin de semana de grandes noticias.

Estaba duro como el acero contra mi estómago, y me froté contra él, necesitando más. Cuando metió una pierna entre las mías, me restregué contra la aspereza de sus jeans. Mi tanga se clavó en mi carne hinchada, encendiéndome de placer. Si seguía besándome así y acariciando el borde de mis bragas, podría correrme ahí mismo, contra sus jeans. Me restregué con más fuerza contra él, persiguiendo la sensación.

—Jay. ¿Estás aquí atrás?

La voz de Cooper era decididamente seria. Aun así, nos dio un minuto para recomponernos. Jackson me arregló la falda y luego se ajustó los jeans. Le quité el lápiz labial rosa de la comisura de la boca y luego me pasé un pulgar por el contorno de los labios.

—Aquí mismo, Coop. —Se puso delante de mí, protegiéndome de su socio.

—Siento interrumpir. Supongo que te irás pronto, y quería revisar contigo los puntos clave para el discurso.

Alcancé la mano de Jackson. —Quédate. Da el discurso. Yo esperaré. —Jackson se había esforzado demasiado por reafirmarse, por convertirse en un socio de igual a igual en los últimos dos meses, como para perder esta oportunidad de aparecer ante sus empleados como un líder.

Cuando se giró para mirarme, su mirada era suave, agradecida y llena de amor. —Lo haremos ahora. Solo tardaré un minuto.

—Alicia. —La mirada de Cooper se desvió de mi cara. Debí de haberme dejado una mancha de pintalabios.

—Cooper. Enhorabuena por los resultados de fin de año. —Los habían anunciado hacía unos días. Ojalá mis ratios fueran tan buenos. Pero lo conseguiría. Con el tiempo.

—Gracias. —Me lanzó una mirada que no era tan gélida como de costumbre. No era exactamente amistosa, pero estaba más cerca que cuando salió furioso de esa sala de conferencias en la fiesta de lanzamiento. ¿Podríamos él y yo llegar a ser amigos algún día?

—Iré por una cerveza y buscaré un sitio para escuchar su discurso —dije.

Me acerqué a Jackson para pasarlo, pero me detuvo, susurrándome al oído: —Debes de estar cansada del vuelo. Sube al sexto piso. Puedes relajarte en mi oficina.

Quitarme los tacones sonaba bastante fantástico. Asentí y crucé el patio para volver a entrar en el vestíbulo. Tras subir en el ascensor hasta el último piso, salí a un espacio amplio y luminoso. Los pisos originales de tablones anchos del molino reconvertido brillaban con el reflejo del tragaluz de arriba.

¿Qué camino tomar? Había cuatro oficinas en las esquinas; seguro que el cofundador de la empresa tenía que tener una de ellas. Crucé el piso hacia la más cercana, serpenteando entre los espacios de trabajo del centro.

La oficina estaba a oscuras y la puerta cerrada. En la placa ponía *Cooper Fallon*. Cooper estaba abajo, así que me arriesgué a echar un vistazo a través de la pared de cristal. Tenía el mismo aspecto que en aquella desastrosa videollamada después del incidente del sushi en mal estado. El día que Cooper nos acusó de tener una aventura, y yo le dije que ni siquiera me gustaba Jackson. Nunca mentía, pero ese día había mentido.

Un timbre sonó desde el puesto de trabajo de alguien detrás de mí, recordándome que estaba mirando fijamente la oficina del director de Operaciones. Miré a mi alrededor. Alguno de los otros ejecutivos o sus asistentes podrían estar todavía aquí arriba. Weston, el director ejecutivo, a quien nunca había conocido pero de quien Jackson me lo había contado todo, podría estar merodeando por el piso. Retrocedí y me dirigí a la siguiente oficina de la esquina.

Había tenido suerte. Esta puerta tenía el nombre de Jackson y su nuevo título, vicepresidente de Desarrollo, en la placa. La puerta estaba cerrada y la luz del escáner que había junto a ella estaba en rojo.

Con cautela, empujé el pomo, pero no se movió. Jackson me había dicho que esperara en su despacho. ¿Habría cámaras captando todos mis movimientos? ¿Irrumpiría un guardia de seguridad en el piso y me escoltaría fuera? Intenté que no se me notara la mueca de aprensión en la cara mientras acercaba al escáner el gafete de visitante que llevaba sujeto al escote. La luz parpadeó en verde y la cerradura hizo clic. Con una sonrisa de victoria, abrí la puerta.

A diferencia de la soleada oficina de Cooper, la de Jackson estaba a la sombra de dos edificios adyacentes más altos. Aun así, algo de luz natural se filtraba por las dos enormes ventanas y la fachada de cristal de su oficina.

Una alfombra servía de base a una pequeña zona de asientos con un sofá, una chaise longue y dos sillones. A través de una puerta entreabierta detrás de ella, se veía un pequeño baño. En la pared opuesta, una estantería estaba repleta de piezas de equipos informáticos: un montón de discos duros y otro de placas de circuitos, un par de portátiles desmontados, una bandeja de acrílico transparente llena de tornillos.

Como era de esperar, el escritorio de Jackson contenía una serie similar de aparatos electrónicos, además de algunos montones de papeles adornados con notas adhesivas y banderitas que decían: «Firme aquí». El enorme rectángulo de madera era lo suficientemente grande como para soportar una estación de acoplamiento para el portátil de Jackson más tres grandes monitores. Los bordes de los monitores estaban pegados unos a otros para que Jackson pudiera programar sin que lo distrajeran las ventanas o la pared de cristal delantera. Era una buena configuración para él. Probablemente, Marlee lo había organizado.

—Alicia. —La voz de Jackson, rompiendo la quietud del sexto piso, me hizo sobresaltar. Me di la vuelta.

Se acercó y entrelazó sus dedos con los míos.

Sin decir palabra, me llevó a su despacho. Cerró la puerta tras de sí y echó el cerrojo. Pulsó un interruptor en la pared y las persianas bajaron con un susurro, bloqueando la vista del resto de la oficina. Se acercó a mí sigilosamente.

—¿Cómo fue? —Mi voz salió aguda y entrecortada.

—¿Eh?

—El discurso.

—Bien. Pero no es de eso de lo que quiero hablar ahora.

—¿Ah, no? ¿Quería hablar? Parecía que quería arrancarme la ropa y tomarme ahí mismo, en la chaise longue. No pude evitar la sonrisa que se extendió por mi cara ni el cosquilleo que empezó entre mis piernas cuando capté su mirada hambrienta.

—Quiero hablar de cuántas veces puedo hacerte correr aquí, en mi despacho, antes de tener que sacarte en brazos.

Me estremecí. —Ah.

—¿Quieres empezar en el escritorio?

Me imaginé inclinada sobre el escritorio mientras Jackson me penetraba por detrás. Mis muslos se humedecieron; el tanga no hacía nada para contener mi excitación. Lo habíamos hecho media docena de veces de esa manera en la encimera de su cocina, con Jackson tan dentro de mí que mi visión se había vuelto negra por la intensidad de mi orgasmo. Sin embargo, de alguna manera, esa enorme extensión de madera era diferente.

Levanté la barbilla. —Ese escritorio está impregnado de patriarcado. No pienso inclinarme sobre él como una virgen de uno de los libros de Marlee.

—¿«Impregnado de patriarcado»? —Se rio—. Suena serio.

—No te rías. Synergy tiene una falta atroz de ejecutivas.

Su sonrisa se desvaneció. —Algo en lo que Cooper y yo estamos trabajando para solucionar ahora. Y Weston. —Torció el labio al decir el nombre del director ejecutivo—. Quizá cuando termines tu encargo con Jamila, pueda convencerte de que aceptes uno de esos puestos ejecutivos.

—¿Convencerme de que acepte un puesto ejecutivo? —Enarqué una ceja.

—¿Ahora quién no está hablando en serio? —Se acercó a mí en dos zancadas, me levantó y me dejó en el borde de su escritorio. Me reí hasta que me separó las rodillas y se arrodilló frente a mí —. ¿Qué te parece este puesto ejecutivo? —Rozó un dedo por el trozo de tela que me cubría.

—Lo acepto.

Sin más palabras, me apartó el tanga, me abrió y posó su boca en mi clítoris, rodeándolo con la lengua con ese movimiento en forma de ocho que me encantaba. Su barba me rozaba los muslos, calentándolos de una forma que sentiría horas después. Me recliné en el escritorio, apoyada en los brazos. Cuando sus dientes me rascaron ligeramente, mi espalda se arqueó.

Aplanó la lengua sobre mí y luego succionó, estirando mi clítoris. Se apartó de golpe. —¿Más?

—Más. —Me había acostumbrado tanto a correrme en silencio con mi vibrador en mi habitación, al lado de la de Noah, que no estaba acostumbrada a dar la respuesta que Jackson anhelaba. Apreté los muslos a los lados de su cabeza—. Más succión.

Sentí cómo sus mejillas se alzaban en una sonrisa antes de que hiciera exactamente eso. El placer irradió hacia arriba desde mi clítoris, aceleró el ritmo de mi corazón e hizo que mi pulso martilleara en mis oídos. Apreté las manos en puños. —Sí, Jackson, sí —susurré mientras ascendía en espiral hacia la oscuridad y el ruido blanco. Mi cuerpo se tensó y mi boca se abrió en un grito silencioso.

Cuando volví a flotar dentro de mi cuerpo, Jackson me sonreía desde abajo, con los ojos brillantes y la barba mojada de mí. Me besó el interior del muslo, rosado por la irritación de la barba. —¿Crees que hemos aplastado el patriarcado de este escritorio?

Mi voz sonó ronca cuando dije: —Puede que hagan falta una o dos sesiones más para erradicarlo por completo.

—Estoy dispuesto a ello. —Se levantó para ponerse delante de mí.

—Ya veo que estás dispuesto. —Puse mi mano en la hebilla de su cinturón—. ¿Quieres que...?

Puso una mano sobre la mía. —Aquí no. Volvamos a mi casa. Creo que podría haber algo de patriarcado escondido en mi cama.

—Quizá un poco de vaquera invertida se encargue de ello. —Me deslicé del escritorio y moví las caderas, haciendo que mi falda se balanceara.

—Me apunto a ese plan. —Se colocó detrás de mí y deslizó las palmas de las manos desde mis costillas por mi vientre hasta entre mis piernas.

—¿No íbamos a casa? —Aun así, me apreté contra su erección.

—A casa. Me gusta cómo suena eso.

—A mí también.

Me tomó de la mano y salimos del despacho, sabiendo que casa no era su apartamento ni la casa de mi madre en Austin. Casa era cualquier lugar donde los dos pudiéramos estar juntos. Y pronto, estaríamos en casa todo el tiempo.

EPÍLOGO EXTRA

ALICIA

SÍ.

Eso es lo que significaba el signo de más en la ventanita, y no era la respuesta que quería ver.

—¿Alicia? —La voz de Marlee sonaba apagada a través de la puerta del baño, llena de preocupación—. ¿Está todo bien?

—¿Supongo? —Giré la perilla y abrí la puerta. Marlee caminaba de un lado a otro en el exterior, en el dormitorio que compartía con Jackson. Sostuve en alto el dispositivo con el signo de más—. Embarazada —mi voz vaciló.

—¡Felicidades! —Me abrazó, con todo y el palito de plástico en el que acababa de orinar.

—Hmm —fue todo lo que dije.

—Vamos. —Me tomó de la mano y me sacó del baño, cruzamos el dormitorio, pasamos por mi oficina en casa y la habitación de Noah, y bajamos a la sala. Nos sentamos en el sofá que Jackson y yo habíamos elegido juntos hacía un mes. Su principal ventaja había sido que tenían uno en el almacén y podían entregarlo rápido. Todo era rápido últimamente. Mudarme con mi novio tan pronto como llegué aquí. Traer a Noah a San Francisco unos meses después. Y ahora esto.

Marlee me apretó ambas manos, sin soltar todavía la prueba de embarazo. —Sé que lo tuyo es planificar. Pero a veces las cosas no planificadas pueden ser maravillosas. Como conocer a Jackson en ese proyecto en Texas. Y enamorarse.

—No sé. —Me quedé mirando el palito, mis nudillos blancos alrededor de él como si sostuviera un cuchillo o la pistola Taser de Marlee—. Nuestra vida era bastante buena, y ahora va a cambiar. Mucho. O sea, Noah es una cosa. Un recién nacido…

—Es mucho trabajo, me imagino. Pero… —sus ojos castaño claro se suavizaron—, será un símbolo viviente de su amor. Un hermoso…

—Lo único de lo que es un símbolo es de que no fui tan estricta con tomarme la píldora como debería haber sido. —¿Había pasado una de las noches que había trabajado hasta tarde y lo había pospuesto para el día siguiente? ¿O tal vez después de ese fin de semana en que los tres tuvimos un virus estomacal y no podía retener nada en el estómago? Mierda. ¿Por qué, por qué no se nos ocurrió usar también condones?

Porque perdía la cabeza cuando estaba cerca de Jackson Jones. Él tomó mi mundo ordenado y aburrido, y le añadió color y emoción. Y la persona que era a su lado no pensaba en un anticonceptivo de respaldo. Solo pensaba en el placer. Como el fin de semana pasado, antes de que se fuera de viaje. Habíamos estado en uno de los aburridos eventos de la fundación de su madre cuando me llevó a dar un paseo por el jardín de esculturas cercano, donde encontramos un lugar sombreado y me levantó la falda de mi vestido de cóctel y… —Mierda.

La expresión de Marlee se desmoronó. —¿No quieres al bebé? ¿El bebé de Jackson?

—No es eso. Es que es mucho. Tan temprano en nuestra relación.

—Llevan juntos seis meses. No es tan temprano. En la novela que estoy leyendo, la pareja se enamoró después de una sola noche. —Puso esa mirada soñadora que siempre ponía cuando hablaba de sus libros—. ¡Oh, por Dios! —Se enderezó—. ¡Este es totalmente el epílogo de tu novela romántica! El bebé y… y…

Ambas miramos mi mano izquierda desnuda. Ahora nos había hecho una trifecta. Primero, mi madre, embarazada a los diecisiete; luego mi hermana, Melissa, embarazada a los veintidós y el padre sin aparecer por ningún lado. Ahora yo.

Tan gentilmente como pude, dije: —La vida real no es tan simple como en los libros. Todavía estoy poniendo en marcha mi negocio aquí en San Francisco. Noah acaba de mudarse aquí, lejos de sus abuelas. Nos estamos adaptando todos. Añadir un bebé ahora mismo no es lo ideal.

—¿Acaso lo es alguna vez? —Marlee soltó mis manos sudorosas y dejé el palito sobre la mesa de centro—. ¿Tú y Jackson han hablado de tener hijos?

—Solo en el vago sentido de «algún día». —Él tenía sentimientos tan complicados sobre la familia porque no creía que pudiera estar a la altura de los recuerdos de su padre perfecto y que todo lo podía, que había muerto joven. Así que había reprimido cada impulso planificador que tenía y me negué a sacar el tema—. Quizá deberíamos haberlo hecho.

—Van a estar bien. Tienen mucho dinero, un lugar estupendo —hizo un gesto hacia la casa adosada a la que nos mudamos antes de que Noah viniera a California—, y varios meses para acostumbrarse a la idea.

La opresión en mi pecho que había aparecido junto con ese maldito signo de más se alivió un poco. —Tienes razón. ¿Tenemos qué, ocho meses para acostumbrarnos?

—Así es. —Me apretó la rodilla. Luego sus ojos se abrieron de par en par—. Ella… o él… será Piscis como yo. Y tú, Jackson y yo nos llevamos genial. Será perfecto.

Perfecto no era una palabra que yo asociara con un embarazo no planeado, fuera Piscis o no. Pero intenté sonreírle a mi amiga. —Ya lo resolveremos.

Era lo que hacía en el trabajo. Podía aplicar las mismas habilidades a mi vida personal. —Necesito mi computadora. O un lápiz y papel milimetrado.

—¿Papel milimetrado? —Arrugó la nariz.

—Necesito hacer un diagrama de Gantt. O una hoja de cálculo, al menos.

Una mancha naranja bajó corriendo por las escaleras. Solo podía significar una cosa, ya que Tigger siempre se escondía en la habitación de Noah cuando Marlee venía de visita.

—¡Mierda! Yo... —Me miré los pantalones de chándal cortos y la camiseta naranja desteñida de la UT. Había planeado llevar algo sexi cuando Jackson regresara de su viaje de una semana a Nueva York. Incluso había mandado a Noah al Golden Gate Park con la hermana de Jackson, Sam, para pasar el día. Pero cuando terminé de vomitar sobre el inodoro por tercera mañana consecutiva, llamé a Marlee.

—Todo va a estar bien —susurró Marlee, apretándome la mano.

—¡Marlee! —Jackson se detuvo en seco con los calcetines sobre el piso de madera.

Mi corazón dio un vuelco como siempre que él entraba en una habitación. Su cabello oscuro y ondulado por el que mis dedos ansiaban pasar, los músculos definidos bajo su camiseta de AC/DC, los jeans colgando de sus caderas, y esos ojos castaños profundos y absorbentes que evaluaban el cabello que había recogido en una cola de caballo. Que se demoraban en mi cuerpo como si llevara un conjunto de lencería de encaje y no la camiseta y el chándal con los que había dormido. Esa mirada hambrienta que me decía que ya me estaría besando si Marlee no estuviera sentada a mi lado.

—Hola, Jackson. Regresaste antes. —Marlee se levantó de un salto, rodeó la mesa de centro y abrazó a su jefe.

—Sí, puede que haya excedido el límite de velocidad desde el aeropuerto.

—Tú y ese Lamborghini. —Le dio una palmada en el hombro—. Tienes que tener más cuidado ahora... —Hizo una mueca hacia el palito de plástico en la mesa frente a mí.

Jackson miró fijamente la prueba, y luego a mí. —¿Alicia? ¿Yo...?

—Creo que ya me voy. Alicia, llámame... ¿después?

—Sí, está bien. —No podía apartar la mirada de Jackson. ¿Entendía lo que significaba? ¿Qué estaba pensando?

Con un gesto de ánimo hacia mí, como diciendo «tú puedes», Marlee se fue.

Jackson rodeó la mesa de centro y me besó la sien. —Cariño, ¿qué está pasando? ¿Estás bien? —Lanzó otra mirada preocupada a la prueba. Incluso desde esa distancia, el signo de más rosado parecía brillar.

Tiré de él para que se sentara a mi lado en el sofá. Tigger saltó a su lado y dio vueltas hasta acomodarse en su regazo.

Respiré hondo. —Yo... no es así como pensaba decírtelo. Mierda, no sé cómo pensaba decírtelo. Yo... no esperaba...

—Oye. —Puso su gran mano en mi nuca y me acercó. Me dio un beso con la boca cerrada y apoyó su frente en la mía, tan cerca que su rostro se veía borroso. El ronroneo de Tigger sonaba entre nosotros—. ¿Esto significa lo que creo que significa?

—Sí, yo... supongo que estoy embarazada. Vamos a ser padres.

—¿Cuándo?

—No sé. —No me entraba suficiente aire en los pulmones—. Ni siquiera he llamado a mi médico todavía. Mierda, no tengo un médico aquí. Tengo que...

—Shh. —Me acarició el hombro, bajando por mi brazo, y me tomó la mano—. Está bien. Está bien no saber todas las respuestas. Lo resolveremos juntos.

Mi corazón acelerado se ralentizó, pasando de la velocidad del Aventador de Jackson en la autopista a la de mi Honda llegando tarde a una reunión. —¿Lo haremos?

Se echó hacia atrás. —¿Somos un equipo, no? Haremos esto juntos. ¿No estás feliz por esto?

¿Feliz? Más bien con náuseas. —Yo... necesito más tiempo para procesarlo.

—Oh. —Cuando se echó hacia atrás, extrañé su reconfortante calor—. Hmm.

—Jackson, ¿qué...?

—Necesito un minuto. Una hora. Quizá dos. —Dejó al gato en el suelo, se levantó, y luego se inclinó para besarme de nuevo, otro beso protocolario, con la boca cerrada—. Volveré. Lo prometo.

—¿A dónde...?

Pero ya se había ido con un tintineo de llaves y el portazo de la puerta.

Tigger y yo nos miramos parpadeando.

Se había ido durante casi una semana y ni siquiera me había besado como era debido. Supongo que fue mi culpa: debería haber escondido la prueba, no habérsela restregado en la cara justo cuando entró en casa. Pero la noticia era demasiado reciente, y yo todavía estaba en shock.

La próxima vez, cuando entrara, estaría lista. Me vería como la Alicia que él amaba. Me froté la mano sobre el vientre. Nada tenía que cambiar todavía. Teníamos mucho tiempo.

No había vuelto para cuando terminé de ducharme. Estaba bien. Había dicho que necesitaba una hora o dos. Me puse uno de los nuevos y coquetos vestidos de verano florales que Marlee me había animado a comprar en una de nuestras salidas de compras. Incluso me arreglé el pelo, me lo alisé con el secador y lo dejé suelto sobre los hombros, como le gustaba a Jackson. Me puse rímel y un ligero brillo de gloss, esperando que cuando Jackson volviera, me lo quitara todo a besos.

Abajo, en la cocina, preparé una ensalada para nuestro almuerzo y puse en el horno a calentar la pechuga de pollo extra de la cena de anoche, junto con un trozo de pan crujiente. Llevé una jarra de cristal con agua y bolsitas de té de limón y jengibre al pequeño patio trasero, aprovechando uno de los raros días soleados de San Francisco para hacer té solar.

Mi teléfono vibró con un mensaje de texto, y casi lo dejo caer sobre los adoquines al tomarlo con manos temblorosas.

JACKSON

Pensando en ti. Vuelvo más tarde.

Mis dedos volaron sobre el cristal. *¿Qué estás haciendo?* Retroceso. *¿Dónde estás?* Retroceso. *Vuelve ya.* Borrar. El pecho se me oprimió. ¿Cuánto tiempo era «más tarde»? Lo necesitaba ahora, para que me dijera que todo iba a estar bien.

Para cuando me di por vencida de que regresara a tiempo para el almuerzo, el pollo era una hebra seca y fibrosa, y el pan se había tostado hasta convertirse en un bulto sólido que te rompería un diente. Tiré ambos a la basura y picoteé un tazón de ensalada.

Mi teléfono vibró de nuevo.

Me está llevando un poco más de lo que pensaba. Recuerda mi promesa.

Me había prometido más temprano ese día que volvería. En una hora o dos, y ya habían pasado cuatro. No se refería a eso. Se refería a la promesa que me había hecho en Austin, después de haberme dejado sin decir una palabra y luego regresar, con la cabeza gacha como un perro arrepentido. Había prometido que se quedaría. Y lo había cumplido.

Así que, con el pecho tan apretado que casi no podía respirar, me recogí el pelo en un moño en lo alto de la cabeza y fregué la cocina hasta que relució. Luego pasé a la sala. Había venido el servicio de limpieza la semana anterior, pero aspiré bajo los cojines del sofá y pulí la mesa de centro hasta que brilló y mis ojos picaban por el olor a limón. La prueba de embarazo se unió al pan seco y al pollo en la basura.

Estaba buscando calcetines sucios debajo de la cama de Noah, con el trasero al aire, cuando una voz me sobresaltó.

—¿Alicia?

Me golpeé la cabeza contra la parte inferior de la cama y gemí.

Cuando se me aclaró la vista, salí de debajo. —Hola, Noah. —Lancé los calcetines a la cesta de la ropa sucia—. ¿Regresaste pronto?

Sam, de pie en el pasillo, revisó su celular. —Dijimos que volveríamos a las cinco.

—¿Las cinco? ¿Ya? —Jackson no se había ido dos horas, sino seis.

—¿Estás bien? —preguntó ella, pasando junto a Noah para entrar en la habitación.

Me pasé un dedo bajo el ojo. —Es solo… solo olor a calcetines sucios. Y polvo. Debería pasar la aspiradora aquí arriba. —O las hormonas del embarazo. Mierda. Me pasé el dedo bajo el otro ojo.

Noah tomó el cesto de la ropa sucia. —Yo, eh, pondré la lavadora. —Desapareció en un instante mostrando sus rodillas nudosas.

Sam se quedó rondando, incómoda, pero no me tocó. —¿Jackson no debería haber vuelto ya?

—¡Sí, carajo! —Agarré un pañuelo de la caja que estaba en la mesita de noche y me soné la nariz.

—Oh, eh, seguro que volverá pronto. —Sus dedos volaban sobre la pantalla de su celular—. ¿Por qué no bajas? Te prepararé un poco de té.

La idea del té sonaba bien. Un buen té Earl Grey caliente, con un chorrito de miel.

Mierda. No podía tomar cafeína si estaba embarazada. Se acabó el Earl Grey.

—Nada de té.

—¿Algo más fuerte, entonces? Ustedes tienen vino, ¿verdad?

Suspiré. —Solo agua. Corté unos limones.

Me tendió la mano y yo la tomé mientras me ayudaba a levantarme. Ya estábamos en el pasillo cuando oí mi celular vibrar en la mesita de noche de Noah. Volé de regreso a su habitación para agarrarlo.

Llego en diez.

Sam también estaba mirando su celular. —¿Te parece bien si me llevo a Noah a dormir a mi casa?

—¿A dormir a tu casa? Pero Jackson…

Me miró con una sonrisa irónica que me recordó a la de Jackson. —Mi hermano dice que ustedes necesitan un tiempo de pareja. Y Noah y yo podemos trabajar en ese juego que estamos creando juntos. Todos ganan. Ven a buscarlo mañana cuando te levantes, ¿de acuerdo?

—Está bien. —Le preparé una mochila con ropa para pasar la noche a Noah y la seguí hasta el cuarto de lavado, donde Noah ya había puesto en marcha la lavadora.

—Hola, campeón. ¿Quieres pasar la noche en casa de la tía Sam?

—¿Puedo? Sería genial. Podemos trabajar en Engine Ninja. Y comer pizza con piña. —Volteó hacia Sam con los ojos muy abiertos.

—Claro que sí —dijo ella.

Le entregué la mochila. —¿Un abrazo?

Rodeó mi cintura con sus delgados brazos. —Adiós, Alicia.

—Gracias, Sam.

Me sostuvo la mirada un momento. —Tenle paciencia a mi hermano, ¿sí? No siempre hace lo correcto a la primera, pero… él ama con toda su alma.

Sam lo sabía mejor que nadie. Jackson y ella eran más unidos que cualquiera de los otros hermanos Jones. —Lo sé.

Sam y Noah se fueron al instante. Cuando metí la jarra de té de sol a la casa, mi celular vibró en la mesa de la cocina.

¿Puedes salir, por favor?

¿Salir? Miré por la ventana delantera. Las sombras se habían alargado en la tarde de junio.

Caminé hasta el garaje. La puerta principal estaba abierta y el espacio junto a mi Honda, donde solía estacionar el Lamborghini de Jackson, estaba vacío. Cuando pasé junto a mi auto hacia la entrada, vi lo último que hubiera esperado.

La minivan más grande y brillante que había visto en mi vida estaba estacionada en la entrada con un lazo rojo gigantesco encima, del tipo que solo había visto en los comerciales de autos en Navidad. Y arrodillado frente a ella estaba Jackson, sosteniendo una cosita brillante entre el pulgar y el índice.

—¿Qué...? —Las palabras se me atropellaron en la lengua, y la primera que logró salir fue—: ¿Qué le pasó a tu Lamborghini?

Él se rio entre dientes. —No le cabe un asiento de bebé. Así que compré esta. —Señaló detrás de él con el pulgar.

—Pero amas ese auto. —Se me revolvió el estómago—. ¿Renunciaste al Aventador? Si renunciaba a todas las cosas que amaba, ¿no terminaría guardándome rencor?

—No tanto como te amo a ti. ¿No quieres ver esto? —Meneó lo que sostenía y brilló a la luz del atardecer.

—Yo... oh. —La monstruosidad de auto —¿siquiera cabría en nuestro garaje?— me había distraído. Estaba arrodillado sobre el concreto calentado por el sol. Debía de estar quemándole a través de los jeans—. Levántate.

—Alicia, estoy tratando de hacer algo muy romántico aquí. ¿Te casarías conmigo?

Me dio un vuelco el estómago. —Jackson, yo... no.

Todo el color desapareció de su rostro. —¿No?

—No, o sea, no quiero casarme porque estoy embarazada. —Me froté el vientre, tratando de calmar las náuseas—. Solo quiero casarme si vamos en serio con esto. El uno con el otro. Con un para siempre.

Se puso de pie de un salto y se tambaleó. —¿No vas en serio con lo nuestro? ¿No quieres estar conmigo para siempre?

Lo agarré del brazo para estabilizarlo. —Yo... yo creo que sí. Pero...

—¿Pero? ¿Es porque me fui? Tenía que hacer un par de cosas. —Inclinó la cabeza hacia el auto—. Regresé. Siempre regresaré. Mientras tú me quieras.

—Yo… deberíamos sentarnos. —Su rostro estaba pálido y mi almuerzo consideraba un escape rápido.

Se sentó en el parachoques delantero de la minivan y, cuando fui a sentarme a su lado, me jaló sobre su regazo. —Alicia, ¿no quieres esto? ¿No me quieres a mí?

—Sí, te quiero. Es solo que… no lo quería así.

Me apretó contra su pecho. —Así que adelantó un poco nuestro calendario. Ya estaba pensando en cómo te propondría matrimonio.

Me ardieron los ojos. —¿Involucraba el auto más feo del mundo?

—¿Qué? —Me tomó por los hombros y se apartó para poder verme la cara. Tenía más color que antes—. Esta es una máquina para transportar familias de primera línea. Tapicería de cuero. Portón trasero y puertas laterales eléctricos. Cámara de reversa, sensores de estacionamiento, alerta de tráfico cruzado y monitoreo de punto ciego. ¡Y no creerías lo económica que es!

—Imagino que para alguien que gasta un cuarto de millón en un auto regularmente, parecería económica. Pero a mi Honda le cabe un asiento de bebé. Y solo tendremos dos hijos, no una minivan llena.

El rostro de Jackson se volvió soñador. —Una minivan llena de niños.

—Espera. Pensé que no estabas seguro sobre tener hijos.

Parpadeó, sus ojos marrones de nuevo afilados. —Claro, cuando era algo para algún día. Ahora vamos a tener uno, estemos listos o no. Y lo haremos juntos. Estoy completamente comprometido. Con nosotros y nuestra familia.

Le eché un vistazo a la camioneta. —Empecemos con un bebé. Veamos cómo va. Luego hablamos. Puedes manejar tu auto deportivo un poco más.

—Pero no solo tú llevarás a los niños de un lado a otro. Yo también lo haré. Estamos juntos en esto, cariño. Y quiero que todo el mundo lo sepa. —Volvió a levantar el anillo, un solitario de diamante en una montura princesa de oro. Se parecía mucho al anillo de compromiso de mi mamá, el que había acumulado polvo en el fondo de su joyero desde que mi papá nos abandonó a todos.

—Es el que mi papá le dio a mi mamá. Aunque había olvidado lo pequeño que es. Mis padres no tenían mucho dinero cuando se casaron. Lo llevé a un par de joyerías para agregarle más piedras, pero —se encogió de hombros— no podían hacerlo a tiempo. Así que este puede ser un sustituto hasta que podamos enchularlo.

Contemplé el anillo. Jackson tenía dinero de sobra para comprar uno nuevo, pero él había querido este, el que su padre le dio a su madre. Pensaba que teníamos el mismo tipo de amor que sus padres. El tipo al que no le importaba el dinero ni los autos.

—No quiero enchularlo. Lo quiero tal como es. Como te quiero a ti.

Y por fin, por fin, me estrechó contra él y me besó como yo había querido que me besara todo el día, toda la semana que estuvo fuera. El tipo de beso que significaba que él también me deseaba. Que significaba que nuestro amor era suficiente para superar este bache en el camino y muchos más que vendrían.

Cuando nos detuvimos para respirar, murmuré: —Pero… no quiero esta minivan horrenda.

Se echó hacia atrás. —¿No? Pero tiene climatizador de tres zonas. Asientos plegables.

—Devuélvela. Consigue un sedán sensato. O una SUV si insistes. Recuerda que vas a tener que estacionar esa cosa en San Francisco. El Jackson Jones con el que me voy a casar no es el tipo de hombre que maneja una minivan.

—¿Así que sí lo harás? ¿Te casarás conmigo?

—Sí, me casaré contigo. —Extendí mi mano izquierda y él deslizó el anillo en mi dedo. Brillaba casi tanto como la esperanza y el amor en sus ojos oscuros.

Lo besé y, con el roce de nuestros labios, hice mi propia promesa. Que no planificaría en exceso para el bebé. Que nos prepararíamos para ello juntos. Que siempre lo amaría, sin importar lo que la vida nos deparara. Que juntos, con Noah, seríamos una familia.

Debió de sentir lo que significaba el beso porque me abrazó con más fuerza.

—¿Segura que no quieres probarla? ¿Sentarte adentro? —rozó mi mejilla con su nariz—. ¿Estrenarla?

—Puaj, no. —Me aparté—. Esa minivan va a volver al concesionario en perfectas condiciones.

Se estremeció contra mi cadera. —Di eso otra vez.

—¿Qué? ¿Que la minivan va a volver al concesionario?

—No, la otra parte.

—¿En perfectas condiciones?

Gimió contra mi cuello. —Joder, te extrañé. —Su mano subió por mi muslo bajo mi falda.

—Jackson —siseé—. Aquí afuera no. Donde los vecinos pueden ver.

No había forma de confundir su erección ahora, clavándose en mi cadera. Jugueteó con la abertura de la pierna de mis bragas. Su aliento caliente susurró en mi cuello. —Dime lo inapropiado que es.

—Es muy, muy inapropiado. —También lo era mi voz, ronca de deseo.

Su mano se metió en mis bragas, su pulgar rozando expertamente mi clítoris y un dedo acariciando mi entrada. —¿Sabe, señorita Weber? Creo que quiere que la toquen frente a los vecinos en el parachoques de esta minivan que definitivamente devolveré al concesionario sin mancha. Aunque no puedo decir lo mismo de mi prometida.

Solo unos segundos más. Y luego haría que me llevara adentro, a nuestra cama.

Pero la siguiente caricia me llevó, temblando, al precipicio. —Jackson, yo... —Escondí mi cara en su hombro para no gritar mi orgasmo. ¿Qué me había pasado? ¿Cómo me había llevado de la irritación al orgasmo en menos de un minuto?

Sus dedos se detuvieron, manteniéndome entera con la presión que necesitaba.

—Nunca te habías venido tan rápido —dijo, sin aliento—. ¿Fue la minivan o el anillo?

—Definitivamente no fue la minivan.

—Mierda. Tenía tantas esperanzas puestas en esos asientos traseros reclinables.

Estaba demasiado extasiada para discutir con él. —Vamos adentro.

—Espera un minuto. —Me abrazó con más fuerza, con un brazo alrededor de mi cintura y la otra mano ahuecando entre mis piernas—. Solo para asegurarme de que no estoy tirado en la autopista después de estrellar el Aventador contra una barrera de contención, deberías pellizcarme.

Le mordisqueé el lóbulo de la oreja. —¿Suficiente?

—Claro que sí. —Frotó su oreja contra la parte superior de mi cabeza—. ¿Así que realmente vas a tener un bebé mío y te vas a casar conmigo?

Extendí mi mano, el diamante brillaba rosado bajo los rayos del atardecer. —Sí.

—Entonces, antes de que te lleve adentro y te haga mía… otra vez… —Hizo vibrar mi clítoris y me retorcí en su regazo—. Pregúntame si soy el hombre más feliz del mundo en este momento.

—¿Lo eres? —Levanté la barbilla y besé los vellitos de su mandíbula.

—Sí.

———

¡Muchas gracias por leer *Trabaja conmigo*! Por favor, considera la posibilidad de publicar una reseña en tu tienda favorita o en Goodreads.

El siguiente libro de la serie, *Finge Conmigo,* es un romance «de amigos a amantes» y «relación falsa» protagonizado por la asistente de Jackson, Marlee. Sigue leyendo para ver un adelanto.

FINGE CONMIGO, SYNERGY LIBRO 2
CAPÍTULO 1

HABÍA VISTO a muchas mujeres entrar y salir de la oficina de Cooper Fallon, pero esta era la peor. Y no se estaba yendo en silencio.

Cuando su chillido —algo que terminaba con «imbécil»— se escapó de la puerta cerrada de su oficina y resonó por todo el pasillo hasta mi escritorio, apreté los labios para ocultar mi sonrisa y busqué la información de contacto de la agencia de personal.

Desde que su asistente de toda la vida se jubiló cinco meses atrás, el director de Operaciones de Synergy Analytics había pasado por dieciocho asistentes temporales. Algunas salían furiosas, como estaba a punto de hacer esta; otras se escabullían y algunas simplemente no se molestaban en aparecer al día siguiente.

Lo juro, todo fue culpa suya. Al principio. Después de que la temporal número cinco rayara con una llave la superficie de cerezo de su escritorio al salir, me pidió que seleccionara a la siguiente. Como un favor. Y yo simplemente me aproveché de sus altos estándares —y de su mal genio— para asegurarme de que ninguna se quedara. Me convertí en la Estatua de la Libertad de las temporales de San Francisco: *Denme a sus aficionadas, a sus holgazanas, a sus novelistas y poetas que anhelan holgazanear…*

Así que puede que no haya sido la persona más imparcial para contratar a la asistente de Cooper.

Porque tenía un plan. Uno que dependía de, bueno, ayuda poco confiable.

Mientras redactaba el correo electrónico para la agencia —tenía que ser lo suficientemente vaga sobre por qué estábamos despidiendo a esta para que nos enviaran otra igual de terrible—, una voz detrás de mí preguntó: —¿Están bien ahí adentro?

Giré en mi silla hacia la voz familiar, golpeándome la rodilla desnuda contra la pata de mi escritorio. Entrecerré los ojos para ver a mi amigo del trabajo, Tyler Young, rodeado por un halo de luz brumosa que entraba por el tragaluz del último piso del molino remodelado.

Me froté la rodilla. Con Cooper bramando desde la oficina de la esquina, no había oído el sigiloso acercamiento de las zapatillas de Tyler. —Estaba a punto de sacar las palomitas.

Mostrando sus adorables hoyuelos, rodeó mi escritorio hasta quedar enfrente, como siempre hacía para que yo no tuviera que mirar directamente al tragaluz. Cuando el gruñido grave de Cooper se superpuso a la voz más aguda de la temporal, Tyler se subió las gafas de montura negra y preguntó: —¿Estás segura? ¿Necesitamos…?

Incliné la cabeza para escuchar. La temporal le estaba devolviendo los golpes con la misma —o más— intensidad. Todas las palabrotas venían de su parte. —No, están bastante parejos. Al menos no es una llorona. —La semana anterior había saqueado el cajón de mi escritorio en busca de chocolate y pañuelos para consolar a la que había despedido.

Cuando los gritos de la temporal se convirtieron en un alarido agudo, el otro fundador de Synergy, Jackson Jones, salió de su oficina y se acercó a mi escritorio. —Hola, Marlee. ¿Quién eligió… —revisó su reloj Omega— las cuatro en punto? —Mi jefe apoyó su gran mano en mi escritorio y tomó un caramelo del cuenco de cerámica.

Resoplé. —Alguien de nóminas. Supongo que ella ganará la quiniela.

—Pobre Cooper. —Hizo una bola con la envoltura del caramelo y me la entregó para que la tirara a la basura—. No todo el mundo puede tener a la mejor asistente de San Francisco. Está celoso de que te encontrara primero.

Con las mejillas acaloradas, me alisé la falda rosa capullo.

Cooper, el director de Operaciones de una de las empresas tecnológicas más populares del mundo, exigía mucho a sus empleados. Era un multimillonario alfa, igual que en mis novelas favoritas.

Material de héroe romántico total. Solo deseaba que fuera mío.

El primer día que lo conocí, cuando todavía era una empleada de medio tiempo que intentaba entender qué hacía exactamente el software de análisis y cómo ese edificio lleno de programadores jóvenes y desaliñados había llegado a la lista Fortune 1000, me había quedado boquiabierta y las rodillas me habían flaqueado. Era más que guapo; parecía el modelo de la portada de la novela romántica que estaba leyendo. Cabello rubio, ojos azules, la cantidad perfecta de barba de un día, ropa impecable —aunque sin una espada ancha— y alto como una secuoya. Me pasé mis primeros tres días en Synergy mirándolo fijamente. Al final de la segunda semana, se había convertido en un enamoramiento en toda regla.

No solo era uno de los solteros más codiciados del norte de California, sino que era un hombre considerado, atento y honesto. Se sabía los nombres de todos sus empleados, desde el piso ejecutivo hasta la sala de correos. Había creado una fundación para ayudar a niños de familias de bajos ingresos a ir a campamentos de programación. Y lo más importante...

—¿No vas a contestar? —preguntó Jackson, apoyando una cadera en la mesa de laboratorio de esteatita que usaba como escritorio.

La línea de Cooper estaba iluminada en el teléfono de mi escritorio, sonando, pero como las dos personas que deberían haber respondido estaban gritándose mutuamente, me tocaba a mí.

—Oficina de Cooper Fallon. Habla Marlee Rice.

—Hola —dijo una voz femenina y ronca—. Soy Jamila Jallow. ¿Está disponible Cooper? Está esperando mi llamada.

¿Lo estaba? Mi corazón dio un vuelco. ¿Por qué Jamila Jallow, la primera de su clase en Stanford, la que podría haber sido modelo, la que aparecía en todas las listas de cuarenta menores de cuarenta, la mejor amiga de Cooper, lo llamaba hoy?

—No, lo siento. Está ocupado en este momento. ¿Puedo ayudarla en algo?

—Claro. ¿Podrías decirle que mis planes cambiaron y que *sí* puedo ir con él a la boda de Jackson?

Santo Stephen Hawking.

—¿Puede? —Aunque Jamila y Cooper habían asistido juntos a más de un evento de la industria, él nunca llevaba pareja a los eventos de Synergy. Y si bien la boda de mi jefe el próximo fin de semana no era un evento oficial de la empresa, yo estaba segura de que iría solo.

—Puedo. Pero, sabes qué, mejor le envío un mensaje de texto. Gracias, Marlee.

Me zumbaban los oídos. Suponía que Jamila iría a la boda de Jackson. Habían sido amigos desde la universidad. ¿Qué significaba que fuera con Cooper? ¿Era una cita de amigos o una cita-cita?

Sería mi maldita suerte si ella se quedaba con Cooper justo cuando yo por fin había reunido el valor para hacer algo con respecto a mi enamoramiento de tres años.

—Eh, ¿Marlee? —preguntó Tyler, acomodándose las gafas—. ¿Estás bien?

Parpadeé para enfocar. —Bien. —Me volví hacia Jackson—. Era Jamila Jallow. Dice que viene con Cooper. A su boda.

Sus cejas se dispararon. —Nunca trae a nadie a mis fiestas.

—Lo sé, ¿verdad? ¿Qué está pasando?

La puerta de Cooper se abrió de golpe, chocando contra la pared, y la temporal salió furiosa, con la cara tan roja como su blusa de seda. Me había asustado un poco cuando esa mujer espectacular había entrado el lunes con su ropa de diseñador y zapatos que costaban más que mi salario semanal, pero había estado demasiado ocupada revoloteando sus pestañas postizas a Cooper como para contestar sus llamadas. Agarró su bolso de cuero suave del escritorio de afuera y pasó contoneándose junto a nosotros hacia los ascensores.

—Adiós, Lynley —dije.

—Vete a la mierda. —Giró a la derecha, abrió la puerta de golpe y desapareció en el hueco de la escalera.

Intercambié una mirada con Jackson.

—Sí —dijo él—, Cooper me provoca ese efecto a veces.

Tyler no dijo nada. No había pasado suficiente tiempo aquí arriba en el sexto piso para saber que los humores de Cooper eran como una tormenta de verano: ruidosos, pero se disipaban rápidamente.

El hombre en cuestión salió de su oficina de paredes de cristal, con las fosas nasales dilatadas y la mandíbula como el mármol. Metió las manos en los bolsillos de sus pantalones negros de vestir y, con la vista fija en el suelo de madera recuperada, se acercó a nosotros. Me pasé una mano por el colgante y me enderecé en la silla.

Frotándose la nuca, posó sus ojos azul cristalino en mí.

—¿Marlee? —Se movió, inquieto—. Parece que Lindsey...

—Lynley —lo corregí.

Hizo una mueca, mostrando unos dientes blancos y rectos. —Ella y yo hemos acordado que no encaja bien en Synergy.

—Esa es una forma de decirlo —dijo Jackson.

La mirada de Cooper apuñaló a su amigo. —Si tan solo reconsideraras compartir a Marlee conmigo...

—Estaría encantada de... —empecé.

—Ni hablar —me interrumpió Jackson. Me miró fijamente, con

dureza—. Marlee ya tiene mucho trabajo. Y bien podrías pedirme prestado mi brazo derecho. Búscate tu propia Marlee. —Se encogió de hombros—. O quédate con una de las temporales que ella te encuentra.

Antes de hablar, Cooper se tomó un momento para relajar las manos, que se habían cerrado en puños. Luego me miró. —¿Crees que podrías…?

—Hecho. —Hice clic para enviar mi correo electrónico a la agencia de personal.

—Gracias. Sabes que te adoro, Marlee. —Y ahí estaba, la sonrisa que me paraba el corazón y me derretía en el suelo cada vez. Quería deslizar las yemas de mis dedos sobre su mandíbula fuerte y con barba incipiente y luego por su cabello corto y arenoso. Pasar mis manos sobre su camisa de vestir a rayas grises para tocar los hombros tonificados que había debajo. Arrastrar mis uñas por su espalda y apretar su…

—En fin, Jay… —Se volvió hacia Jackson, y fue entonces cuando me di cuenta de que había estado desnudando a Cooper con la mirada otra vez—. ¿Podemos empezar nuestro paseo antes? Tengo un evento de la fundación esta noche.

—Voy a cambiarme. —Jackson me lanzó una mirada —no se le había escapado mi mirada errante— y luego sujetó el hombro de Tyler—. Hablemos mañana sobre sus ideas para el módulo de consumo de combustible. —Como estaba observando a Cooper, vi que su mirada siguió la mano de su amigo y luego se entornó hacia Tyler. Cooper tendía a ser el compañero celoso en su hermandad con Jackson.

—Claro que sí. —Tyler le sonrió a nuestro jefe, pareciéndose exactamente a un labrador al que le acababan de decir que era un buen chico.

Jackson había creado el producto estrella de la compañía —un paquete de análisis automotriz que hacía que los autos tuvieran un mejor rendimiento y fueran más seguros— diez años atrás en el dormitorio que compartía con Cooper en Stanford. Una leyenda de la programación, inspiraba admiración entre los desarrollado-res, y Tyler era el presidente del club de fans. Aunque Tyler era un programador legítimo por derecho propio. Jackson no tenía la paciencia para ser mentor de muchos programadores, pero hacía tiempo para Tyler.

Cuando los dos ejecutivos regresaron a sus respectivas ofici-nas, le hice una seña a Tyler para que se acercara y verifiqué que no hubiera nadie más cerca. —Oí que Sanjay se va.

—¿Sí? —Su labio inferior se proyectó en un casi puchero—. Es un buen jefe. Lo extrañaré.

—Claro, pero… —hice una pausa para crear efecto—. Eso deja vacante un puesto de gerente. Y conozco a un programador talen-toso que está listo para un ascenso.

—¿Quién, Grant?

Resoplé. —No, tonto. Tú.

Se balanceó sobre sus talones. —No estoy listo. Llevo aquí menos de un año.

—No importa cuánto tiempo lleves aquí. Lo que importa es cuánto sabes de programación y lo bueno que eres con la gente. —Y Tyler era bueno con la gente. A diferencia de la mayoría de sus colegas, no me miraba por encima del hombro porque yo fuera una administrativa.

Sus ojos se entrecerraron, inseguros.

—Piénsalo. Recursos Humanos publicará el puesto la próxima semana.

Soltó un gruñido evasivo. Tomando una menta de mi dulcera, retorció los extremos con más fuerza. Abrió la boca, tomó aire y luego lo soltó lentamente.

—Ah, claro. El módulo de consumo de combustible. ¿Quieres que le programe una reunión mañana? —Hice clic en el calen-dario de Jackson y busqué un espacio libre—. ¿Qué tal a las dos y media?

Un suave tamborileo fue su única respuesta. Sus largos dedos marcaban un ritmo contra el costado de sus jeans.

—¿Tyler? —lo insté de nuevo.

—Claro. Sí. —Apartó la mirada de mi escritorio y se encontró con la mía—. Unos cuantos vamos a… pensé que te gustaría, tal vez, eh…

—¿Sí? —Redacté la invitación a la reunión y la envié mientras él dudaba. Miré el reloj en la esquina de mi pantalla. Si Jackson se iba ahora, podría alcanzar justo el tren de primera hora. Definitivamente una buena idea, considerando los problemas que habíamos tenido últimamente. Hacía unas semanas, papá había intentado ayudar haciendo la cena, pero había terminado quemando una olla en la estufa y activando la alarma de humo.

—Es noche de pintas a tres dólares, y…

Ambos nos sobresaltamos cuando Jackson cerró de un portazo la puerta de su oficina y gritó por el pasillo: —¡Coop, mueve el culo!

Cooper salió de su oficina con una bolsa de deporte colgada al hombro. Al igual que Jackson, llevaba una camiseta que se ceñía a su pecho y terminaba justo debajo de la cadera de un par de shorts de ciclismo ajustados. Mis ojos recorrieron su pierna tonificada hasta el atisbo de un bulto justo debajo del dobladillo de esa camiseta. Tragué saliva.

—Nos vemos mañana. —Jackson saludó con la mano perezosamente en nuestra dirección antes de correr hacia las escaleras y sostener la puerta para Cooper—. Después del paseo, vamos a… —La puerta se cerró detrás de ellos, cortando las palabras de Jackson.

Parpadeé con fuerza y luego me volví hacia Tyler. —Perdona, ¿qué decías?

Se quitó las gafas y las limpió con su camiseta. Sin ellas, sus ojos estaban salpicados de motas marrones, azules, verdes y doradas, como la Tierra vista desde el espacio.

—Estaba pensando en ir al pub de la siguiente cuadra después del trabajo. ¿Quieres venir?

—Lo siento, no puedo esta noche. ¿Con quién vas? —Cuando

pasábamos el rato juntos en las fiestas trimestrales de Synergy, los otros programadores orbitaban alrededor de Tyler como satélites. La mayoría de ellos estaban bien, pero algunos ni siquiera le dirigían la palabra a alguien sin «desarrollador» en su cargo. Pasaban la mirada sobre mí como si fuera una especie de exótico insecto rosado, completamente indigno de su atención.

—Oh, eh. Aún no había invitado a nadie más.

Interrumpí lo que estaba guardando. Era tan típico de Tyler organizar la reunión en torno a mí y mis preferencias. Un chico tan dulce. Si yo fuera otra persona, habría aprovechado la oportunidad de pasar tiempo con él después del trabajo.

Pero tenía responsabilidades. Y planes. —¿Quizás otra noche?

Tan pronto como asintió, caminé hacia el ascensor y apreté el botón.

Las puertas se abrieron de inmediato y, cuando me di la vuelta para presionar el botón, vislumbré la boca decaída de Tyler mientras me veía ir. Le dediqué una sonrisa de disculpa y un gesto con el dedo.

Él estaría bien. Saldría esta noche con sus otros amigos. Era como la mayoría de la gente de nuestra edad que trabajaba en Synergy: dedicado y trabajador, con pocas responsabilidades fuera de la oficina y con mucho dinero para salir de fiesta cuando el trabajo terminaba.

Aunque habíamos sido amigos durante casi un año y mejores amigos durante más de seis meses, Tyler no sabía que yo no era como él. Esperaba que no pensara que estaba inventando una excusa falsa, como habían hecho todos mis amigos de la universidad. Se habían alejado lentamente de mi vida después de demasiadas invitaciones rechazadas, demasiadas cancelaciones de último minuto.

Pero desde el momento en que me rescató de ese malvado grifo de cerveza, Tyler había sido diferente. Seguía invitándome a lugares a pesar de que la mayoría de las veces me negaba. Era un buen amigo. Uno que valía la pena conservar.

Lo llevaría a almorzar al día siguiente. Pero en ese momento, necesitaba armarme de valor para mi segundo trabajo.

———

Finge Conmigo está disponible en edición de bolsillo con tu vendedor favorito.

ACERCA DE LA AUTORA

A Michelle McCraw le encanta leer novelas románticas y trabajar en tecnología. Un día, decidió combinar sus dos intereses, y ahora escribe romance contemporáneo picante y nerd que podría hacerte reír. Sus libros presentan personajes que aman sin vergüenza la ciencia, la ingeniería y la tecnología.

Como autora estadounidense y texana de nacimiento, Michelle ha paleado nieve durante tormentas en Nueva Inglaterra y cambió a una quitanieves en el Medio Oeste. Ahora vive en Georgia, donde NO extraña la nieve EN ABSOLUTO. Disfruta de la lectura, los viajes, beber bourbon y consentir a su perro extraordinariamente mal educado pero adorable. Ha sido finalista en el RWA Vivian Contest, el Contemporary Romance Writers' Stiletto Contest y el Windy City Romance Writers' Four Seasons Contest.

facebook.com/MichelleMcCrawAuthor

instagram.com/MMOWriter

amazon.com/author/michellemccraw

goodreads.com/MichelleMcCraw

bookbub.com/authors/michelle-mccraw

LIBROS DE MICHELLE MCCRAW

Synergy Series

Trabaja Conmigo

Finge Conmigo

Viaja Conmigo

Mándame

Recuérdame

Tiéntame

40 and Fabulous

Fashion and Passion

Frenemies and Lovers

Books and Hookups

Conspiracies and Chemistry

Advances and Retreats

Marriage and Trouble

Sugar and Spice